西安曲江文化产业资助项目

市政协文史资料委员会
曲江新区管理委员会 编

西安秦腔剧本精编

五一剧团卷

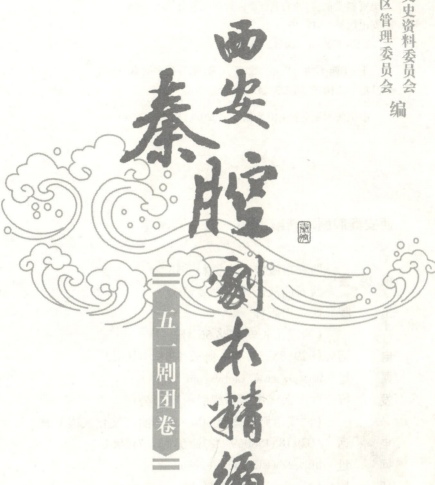

62

西安出版社

## 图书在版编目(CIP)数据

西安秦腔剧本精编.五一剧团卷:全 8 册/西安市政协文史资料委员会,西安曲江新区管理委员会编.—西安:西安出版社,2011.10

ISBN 978 - 7 - 80712 - 839 - 7

Ⅰ.①西… Ⅱ.①西… ②西… Ⅲ.①秦腔—剧本—作品集—中国 Ⅳ.①I236.41

中国版本图书馆 CIP 数据核字(2011)第 217422 号

**西安秦腔剧本精编 ㉒　　五一剧团卷**

| | |
|---|---|
| 编　委　会 | 西安市政协文史资料委员会<br>西安曲江新区管理委员会 |
| 出　　　版 | 西安出版社<br>(西安市长安北路 56 号) |
| 电　　　话 | (029)85253740　　邮政编码　710061 |
| 网　　　址 | http://www.xacbs.com |
| 发　　　行 | 西安曲江出版传媒股份有限公司<br>(西安市雁塔南路 300 - 9 号曲江文化大厦 C 座) |
| 电　　　话 | (029)85458069　　邮政编码　710061 |
| 网　　　址 | http://www.xaqjpm.com |
| 印　　　刷 | 西安新华印务有限公司 |
| 开　　　本 | 710mm × 1092mm　　　1/16 |
| 印　　　张 | 326 |
| 字　　　数 | 4210 千 |
| 版　　　次 | 2011 年 12 月第 1 版<br>2011 年 12 月第 1 次印刷 |
| 书　　　号 | ISBN 978 - 7 - 80712 - 839 - 7 |
| 全套定价 | 1740.00 元(共 12 册) |

读者购书、书店添货或发现印刷装订问题,请与本公司营销部联系。
电话:(029)85458066　　85458068(传真)

# 序

西安市政协主席　程群力

　　戏剧是人类精神文化形态之一,在世界戏剧史上,中国戏剧具有辉煌的地位。周、秦、汉、唐以来,历经千百年的发展积淀,中国戏剧形成了属于华夏文明自有的、独特的艺术体系。这个体系如同一个庞大的家族,遍布全国各地。在这个大家族中,秦腔以其丰厚的文化滋养、突出的历史贡献、沉雄质朴的艺术魅力而备受尊崇。

　　关于秦腔的起源和形成问题,历来争论甚多,有秦汉说、唐代说、明代说,甚至还有更早的西周说、春秋战国说等。但相对多数的看法,趋向于秦腔形成于明代中后期,即明代说。明代说认为,社会发展的基本规律表明,一切文化意识形态的发展变化,都由当时的生产力发展状况和水平来决定。明代中期正是我国资本主义萌芽期,商品经济的产生、发展,为当时文化的发展、变革、传播、繁荣提供了较丰实的经济基础。明代说也提供了必要的实物例证和文献记载。现在能见到的最早的陕西凤翔流传下来的明代正德九年的两幅《回荆州》戏曲木板画;现存文字记载中最早能见到"秦腔"字样的明代万历年间《钵中莲》传奇抄本中标出的[西秦腔二犯]曲调名,就是明代说有力的支撑。明代说的另一个支撑是比较能经得起专家、学者和秦腔爱好者以"体系"的视角作"系统论"式的考查和诘问。作为地方戏,秦腔和其他兄弟剧种一样,既有中国戏曲的共性,又有其独具的个性。共性的一面,都是以表演艺术为中心,融文学、音乐、表演、美术等各种艺术形式于一体的高度综合艺术,具有成熟的、完备的写意性、虚拟性、程式性和以"唱、做、念、打,手、眼、身、法、步""四功五法"为基本技艺手段,以生、旦、净、丑的行当角色作舞台人物,以歌舞扮演故事等这些经典的中国戏曲美学特征。个性的一面,秦腔与许多地方剧种相比,在"出身"上有着更多的原创性特征,体现在其声腔、音乐、文学、表演等基本要素与我国源远流长的原创性大文化之间,存在着直接的一脉相承的亲缘关系。这是因为,我国古代许多原创性文化,特别是诞生于周秦汉唐时期的《诗经》、秦汉乐舞、汉乐府、俳优和百戏、唐梨园法曲、歌舞戏、唐参军戏等等,都直接发生在以古长安(今西安)、咸阳为中心的关中地区,从而使这一地区成为当时全国文化最发达、成就最高的地区。根之茂者其实遂,膏之沃者其光晔。由于有这些原创性文化的滋养,更由于板腔体音乐在民间音乐和说唱文学的基础上日益成熟而引发的变革,最终造就了秦腔这个大的地方剧种,在西至陇东与银南、东至豫西与晋南、南至川北与鄂北、北至陕北与蒙南这片广袤的古秦地生根、发芽、成长,并影响到之后其他众多地方戏和京剧的产生与发展。

秦腔一经形成,就显现出卓尔不凡的气质和强大的生命力。一是秦腔长期从民间音乐和说唱艺术中吸取营养,活跃于人民群众之中,有广泛的群众基础;二是秦腔首创了板腔体音乐结构,奠定了中国梆子戏的发展基础。从而在声腔艺术的创造方面,在剧本创作、表演艺术等多方面,凸显出不可取代的许多特点,有力地推动了戏曲艺术特别是梆子腔艺术的大发展,具有划时代的意义。

由于秦腔是诞生最早、历史最悠久的梆子腔戏曲,更由于它当时作为新的艺术形式,内容上贴近生活、通俗易懂,表现形式上好听好看、生动感人、极易流传,所到之处,除了在陕西境内形成中路、东路、西路、南路、北路五路秦腔外,还渐次流传到晋、豫、川、鲁、冀、鄂、苏、皖、浙、滇、黔、桂、粤、赣、湘、闽、蒙、新、藏等全国许多地方,并与当地民间曲调融合,对当地新生剧种的催生、成长、成熟、完善做出了重大贡献。因之它也赢得了"梆子腔鼻祖"的地位和称誉。

近百年来,秦腔表演艺术,其行当角色之全、演出剧目之多、表现手段之丰富、唱腔艺术之精湛、四功五法之规范、演出综合性与整体性之完善,都备受文艺界和城乡观众的推崇。在陕西乃至西北广大地区,秦腔与老百姓的精神生活息息相关。人们津津乐道秦腔的魅力,对心目中的秦腔演员如数家珍,特别是一提起西安城里有易俗社、三意社、尚友社以及五一剧团,更带有几分神往。相当多的人,不仅会谈到演员,还会谈起许多脍炙人口的剧目《三滴血》《柜中缘》《看女》《三回头》《软玉屏》《翰墨缘》《夺锦楼》《庚娘传》《新华梦》《伉俪会师》《双锦衣》《盗虎符》《貂蝉》《还我河山》《西安事变》等等,更会谈论在这些琳琅满目的剧目后面,站着的一群让人们肃然起敬的剧作家:康海、王九思、李十三、李桐轩、孙仁玉、范紫东、高培支、李仪祉、吕南仲、李约祉、王伯明、封至模、马健翎、李逸僧、李干丞、淡栖山、王淡如、冯杰三、樊仰山、姜炳泰、谢迈千、袁多寿、袁允中、鱼闻诗、杨克忍等等,还有由于种种原因没有留下名姓的剧作家,以及后来四个社团中加入编剧队伍的一批新知识分子,他们用心血熬成了一个个可供世代传唱的剧本。正是有了他们幕后的辛勤劳作,才有了台前精彩的表演。西安市的四大秦腔社团易俗社、三意社、尚友社、五一剧团,前三个都跨越了两个时代、两种社会制度,其中长者年已百岁。百年以来,四个社团总计演出的剧目逾千部之多。这些剧目,有些来自明清以来的秦腔老传统、老经典;有些来自各社团根据本单位的演员和资源条件,根据时势和观众的审美需求而开展的新创作、改编或移植、整理。这些众多的秦腔剧本满足着一代又一代观众的精神需求,也在很大程度上支撑着古城西安的文化舞台。西安秦腔事业的发展,为西安、为秦腔积累了一大笔可贵的精神财富。保护、传承、弘扬这笔财富,增强古城西安的文化软实力,扩大其国内国际影响力,实在是我们应尽的历史责任、文化责任和社会责任。

从 2008 年下半年起,西安市政协与西安曲江新区管委会合作,着手策划、组织、实施《西安秦腔剧本精编》工作。这是一项大型的剧本编辑工程,收录了西安市易俗社、三意社、尚友社、五一剧团四大著名秦腔社团上自清末、下至二十一世纪初百年来曾经上演于舞台的保存剧本,共计 679 本,2600 余万字;另有 22 个内部资料本,约 65 万字。参与编辑本书的专家、学者、工作人员,面对四个社团档案室中尘封了百年的千余本三千万字的剧本稿样,其中不少含混不清、章节凌乱、缺张少页、错误多出及其他众多问题,本着抢救、保护、弘扬国家非物质文化遗产的责任感,按照"精审精编"的工作要求,专心致志地投入工作。通过收集筛选、初审初校、集中审校、勘疏补正、规划编辑、三审三校等几个工作程序,对上述文本问题和学术问题,逐一研讨、逐一明晰、逐一完善。历经三年,终于编辑了这套纵跨百年、横揽西安四大秦腔社团舞台演出本的《西安秦腔剧本精编》,了却了广大剧作家、表演艺术家和人民群众的一大心愿,对西安的秦腔文化是一个重要的回眸与总结,对未来秦腔的振兴与发展做了一件坚实的基础性工作,对此我们感到欣慰。

编辑这套剧本集,工程浩繁,工作难度大,加之时间紧,错漏不足在所难免,诚望各方面人士,特别是专家、学者、业内人士提出批评指导意见,以便修订完善。

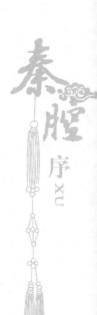

# 目录

演出单位

西安市五一剧团

# 长生殿

（清）洪昇 原著

芜原　任培焜 改编

# 剧情简介

　　本剧由清代洪昇的著名传奇《长生殿》改编而来。在唱词的秦腔化方面用力颇多,具有较高的文学性。剧中既歌颂了李、杨超越生死的不渝爱情,又展示了这一帝妃爱情给社稷和黎民带来的无尽灾难,从而显示出厚重的历史感,让观众在两难抉择的困惑中感受剧作的艺术张力。

# 场　目

# 人 物 表

| | |
|---|---|
| 明　皇 | 唐明皇,后为上皇 |
| 杨　妃 | 名玉环,唐明皇贵妃 |
| 杨国忠 | 杨妃堂兄,明皇朝右丞相 |
| 陈玄礼 | 右龙武将军 |
| 哥舒翰 | 潼关守将 |
| 安禄山 | 范阳节度信,后叛逆,自封燕王 |
| 高力士 | 明皇身边太监 |
| 永　新 | 杨妃侍女 |
| 念　奴 | 杨妃侍女 |
| 雷海青 | 梨园乐工 |
| 李龟年 | 梨园乐工 |

# 第一场 春 睡

〔天宝某年春。

〔西宫。

〔内幕前,四内侍、高力士引明皇上。

明　皇　（念）　韶华入禁闱,

　　　　　　　　宫树发春晖。

　　　　　　　　升平万民乐,

　　　　　　　　人和事不违。

　　　　寡人大唐天宝皇帝是也,即位以来,四海承平,五谷
　　　　丰登,塞外风清万里,民间粟贱三钱,朝政余闲,寄情
　　　　角色。自得贵妃杨氏,德性温和,丰姿秀丽,与孤恩
　　　　深似海,情意缠绵,且喜早朝无事,不免径返西宫。
　　　　高力士!

高力士　伺候万岁!

明　皇　驾返西宫。

　　　　（唱）　春深宫院百花香,

　　　　　　　　金屋藏娇喜心上。

　　　　　　　　早朝无事西宫往,

　　　　　　　　一刻千金好春光。

〔内侍、高引明皇下。

〔启内幕,永新、念奴上。

永　新　（念）　西宫悄悄好春光,

念　奴　（念）　庭花玉树散幽香;

永　新　（念）　早闻别院笙歌响,

念　奴<br>永　新　（念）　专候娘娘理晓妆。

〔起二幕，杨妃起床、徐掀帐出。

永新
念奴　永新、念奴与娘娘叩头！

杨　妃　起来！

　　　　（念）　良霄苦短日高起，

　　　　　　　　春透人间懒梳妆。

　　　　奴家杨玉环，弘农华阴人氏，荷蒙圣恩，位列贵妃，礼
　　　　同皇后，有兄国忠拜为右相，姊妹尽封夫人，子弟贵
　　　　为府马，一门荣宠极矣。人选之时，圣上赐以金钗钿
　　　　盒，作为定情之物，使奴深为感念，昨夜侍寝西宫，
　　　　（春天色）今日晌午时分，才得起来，尚觉困倦难支！

永新
念奴　镜奁齐备，请娘娘梳妆。

杨　妃　如此，妆台伺候！（行至妆台）

　　　　（唱）　迟迟丽日映珠簾，

　　　　　　　　红粉春妆宝镜前。（坐对镜）

　　　　　　　　慢撩双鬓青丝散，（撩鬓，宫女梳理发）

　　　　　　　　细整云鬟起凤鸾。（永、念为挽髻）

　　　　　　　　玉容羞照菱花镜，（揽镜略照）

　　　　　　　　翠钿巧贴贯金钗。（念奴贴钿，永新贯钗）

　　　　　　　　淡染胭脂如霞艳，（点唇，染颊）

　　　　　　　　轻扫娥眉似远山。（画眉）

永　新　（赞妃）凤眼含情秋波闪，（永新为戴花）

　　　　　　　　朵朵樱花压鬓边。

念　奴　　　　杨柳腰肢纤又软，（扶妃起）

　　　　　　　　粉容娇嫩怕风弹。

永新
念奴　请娘娘更衣。（永新、念奴与妃更衣）

杨　妃　（穿衣）兰麝香董龙凤袄，

　　　　　　　　织金绣采杏罗衫。

　　　　〔杨妃走动。

永　新　（看，赞美）

　　　　　　轻荡罗裙香风远，

　　　　　　缓移莲步赛天仙。

　　　〔杨妃回身顾影自赏。

永　新　（端祥）回身顾影多娇艳。

　　　〔杨妃转面临镜。

念　奴　（赞美）洛神玉女降入间。

杨　妃　（觉倦、哈欠）

永　新

念　奴　娘娘玉体困倦，何妨少睡片刻。

杨　妃　也罢，不免略睡片刻，与我放下帐儿，正是：

　　　　　　无端春色惹人困，

　　　　　　才起梳妆又欲眠。

　　　〔永新、念奴扶杨妃入帐，放帐。

永　新　万岁爷此时不进宫来，莫非是到梅娘娘那里去了么？

念　奴　姐姐，你莫非不知道么？梅娘娘早都迁置上阳宫东

　　　　楼了。

永　新　哦！有这等事。

念　奴　这一晌，万岁宠爱杨娘娘，有时连内侍都不叫跟，你

　　　　我要小心伺候。

　　　〔四内侍、高力士引明皇上，四内侍暗下。

永　新

念　奴　叩见万岁！娘娘午睡未醒。

明　皇　（以手势示意）悄声，不要惊她！（轻揭帐看起）

　　　　（二宫女起立，分侍）

　　　　（唱）　轻撩帐看爱妃玉容红润，

　　　　　　　好似睡观音动人心神。

　　　　　　　美人香和兰麝扑鼻一阵。

　　　　　　　（她）鸳枕侧身卧好梦沉沉。（发现她枕边金

　　　　钗钿盒，惊喜取出观玩）

永　新　（背白）姐姐，像万岁这么体贴温存，真是少有！

念　奴　难道你有点眼红。

明　皇　我可莫说爱妃呀爱妃，你竟不离你我这定情之物，如

此钟情,好不喜煞人也,哈哈哈!(忘形而笑)

杨　妃　(惊醒,起,揭帐坐,揉眼理鬓)谁呀!

　　　　(唱)　是何人惊醒我一场春梦,

　　　　　　　　眼儿酸心儿软睡意朦胧。

明　皇　宫人们扶娘娘来!(放钗盒于原处)

　　　　(唱)　粉容浅淡梨花面,

　　　　　　　　唇朱消褪小樱桃。(爱怜)

　　　　(永新、念奴扶妃,妃开眼复闭,起立又坐倒)

　　　　　　　　侍儿扶起怯无力,

　　　　　　　　难立难坐软又娇。(见妃坐倒,亲扶持介)

　　　　妃子睡意迷朦,要消停些才好!

杨　妃　呀!万岁!臣妾失迎圣驾,多得有罪!

明　皇　妃子平身!春昼晴和,正好及时游赏,为何当午
　　　　睡眠!

杨　妃　(低声羞对)夜来承宠,雨露恩浓,不觉花枝力弱,强
　　　　起梳头却又朦胧睡去。

明　皇　(微笑)这样说来,倒是寡人唐突了。(杨妃娇羞不
　　　　语)妃子!看你神思不爽,沉香亭百花盛开,且同去
　　　　玩赏片时。

杨　妃　领旨。

高力士　(暗上)启奏万岁,国舅杨丞相奉委查验安禄山,复
　　　　旨入奏!

明　皇　宣进来,沉香亭排宴伺候。

　　　　〔高力士下,杨国忠上。

杨国忠　(引)　天下表章经院过,

　　　　　　　　宫中笑语隔墙闻。

　　　　昨日安禄山送来重礼,求我周旋。不免在圣上面前。
　　　　巧言遮掩。(进拜见)

　　　　臣杨国忠见驾,愿吾皇万岁,娘娘千岁!

明　皇　平身。

杨国忠　臣启陛下,蒙委查验安禄山,边防失机,确系孤军深

人,众寡不敌;其人果系人才健壮、弓马熟悉,特此
复旨。

明　皇　昨见张守圭表奏,禄山通晓六番语言,精熟诸般武
艺,可当边将之任,是以委卿相验,既然所奏属实,
今虽失机当斩,卿可传旨禄山,赦其前罪,明日引
见,授职在京以观后效。

杨国忠　领旨(下)

〔高力士上。

高力士　启万岁,沉香亭宴齐,请万岁同娘娘赏花饮宴。

明　皇　今日对妃子,赏名花。高力士! 宣翰林李白到沉香
亭上,草新词供奉。

高力士　领旨! (下)

明　皇　妃子,与你赏花走走! 正是:

　　　　倚槛名花带露开,

杨　妃　　　君臣游赏绕池台。

〔携手下,宫女内侍同下。

# 第二场　权　哄

〔天宝某年夏。

〔杨国忠府堂及朝房。

〔杨国忠上,从人随上。

杨国忠　(坐引)炙手可热坐中堂,

　　　　　　恩荣无比总朝纲。

　　　　　　除去当今天子贵,

　　　　　　椒房戚里近天香。

下官杨国忠,外凭右相之尊,内侍贵妃之宠,满朝文
武谁不趋奉,独有安禄山这厮,假装痴愚,心怀狡诈,
圣上为其蒙蔽,为封王爵,飞扬跋扈,竟忘了下官救

命之恩,每遇事欺凌,出言顶撞,好生可恨。早朝时分已到,家院,打道朝房。(圆场)

（唱）　实可恨安禄山飞扬跋扈,

　　　　曲江池戏内眷将我欺负。

　　　　在朝房尔屡屡出言凌辱,

　　　　有一日奏圣上找尔头颅。

来此已是朝门,左右回避。(从人下,内喝道声)呀,那边喝道之声,且看是谁。(起望)

〔安禄山上。

**安禄山**　（念）　贵为郡王位尊显,

　　　　　　　宠在君心九重天。

　　　　　　　蛟龙得水风云起,

　　　　　　　威风八面在朝班。(见杨)请了!

**杨国忠**　（冷笑）哦,原来是安禄山。

**安禄山**　老杨!你叫俺怎的。

**杨国忠**　这是九重禁地,你怎敢在此大声喝道?

**安禄山**　老杨!你看圣上龙衣亲手赐,进贡龙马我常骑,每奉密旨入宫院,独奏军机出殿迟,我当郡王的,便喝道这么一声何妨,似你那右相吗,还得几年才行。

**杨国忠**　（冷笑）好!好个不妨,安禄山,我且问你,你这般大模大样是几时起的。

**安禄山**　（傲然）下官从来如此。

**杨国忠**　安禄山,你也该自家想一想。

**安禄山**　想什么?

**杨国忠**　你只想当日失机当斩,托张千求我设法,那时节见我可是这般模样?

**安禄山**　彼一时,此一时,说他作甚?

**杨国忠**　呔,安禄山!

（唱）　你本是刀头活鬼罪难逃,

　　　　那时节长跪阶前来求饶。

　　　　全仗我封章入奏机关巧,

才救你一身无罪出囚牢。

安禄山　赦罪复官,出自圣恩,与你何干?

杨国忠　好呀!你倒推了个干净。

　　（唱）　丑胡儿你太把良心昧了,

　　　　　　把某家恩和义水流萍飘。

安禄山　哼,杨国忠。

　　（唱）　世间荣落谁能料,

　　　　　　休夸侍宠压群僚。

　　　　　　曾不记当年征南诏,

杨国忠　一举平定,怎么样?

安禄山　（唱）　假军情掩败冒功劳。

杨国忠　（唱）　圣明在上谁能哄?

安禄山　（唱）　你欺君误国罪千条。

杨国忠　（唱）　你外示忠诚腹藏狡,

安禄山　（唱）　你卖官鬻爵竭脂膏。

杨国忠　（唱）　你不拜东宫明傲上,

安禄山　（唱）　你祸国殃民罪难饶。

杨国忠　（唱）　休得把诬蔑语凭空捏造,（扭安）

杨国忠
安禄山　（同唱）来来来我与你同见当朝,

哪个怕你,走!

〔二人扭带圆场,至二幕前俯伏。

杨国忠　臣杨国忠谨奏:安禄山腹藏异志,外示忠诚,不拜太子,目无圣朝,望吾皇立赐罢斥,以正国典!

安禄山　臣安禄山谨奏:微臣谬承圣恩,封王赐爵,遂使权臣不忿,捏词中伤,臣一片赤心,圣上深知,今请出镇边关,效犬马之劳,以报天恩。

〔内侍二幕内宣旨:圣旨下,杨安二人,互相讦奏,将相不和难以同朝,特命安禄山为范阳节度使,即日赴镇,饮此。

杨国忠
安禄山　万岁!（拜起）

安禄山　（唱）　今后任凭你张牙舞爪，

　　　　　　　　我且去镇边关自在逍遥。（下数步复回身）

　　　　　老杨，这次出镇，该不是丞相大力保荐吧，请了！

　　　　　（下）

杨国忠　哼！

　　　　　（唱）　只说将儿威风倒，

　　　　　　　　谁知出镇权更高。

　　　　　　　　胡儿有宠天眷好，

　　　　　　　　何日将我恶气消。（下）

# 第三场　献　发

〔天宝某年暮春。

〔杨国忠府。

〔内幕前，杨国忠上，家院随上。

杨国忠　（引）　天有不测风云，

　　　　　　　　人有旦夕祸福。

　　　　　下官杨国忠。自从妹子册为贵妃，权势日盛，不料今
　　　　　早传贵妃忤旨，被遣出宫，着高内侍单车送回府来，
　　　　　不知何故，令人好不惊怕，不免门前迎接。（下）

〔闭二幕，门官上。

门　官　嗯哼！皇帝舅子三公位，宰相家人七品官，在下张
　　　　　千，自从杨娘娘入宫，我家老爷权势倾朝，大小官儿
　　　　　齐来拍马，真个门庭如市，有那倒霉的，还专走这个
　　　　　门子，营谋差使。早晨起来，不免小心伺候。（一旁
　　　　　侍立）

〔二幕侧杨国忠急上，家院随上。

门　官　张千与相爷叩头。

杨国忠　走！哪个要你这般絮烦，滚开！

门　官　是!（背白）咦!啥事由儿些?（惊疑摇头暗下）
　　　　〔高力士引杨妃乘宫车上。
杨国忠　臣杨国忠迎接娘娘。（跪、起）
高力士　丞相,快请娘娘进府,咱家还有话说。（车夫暗下）
杨国忠　院子,吩咐丫环侍奉娘娘云楼安歇,公公请至府厅
　　　　待茶。
　　　　〔院子下,二丫环上,侍杨妃下。

高力士　王命在身,不敢久留,你我知交,立谈数语,即行
　　　　告辞。
杨国忠　公公大人,不知此事因何而起?
高力士　丞相呀!
　　　　（唱）　娘娘平日宠最深,
　　　　　　　昨日郊游忤圣心。
　　　　　　　生性娇痴成习惯,
　　　　　　　疑猜君心另有人。
杨国忠　这却如何是好!尚望公公赐教!
高力士　我想,圣上一时恼怒,丞相且去朝门谢罪,相机而行,
　　　　告辞。（二人圆场）
杨国忠　下官同行!老公公。
　　　　（唱）　挽回圣意全仗你,
高力士　这个自然。
　　　　（唱）　相机而行不用急。
　　　　〔同下,启二幕,梅香扶侍杨妃上。
杨　妃　（念）　君恩如水付东流,
　　　　　　　得宠忧移失宠愁。
　　　　奴家自入宫闱,过蒙宠眷,只道君心可托,百乐为欢,
　　　　昨日曲江游赏,三妹陪宴望春宫,谁料万岁留其侍
　　　　寝,奴一时不快,先行回宫,遂逢君怒,放归私第,一
　　　　出宫门如隔九天,（泪介）天哪,禁中明月,永无照影
　　　　之期,落花飞絮,已绝上枝之望。抚今忆昔,好不伤
　　　　心人也。

（唱）　无定君心似水流，

　　　　泪洗愁妆惊复忧。

　　　　只说常得君恩宠，

　　　　欢情永好到白头。

　　　　谁知一旦触君怒，

　　　　送归家门不到头。

**梅　香**　娘娘不必伤心，圣上念及往日恩爱，定能回心转意。

**杨　妃**　天哪，若提起昔日恩爱，更令人不堪回首了。

（唱）　忆昔日花朝月夜池台亭院曾携手，

　　　　忆昔日歌筵舞宴鸾笙凰管试新声。

　　　　忆昔日春从春遊夜专侍寝恩情厚，

　　　　忆昔日西宫春睡御驾亲临不忍惊。

　　　　昔日我含娇带嗔（他）百依百从多温顺，

　　　　到今日长门寂寂永巷悠悠两难分。

　　　　红颜未减君恩断，

　　　　琴折弦断不成音。

　　　　宫娥理就残装在，（抚髻）

　　　　罗衣犹是御香薰。（抚衣、裙）

　　　　一朝风雨花落蒂，

　　　　横枝忽把连理分。

　　　　渺渺西宫何处是，

　　　　柔肠寸断近黄昏。（拭泪）

**梅　香**　娘娘，请勿伤心，我给你打杯茶去。

**杨　妃**　不用，梅香，此间哪里可望宫中？

**梅　香**　咱这楼上向右侧，就可望见宫墙了。

**杨　妃**　随我窗前一望。

**梅　香**　遵钧旨。（侍杨妃至台前眺望，并指示）

　　　　娘娘，那一片金黄的琉璃瓦，不是宫殿么？

**杨　妃**　（挥泪望）唉！

　　　　登高遥望九重阙，

　　　　咫尺天涯隔红云。

　　　　　　凤幛昨夜听更漏,

　　　　　　点点珠泪洒衣裙。

　　　　　　君情如水难凭定,

　　　　　　还望他回心转意重与温存更情深。

　　　　　　又谁知人未白头君恩尽,

　　　　　　单车送我转家门!

　　　天哪!天哪!我杨玉环好苦呀!

**梅　香** 呀!远远望见一个公公,骑马而来,莫非诏娘娘回宫吧?

**杨　妃** 唉,这般时候,也难逆料吉凶,扶我少坐片刻。

　　　〔梅扶妃坐,高力士上。

**高力士** (唸)　暗将怀旧意,

　　　　　　　　报与失欢人。

　　　(见驾)高力士叩见娘娘!

**杨　妃** 高力士!你来怎的?

**高力士** 奴婢刚才复旨,万岁爷细问娘娘回府光景,似有悔心。现今独坐宫中,长吁短叹,一定是思念娘娘,因此特来报知。

**杨　妃** 唉,那里还想着我?

**高力士** 奴婢愚不谏贤,娘娘不可太执意了,倘有什么东西,付与奴婢,相机进上,或者感动圣心,也未可知。

**杨　妃** 万岁如不回心转意,献物表情,也是枉然,(思忖)也罢,姑且一试,只是进什么东西才好?(各自思忖)

　　　(唱)　思将何物传情意,

　　　　　　表我相思感动君。

　　　想我一身之外,皆君所赐,该进何物才好!

　　　(唱)　一身之外皆君赐,

　　　　　　何物堪表我寸心。

　　　算只有千行愁泪珍珠乱滚难穿金线把雕盘进,脉脉此情实难申。(泪介思忖)哦,有了。

　　　(唱)　这一缕青丝温又润,

鸳鸯枕上曾伴君。

梅香,取镜台金剪来。(理发,滚白)哎,青丝呀青丝!可惜你伴我芳年,一朝剪去,心实不忍,只为表我衷肠,实也无奈了。(剪发)

(唱)　玉环持发好伤心,

全仗青丝寄情深。

春蚕作茧丝方尽,

残魂依依傍明君。

(拜,哭白)圣上呀圣上,这一缕青丝,聊表臣妾之心,高力士,你拿去与我转奏,说妾罪该万死,此生此世,不能再见天颜,谨献此发,以表依恋。

**高力士**　(跪接以发搭肩)娘娘请免愁烦,奴婢就此去了。

(出)

(念)　好凭缕缕青丝发,

重结双双白首缘。(下)

**梅　香**　娘娘,悲伤过甚,有伤玉体,请后边歇息吧。

**杨　妃**　梅香,扶我来,正是:

只说君恩能长久,

可怜荣落在朝昏。(下)

# 第四场  进  果

〔天宝某年盛夏。

〔渭城驿附近田野及驿中。

〔二幕前,西川使鞭马急上。

**西川使**　走哇!(数板)

　　　　一身万里跨雕鞍,

　　　　为进荔枝受艰难。

　　　　上命差遣不由已,

　　　　只求早日到长安,到长安。

　　四川道使臣,奉旨进贡鲜荔枝,天热路远,不敢躭延,

　　只得飞马前去。(圆场急下)

〔海南使臣鞭马急上。

**海南使**　(圆场鞭马数板)

　　　　海南荔枝凉又甜,

　　　　贵妃娘娘最喜欢。

　　　　圣上有旨叫贡献,

　　　　马上日夜不停骖。

　　　　五岭风光无心看,

　　　　只为荔枝要新鲜、要新鲜。

　　海南道使臣,俺海南所产荔枝,胜似西川,杨娘娘喜

　　欢,圣上命与涪州并进,只是离京万里,这荔枝过了

　　七日,香味便减,五黄六月,汗如雨下,只得飞驰前

　　去。(圆场急下)

〔老农夫上。

**农　夫**　哎,走呀!(圆场)

　　　　田家辛苦几时休,

　　　　　水旱虫霜令人愁。
　　　　　一年靠这几根苗,
　　　　　收成一半要交租。
　　　　　差役粮草急如火,
　　　　　八口之家怎过活。
　　　　　听得驿使田中过,
　　　　　人踏马踩伤田禾。

老汗刘得昌,金城县东乡人氏,世代务农,一家八口,全靠几亩薄田,如今租重税杂,每年收成交去大半,平常年景,半糠半菜,勉强为生,一遇荒年,只好饿死,唉!这日子简直不敢想,早起听说进荔枝的使臣,光抄小路,一路踏坏田禾无数,不免前来看守。
(坐)

〔瞎先生母子相扶持上。

**瞎先生** (念)　住褒城,走西京,
　　　　　细看流年与五星。
　　　　　吉凶事,断分明,
　　　　　瞎先生,真灵应,
　　　　　一张铁口尽闻名。

(叫)算命来!

**瞎　母** 儿呀,我走了几程,天气又热,脚疼得委实走不动了。

**农　夫** 这不是算命,简直是挣命嘛!

**瞎先生** 妈妈,前面听见有人说话,待我问过。

**瞎先生** 借问客官,这里是什么地方了?

**农　夫** 这是金城东乡,前面不远就是渭城驿了。

**瞎先生** 多谢指引。

〔内马项铃声,农夫惊起瞭望。

**农　夫** (望)那厢骑马的来了!(叫)马上官长,往大路上走,不要踏坏田禾。

**瞎先生** (几乎同时)妈妈,且喜离京不远,向前边我雇个驴子你骑。

瞎　　母　（挣扎起行）如此慢慢地走，正是：（圆场）

　　　　　　可怜我儿瞎双眼，
瞎先生　　　　母子赶路六月天。
瞎　　母　　　　终朝无人把命算，
瞎先生　　　　红尘滚滚汗不干。
农　　夫　唉，可怜，可怜！
　　　　　〔西川道使臣飞马上，瞎母、农夫惊避，撞倒瞎先生，过场、母趋扶。
农　　夫　天哪，你看一片田禾，尽都踏坏，休说一家八口，生活无望，如今官粮紧急，指望什么交纳！
　　　　　〔海南道使臣急上，踏死瞎先生，过场。
瞎　　母　（扶看哭白）唉呀，不好了，我受苦的儿呀。
　　　　　（唱）　一见我儿把命断，
　　　　　　　　　老泪纵横洒胸前。
　　　　　　　　　官马狂奔将儿踩，
　　　　　　　　　该向何处去申冤。
　　　　　　　　　丢下我伶仃孤苦年高迈，
　　　　　　　　　不如跟儿去黄泉。
　　　　　天哪，苍天，我儿被那骑马的强盗踩死，老身也难活命，不如一头碰死算了。
老　　农　（阻拦）唉，老嫂子不可，如今还是设法埋葬要紧。
瞎　　母　（拭泪）唉，老人家，你知道那骑马的强盗是谁，待我找他与我儿偿命。
老　　农　哎，那跑马的，是进贡荔枝的使臣，一路上不知踏死了多少人，主命在身，哪个敢找人家偿命。
瞎　　母　（哭）如此说来，只好找地方先抬埋我儿罢了。
老　　农　差事把地方都支怯了，哪里还能找见，来，咱们把你儿先拖去掩埋了吧。
瞎　　母　多谢老伯好心。
　　　　　〔二人拖尸下，卒上。
驿　　卒　（数板）

驿官逃,驿官怕,

马死单单剩马鞍。

驿子我一人,

钱粮没半分。

拚受打和骂,将身去招架,

将身去招架。

驿子是我,我是驿子,连年进贡珍宝,马都叫爷们骑死了,上头又不补充,本官又要剋扣马料吃,只剩瘦马一匹,眼看杨娘娘生日将到,西川、海南使臣进贡荔枝,必过这渭城驿,老爷怕打,早早溜了,小人就便权知此驿,只是使臣到来如何应付?咦,先洒落一时才说。(翘二郎腿坐)

〔西川使臣飞马上。

**西川使** (鞭马挥汗)

(念)　黄尘影内日含山,

　　　　赶赶赶,近长安。(下马)

驿子,快换马来。

**驿　子** 喳!(接马、放果篮,西川使整衣喘气,海南使臣急上)

**海南使** (鞭马,念)一身汗雨四肢滩,攃攃攃!换行鞍!(下马)驿子,快换马来。(卒接马,放果篮,海南使与西川使相见施礼)请了,长官也是进荔枝的?

**西川使** 正是。(还礼)

**海南使** 驿子,下程酒饭在哪里?

**驿　卒** 驿中连半文钱都不见,哪来酒饭。

**西川使** 也罢,我们不吃了。

**驿　卒** 两位爷在上,本驿只剩一匹马,但凭那位骑去就是。

**海南使** 唉,偌大一个渭城驿,怎么只有一匹马?

**四川使** 唤你狗官出来回话!

**驿　卒** 说起马,都叫进贡的爷骑死了,驿官没法,跑了。

**海南使** 既然如此,只问你要。

驿　卒　厩里不是马么,就是咻,骑去。

西川使　我先到,叫我先骑。(走向内)

海南使　且慢,我路远,该我先换。

西川使　(径去牵马)我没工夫跟你斗口。(足误触海南荔枝篮)

海南使　(扭住)你敢踏我那荔枝。

西川使　你敢扭我这竹篮。(互相争执)

驿　卒　说是说,可别打架呀。(数板)

　　　　请罢休,免气吼,不如把瘦马同骑一路走。

　　　〔二人松手,向卒。

二使者　唗,胡说。(同打驿卒)魁官马嘴儿太油,误上用胆儿似斗。

二使者　唗。胡说。(同打驿卒)封官马嘴儿太油,误上用胆儿似斗。

驿　卒　(叫痛)哎哟!(叩头)

　　　　　　　向地上连连叩头,

　　　　　　　望长官轻轻放手。

二使者　若要饶你快换马来!

驿　卒　马一匹驿中现有。

二使者　再要一匹!

驿　卒　第二匹实难补凑。

二使者　没有,还要打!(欲打)

驿　卒　官长且慢,小的这破布衫,权当酒敬,求爷们免打!(脱衫)

海南使　(接衫看)也罢,我前站换去。(披衣于身,上马急下)

四川使　快换马来。(换马下)

驿　卒　哎哟,好疼痛也。(跛下)

# 第五场　舞　盘

〔天宝某年盛夏。

〔长生殿。

〔二幕前,高力士上。

**高力士** （唸引）要知真富贵,须在帝王家。咱家高力士,自从杨娘娘献发,圣上龙心感动,回宫以后,恩爱较前更深,真是:三千宠爱在一身,六宫粉黛无颜色。娘娘又制新谱,名曰霓裳羽衣曲,圣上见喜,把梅娘娘的惊鸿舞,忘得一干二净。娘娘得宠,也幸亏我老高襄助(翘指自矜)今日娘娘寿诞,万岁在长生殿排宴,早来伺候。

〔四内侍引明皇上,高力士迎驾。

**明　皇** （唱）　人生百年弹指过,

　　　　　　倦整朝纲且宴乐。

　　　　　　绝代佳人常伴我,

　　　　　　鸳鸯交颈泛清波。

寡人自得杨国忠,李林甫二人,朕终日歌筵舞宴,朝欢暮乐,真是珊瑚枕上两意足,翡翠床前百媚生,高力士酒宴可曾齐备?

**高力士** 齐备多时。

**明　皇** 宣杨娘娘上殿。

**高力士** 圣上有旨,宣贵妃娘娘上殿。

〔内杨妃应,领旨,引四宫娥后随二宫女掌扇上。

**杨　妃** （念）　君王赐宴长生殿,

　　　　　　金屋妆成侍天颜。

（见驾）臣妾杨玉环见驾,愿吾皇万岁,万万岁!

明　皇　与爱妃同之,平身。

杨　妃　(拜介)谢万岁。(起侍坐)

明　皇　今日妃子生辰,寡人特设长生之宴,同为终日之欢。

杨　妃　薄命生辰,荷蒙天宠,当为陛下进酒以祝千秋万岁!
　　　　〔奏乐,高力士递妃酒,妃拜献,明皇答赐,妃跪饮,
　　　　起坐〕

明　皇　(念诗)紫云深处放光明,

杨　妃　　　　灵桃带露倚日荣。

明　皇　　　　岁岁花前人不老,

高力士　(率众念)
　　　　　　　长生殿里庆长生。
　　　　奴婢等恭祝圣上万岁!娘娘千秋!
　　　　〔高前列、宫女二列、内侍三列,祝拜、起分侍。

明　皇　(唱)　翩翩紫燕来又往,
　　　　　　　山静风微日影长。
　　　　　　　爱妃千秋宜欢赏,
　　　　　　　并蒂莲花满池塘。
　　　　妃子请!(宫娥看酒,高力士暗下)

杨　妃　万岁请!(饮酒)
　　　　(唱)　蒙恩赐宴长生殿,
　　　　　　　圣意殷切又缠绵。
　　　　　　　庸姿陋体承深眷,
　　　　　　　结草衔环报天颜。
　　　　〔高力士上,捧金花,锦帐跪献。

高力士　启万岁,国舅杨丞相同韩、虢、秦三国夫人献上寿礼、
　　　　贺帐,宫门叩祝。

明　皇　礼物收下,丞相免行礼,回衙办事,三国夫人候朕同
　　　　娘娘回宫饮宴。

明　皇　高力士!将涪州海南所贡荔枝陈上来!

高力士　领旨。(下)
　　　　〔高力士持盘送献荔枝於宴上,退侍一旁。

| 明　皇 | 妃子，朕因你爱食此果，特命地方飞驰进贡，今日寿宴正开，佳果适至，当为妃子再进一杯。 |
| --- | --- |
| 杨　妃 | 谢万岁！ |
| 明　皇 | 宫娥们进酒。（二宫女进酒，各饮） |
|  | （唱）　清香扑鼻味正鲜， |
| 杨　妃 | （唱）　浓染红绡罩晶丸。 |
| 明　皇 | （唱）　堪在宴前醒醉眼， |
| 杨　妃 | （唱）　沁齿甘凉六月天。（各饮酒） |
| 明　皇 | （唱）　万岁台前千秋宴， |
| 杨　妃 | （唱）　琼浆异果满龙盘。 |
| 明　皇 | （唱）　为爱妃远敕川广来贡献， |
| 杨　妃 | （唱）　桃生千岁果合欢。 |
| 明　皇 | 宣李龟年进见。 |
| 高力士 | 领旨（传）宣乐部李龟年进见。 |

〔李内应，领旨上。

| 李龟年 | 臣乐部伶工李龟年见驾，愿吾皇万岁，叩见娘娘千秋！ |
| --- | --- |
| 明　皇 | 平身，梨园乐工霓裳羽衣曲可曾精熟？ |
| 李龟年 | 已练纯熟。 |
| 明　皇 | 下殿候旨。 |
| 李龟年 | 领旨！（下） |
| 杨　妃 | 臣妾近制一翠盘舞，请当宴试舞，以博天颜一笑。 |
| 明　皇 | 妃子新舞，寡人从未一见，甚愿一赏。 |
| 杨　妃 | 请退更衣。（起拜，二宫女以扇随下） |

〔奏乐，四内侍宫女抬翠盘置台中，二宫女掌扇杨妃盛妆出上，奏乐，乐止，扇徐开，妃立盘中起舞，细乐伴奏，台下和声唱。

飘飘罗绮映花光，
轻拂霓裳落天香。
一朵红云自天漾，
徐开翠扇露明妆。

彩袖轻扬来又往，
盘旋跌宕柳枝飏。
宛如龙遊姿千状，
翩翩鸾凤任飞翔。
举袖向空如欲去，
敛衣侧转凰影藏。
冰弦玉柱声嘹亮，
鸾笙象管愿悠扬。
珠圆玉润非凡响，
犹如月殿步仙乡。
〔舞毕乐止，妃敛衣拜，高力士暗下。

明　皇　宫娥扶娘娘坐！妙哉舞也，逸态横生，浓姿百出，如
　　　　飞燕游龙，飘飘欲仙，看酒来，朕与妃子把盏。（宫女
　　　　进酒奉杯在手）

　　（唱）　手把金尊笑微微，
　　　　　　妃子绣口轻轻尝。（付妃）
　　　　　　休要留残负朕望，
　　　　　　孤谢你香汗润珠裳。

杨　妃　（接杯）谢万岁！

　　（唱）　亲赐玉露恩波广，
　　　　　　自惭庸劣怎承当。

明　皇　（唱）细看她舞袖飘飘腰如柳，
　　　　　　眼闪秋波脸增光！
　　　　妃子，联有鸳鸯万金锦十匹，丽水紫磨金步摇一柄，
　　　　聊表祝贺。（出香囊）还有自佩瑞龙脑八宝锦香襄
　　　　一枚，解来与卿佩带。

杨　妃　（接香襄）谢万岁！
　　　　〔高力士上。

高力士　启万岁，长安贾昌进贡高冠红毫铁嘴雄鸡一只，适才
　　　　诸王雄鸡俱被斗败。

明　皇　赏该民白银千两，锦缎十匹，拨交养鸡坊好生饲养，

妃子回宫与你姊妹饮宴消暑,正是:

　　翠盘妙舞千秋赏,(携妃同行)

**杨　妃**　　亲沐君恩透体香。(同下)

〔四宫女掌扇随下,高力士、四内侍下。

# 第六场　合　围

〔天宝某年秋。

〔渔阳郊野。

〔内幕前,四番将上,何千年、崔乾佑、高秀岩、史思明上,边舞边念,兵马登场,音乐效果。

**何千年**　(念)　三尺宝刀耀雪光,

**崔乾佑**　(念)　灿烂银枪镇朔方。

**高秀岩**　(念)　葡萄酒醉胭脂血,

**史思明**　(念)　貂帽花添锦绣装。

**何千年**　俺范阳镇东路将官何千年。

**崔乾佑**　西路将官崔乾佑。

**高秀岩**　南路将官高秀岩。

**史思明**　北路将官史思明。

**何千年**　众位将军请了。(众互见礼)奉王爷将令,各路军马在此合回射猎,你我各自传令,请!

**众**　　请!

〔众下,四旗手挥舞虎旗上,四军校随上,中军上。

**中　军**　众将听了,王爷驾到,各自小心伺候。

〔众两旁侍立,马童舞蹈急上,引安禄山上,掌旗随上。

**安禄山**　(点绛唇引)蛟龙得水,雄镇边关,统貔貅,握定江山,灭唐起狼烟。

(登台、坐诗)

　　六蕃健儿归吾掌,

旌旗蔽野尘沙扬。

合围射猎练兵将，

要夺唐室锦家邦。

咱家安禄山，胸怀大志，久储异谋，受封东平郡王，宠信无双，富贵已极。在朝与杨国忠不合，出镇范阳，正好跳出樊笼，暗图大事。原有将官，番汉并用，难以任为心腹，且喜奏准，俱用蕃将，皆咱部落。（狞笑）任意所为，全无顾忌了，今日秋高气爽，已传令众军在此合围射猎，中军！

中　军　有！

安禄山　各路将官进见！

中　军　王爷有令，各路将军进见！

〔四番将上。

四番将　参见王爷！

安禄山　诸将少礼，各路围场可曾安置完毕？

四番将　完毕多时，专候王爷传令。

安禄山　众将传令本部人马，就此射猎一回。

四番将　得令！

〔分下，合围音乐效果。

安禄山　（唱）　有孤王在令台纵目四望，

众三军如潮涌进入围场。

旗为云枪成林箭离弦上，

众兵将气轩昂胜似虎狼。

空中雁应声落百步穿杨，

劈狡兔刺飞狐枪桃鹿獐。

似这样兵和将谁能抵挡，

唐天子我看你怎样承当。

〔报卒上。

卒　　禀王爷，各路军马射猎完毕，诸将敬献猎物。（下）

安禄山　猎物赏与众军，诸将听令！

中　军　王爷有令，猎物赐与众军，诸将进见候令！

〔四番将上。

**四番将** 参见王爷！

**安禄山** 今日合围射猎，兵将武艺尚称精熟，各回营地听候
调遣！

**番　将** 得令！

〔各上马，分下。

**安禄山** 咱家今日兵强马壮，诸将得心应手，不免日夜筹谋，
待机起事了，正是：

要显英雄天可讦，

兵起渔阳反潼关。

〔众依次下，安下。

# 第七场　夜　怨

〔天宝某年夏。

〔西宫。

〔二宫女引杨妃上。

**杨　妃** （念引）只恐行云随风引，

怎奈闲花谢又开。

凰辇龙车归何处，

凄凉落日映空阶。

奴家久邀圣眷，爱结君心，怎奈梅妃江采萍，意不相
下，恰好触忤圣上，将她迁置上阳东楼，但恐采萍巧
计回天，皇上旧情未断，因此暗地提防，唉，江采萍，
江采萍，非是我容你不得，只怕我容了你，你就容不
得我也，今早圣上出朝，日色已暮，不见回宫，连着永
新，念奴打听去了，宫院寂然，此时心情好难消遣也。

卷帘无语愁难解，

满怀心事暗疑猜。

宝鼎香残烟回绕，

凄凉落日映空阶。

归鸦阵阵入林去，

双宿双飞两无猜。

唉！常言说：宠极难以轻舍，欢乐分外生怜。奴与圣上如影随形，愈觉分离之苦。往日此时早已驾返宫中，执手并肩，欢叙衷情了。

绮窗四起帘高卷，

深宫暮霭日落山。

新月如钩清光淡，

望穿秋水驾不还。

往昔此时西宫院，

笑语春风伴天颜。

并肩携手花前站，

低声细语两情牵。

银烛高照开夜宴，

传杯换盏醉红颜。

一曲清歌声满院，

轻盈妙舞彩袖翻。

迟迟凤辇归何处，

只落得徘徊伫立思思想想凭遍栏杆，凭遍栏杆。

〔内作鹦鹉叫声：圣驾到！

**杨 妃** （惊望）呀，圣上来了！（细看，失望）呸！

原来是鹦哥弄巧言，

无端把愁人骗一番。

欢乐不在西宫院，

鹦哥不解人心酸。

鹦哥，鹦哥，你还当往日圣驾必定来咱宫中，你哪知今日的凄凉呵！

〔永新上。

永　新　（念）　君王宿在翠华阁，

　　　　　　　　忙报西宫候驾人。（见驾）

　　　　　　启娘娘，万岁爷已宿在翠华西阁了。

杨　妃　（呆想）有这等事！（拭泪）你且平身。

　　　　　　　　可叹君王情义浅，

　　　　　　　　不念玉环眼望穿。

　　　　　　　　晚妆未卸烛不剪，

　　　　　　　　香薰鸳枕理杯盘。

　　　　　　　　一心待君同欢宴，

　　　　　　　　迎风对月醉花前。

　　　　　　　　低低切切多缱绻，

　　　　　　　　芙蓉帐里胜巫山。

　　　　　　　　又谁知一旦将人来疏远，

　　　　　　　　玉漏声声添愁烦。

永　新　万岁爷今夜偶不进宫，料非有意疏远，娘娘请勿

　　　　伤怀。

杨　妃　　　　想圣上若不是情迁别院，

　　　　　　　　也不妨遣宫人细说根源。

　　　　　　　　想圣上他从来孤衾厌展，

　　　　　　　　今夜晚却怎么鸳帐单眠。

　　　　〔念奴上。

念　奴　（念）　雪隐鹭鸶飞始见，

　　　　　　　　柳藏鹦鹉语方知。（见驾）

　　　　　　娘娘，奴婢将翠阁之事打听来了。

杨　妃　究竟如何？

念　奴　娘娘听启：

　　　　（念）　奴婢悄在翠华阁，

　　　　　　　　守将时近日黄昏。

　　　　　　　　忽闻密旨遣黄门，

杨　妃　遣将何处去呢？

念　奴　（念）　飞鞭乘骏马，

笼烛召红裙。

杨　妃　（紧追）召哪一个？

念　奴　（念）　贬置楼东江氏女，

　　　　　　　　　昔日梅亭旧知音。

杨　妃　（惊慌）呀，这是梅妃了，她来也不曾？

念　奴　（念）　内侍簇拥那人，

　　　　　　　　　款款进入翠阁。

永　新　此话当真？

念　奴　亲眼所见。

杨　妃　（悲伤）天哪，原来果是梅妃复邀宠幸了。（闷坐，不
　　　　　语，拭泪）

永　新　娘娘请免愁烦。

杨　妃　（唱）　听她言不由人心惊体颤，

　　　　　　　　　痛薄情悲薄命伤心怎言。

　　　　　　　　　把甜言和蜜意旧日恩眷，

　　　　　　　　　都化作泪珠儿弹向青天。

　　　　　（滚白）我可莫说万岁呀万岁，狠心的万岁呀，想你
　　　　　我往日何等恩爱，好不痛煞人也。

　　　　　　　　　忆昔日情双好称心如愿，

　　　　　　　　　他和我钗成对钿盒常团圆。

　　　　　　　　　谁料想薄倖人一朝更变，

　　　　　　　　　竟与那江采萍重续前缘。

　　　　　　　　　一味价虚情假意瞒瞒昧昧只欺奴善，

　　　　　　　　　身在此心在彼意马心猿。

念　奴　娘娘，奴婢听小黄门说，昨日万岁爷在花萼楼上，封
　　　　　珍珠一斛去赐梅娘娘，她不肯受，回献一诗，说的是：
　　　　　长门自是无梳洗，何必珍珠慰寂寥。致有今夜之事。

杨　妃　哦，原来如此，我哪里知道。

　　　　　（唱）　那一个赐珍珠旧情连串，

　　　　　　　　　这一个在东楼暗献诗笺。

　　　　　　　　　不由我情暗伤寸心如剪，

哪知晓他二人藕断丝连。

可怜我重痴情钗盒常玩，

到今日冷清清愁锁春山。

怕的是君恩移永遭离厌，

在花朝和月夜形只影单。

永　新　万岁既不忘情于她，娘娘何不迎合上意，力劝召回，万岁爷必然欢喜，料她也不敢忘恩。

杨　妃　我也曾如此想来，只怕她一朝得宠，我又长闭闲宫，况她已得恩宠，哪里还用得着我，你二人随我翠阁去来。

永　新
念　奴　娘娘去怎的？

杨　妃　咳！

（唱）　怎奈寂寥玉漏长，

那堪明月映纱窗。

翠华阁上笙歌响，

一声一声断人肠。

服侍娘娘翠阁往，

看她如何媚君王。（留）

念　奴　奴婢想今夜翠阁之事，原怕娘娘知晓，此时天将三鼓，万岁爷必已安寝，娘娘忽然走去，恐有未便。

永　新　娘娘不如且请安眠，到明日再作道理！

杨　妃　（不语，拭泪，叹息）唉，不去也罢。（强自抑制）只是今夜叫我如何能睡也！你等且去安歇。（永新、念奴下）唉，明月当空，花影映窗，流萤入幕，宝鼎香残，夜凉如水，宫漏滴滴，好不凄凉，圣上呵，圣上，你好薄情也。

（唱）　他那里两情深反觉夜短，

我这里凤帏空只盼更添。

闷悠悠似痴呆神思撩乱。（怅然如失）

斜倚在碧玉床懒把衣宽。（倚床斜坐）

残香烬萤入幛寂寥深院，

鸳鸯枕合欢被何人同眠。(抚衾枕,悲怨,难堪)

耳边厢只听得三更夜半,

同林鸟交颈眠好梦香甜。

我只得背残灯吞声自怨,

悲切切恨悠悠暗把泪弹。

〔倚枕支颈而坐,光渐暗,闭二幕,高力士上。

高力士 (念)　自闭东楼春复秋,

罗衫湿尽泪还流。

一般娥眉新月夜,

南宫歌舞北宫愁。

咱家当年奉使入闽,选得江妃入宫,万岁爷十分宠幸,因她性爱梅花,赐号梅妃,自从杨娘娘入宫,宠爱日盛,万岁竟将梅娘娘迁置上阳宫楼东,昨夜忽然托疾,密召梅娘娘宿诏令翠华西阁,于宫人,不得传与杨娘娘知道,适才奉旨送梅娘娘回宫,不冤西宫探望一回。

〔启二幕,杨妃揽镜自照,宫女为整装,高进见驾。

高力士　奴婢高力士叩见娘娘。

杨　妃　高力士,你来做什么?

高力士　圣上偶尔龙体违和,昨夜留宿翠阁,特来告知娘娘。

杨　妃　哦,圣上如今怎样,宫女们摆驾,待娘娘前去探望。

高力士　圣上不过偶感不爽,清早已出朝去了。

杨　妃　高力士,昨夜何人侍夜西阁?

高力士　启娘娘,昨夜圣上西阁静养,并未有人承召。

杨　妃　哼,你倒瞒得严谨,不去奉承,你那梅娘娘却到我宫中撒谎。

高力士　奴婢不敢。

〔明皇引二内侍上。

明　皇　(念引)媚处娇何限,

情深妒亦真。

且喜早朝无事，不免西宫走走，且看春光可曾泄漏。

二内侍　圣上驾到。（分下）

杨　妃　（对高）你且一旁伺候。

（高起侍立，妃接驾）叩见吾皇万岁。

明　皇　爱卿平身。（杨妃起，背立不语，拭泪）

明　皇　左右回避。（高力士、宫女同下）呀，妃子为何掩面不语，是谁冒犯于你，待朕严加惩治。

杨　妃　（拭泪）陛下圣体违和，臣妾叩安来迟，敢祈恕罪。

明　皇　（笑扶）寡人偶感不爽，原无大病，妃子不必过虑。

杨　妃　万岁致疾之由，奴猜到几分了。

明　皇　（笑应）妃子所猜何事？

杨　妃　（念）　相思萦绕上阳宫，

意中人儿在楼东。

明　皇　寡人除了妃子，还有什么意中人。

杨　妃　妾想陛下向来最爱梅妃，何不宣召，以免圣情牵挂？

明　皇　（微惊强笑）呀，此女久置东楼，岂有复召之理？

杨　妃　既不复召，昨夜黄门乘马，所召何人？

明　皇　（强赖）寡人昨夜独宿翠阁，何曾召梅妃来。（杨妃拭泪不语）妃子不要烦恼，朕和你花萼楼看花去。

杨　妃　（离座背立）唉万岁！

说什么花萼楼上看花娇，

总不如上阳楼东青梅标。

又何必绿扬依依常牵绕，

请倾真心向故交。

（跪奏）妾有下情，望陛下俯听。

明　皇　（扶）　妃子有话，可起来讲。

杨　妃　（泣泪）妾无德容，谬承恩宠，若不早自引退，诚恐谗言日生，祸起不测，今幸天眷犹存，望赐斥放，陛下善视他人，勿以妾为念也，这钗盒乃陛下定情时所赐，今日交还陛下。（袖出钗盒）

（唱）　拜辞了君恩天样高，

把深情密意从头交。

明　皇　这是怎么说,妃子何出此言?

（杨妃悲咽,明皇扶起）

（唱）　凰友鸾交恩情好,

如鱼得水乐逍遥。

总怪我一时粗心少照料,

怎能将夫妻情分一旦抛。

妃子不要再烦恼,

钗盒之情朕记牢。

妃子可将钗盒依旧收好,既是不爱看花,和联后宫闲话。

杨　妃　陛下诚不弃妾,妾复何言。（袖钗盒向明皇施礼）

明　皇　内侍,（内应,有）摆驾,（内应,领旨）正是:

柳色参差映翠楼,

自恨烦恼为风流。

杨　妃　　重把定情心事表,

但恐玉辇如浮鸥。

（携手下）

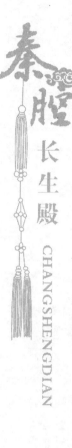

# 第八场　密　誓

〔天宝某年七月七夕。

〔长生殿前。

〔二幕前,永新、念奴、宫女各分持香花,五生秧盆等引杨妃上。

杨　妃　（念）　银河鹊桥双星会,

天上神仙也痴情。

今乃七月七夕,牛女二星,鹊桥相会,人间祈巧。不免殿前备下香火,祈祷一番,宫人们,带径长生殿前去来。

（唱）　七月七夕长生殿，

　　　　银河天上渡双星。

　　　　且将人间儿女愿，

　　　　祷告悠悠上苍听。

〔同众圆场下，二内侍挑灯引明皇上。

明　皇　走呀！

（唱）　秋光静碧沉沉花枝弄影，

　　　　新月弯星闪闪银河光莹。

　　　　酒初醒游宫院晚来乘兴，

　　　　长生殿隔花荫笑语分明。（留白）

内侍，是哪里这般笑语？

内　侍　万岁爷问，哪里这般笑语？

〔内应，是娘娘往长生殿祈巧哩。

启万岁，是杨娘娘往长生殿祈巧，故此笑语。

明　皇　尔等回避，待孤悄悄前去看来。

〔内侍下，二幕启，现殿堂前景，设香案，玉生瓶，巧盆等，杨妃拈香祝祷。

杨　妃　妾身杨玉环，虔诚拜告双星，伏祈保佑我与皇上情缘长久，国泰民安。

（念）　缕缕清香上天庭，

　　　　虔诚祝告女牛星。

　　　　保佑玉环情缘定，

　　　　国泰民安乐升平。（拜）

明　皇　（一旁窃听）可呀，好一个情缘长定，国泰民安。

杨　妃　（惊起，见驾）万岁！

明　皇　妃子在此，作何事体？

杨　妃　今乃七夕之期，陈设瓜果，向天孙祈巧。

明　皇　待孤看来。（近香案）

　　　　香焚金鼎瑞气盈，

　　　　缤纷花朵映银灯。

豆种金盆青且嫩，

绿瓜红枣供五生。

星空万里鹊桥会，

香烟缭绕在宫庭。

妃子巧夺天工，何须再祈？

杨　妃　愧不敢当。

〔各落坐，内侍宫女暗下。

明　皇　妃子，你看新秋光景，又是一番气象也。

天高气爽夜色情，

秋风微拂羽衣轻，

碧天澄静纤云淡，

银河光灿照双星，

杨　妃　清新澄明，果与四时不同。

明　皇　妃子，朕想牵牛织女，隔断银河，一年才能一会，这相思真不容易呀。

秋空万里星月明，

银河七夕鹊桥平。

一夜倾诉情未尽，

枕边忽闻晓鸡鸣。

离情脉脉愁万种，

含悲忍痛泪盈盈。

从此云寒秋露冷，

欢会初成又孤零。

杨　妃　陛下言及双星离愁，使妾凄然，深感天上人间，相思最是神伤。（拭泪）

明　皇　呀，妃子缘何掉下泪来？

杨　妃　妾想牛郎织女，虽则一年一见，却是天长地久，只恐陛下与妾的恩情，不能似他长远？

明　皇　妃子话讲哪里，

（唱）　卿与我每日里游乐宴赏，

我与卿影随形夜宿银屏。

他一年只一度把佳期等，
怎及咱百年好合逢时对景增欢情。
爱卿不必心悲痛，(移坐近杨妃,握手置膝)
咱朝朝暮暮胜双星。

杨　妃　臣妾受恩深重,今夜有句话儿。

明　皇　妃子有话,但说无妨。

杨　妃　(哽咽)妾蒙陛下宠眷,六宫无比,只恐春老花残,日
　　　　久恩疏,不免长门永隔,清夜自伤。
　　　　(唱)　鹊桥年年渡双星,
　　　　　　　地久天长永相从。
　　　　　　　臣妾入选蒙宠幸,
　　　　　　　礼同皇后冠六宫。
　　　　　　　怕只怕花残春无剩,
　　　　　　　恩移情迁受孤零。
　　　　　　　若得恩恩能长久,
　　　　　　　玉环世世不忘情。

明　皇　(举袖为妃拭泪)妃子休要伤感,朕与你的恩情岂是
　　　　一般君妃可比。
　　　　(唱)　爱卿勿忧免泪零,
　　　　　　　休怕恩爱有变更。
　　　　　　　钗盒成双常比并,
　　　　　　　深情美满胜双星。

杨　妃　既蒙陛下如此情浓,趁此双星之下,愿赐私盟,以坚
　　　　始终。

明　皇　朕和你对天盟誓来。(携妃同行)
　　　　(唱)　君妃相依下阶行,

杨　妃　(唱)　双双携手誓衷情。

明　皇　(唱)　瑶阶明月花影动,

杨　妃　(唱)　银烛秋光冷画屏。

明　皇　(唱)　闪闪明河当殿横,

杨　妃　(唱)　罗衣忽觉夜凉生。

明　皇　（唱）　玉殿悄悄回廊静，

杨　妃　（唱）　悄声低语海誓山盟。

〔明皇上香，明、妃同拜。

明　皇　双星在上，我李隆基与杨玉环，（杨妃合）情重恩深，愿
世世生生，共为夫妇，永不相离，有逾此盟双星鉴之。

明　皇　（揖）　在天愿为比翼鸟。

杨　妃　（拜）　在地愿为连理枝，

（二人相依，仰天共视双星）

天长地久有时尽，

此誓绵绵无绝期。

杨　妃　（拜谢明皇）深感陛下情重，今夕之盟，妾死生守之。

明　皇　（携妃）与妃子同守，夜深露凉，君妃二人回宫去吧。

（念）　长生殿前盟私订，

杨　妃　（念）　银汉沉沉月无声。

明　皇　（念）　今夕之盟谁为证，

杨　妃　（念）　天河相见女牛星。

（圆场同下）

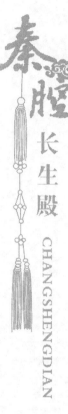

# 第九场　陷　关

〔天宝某年初秋。

〔潼关城郊。

〔安禄山领二番将、四番卒上。

安禄山　（念）　狼贪虎视威风大，

雄镇渔阳兵将多。

长驱直把潼关破，

唐家江山在掌握。

咱家安禄山，自出镇以来，乘唐主昏乱，结连塞上诸
蕃，招纳天下亡命，精兵百万，举事以来，势如破竹，

直抵潼关,众将官!(众应,呵)杀上前去。

    锦绣江山归吾坐,

    渔阳边镇起干戈。

    逢城攻打逢人剁,

    尸横遍野血成河。

〔众圆场喊杀,下。哥舒翰引二卒上。

哥舒翰　(念)　八十老将哥舒翰,

    威风八面守潼关。

俺潼关守将哥舒翰是也,不料安禄山反叛,杀奔前来,声势浩大,俺决意闭关死守,怎奈监军内侍,立逼出战,势不由己,来,与我拼力杀上前去。

二　卒　得令。

〔哥、安、卒兵相遇,大战,安众擒哥,绑至一旁。

安禄山　哥舒翰,某家饶尔老命,速快献关投降,不失富贵。

哥舒翰　事已至此,只得投降。

〔众解缚,哥起侧立。

安禄山　且喜潼关已得,番儿们,杀奔西京。

(众应呐喊圆场下)

(唱)　挥戈跃马兵百万,

    踏残山河占长安。

    潼关一破秦川坦,

    料尔唐家无计拦。

(挥戈亮相下)

# 第十场　惊　变

〔天宝某年秋。

〔沉香亭畔。

〔高力士上。

**高力士**　（念）　玉楼天半起笙歌，

风送宫嫔笑语和。

奉圣上之命，御花园安排小宴，与贵妃娘娘同来游
赏，不免早来伺候。

〔明皇、杨妃引二宫女、二内侍上、高见驾后旁侍。

**明　皇**　今乃新秋天气，寡人朝罢无事，梨园排得霓裳羽衣新
谱，不免与妃子赏玩一番。

（唱）　长空数行南来雁，

碧天淡远白云闲。

**杨　妃**　（唱）　柳丝添黄荷翠减，

红莲脱瓣绿菱鲜。

**明　皇**　（唱）　一片清香桂花绽，

秋色满园夏景残。

**高力士**　请万岁爷与娘娘上宴。

〔明皇正坐，杨妃侧坐，宫女进酒，杨妃敬酒，明皇
阻止。

**明　皇**　且慢，你我君妃自斟自饮。

（唱）　不劳你玉手捧杯礼仪繁，

学一个举案齐眉两情添。（举杯互让）

咱君妃低斟浅酌闲消遣，

莫辜负良辰美景醉花前。

妃子，你看秋色宜人，益增欢畅。

（唱）　花间小宴把幽怀散，

**杨　妃**　（唱）　风荷映水翠盖翻。（不时饮酒）

**明　皇**　（唱）　鸳鸯蘸眼银塘畔，

**杨　妃**　（唱）　秋燕恋巢绕廊旋。（奉杯）万岁请！

**明　皇**　（唱）　紫金盅里酒光艳，

**杨　妃**　（唱）　碧玉杯中茶如兰。

**明　皇**　（唱）　烹龙煲凤堆盘案，

**杨　妃**　（唱）　清蔬脆果宜佐餐。

万岁！如此良辰，可否歌舞一番，以资助兴。

明　皇　（唱）　梨园旧曲朕听厌，
　　　　　　　　羽衣霓裳凑钧天。
　　　　　高力士，传旨伶工演奏，宫人歌舞上来，烦妃子珠喉
　　　　　一歌，朕倚玉笛以和。
高力士　圣上有旨，梨园演奏霓裳羽衣曲，宫人起舞。
　　　　　〔内应，领旨，内奏细乐，宫女四人舞蹈上，杨妃执手
　　　　　板领唱，四舞女和。
杨　妃　（唱）　骊珠散落拍初定，
　　　　　　　　飞上瑶天歌一声。
　　　　　　　　珠辉翠映如云影，
舞　女　（合唱）飘飏招展似风生。
杨　妃　（唱）　拍按宫商音节应，
　　　　　　　　玉河流水似银铃。
　　　　　　　　慢收长袖多轻盈。
舞　女　（合唱）飘飘迴雪舞风轻。
杨　妃　（唱）　高歌遏云余音绕，
　　　　　　　　缥缈霓裳天上声。
　　　　　　　　高低转侧多娉婷。
舞　女　（合唱）群娥妙舞狱天庭。
　　　　　〔乐止舞歇，舞女拜起，分下。
明　皇　妃子喉，天府玉音，可称双绝，宫娥看酒，朕与妃子
　　　　　对饮。
　　　　　（宫娥分送酒，明皇、杨妃对饮，照杯）
　　　　　（唱）　驻拍停歌笑吟吟，
　　　　　　　　羽衣妙舞赛三春。
杨　妃　（唱）　仙乐原非人间韵，
　　　　　　　　广寒宫里有知音。（对饮）
明　皇　（唱）　五陵烟锁秦川景，
　　　　　　　　且乐升平倒金樽。（与妃斟酒）
杨　妃　恕妾量浅，不能饮了。
明　皇　宫娥们跪劝！

二宫女　领旨。(进妃酒)娘娘请。

〔杨妃强饮,宫女连劝。

明　皇　(笑,持杯,看妃)妃子醉态,丹青难画,令朕百看
　　　　不厌。

　　　　(唱)　笑盈盈持玉盏将卿细看,
　　　　　　　　红艳艳花一朵早上腮边。

杨　妃　(坐不稳,立起复斜倚案)臣妾真醉了。

明　皇　(唱)　困恹恹软绵绵莺娇燕懒,
　　　　　　　　花随风萍随水柳拂堤沿。

　　　　妃子醉了。(扶持)宫女们,扶娘娘回宫。

二宫女　领旨!(扶妃)

杨　妃　(醉中辞驾)万岁!

〔二宫女扶妃行,妃呈醉态。

　　　　(唱)　影朦朦星眼迷金花闪现,
　　　　　　　　困恹恹四肢软轻云一般。
　　　　　　　　软绵绵难扶起纤腰玉腕,
　　　　　　　　娇怯怯进复退难举金莲。
　　　　　　　　乱松松压香肩青丝散乱,
　　　　　　　　步迟迟由宫娥扶到枕边。

　　　　(二宫女扶杨妃圆场下,内鼓声急发)

明　皇　(持杯在手,忽惊)何处鼓声骤发?

〔杨国忠急上。

杨国忠　(引)　渔阳鼙鼓动地来,
　　　　　　　　惊破霓裳羽衣曲。

　　　　闻得万岁在御花园饮宴,军情紧急,不免直入!

　　　　(进见驾)臣启陛下,安禄山造反,杀过潼关了。

明　皇　(大惊)守关将士何在?

杨国忠　哥舒翰兵败投降,安贼眼看就到长安,承平日久,人
　　　　不知兵,如何是好?

明　皇　(沉吟,复镇静)如此,急速与众大臣计议,发兵御贼
　　　　才是。

杨国忠　哥舒翰乃我朝名将,尚且不支,何人还能退贼,况京城空虚,百官怯战,如何能敌?

明　皇　唉,好气也。

　　　　（唱）　文无谋武无勇一齐丧胆,

　　　　　　　平日里一个个尸位素餐。

　　　　　　　腰围玉身穿绣乌靴象简,

　　　　　　　没一个英雄汉扫荡狼烟,

　　　　　　　既封妻又荫子食禄千万。

　　　　　　　兵戈起却为何胆战心寒,

　　　　　　　只怪朕倦朝纲贤愚不辨。

　　　　　　　把小人齐当作龙逢比干。（闷坐不语）

杨国忠　臣进宫之前,翰林诸官,反言陛下耽於宴乐,引出这场祸乱。

明　皇　（唱）　安禄山造了反怪孤饮宴,

　　　　　　　要你这文武臣作何事端。（截）

　　　　丞相,如今计将安出?

杨国忠　依臣之见,贼势浩大,不如权且幸蜀,暂避其锋,以侍天下勤王。

明　皇　依卿所凑,传旨,诸王百宫,即时随驾幸蜀。

杨国忠　领旨。（急下）

明　皇　高力士,传旨右龙武将军陈玄礼,统率御林禁军,服驾西巡。

高力士　领旨。（下）（闭二幕）

明　皇　唉,朕与妃子,正在乐享太平,两情欢恰,忽生此变,如何得了!（略顿）摆驾回宫!

　　　　（内侍引明皇圆场）

　　　　（唱）　实可恨安禄山忘恩作乱,

　　　　　　　反渔阳破连关烽火连天。

　　　　　　　我好比长空中西飞孤雁,

　　　　　　　九重宫映落日伤心故园。

　　　〔引至西宫,内侍退下,永新、念奴接驾。

明　皇　宫娥们,杨娘娘可曾安寝?

宫　女　已睡熟了。

明　皇　不要惊动她,且待明日玉鼓同行便了。(泣)天哪,
　　　　寡人不幸,遭此祸乱,想我那妃子呵!

　　　　(唱)　玉软花柔多娇惯,
　　　　　　　怎样撑持蜀道难。
　　　　　　　可怜你花容玉貌芙蓉带露把路赶,
　　　　　　　风尘迷漫染行鞍。

　　　　唉!怎生得了呵!(拭泪)

宫　女　天已不早,请皇上安歇,以便登程。

明　皇　知道了。(下)

　　　　〔二宫女随下。

# 第十一场　埋　玉

　　　〔天宝某年秋。
　　　〔马嵬驿。
　　　〔陈玄礼引四军士上。

陈玄礼　(唱)　世受君恩统禁军,
　　　　　　　天颜喜怒得先闻,
　　　　　　　太平武备皆无用,
　　　　　　　谁料狂胡起战尘。

　　　　右龙武将军陈玄礼,逆胡安禄山倡乱,潼关失守,大
　　　　驾幸蜀,令俺统率禁军护驾,军人们,马上加鞭!

军　士　啊!

　　　　〔陈与众军过场,二宫女、二内侍,高力士,杨国忠,明
　　　　皇各乘马,杨妃乘车同上,圆场。

明　皇　寡人无道,误宠贼臣,至令狂胡作乱,只得西巡避兵,

好不伤感人也!

（唱）　仓促间离九重不由泪洒，

杨　妃　（唱）　一刹时逼得人离了皇家。

明　皇　（唱）　冷清清奔长途半张銮驾，

杨　妃　（唱）　车辚辚一步步回首京华。

明　皇　（唱）　华清宫春泉涌胡儿洗马，

杨　妃　（唱）　沉香亭百花栏人踩马踏。

明　皇　（唱）　抛宗庙弃陵寝仓皇西下，

杨　妃　（唱）　众百姓何一日衣冠汉家。

明　皇　（唱）　山含悲水流愁秋风潇洒，

　　　　　　　　中兴主只落得破国亡家。

杨　妃　（唱）　恨无穷愁无限恓惶泪下，

　　　　　　　　谁料想安禄山祸害根芽。

〔众圆场。

明　皇　（感慨）朕深居九重，闻鸡有官，千金一赏，怎知民间
　　　　　贫苦至此。

（唱）　对远山邻驿路萧萧林下，

　　　　　　　　破茅屋断土墙民舍数家。

　　　　　　　　朕只知开元间三钱斗价，

　　　　　　　　却怎么民疾苦野乏桑麻。

杨　妃　（唱）　西飞雁一声声送上雕鞍，

　　　　　　　　日黄昏长安远伤心故园。

　　　　　　　　望成都白云深山高路远，

　　　　　　　　蜀道难何日到芙蓉城垣。

高力士　来此已至马嵬驿，请万岁爷暂住銮驾。

〔众下马，杨妃下车，明皇，杨妃进驿，高力士旁侍，余
　分下。

明　皇　（坐）妃子，怎奈遭此不幸，山高路远，累你劳顿，如
　　　　　何是好。

杨　妃　臣妾自应随驾，焉敢辞劳，但愿早日破贼，大驾还都。

〔内呐喊:杨国忠,专权误国,祸害黎民,要杀杨贼的,随将我来,众应声,四军卒执刀追杨国忠过场,鼓角齐鸣,人喊马嘶。

明　皇　(惊听)外边为何如此喧闹? 高力士,快宣陈玄礼进见。(起立)

高力士　陈玄礼见驾。

〔陈玄礼上。

陈玄礼　臣陈玄礼见驾。

明　皇　众军呐喊为何?

陈玄礼　臣启陛下,杨国忠专权误国,激怒六军,竟将他乱刀杀死。

明　皇　(惊)哎呀! 有这等事。(杨妃闻言背立掩泣,明皇沉吟)这也罢了,传旨起驾。

陈玄礼　(向外传)圣上有旨,赦众军擅杀之罪,即速进发!

〔呐喊声:国忠虽死,贵妃尚在,不杀贵妃,决不服驾,众响应,人马嘶喊声。

陈玄礼　(躬身奏)众军言道,贵妃尚在,不肯起行,望陛下割恩,以重社稷。

明　皇　(大惊)呀! 这是从何说起! 将军!

(杨妃膝行,急牵明皇衣,避其身后)

(唱)　　杨国忠纵有罪已被劫杀,

　　　　孤侍旨赦六军不把罪加。

　　　　你娘娘一女流泪宫伴驾,

　　　　并不会干朝政贻误国家。

　　　　众三军理应当随王保驾,

　　　　又何必乱纷纷惊吓于她。

陈玄礼　娘娘诚然无罪,只是军心已变,怎生是好?

明　皇　我卿速去晓喻三军,休得如此无礼。

〔众呐喊:不杀杨妃,誓不护驾。陈辞驾趋出,明皇无语闷坐。

杨　妃　哎呀,万岁! 妾死不足惜,但主上之恩未曾答报,数年恩爱,如何割舍?

（唱）　六军不发堪惊诧,
　　　　又闻胞兄遭惨杀。
　　　　君妃恩爱舍不下,
　　　　心情惨痛乱如麻。

明　皇　妃子莫要惊怕,有孤在此,与你作主。

〔内人声杂乱,呐喊:不杀贵妃,誓不护驾,陈玄礼仗剑上。

陈玄礼　臣启陛下,众怒汹汹恐生不测,贵妃虽则无罪,国忠实其亲兄,今在陛下左右,是以军心不安,若军心安则陛下自安,望乞三思。

〔明皇低头沉吟不语。

杨　妃　（膝行牵明皇衣痛哭滚白）万岁呀万岁! 臣妾受皇上深恩,杀身难报,今事势危急,国家难保,望赐自尽以定军心,使陛下安稳抵蜀,则妾虽死犹生了。

（唱）　君恩如海难割舍,
　　　　事势危急须断决。
　　　　军心安定国有幸,
　　　　何惜身染刀头血!（伏明皇膝上哭声呜咽）

〔外声喧哗鼓噪,高力士出门探视,复进。

高力士　启万岁! 众军已将行院来了,如有他变,怎么是好!

明　皇　（拭泪,摇头,搓手）陈玄礼,且去安抚诸军,朕自有道理。

陈玄礼　领旨!（下）

明　皇　（抚妃发唱）

　　　　无语沉吟意如麻,

杨　妃　（唱）　恩爱难舍心痛杀。

明　皇　（唱）　一对鸳鸯遭浪打,

杨　妃　（唱）　魂飞天外泪交加。

〔二人相持痛哭。

〔人声鼓噪：杀了杨妃,杀了杨妃。

杨　妃　万岁,你看事已至此,无路求生,若再留恋,玉石俱
　　　　焚,益增妾罪,望陛下舍妾之身,以保社稷。

明　皇　妃子话讲哪里,你若捐生,朕虽有四海之富,要他
　　　　则甚?

高力士　(掩泪跪白)娘娘既慷慨捐躯,望万岁爷以社稷为
　　　　重,勉强割恩吧。

　　　　〔人声鼎沸,战马长嘶。

明　皇　(哑然片刻,顿足)妃子,既如此,朕也做不得主了,
　　　　高力士,只得但(咽哽)……但凭娘娘吧!

　　　　〔哽咽暗泣掩面下。

　　　　〔杨妃拜呼:万岁!哭倒在地。

高力士　众军听着,万岁有旨,已赐杨娘娘自尽了。

　　　　〔内欢呼:万岁。

高力士　(扶妃)娘娘请到后边。

杨　妃　(唱)　　杨玉环两眼血泪抛,

　　　　　　　　生离死别在今朝。

　　　　　　　　我只说恩爱情双好,

　　　　　　　　怎知今朝无下梢。

　　　　　　　　我哥哥作事奴不晓,

　　　　　　　　害得我恩爱一旦抛。

　　　　　　　　万岁爷伤心如刀绞,

　　　　　　　　救不下红颜命一条。

　　　　　　　　众三军怒吼如虎豹,

　　　　　　　　逼得奴心内似火烧。

　　　　　　　　难割舍世上风光好,

　　　　　　　　难割舍君恩情义高。

　　　　　　　　可怜我红颜赐女无辜死,

　　　　　　　　日色惨淡风箫箫。

哦,高力士,娘娘一死,陛下年事已高,只有你是旧人。乞望你用心侍奉,我死而有知,也当感激。

**高力士** 娘娘忠爱之言,奴婢终生不忘。(饮泣)

**杨　妃** (袖出钗盒)还有这金钗盒,乃陛下与我定情之物,我死之后,务要放在我的身边,千万切记。

(唱)　手持钗盒好心酸,

点点珠泪滚腮边。

忆昔君妃定情夜,

钗不单分盒永圆。

只说恩情常美满,

谁知死别在今天。

此情脉脉难割断,

钗盒谨守到九泉。

万岁年高难照管,

千山万水多艰难。

马嵬坡前命虽断,

幽魂长依在君前。

(向内白)罢了,万岁爷,从此奴便与你永别了。(哭泣,起,转念,顿足,恨)安禄山,忘恩的贼,若不是你作乱,娘娘焉有今日。

(接唱)恨只恨安禄山狂胡作乱,

不由我心如焚咬碎牙关。

若不是那逆贼渔阳反叛,

杨玉环怎么能身死驿园。

陈玄礼不杀贼兵围行馆,

立逼我马嵬坡系颈投环。

说不尽千般恨万种悽惨,

痛煞煞泪双抛心如刀剜。

罢了天,天啊!我玉环好苦呵!(凄然疾下)

**高力士** (念)　六军不发无奈何,

宛转娥眉一朝死。

唉，可怜的娘娘呵！（下）

〔高力士复上。

**高力士** （持白绫跪奏）启万岁，娘娘自缢而死！

〔明皇上，呆坐出神不应。

启万岁，娘娘自缢而死！（呈上绫）

**明　皇** （持绫细视）（哭）唉呀，我的爱妃呀！（前闪扑地）

（唱）　一见妃子把命断，

不由为王心痛酸。

白绫三尺绕颈畔，

国色天香化轻烟。

昔日欢恰长生殿，

你今惨死在驿园。

哭了声爱妃死得惨，

何人伴孤度晚年。

**高力士** 万岁，这是娘娘所带金钗钿盒，临终吩咐奴婢与她埋
在身边。（献钗盒）

**明　皇** （唱）　看钗盒思爱妃心中凄惨，

忆当日定情夜曾有盟言。

愿君妃情双好钗盒为鉴，

到如今物虽在人丧黄泉。

可怜你临终时不忘钗钿，

生和死钟此情松柏贞坚。

马嵬坡你捐躯社稷在念，

有孤王心愧悔抱恨终天。

高力士，你将娘娘权且掩埋，将钗盒放在娘娘身边，
做好表记，以便他日改葬。

**高力士** 领旨。（持钗盒下）

**明　皇** 唉！如此草草结束，好不痛煞人也。

（唱）　软玉温香顷刻化，

今生今世难见她。

怎选山陵将墓打，

何人与你奠酒茶。

浅坑薄土权埋葬，

无人戴孝去披麻。

三尺孤坟夕阳下，

黄尘散漫风萧飒。

〔高力士上，二内侍暗上。

**高力士** 启万岁，奴婢已将娘娘掩埋，传旨起驾吧。

**明　星** 咳，我便不去西川也罢！

**高力士** 万岁请以社稷为念。

**明　星** 咳，罢罢罢，传旨起驾。

**高力士** 圣上有旨，起驾西行。

〔众内应，明皇引二内侍，高力士圆场，内声叩见吾皇
万岁。

**明　皇** 高力士，前去看过何人叩驾？

**高力士** （作眺望回奏）启万岁爷，原是一群父老。

**明　皇** 传孤旨意，着父老中长者一人见驾。

**高力士** 领旨！（向内宣）圣上有旨，父老中长者见驾。

〔内应，遵旨，郭从谨上，见驾。

**郭从谨** 草野小臣郭从谨，愿吾皇万岁。

**明　皇** 平身。

**郭从谨** 谢主龙恩。

**明　皇** 众父老叩驾何事？

**郭从谨** 臣之乡里，唯恐陛下入蜀，将中原百姓遗与胡儿
涂炭。

**明　皇** 朕已命人前往灵武，传旨太子，着其率领郭子仪，李
光弼诸将东向破贼，可传谕父老勿忧。

**郭从谨** 如此，万民有幸，陛下可知，今日之祸，从何而起。

**明　皇** 你道因何而起？

郭从谨　陛下若赦臣无罪，臣当冒死直言。

明　皇　但说不妨。

郭从谨　只为杨国忠、李林甫专权，贪财纳贿，坏了祖宗法度，以致小民生计艰难，安禄山反迹已显，有人告发，陛下不信，反赐诛戮，是以一旦兵起。

明　皇　国忠专权，禄山谋反，寡人俱不能知，总怪寡人不明，以致于此，可恨满朝大臣，蒙蔽圣聪，不如野老直言无隐。

郭从谨　若不是陛下巡行至此，小民哪能得见天颜，便告退。

明　皇　为朕宣谕怀念父老之意。

郭从谨　遵旨，（施礼下）

　　　　　虽然白发千茎雪，

　　　　　难把丹心一寸灰。

明　皇　咳，寡人悔愧交加，好不伤心人也。

　　　　（唱）　黄尘如雾染行鞍，

　　　　　　　　旌旗招展秋风寒。

　　　　　　　　碧云暗淡斜阳晚，

　　　　　　　　剑岭巴山蜀道难。

　　　　　　　　伤心娥眉哭宛转，

　　　　　　　　白绫三尺归九泉。

　　　　　　　　掩面不敢看行院，

　　　　　　　　马上一步一心酸。（哭）

　　　　罢了，妃子，杨玉环，呵呵呵！

　　　　（依次乘马下）

# 第十二场　骂　贼

〔天宝某年秋。

〔凝碧池便殿。

〔雷海青抱琵琶上。

**雷海青**　（念）　武将文官总旧僚，

恨他反面事新朝。

纲常留在梨园内，

哪惜伶工命一条。

乐工雷海青。安贼作乱，破了长安，天宝皇帝，避兵西川，那满朝文武，平日间高官厚禄，享荣华、受富贵，哪一件不是旧朝廷恩典，如今却一个个贪生怕死，背义忘恩，屈膝投降，只图安乐一时，那顾骂名千古，唉，岂不可羞，岂不可恨！我雷海青虽是一名乐工，那种没廉耻之事，实实做不出来，今日安禄山在凝碧池头大筵一般狗党，不免前去痛骂一场，出出这口愤气，纵然粉身碎骨，也在所不辞了。

（唱）　人言说俺乐工职分卑贱，

也不曾登科第高占朝班。

俺本是血性男忠肝义胆，

遭危难不由人声吞恨衔。

恨只恨安禄山忘恩作乱，

又杀人又放火污染腥腹。

那一般狗贼男忠孝常发，

到临危齐摇尾接受新衔。

把一个君亲仇当作恩眷，

无廉耻丧节操富贵来贪。

眼见得作忠臣没个人敢，

雷海青要把这千斤担担。（平声）（下）

〔启二幕，四校尉引安禄山上。

安禄山　（坐诗）范阳兴兵下潼关，

势如破竹抵长安。

今朝方得遂吾愿，

一统山河万万年。

孤家安禄山，自从范阳起兵，连得两京，唐室昏君逃入四川，锦绣江山，归吾掌握，今日在凝碧池上，大排筵宴，洒乐一回，校尉，宣文武进见。

校　尉　主公有旨，文武进见。

〔内应：领旨，四伪官上。

伪　甲　今日新天子。

伪　乙　当时一殿臣。

伪　丙　同为识时者。

伪　丁　不是负恩人。

四伪宫　（见驾）参见燕王万岁，万万岁！

安禄山　众卿平身，孤家今日政务稍闲，特设宴与众卿共乐太平。

众伪官　谢主龙恩。

安禄山　排开酒宴，叫梨园子弟歌舞上来。

〔内应领旨，众就坐，校尉行酒，内奏乐。

安禄山　奏得好。（笑介）

四伪官　臣想天宝皇帝，不知费了多少心力，教成此曲，留与陛下受用，真乃洪福齐天。

安禄山　众卿言之有理，酒来！

（众饮酒，雷在内哭唱）

烽烟起人离乱蓬蒿四野，

丑胡儿据中原天昏地黑。（哭叫）

我我那天宝帝呀，万岁爷！

安禄山　（怒）何人廊下啼哭？

校　尉　乐工雷海青。

安禄山　带上来。

〔校尉推雷海青上。

安禄山　胆大乐工，孤家在此饮宴，竟敢擅自啼哭，好生可恨。

雷海青　呔，安禄山，尔本失机边将，罪应斩首，幸蒙圣恩不
　　　　杀，拜将封王，不思报效，竟敢称兵作乱，污秽神京，
　　　　不日勤王兵至，将尔碎尸万段，还摆什么筵宴？

安禄山　嗻，孤登大位，臣下无不顺从，胆大乐工，竟敢辱骂孤
　　　　家，来，看刀伺候。

校　尉　（亮刀威吓）啊！

雷海青　呔，安禄山，反贼！

　　　　（唱）　安禄山儿本是兽心人面，

　　　　　　　雷老爷一阵阵怒发冲冠。

　　　　　　　天宝帝并不曾亏儿半点，

　　　　　　　谁叫尔忘恩义造反逆天。

　　　　　　　少时间爷难免尸横血溅，

　　　　　　　将琵琶击逆贼报答开元。（以琵琶击安，不
　　　　中，为校尉所接）

安禄山　哇呀呀，好气也！

　　　　（唱）　小乐工你竟敢如此大胆，

　　　　　　　用琵琶击孤王无法无天。

　　　　　　　叫校尉推下去与孤问斩，

　　　　〔校尉推雷，雷昂然唱。

雷海青　（唱）　你老爷身虽死羞杀群奸。（下）

安禄山　好恼呀，好恼！

| 四伪官 | 主公息怒，无知乐工，何必介意。 |
|---|---|
| 安禄山 | 孤家心上不快，摆驾回宫。 |
| 四伪官 | （恭送）送主公。 |

〔四校尉引安禄山下。

| 四伪官 | 杀得好，一个乐工，竟然想作忠臣，难道我们吃太平筵宴的倒错了不成，正是： |
|---|---|
| 伪　甲 | （念）　为王为虏事偶然。 |
| 伪　乙 | （念）　一个忠臣值啥钱， |
| 伪　丙 | 雷海青呀！ |
| | （念）　世上何人怜苦节， |
| 伪　丁 | （念）　你没戴乌纱见识浅。 |

（同下）

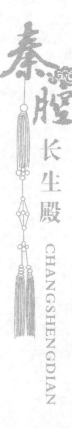

# 第十三场　私　祭

〔天宝某年春三月。

〔金陵女贞观经堂。

〔李龟年抱琵琶上。

| 李龟年 | （念诗）自从鼙鼓起渔阳， |
|---|---|
| | 宫禁尘封蔓草荒。 |
| | 留得白头遗老在， |
| | 谱将残恨说兴亡。 |

老汉李龟年，昔为内苑伶工，供奉梨园，蒙万岁爷十分恩宠，谁想禄山造反，圣驾西巡，万民逃窜，俺梨园部中七零八落，老汉流落江南，唱曲糊口，今乃清明佳节，鹫峰寺中大会，不免赶去卖唱一番了。

（唱）　可怜白头遭离乱，

奔波异乡叹衰残。

昔日新歌长生殿，

承恩直上九重天。

渔阳兵至笙歌断，

天子蒙尘剑门关。

国色天姿血污染，

马嵬兵变葬红颜。

孤魂野墓哭幽怨，

六代园陵乱草间。

满目兴衰愁无限，

吹箫求食学伍员。（下）

〔永新、念奴持经卷上。

永　新　（引）　舞衣脱尽余香在。

念　奴　　　　且向花前学诵经。

永　新　奴乃天宝旧宫人永新，与念奴妹妹逃难出宫，在此女贞观中做了道士，今日天气晴和，观主着我二人检晒经卷，不免晒将起来。

〔二人晒经。

念　奴　记得杨娘娘当日，曾教鹦鹉雪娘子念诵心经，不料娘娘竟然惨死，转眼之间，竟成遗念。

永　新　唉！提起杨娘娘，说来可怜，娘娘为人宽厚，对待下人最能体贴，把这样的人，如此下场，叫人好不伤心也。

　　　　（唱）　想娘娘好心肠恩情难忘，

　　　　　　　运锦心挥彩管谱制霓裳。

念　奴　（接唱）脸胜花腰怯柳仙姿绮貌，

　　　　　　　只落得白骨冷荒墓斜肠。

　　　　咳，都是她哥哥把娘娘害到这步田地，不然哪有马嵬坡一场祸事。不过皇上心也太忍。

永　新　听人说,当时杨娘娘见事势危急,自请捐躯。唉,像这样心在国家,真是可敬可叹!

念　奴　说来说去,还是女子命苦,别人把天下搞坏,与娘娘何干?姐姐,今乃清明佳节,家家祭扫坟茔,你我受娘娘深恩,何不设位祭奠一番。

永　新　妹妹说得是,你我设祭便了。

〔二人写杨妃灵位,奠茶,礼拜,奏乐。

念　奴
永　新　娘娘在上,永新、念奴谨以馨香清茶,虔心遥祭,望娘娘超生仙界,娘娘呵!

永　新　(唱)　可怜你遭惨变马嵬驿院,
　　　　　　　为他人受连累竟把躯捐。

念　奴　(唱)　昔日里有深宫多受恩典,
　　　　　　　墓草青有何人挂纸烧钱。
　　　　姐姐你看庭下牡丹开了一朵,此花娘娘最爱,不免折来供在位前。(折花,二人拜献,同叹)
　　　(念)　牡丹无恙带露开,

永　新　(念)　爱花之人归泉台。(望天)
　　　　呀!一时黑云四起,恐要下雨,念奴妹子你我收拾经卷。

念　奴　噢是。

〔二人捧经卷下,李龟年上。

李龟年　(引)　清明佳节雨纷纷,
　　　　　　　路上行人欲断魂。
　　　　老汉李龟年,前去鹫峰寺卖唱,忽遇风雨,前面有一道观,不免避雨片刻。(进门,四望)呀,松影竹篁,座列真仙,经藏万卷,好清静庄严。(看灵牌,念)大唐贵妃杨娘娘灵位!(失声哭介)哎呀!杨娘娘,不料这里倒有人供你。(拜)
　　　(唱)　鹫峰寺前把曲唱,
　　　　　　　清风细雨断人肠。

可怜娘娘把身丧，
万古千秋抱恨长。
谁与你把孤坟上，
谁逢令节点炉香。
无限繁华均已往，
绝代佳人无下场。

〔永新、念奴暗上。

永　新　妹妹，那不是李师父，怎生得到此间？

念　奴　你我一同见过。（见李）李师父。

李龟年　你是何人？（惊认）莫非永、念二娘子么？

永　新
念　奴　正是。（拭泪）

李龟年　你二人怎生到此？

永　新
念　奴　我们去年，逃难南来，出家在此，师父请坐。

李龟年　我也因逃难，流落江南。（拭泪）不料遇见你二人。

永　新　师父在此怎样为生？

李龟年　携带琵琶随身，将娘娘所制霓裳新曲，沿街卖唱，唉！
　　　　此曲虽在，制谱之人，竟然惨死。（拭泪）难得你二
　　　　人有心，还祭奠於她。

永　新　娘娘生前，对咱们甚为宽厚，令人怀念。

念　奴　今日因系清明佳节，所以更加使人感叹。

李龟年　是呀！若不是杨国忠专权误国，娘娘也不致如此。

永　新　安禄山那厮也太得忘恩。

李龟年　这都是万岁爷对他们宠信得太过了。听说太子已即
　　　　帝位，上皇不日就可还都。

永　新
念　奴　如此，谢天谢地，请问师父，昔日梨园旧人，都怎
　　　　样了？

李龟年　仓促逃难，各奔生路，不知下落。只听得雷海青骂贼
　　　　殉国而死。

永　新
念　奴　耿耿忠心真乃可敬！

| 李龟年 | （望介）呵，雨住天晴，老汉我就告辞。 |
| 永 新<br>念 奴 | 师父不必他往，请用素斋。 |
| 李龟年 | 如此，叨扰了，正是： |
| 永 新<br>念 奴 | 白首红颜伤往事， |
| | 落花时节逢故人。 |

（同下）

# 第十四场　雨　梦

〔天宝某年秋。

〔长生殿。

〔内幕前，高力士持画轴上。

| 高力士 | 咱家高力士，自从太子收复两京，即了帝位，圣上还都，退居养老，每日思念杨妃，画了一幅真容，朝夕祭奠，初更已起，主上将烧晚香，待我收拾一番。 |

〔拂几案尘，明皇上。

| 明　皇 | 寡人适才园亭闲步，本欲消遣闷怀，不料反而触景伤情，初更已报，不免祭奠妃子一回了。 |
| | （唱）　适才间在园亭闷怀消遣， |
| | 谁料想反勾起相思万千。 |
| | 耳听得初更报将身转回， |
| | 凤帏悄残灯暗寂寞难堪。 |

（进，高见驾侍立，明皇拈香，细看杨妃像）

妃子呀妃子，当时怪寡人无智，辜负你深情厚意，纵有千言万语，将对何人说起呀！

（唱）　妙丹青虽描下贤卿模样，

总不能似往昔笑语生香。

是寡人负了你情深意广，

说什么长生殿比翼成双。

马嵬驿我若将亲身抵挡，

也落个泉台下永好成双。

今日里相思泪虽有千行，

抵不得生死恨无限凄凉。

（外淅沥雨声，明皇对灯独坐）

寡人回都，日夜相思，如何得见妃子一面，今夜对着这一庭苦雨，半壁愁灯，好不凄凉人也！

（唱）　冷风夹雨战寒霄，

　　　　点点滴滴梧桐梢。

　　　　萧萧飒飒山泉啸，

　　　　淅淅沥沥雨滴槽。

　　　　半壁愁灯人独照，

　　　　敲窗叩户住又飘。

　　　　直下得更残漏尽枕冷衾寒人焦燥，

　　　　如怨如诉魂暗销。

〔起二更，明皇支颈而坐。

**高力士**　天已二鼓，万岁爷安歇吧。

**明　皇**　你且去安歇，联还要独坐片刻。（假寐）

〔高力士下，闭二幕，明皇梦上。

**明　皇**　寡人这才闷坐，忽见青衣女童前来，说妃子请朕一会，一路云山飘渺如临仙境。

（唱）　青衣童传一语妃子请见，

　　　　不由我心花放喜上眉尖。

　　　　自从你马嵬驿为国殉难，

　　　　有孤王无一日不在心间。

女童忽然不见，此间瑶花琪草，鹤游松下，清虚宁

静,福地洞天,待朕看来。(环顾四周)

(接唱)一路上云山景无心观看,

忽然间来至在福地洞天。

仙鹤游奇花放清泉飞贱,

有苍松和翠柏左右迴环。

(看介,念瓯)玉妃太真之院,太真之院,哎呀,妃子果已升仙,待朕叩门。(叩门)

〔启二幕,现洞府内院景,女童上。

女　童　(出现)何人叩门?(见明皇,跪接)原是上皇到了,请进。(转向内)启禀娘娘!上皇到。

〔内应,来了,杨妃生前装束上。

杨　妃　上皇在哪里?

明　皇　妃子在哪里?

〔二人相持痛哭。

明　皇　我的爱妃呀!

杨　妃　我的上皇呀。

明　皇　杨太真呀!

杨　妃　万岁爷呀!

明　皇　(唱)　相逢执手痛难言。

杨　妃　(唱)　幽魂渺渺离恨天。

明　皇　(唱)　鸟啼花落不忍见。

杨　妃　(唱)　魂梦相思两情牵,

明　皇　(唱)　香摧玉折(你)遭冤惨,

杨　妃　(唱)　梨花玉殒随杜鹃,

明　皇　(唱)　满心愧悔常自谴。

杨　妃　(唱)　前盟未了情意坚,

明　皇　(唱)　闲霄静夜孤自怨,

愿随妃子到黄泉。(拭泪)

〔二人各拭泪,就坐。

明　皇　妃子,这是什么所在呀?

杨　妃　妾死之后,上天怜悯,说我无辜惨死,真情不泯,特命超生蓬莱仙境,赐号玉妃。

明　皇　妃子正果仙班,稍慰朕怀,一片相思,从而得偿。

杨　妃　七夕私盟,妾身念念不忘,是以特命童儿,请来一会。

明　皇　寡人自还都之后,退居南内,花朝月夕,触景伤情,画得妃子玉容,朝夕祭奠,物是人非,满目凄凉,风清月白,益增愧悔,自恨未随妃子于地下。

杨　妃　妾死之后,一缕幽魂,长相依傍宫阙,往昔恩爱,顷刻难忘。

女　童　启禀娘娘,天色将晓,上皇凡体,久留不使。

杨　妃　如此,待我送上皇回宫。

明　皇　(惊异)刻骨相思,相逢不易,怎生便要分别。

杨　妃　仙凡异路,不便久留,也属无奈。

明　皇　(泪下)妃子,你我竟要分别,恐难相见,好不痛煞人也。

　　　　(唱)　蜀山青蜀水流相思不断,(执妃手哭)

　　　　　　　千里路远不如此情缠绵,

　　　　　　　自回京朕独居怕听哀雁。

　　　　　　　见芙蓉思笑脸懒进亭园,

　　　　　　　在花朝和月夜倍加伤惨。

　　　　　　　幸今日与妃子相逢洞天,

　　　　　　　我只说常相思相依相伴。

　　　　　　　仙凡隔又分离相会何年?

杨　妃　哎,上皇呀!

　　　　(唱)　见上皇哭哀哀奴心凄然,

　　　　　　　奴虽死情不泯生死牵连。

　　　　　　　三尺坟映斜阳不自怜念,

　　　　　　　一片心常飞过剑岭巴山。

到如今仙凡隔难以留恋，

才相逢又分离痛苦难言。

〔二人抱头痛哭。

明　皇　（唱）　哭一声杨玉环再难相见。

杨　妃　（唱）　万岁爷两鬓霜心如箭穿。

〔闭二幕，打四更，杨妃暗下，明皇幕内痛哭：杨玉环
我的爱妃呀！高力士急上。

高力士　（念）　愁人那堪清霄雨，

忽闻帐内哭声哀。

天已四鼓，万岁爷忽然失声痛哭，待我看过。

〔启二幕，明皇拭泪四顾。

高力士　万岁爷，为何深夜伤悲？

明　皇　（惊觉）外面淅淅沥沥什么声响？

高力士　雨洒桐叶。

明　皇　哎，好不伤心人也！

（唱）　魂梦中见妃子蓬莱仙岛，

诉不尽相思意如漆似胶。

惊醒来孤零零残灯昏照，

窗儿外声淅沥夜雨萧萧。

适才寡人睡梦之中，与妃子相会蓬来仙境，正在倾诉
衷情，忽为雨声惊醒，好生烦恼。

高力士　心有所思，乃成梦寐，梦中自醒，那是雨来。

明　皇　唉，你听我道来。

（唱）　润蒙蒙杨柳雨凄凄廉幕，

细丝丝梅子雨暗洒征途。

软飘飘杏花雨落英入户，

刷刺刺荷花雨乳滚银珠。

都不是梧桐雨惊魂破梦助恨添愁无休住，

直滴到晓恨难除。

高力士　天将破晓，万岁爷爷还是歇息一下，保重龙体。

明　皇　唉！我哪里睡得下。起五更，孤灯夜雨，好不愁闷
　　　　人也。

　　　　（接唱）纷纷泪点如珠掉，

　　　　　　　　雨伴铜壶点点敲。

　　　　　　　　梧桐叶上声嘶闹，

　　　　　　　　点点声声到寒梢。

　　　　　　　　雨点虽多泪不少，

　　　　　　　　泪雨交加不相饶。

　　　　　　　　五更夜尽天将晓，

　　　　　　　　此恨绵绵永难消。

　　　　妃子！难见的妃子呀！（拭泪）

　　　　　　　　　　　　　　　　　　　——剧　终

演出单位

西安市五一剧团

# 望 娘 滩

根据同名川剧移植

南宫缨　移植

# 剧情简介

　　四川双新县有一个勤劳勇敢的孩子聂郎和母亲过着贫穷艰苦的日子。一日去山中打柴，发现一簇青草，便割草卖钱，奉养高堂。后因拔草得宝珠一颗，生活就过得更好了。不料，这件事被恶霸地主周洪知道，遂与恶奴刘钦计议，千方百计，进行诈骗，以至于去抢宝珠，聂郎无奈将宝珠吞入腹中，入海化为蛟龙，掀起了万丈波涛，水漫周家庄，将地主恶霸淹死。

# 场　目

秦腔
望娘滩
WANGNIANGTAN

# 人　物　表

聶　　郎

聶　　母

周　洪　钦

剂　生　娃

长　　叔

三　李　大　发

胡　长　环

丫　　翁

艄　　客

乘　客

庄丁甲、乙、丙、丁

农民甲、乙、丙、丁等

# 第一场　序　幕

〔艄翁、乘客，船上。

〔望娘滩。

艄　翁　（内白）相公,坐稳啦!（艄翁划船与乘客急上,划船作颠簸下滩状）

乘　客　（唱）　波涛汹涌白浪滚!

艄　翁　（紧张地夹白）相公,坐稳啦!

乘　客　（唱）　一滩紧连一个滩!

艄　翁　莫要慌啊! 相公。

乘　客　（接唱）浪花打得岩石吼!

艄　翁　不要怕啊!

乘　客　（接唱）　好一似蛟龙出水潭!

艄　翁　坐稳! 坐稳!

　　　　（接唱）波浪滔天甚凶险,

　　　　　　　　二十四个望娘滩。

　　　　（滩已渡完,船入缓流）

乘　客　（拭汗）哎呀哎呀! 好不吓煞人也! 艄翁。

艄　翁　（一面划船）相公讲说什么?

乘　客　适才是这一片险滩,惊涛骇浪,滩滩相连,犹如蛟龙怒吼,万马奔腾——那是什么地方?

艄　公　相公,你问的是它么?

乘　客　正是它。

艄　翁　哎呀呀! 怎么你还不知道吗?

乘　客　学生初入四川,实实不知。

艄　翁　提起此滩,大大有名。相公,你可曾听说过望娘滩么?

乘　客　什么望娘滩? 望娘滩!

梢　翁　着、着、着，望娘滩、望娘滩。

乘　客　滩便是滩，为何题有"望娘"二字？

梢　翁　此事讲来话长。眼看船儿已经划到下游了。相公要
　　　　问，待小老儿与你慢慢讲来。
　　　　（唱）　提此事可真是年深久远，
　　　　　　　　铁石人闻听也心酸！
　　　　　　　　孽龙留下千古恨，
　　　　　　　　怒把清流化险滩！

乘　客　慢来，慢来。你不是讲，望娘滩么，却怎么又提到什
　　　　么"孽龙"，这"孽龙"又是什么啊？

梢　翁　哪是什么"孽龙"啊，它原是顽童聂郎啊！
　　　　（唱）　有一顽童叫聂郎，
　　　　　　　　家贫寒靠勤劳侍奉高堂。
　　　　　　　　那日里割草在深山，
　　　　　　　　无意中得到宝珠喜地欢天！
　　　　　　　　恨财主周洪老贼太奸险，
　　　　　　　　见宝珠起贪心甚是凶险！
　　　　　　　　聂郎情急吞珠把龙变，
　　　　　　　　复仇怒火胸中燃，
　　　　　　　　母子分别长江畔，
　　　　　　　　肝肠寸断泪如泉。
　　　　　　　　娘在岸上连声唤，
　　　　　　　　小聂郎回首望娘头尾一摆一个滩！
　　　　　　　　聂郎愤怒滩消散，
　　　　　　　　江河波浪水滔天！
　　　　相公，你来看。……

乘　客　看什么？

梢　翁　（唱）　天连水来水接天，
　　　　　　　　二十四滩紧相连。
　　　　　　　　孽龙含恨下东海，
　　　　　　　　怒涌洪涛冲破天！

乘　客　（恍然）哦！


# 第二场　樵　遇

〔赤龙岭景象。

〔长生、三娃上。

长　生　（唱）　赤日炎炎当空照，

三　娃　（唱）　晒得草木尽枯焦。

长　生　（唱）　田中禾苗如蒿草，

三　娃　（唱）　河池干得裂缝了！

长　生　（唱）　财主管家太霸道，

三　娃　（唱）　心似豺狼腹藏刀！

长　生　（接唱）　明知天干数月久，

三　娃　（接唱）　漫山遍野像火烧。

长　生　（接唱）　偏要带我割青草，

三　娃　（接唱）　真如同大海把月捞。

长　生　唉！三娃，你看咱俩跑了五六里路，哪里得见半根青
　　　　草？今天若再不割草回去，管家刘钦不准吃饭事小，
　　　　恐怕免不了挨一顿饱打啊！

三　娃　唉！此刻你着急也无用。不如将聂郎找来，咱三人
　　　　共同想个办法，对付刘钦，你看怎样？

长　生　（沉思一下）嗯，也好。我想聂郎见多识广，一定能
　　　　想出个好办法来。

三　娃　那么待我前去……

长　生　聂家就在对面不远，站在此处一喊，能喊答应，他自
　　　　会前来。

三　娃　如此待我喊他！（回身喊）聂郎！聂郎！

〔聂郎上。

聂　郎　（唱）　耳边忽听有人叫，

出得门来用目瞧。

哦!

却原来长生、三娃把我找,

站立路口把手摇。

迈开脚步向前跑,

急急忙忙上山腰。

嘿!长生,三娃你二人找我,有啥事情啊?

三　娃　哎呀聂郎,你不晓得,我家周员外,新近买得花马一匹,只因天旱没有草吃,光吃豌豆,吃得员外心里又气又疼,所以这才叫刘钦逼长生给他割草喂马。割不到草,就不给他吃饭!还叫我们也割草去卖,五文钱一背篓!

聂　郎　天气干旱已经几个月了,哪里还能割下青草呢?

三　娃　是啊!慢说找青草,就连一块稀泥胡涂地也找不到。把竹子、芭蕉都晒干,当柴烧了!你说,这却如何是好!

聂　郎　这……我倒想出了个主意。

三　娃
长　生　你有啥好办法?快快讲来,快快讲来!

聂　娃　我先问你两个的胆子大,还是胆儿子小呢?

三　娃
长　生　胆大怎说,胆小又怎讲?

聂　郎　(向长生)想你在周家被那周洪老狗三日一骂,五天一打,出的牛马力,吃的猪狗食,长此一往,还不把你活活折磨死?!依我之见,不如逃出虎口,另谋生路!

长　生　那岂是容易的事?我家还欠有周家的账债没有还清呵!

聂　郎　那我自有办法。你看,前面不远乃是赤龙岭,山高林密。近日树木大半干枯,你我不如上山砍柴,担到街镇贩卖。卖来银钱,三人平分。你就慢慢积攒些银钱,将账还清,岂不是好?

三　娃　(欣然)对!对!对!咱们这阵儿就走!

长　生　(摇头)这,这,这可不成!

三　娃　怎么不成呢?

长　生　想那赤龙岭乃是我家员外的山地,咱们私自上山砍
　　　　柴,倘被员外察觉,又如何是好?

聂　郎　赤龙岭是公地,前年被你家员外霸占! 他不准砍柴,
　　　　我们偏要去砍! 少时上山,你们怕事,可在山坡瞭
　　　　望,我一人上树砍柴,即便将来发觉,也由我一人承
　　　　担,绝不连累你们! 况且此事只有我们三人知道,只
　　　　要咱三人不说,旁人又怎能知晓呢!

三　娃　对! 对! 对! 聂郎的主意一点也不错! 长生,你只
　　　　要逃回家中,那还怕他是怎的。

长　生　你不晓得,刘钦打起人来,那皮鞭子可是……

三　娃　怕啥哟! 走! 走!（强拉长生,长生只得走）

聂　郎　走啊!
　　　　（唱）　哪怕周洪贼凶恶,
　　　　　　　　我们的办法可真多!

长　生　（接唱）怕只怕被人来看见,
　　　　　　　　为奴仆痛苦实难言!

三　娃　（接唱）叫长生你把胆放大,
　　　　　　　　出了事绝不把你牵连!

聂　郎　（接唱）一路爬坡又上坎,
　　　　　　　　转了一弯又一弯。

长　生　（接唱）家贫穷偏偏遇天旱,
　　　　　　　　穷苦百姓实可怜!

三　娃　（接唱）来到山林抬头看——
　　　　　　　　苍松古树遍山峦!

聂　郎　到了到了! 长生,你就站在这里瞭哨,若还看见有人
　　　　就拍手为号。三娃,我上树砍柴,你在底下收拾。大
　　　　家胆子放大,要沉住气!
　　　　（唱）　果然松枝尽枯干,
　　　　　　　　不由聂郎喜眉尖。
　　　　　　　　挺身爬树不迟慢……（爬树）

〔李大叔上。

李大叔　（唱）　山脚下来了我李老汉。
　　　　　　　　膝下有子也孤单！
　　　　　　　　为只为欠租未清还。
　　　　　　　　实可恨周洪贼心肠狠，
　　　　　　　　逼我儿作奴仆牛马一般！
　　　　　　　　自我儿进了员外府，
　　　　　　　　骨肉分离不团圆。
　　　　　　　　今年不幸天干旱，
　　　　　　　　田里庄稼都死完。
　　　　　　　　十家烟火九家断，
　　　　　　　　饿死穷人万万千！
　　　　　　　　唯恐我儿受磨难，
　　　　　　　　老汉时刻挂心间。
　　　　　　　　此去野外看一看，
　　　　　　　　见儿一面也心安。
　　　　　　　　走得满身淌大汗，
　　　　　　　　烈日晒人像针穿！
　　　　　　　　来到赤龙岭下面，
　　　　　　　　待我停步歇缓一番。

〔长生见李背影，大惊、拍手。

李大叔　（接唱）猛然抬头用目看，
　　　　（长生又拍手）
　　　　　　　　山上何人上树玩？
　　　　　　　　待我上山仔细看，
　　　　（聂闻声大惊，失脚跌下来，挂破衣服。三人见李上
　　　　山，四处躲藏）
　　　　　　　　原是娃娃把柴搬。

长　生　原是爹爹。

聂　郎
三　娃　（放心）李大叔！

李大叔　你们在这里干什么？

076

聂　郎　　（挺身而出）我，我们在此打柴。

李大叔　　你们真乃大胆！你，你可知此山是何人所有？

三　娃　　是周员外霸占来的！

李大叔　　（不以为然）嗯！（向长生）你！

长　生　　（俯首、怕）爹爹！

聂　郎　　此事与他们无关，是侄儿叫他们来的！

李大叔　　唉！你也太不懂事了！想那周洪，为富不仁，行霸一
　　　　　方，这双流、新津（均四川县名）一带，谁不怕他三
　　　　　分？你，你小小年纪，竟敢攀折他家树木，倘被周家
　　　　　知道，一定要将你饱打一顿，甚至送官府问罪！纵不
　　　　　如此，怕也要你高债赔偿，那时你母子又当怎么
　　　　　对付？

聂　郎　　啊呀大叔！想这赤龙岭无故被周洪霸占，难道他霸
　　　　　占得，我们连柴都打不得？别人怕他，我聂郎就不
　　　　　怕他！

李大叔　　唉！你小小年纪，懂得什么！鸡蛋又怎能和石头碰
　　　　　呢！下次绝不可如此！快快回家去吧，以免你母
　　　　　悬念！

聂　郎　　是！长生，走，我们一起卖柴去。（长生欲走）

李大叔　　我儿少站，为父有话讲说。（长生只好呆站一旁）

聂　郎　　（扑灯蛾）

　　　　　人家霸占没人管，

　　　　　我砍柴偏就出麻烦。

　　　　　有朝一日火性起，

　　　　　一把火要烧个干干净净秃子山。

　　　　　看你霸占！看你霸占！

　　　　　三娃子，走，卖柴去！

三　娃　　走！（二人捎柴下）

李大叔　　（摇头叹息）唉！小小年纪，这样野性，将来难免惹
　　　　　祸啊！（见长生）奴才！你们如此胡闹，倘被员外管
　　　　　家知晓，又该怎处？

长　生　爹，儿知错了，下回不敢！只是儿我在周家那种
　　　　日子……

李大叔　儿啊，只怪我父子命苦……（揩泪）儿啊！此事尚须
　　　　从长计议。待父送我儿回庄！
　　　　正是：父子二人站高山，

长　生　　　谈论苦情泪不干。

李大叔　　　唯愿苍天早睁眼，
　　　　嗨！
　　　　　　再不受欺享安然。
　　　　儿啊走！（同下）

# 第三场　训　子

〔聂郎家。

〔聂母上。

聂　母　（唱）　可怜儿父命早丧，
　　　　　　　　母子相依岁月长。
　　　　　　　　家贫犹如水洗样，
　　　　　　　　不幸今年又遇灾荒！
　　　　　　　　我家里白天没有喂鸡米，
　　　　　　　　夜晚间实无鼠耗粮！
　　　　　　　　只有粗糠把饭当，
　　　　　　　　挑来野菜羹羹汤。
　　　　　　　　众乡党携儿带女逃四方，
　　　　　　　　许多人饿死沟渠道路旁。
　　　　　　　　但闻四野哭声放，
　　　　　　　　一出门满目尽荒凉！
　　　　　　　　叹荒年人命不如路边草！
　　　　　　　　好叫人触目惊心倍惨伤！

聂郎我儿出门半天了,怎么还不见回来?(出门)聂郎,我儿上哪里去了?早点回来吧。(稍停)啊呀!天色不早了,待我与儿作饭去吧。(返身回家)

〔聂郎上。

聂　郎　(唱)　卖了干柴回家转,

　　　　　　　　欢天喜地快如风。

　　　　　　　　刚才街镇把米买,

　　　　　　　　带回家中养娘亲。

　　　　　　　　我就不怕周员外,

　　　　　　　　明日仍然要去打柴!

　　　　　　　　母子们渡过这灾害,

　　　　　　　　到来年再作好安排!

　　　　(进门白)儿聂郎见过母亲。

聂　母　儿哪,你怎么此刻才回来?快快坐下,羹汤已熟,待为娘盛来与你充饥。

聂　郎　母亲请用,儿我此时还不饿。(放米)

聂　母　(发现)啊,儿呀,你那是什么?

聂　郎　乃是白米。

聂　母　呵!儿啊!这米是哪里来的?

聂　郎　(迟疑)呃……是儿我割草卖给周员外,赚的钱买了米来的啊!

聂　母　唉!都只怪为娘体弱多病,不能上坡下地,勤劳操作。如其不然,怎么叫你小小年纪,挣钱养家?(聂郎放米,破衣露出)儿啊,你那衣服是怎样扯破的?

聂　郎　(掩饰)这个……没有啊?哪里破了,没有啊!

聂　母　明明破了,还在遮掩些什么!你说衣服究竟是怎样扯破的?

聂　郎　(沉吟)这个……

聂　母　奴才不说,娘也明白,一定是跟旁人打架扯破的!想平时为娘是怎样嘱咐于你,凡事必须忍让三分。谁知你脾性暴躁,依旧与人争吵打闹,倘若打坏富家子弟,咱母子如何吃罪得起? 倘若打坏贫家孩儿,他们又怎有钱医治? 万一我儿被人打伤,叫为娘我……

聂　郎　啊! 母亲,儿我今日并未与人打架,这衣服么……乃是树枝挂破的。

聂　母　什么? 树枝挂破的? 哪里树枝将衣服挂破?

聂　郎　不瞒娘说,你儿今天去砍柴来。这些米正是卖柴的钱换来的。

聂　母　啊! 原是这样,我儿为何不早对为娘实说。快快脱下来,待娘与你缝补缝补。

聂　郎　儿遵命。(脱衣予母)

聂　母　(一边缝补)我儿今日去何处打柴?

聂　郎　赤龙岭。

聂　母　(不由一征)哪里打柴?

聂　郎　赤……赤………赤龙……龙……岭……

聂　母　奴才! 你要打柴,就该到深山旷野去,为何要去偷盗周家木柴?

聂　郎　哎呀母亲! 想赤龙岭原本公地,山为无主之山,柴为众人之柴,何言偷盗二字?

聂　母　奴才! 我好言教诲于你,你还顶撞为娘,真真气煞人了!

　　　　(唱)　为娘的话儿你总不听,
　　　　　　　又是气来又心疼!
　　　　　　　人都夸你很孝敬,
　　　　　　　依娘看你是个忤逆虫!

聂　郎　(俯首低声)娘,你莫要上气!

聂　母　(唱)　叹儿父中年丧了命,
　　　　　　　丢下了母子苦伶仃。
　　　　　　　娘为儿折磨都受尽,
　　　　　　　娘为儿吃糠皮嚼菜根。
　　　　　　　娘为儿从早累到晚,
　　　　　　　娘为儿睡半夜来起五更。

西安秦腔剧本精编
QINQIANGJUBENJINGBIAN

娘为儿一天吃一顿,

娘为儿人前忍气又吞声!

好容易熬儿长成人,

好容易抚儿十六春。

实指望我儿守本分,

勤劳耐苦过光阴。

哪知儿顽皮成了性,

偏要到老虎头上把事生!

赤龙岭打柴事虽小,

周家知情岂能容?

老贼有钱又有势,

儿纵有理谁来听?

倘若贼子将儿害,

儿啊!

你看娘体弱多病,

老来衣食靠何人?

聂　郎　（唱）　听罢言来泪难忍心。

句句话刺得儿心疼!

多谢母亲来教训,

金石良言紧记心!

母亲且请息怒,你儿从今改过自新,再不敢惹娘生气了!

聂　母　我儿只要紧记在心,安分守己也就是了。

聂　郎　谢过母亲。

聂　母　儿啊!你看天色不早,我儿快到后面用饭去吧。

聂　郎　儿遵命。待儿搀娘一把。

聂　母　随娘来呵。（同下）

# 第四场　兔　引

〔周洪家——郊野。

〔周洪带刘钦，庄丁、长生上。

周　洪　（引）　富甲一乡，好田园福人受享。

　　　　（诗）　一望无涯好田庄，

　　　　　　　　别人秋收我冬藏。

　　　　　　　　命中注定真富贵，

　　　　　　　　不耕不织乐安康。

老夫周洪，双新县人氏，承先人余荫，留下家产甚厚，子孙受享，是老夫承业以来，料理有方，使田园日渐增长，虽逢天旱，老夫吃用无亏。今乃本县县宰王之宣四旬寿庆，理应过府祝贺，顺便将近日四邻押在老夫手中的红契，带到县衙税契。刘钦。

刘　钦　员外。

周　洪　鞍马可曾齐备。

刘　钦　齐备多时，

周　洪　带马。

刘　钦　（向长生）带马！

　　　　〔长生下牵马上，刘带马，周上马，长生下。

周　洪　刘钦，一同前往了。

刘　钦　是。（同下）

　　　　〔聂郎背背篓、执镰刀上。

聂　郎　（唱）　一路走来莫怠慢，

　　　　　　　　不觉来到山坡前。

　　　　　　　　昨天打柴挨了骂，

　　　　　　　　险些儿气坏老娘亲！

今天太阳真是大，

枯草怎能再发芽？

哎！我就不信没办法，

找不来青草不回家！

哎呀，好热呀！（见道旁一小庙）这里有个小庙，我不免歇息歇息。（见泥土地神）嗨！这儿还有个白胡子土地老。土地爷，你晓不晓得哪里有青草？唵？你大声点说，哦！哦！你说明年春天一下雨，草就会长上来。这话还用你说！我聂郎也是知道的啊！唉！我这也是"黄连树底下弹琴——苦中作乐呢"！说不了，还得前去找青草啊！

（唱）　在野外休要偷贪玩，

慈母在家望眼穿。

用手擦掉额头汗，

打起精神好上山。

嗳！啥东西在那胡蹦跳？（小白兔绕场过）啊！原是兔儿！（欣然唱）

聂郎一见好喜欢！

嗨！观见小白兔蹦跳过去。我想兔儿是吃草长大的，它往那里跑，必定就有草。待我跟踪追赶！（追下）

〔白兔绕场过，聂郎追，绕场又上。

聂　郎　啊呀！这不是青草！

（唱）　小白兔把路引，

累得我浑身汗水淋！

追到此间兔不见，

果然溪旁草青青！

拿镰刀、放背篓，

割草卖钱养娘亲！

今天的好运气呵！哈哈哈！（紧张地割草）

# 第五场 逼 童

〔周洪客厅一角。

〔刘钦上说板壳子。

刘　钦　（念）我、我、我笑世人太痴笨,精明第一数刘钦！笨人生来命不好,吃瞎穿烂脏死人！刘钦只卖这张嘴,日子过得像活神！人说我奴才坏子不值钱,我倒觉得管家当得怪称心！我员外独霸一方谁敢惹？土皇上的威权赛当今！我刘钦保主忠心耿,可算得员外府的大功臣！除了员外就数我,人说我天良尽丧我也不在心,不在心！在下刘钦,本县人氏,先祖刘正,耕读传家,也挣下良田百亩,万贯家财！自我出世以来,浪荡成性,吃喝玩乐样样都会,嫖妓赌博无一不精,经我这么一"扑腾",三年五载,把个家产就像踢键子,踢得无影无踪,大爷垮了台,老天爷不绝好人之路,我刘钦碰上了周员外,他老人家见我能干精明,既能欺哄吓诈,又会巴结"骚情",就请我当了一名管家。每日里催租讨债,刁地抢人,打"锤"骂仗,生事造谣,不是说个吹牛的话,这都是咱的拿手本事,所以不过几天,也成了周府数一数二的大人物。近几天来,可也大伤脑筋,只因员外新买了一匹花马,肚量真大〔一顿要吃七、八升豌豆,把员外吃得心疼,员外一天骂我,嫌我寻不下青草,我就在长工长生身上出气,因此就命他割草喂牲口,要说是天气干旱,青草不生,为啥聂郎天天来卖青草？哼！想必是长生生性懒惰,到外头偷的睡觉,回来胡搪塞呢！嗨嗨！我刘钦的皮鞭可是蘸凉水的,不给你露一手,料你不知我的厉害。等长生回来再说吧！这会待我先养养神。

〔长生上。

长　生　一连跑路十几里，依然难寻草半根，（进门）见、见过刘、刘三爷。

刘　钦　唔！唔！长生，你回来了。

长　生　回、回、回来了。

刘　钦　割了多少草？

长　生　好刘三爷，今天我跑了十几里路，还是寻不下青草。

刘　钦　咱的话？跑了十几里路，倒辛苦了，跑乏了吧！先把背篓放下歇息歇息吧！

长　生　（疑惧）三爷。

刘　钦　这几天你太辛苦了，三爷要奖赏奖赏你！

长　生　（嗫嚅）三、三、三爷。

刘　钦　（手执皮鞭）过来！

长　生　三爷。

刘　钦　（厉声）过来！（长生过去，刘猛抽，鞭落如雨，长生乱滚，连喊"饶命"）我看你还偷懒不偷懒！

长　生　好刘三爷呀，不是我偷懒，实在是找不到池塘，田地都"裂"了口子了……

刘　钦　放屁！没有青草，为啥聂郎天天都来卖草呢！

长　生　我……我……

刘　钦　你还想吃两鞭子是不是！还不赶快起来去割草！

长　生　我…我去，我去！（挣扎欲起）哎哟！（又跪）啊！三爷，你看今天太阳都压山了，我肚子早就饿了，明，明天再去割……

刘　钦　（扬鞭）还不快去！你没吃，马也饿着呢！

长　生　好，好，我去！我……（挣扎颠跛下）

刘　钦　哈哈哈！

　　　　（唱）　给你好说你不听劝，
　　　　　　　　只要这么几皮鞭！

哪怕你嘴硬巧言辩，
有了皮鞭少麻烦！（下）

# 第六场　得　宝

〔郊野。

〔聂郎背青草上。

聂　郎　（唱）　人逢喜事心爽快，
　　　　　　　身背青草过土台。
　　　　　　　每天都有青草卖，
　　　　　　　过一夜就又长上来。
　　　　　　　这件事真是很古怪，
　　　　　　　想必是神仙把草栽！

（放背篓休息，白）草倒割得不少，只是路太远了些。
（少停）嗨！我好傻呀！想我割草那个地方，割了又
生，长起又割，天天如此。我何不将那一窝草种，挖
它回家，栽在门前，也省得天天跑十几里路。唉！聂
郎，聂郎，你真是聪明一世糊涂一时呵！

（唱）　可笑聂郎我太痴呆，
　　　　咋不挖草门前栽？
　　　　又近便又不遭太阳晒，
　　　　割来割去反正要长上来！

对！对！对！我便是这个主意！（欲背草，见草绳不
牢）草绳不结实，待我收拾一番。（拧草绳介）

〔长生上。

长　生　（唱）　没精打采出庄外，
　　　　　　　腰酸腿疼实难挨！
　　　　　　　痛得我牙根都咬坏，
　　　　　　　眼中有泪也流不出来！

又痛又饿难忍耐，

四肢无力倒尘埃……

（倒地，聂郎远远发现有人跌倒，前去搭救）

聂　郎　啊！怎么是你？这，这是怎么样了？

长　生　（睁眼，喘气，怒息）嗨！……

聂　郎　是不是又挨打了？

长　生　（点头）可不是！还是要我去割草……

聂　郎　把我这一篓草背回去交差吧！

长　生　（精神一振）那么你呢？

聂　郎　我，怕什么，我明天再去割。背去吧，背去吧。

长　生　这、这、这如何使得？如何使得？不，不！

聂　郎　这倒算得什么？快背起来，我送你回去！

长　生　（喜悦）这是真的？

聂　郎　当真！

长　生　如此多谢你了！

（唱）　多谢聂郎把命救，

青草一背值千金！

（欲背草）啊！聂郎，你这草是从哪里割来的？

聂　郎　要问这草吗？你听啊！

（唱）　说起此事有些怪，

保你听了笑颜开。

自那日三人同路把柴打，

把我从树上掉下来……

长　生　我问你在哪里割的草呵！

聂　郎　别着急，听我说呀。

（唱）　打柴卖钱把米买，

背米回家乐开怀！

谁料老娘把我怪，

说得我头儿也难抬。

千言万语只一句，

切不可再上赤龙去打柴！去打柴！

长　生　我问你割草的事呵！

聂　郎　你别着急呵！

　　　　（唱）　第二天、变主意，

　　　　　　　　上山割草把家离。

　　　　　　　　一连跑了十几里……

长　生　哼！怕连草苗苗也寻不到一根！

聂　郎　可不是么！天热、路远、跑乏了就在树底下歇凉，这时候，忽然看见了一个东西。

长　生　你看见了什么？

聂　郎　（唱）　小白兔一只从我面前过，

　　　　　　　　不由叫我喜双眉……

长　生　（有些失望）说来说去，原是一只白兔。想白兔乃是山野生长之物，跳来蹦去，有什么稀奇？

聂　郎　我来问你，兔儿生长山野，跳来蹦去，并不稀奇，可是，兔儿吃的又是什么呢？

长　生　自然是野菜、青草、泉水了！

聂　郎　好道啊！我不在家中安坐，五荒六月，不怕太阳炎热来在荒郊野外，究竟为的何事？找的何物？

长　生　你找的还是青草……你真聪明！快说，快说你见了白兔又怎么样？

聂　郎　（唱）　一见白兔心高兴，

　　　　　　　　大步撵兔快如风！

　　　　　　　　翻山过沟全不管，

　　　　　　　　顾不得汗流湿衣襟？

　　　　　　　　跑呀跑了七、八里……

长　生　你追白兔又到了哪里呢？

聂　郎　（唱）　赤龙岭下好歇脚！

长　生　怎么又是赤龙岭？

聂　郎　不！翻过赤龙岭、越过化龙江、穿过飞龙谷、下到卧龙岩，才到了。

长　生　什么地方？

聂　郎　你听呀!

　　　　（唱）　小白兔忽然无踪影,

　　　　　　　　眼前景致大不同。

　　　　　　　　小溪流水哗响,

　　　　　　　　绿油油青草溪旁生。

　　　　　　　　举起镰刀割不停,

　　　　　　　　刚巧装饱一背篓。

长　生　嗨! 真怪!

聂　郎　怪的还在后头呢!

　　　　（唱）　第二天一早又去看,

　　　　　　　　青草仍然长溪边。

　　　　　　　　从此后我天天割,天天长,

　　　　　　　　长也长不尽,

　　　　　　　　割也割不完!

　　　　　　　　一直到今天,

　　　　　　　　一直到今天!

长　生　此话可当真?

聂　郎　我还能骗你不成!

长　生　想不到你就能碰到这样的事! 我想……明天我也去割。

聂　郎　不! 以后我都不去了。

长　生　这又为了什么?

聂　郎　以后你要割草,上我家里来割。

长　生　怎么……你、你家里也有青草?

聂　郎　我想去把那些草连根挖回去,栽在门前,每天就在屋
　　　　旁割,岂不省事!

长　生　这倒是个好办法! 你几时去挖?

聂　郎　说走便走! 你陪我咱两人去挖!

长　生　天快黑了,我怕刘钦那贼的皮鞭! 而且我还得给人
　　　　家经营牲口。

聂　郎　如此你先回去,待我一人前去!

长　生　如此多谢了! （背草下）

聂　郎　明天来我家割草呵！天色不早,待我前去！（下）

　　　〔换景,聂又上。

聂　郎　来到了,嗨,草又长起来了,待我挖草！（挖草,拔草,用力过猛,跌倒）哎哟哟,这草倒长得怪结实！（发现草根部有珠子）咦！这是什么玩意？（挖泥,珠光耀目）啊！这是啥珠子,又亮又圆,把它带回去再说！（装草、背背篓、走）哎呀,天黑了,待我把珠子取出来。（取珠,照路,一片白光）啊呀,还能照路呢！一定是个好东西啊！（端详）好东西啊、宝贝啊！哈哈哈！

　　　（唱）　无意中得明珠心中欢喜,

　　　　　　　回家先报与母亲知。（下）

# 第七场　催　债

　　　〔周洪客厅一角。

　　　〔周洪、丫环、庄丁上。

周　洪　（引）　野有千顷地,

　　　　　　　家藏万石粮。

　　　（坐诗）可喜年年逢荒旱,

　　　　　　　饿死穷人有万千。

　　　　　　　老夫只知利滚利,

　　　　　　　管你天干不天干。

　　　人来！

庄　丁　在。

周　洪　叫刘钦。

庄　丁　是。（转身）请刘管家。

　　　〔刘钦上。

刘　钦　天热树荫把凉下,又听员外呼唤咱。我不免上前参见。参见员外。

周　洪　罢了。

刘　钦　员外唤我,有何吩咐,有何差遣? 你只要吭气,我刘
　　　　钦敢不从命!

周　洪　这是刘钦。

刘　钦　员外。

周　洪　众家佃户所欠老夫租谷、银两,可曾有人前来偿还?

刘　钦　啊! 员外,这么大的年馑,倒有几个能还起账嘛?

周　洪　嗯! 难道老让他们欠着不成?

刘　钦　员外,还是你老人家的话对! 哪管年馑不年馑,老欠
　　　　着账,就惯了他们的脾气了,得给他们要!

周　洪　言之有理。命你今日前去四乡催讨欠租欠债,即刻
　　　　起程。

刘　钦　是。

周　洪　另外可多带庄丁,该打就打,该骂就骂,反正粮食和
　　　　银子是要讨了回来的!

刘　钦　是! 员外不必叮咛,刘钦还能把事办瞎?

周　洪　正是:老夫只认银子钱,管你天旱不天旱! 丫环娃
　　　　哟,搀爷来哟! 嘿嘿嘿 。(分下)

# 第八场　识　宝

〔聂郎家。

〔聂郎披衣、睡眼惺忪地上。

聂　郎　(唱)　昨夜屋边栽青草,
　　　　　　　　栽完又把水来浇。
　　　　　　　　直到半夜才睡觉,
　　　　　　　　梦见草长几尺高。
　　　　　　　　大笑声中梦醒了,

　　　　　东方发白鸟声嘈。

　　　　　急忙忙起身看分晓，

（出门、看）

　　　　　啊呀！

　　　　　草秧子死得干焦焦！

　　　　　我只说挖回图轻巧，

　　　　　以免往返路迢遥。

　　　　　谁知草儿干死了，

　　　　　又悔又恨心内焦。

（进门）

　　　　　只怪我想得不周到，

　　　　　看来还要受煎熬！

我想昨天在草根里挖出一颗珠子，想是那颗珠子把草保佑着呢！待我看看放在米瓮里的珠子还在不在。（揭瓮盖、惊呼）哎呀！母亲快来！母亲快来！
〔聂母上。

聂　母　我儿为何大惊小怪？

聂　郎　啊呀母亲！你儿昨夜将珠子放在米瓮之内，如今是满瓮白米，珠在米上！

聂　母　待娘看过。（看）果然奇怪！我昨夜见此珠光华夺目，照得满屋雪亮，不想果然是宝珠啊！

　　（唱）　我的儿得宝珠瓮中米涨，

　　　　　这是你有孝道天赐吉祥！

　　　　　喜洋洋牵我儿跪倒地上，

　　　　　望空中深施礼答谢上苍！（叩首）

聂　郎　母亲，我们有了这颗宝珠，就不愁衣食无靠了！

聂　母　儿啊！我想此珠既能化米，母子食用不尽，我儿可收拾米担到街镇售卖，慢慢积攒些银钱，将我家那六亩水地赎回耕种，母子勤苦过活，才是正理。这非分之财，恐难作终身之靠呵！

聂　郎　母亲，什么六亩水地，你儿一概不晓呵！

（唱）　未开言不由人肝肠痛断，
　　　　……

聂　郎　　母亲给儿慢慢讲来。

聂　母　　儿啊！

（唱）　思想起儿的父心如刀剜！
　　　　叹儿父一辈子起早睡晚，
　　　　好容易置下了六亩水田。
　　　　又谁知十年前川西大旱，
　　　　几个月不下雨恰似今年。
　　　　因此上欠周家粮食两石，
　　　　大三分驴打滚利重如山。
　　　　周员外差刘钦来收账款，
　　　　讨账人恶如虎岂容迟延。
　　　　只逼得儿的父手忙脚乱，
　　　　莫奈何抵下了六亩良田。
　　　　你的父一气下就把病染，
　　　　不几日双目闭撒手长眠。
　　　　那时节我的儿五岁未满，
　　　　屈指算到如今整整十年。
　　　　六亩地是你父心血所换，
　　　　思量起叫娘我怎不痛酸！

聂　郎　　母亲！

（唱）　一席话听得儿泪流满面！
　　　　哭一声苦命父痛彻心肝。
　　　　可怜你抚育儿克勤克俭，
　　　　未能见儿成人先赴九泉。
　　　　至今朝儿得宝家道改善，
　　　　你已成泉下客一去不还。
　　　　恨周家似虎狼吃人无算，
　　　　活生生将我父逼丧黄泉。
　　　　转过身用婉言来把娘劝，

秦腔
望娘滩
WANGNIANGTAN

父既死徒悲伤也是枉然。

只要能将田地赎回自管，

有孩儿勤劳动何愁吃穿！

母亲，爹爹人死不能复生，悲伤也是无益。待儿积攒些银钱，将地赎回，那时你我母子也就不愁什么了。

聂　母　儿呀！那六亩水地乃是你父当了一辈子牛马挣下来的，我儿可务必要将它赎回，也才能对得起你那死去的爹爹！

聂　郎　孩儿牢牢记下了。

聂　母　儿呀！你家李大伯时常照看我们，近几日来他家怕也是饥饿难忍，我儿可将米送他几升，也表表我母子的心意。

聂　郎　儿遵命！

聂　母　速去快回。为娘厨下造膳等你回来同用。

聂　郎　母亲请便，孩儿这便前去。（同下）

# 第九场　露　情

〔街巷。

〔刘钦带庄丁上。

刘　钦　为主讨账债，苦了自己腿。我刘钦，自从奉了员外之命，催讨账债，十几天来跑了五六个村子，莫说收不下银钱粮食，实在把我跑惨了，依我看不给这些穷光蛋些厉害，回去员外跟前也交不了差。行行走走，来到胡家门口。上前叫门！

庄　甲　开门，胡长发开门！

〔胡长发上。

胡长发　何人扣门？何人扣……（开门）啊！原是刘三爷到了，请进，请进。

刘　钦　　当然要进!(进门、就坐)胡长发,你前次借我员外的八升米,言明利息五分。一个月本利还清,还恐日后无凭,立下契约。现在都快三个月了,你不但本钱未还,利息分文无有。你倒是咋个向么?

胡长发　　啊!刘三爷,不是我欠账不还。只因天旱甚久,颗粒不收,我家一连多日不曾举火,那还有啥还员外的账哩?还望三爷在员外跟前美言多讲,我胡某也是感激不尽啊!

刘　钦　　话说得倒是好听。没有米,银子也是一样的!

胡长发　　好刘三爷,我家中既无粮米,又哪有银钱?还望再宽限几时。

刘　钦　　不成!今日不还粮米,绝不与你干休善罢!

庄　甲　　要想个办法还么。

庄　乙　　员外的账,你还能赖得掉么?

胡长发　　若是有法可想,早就送到府上去了。还求宽限几时。

刘　钦　　宽限也行,就是要个凭证。

胡长发　　要什么凭证?

刘　钦　　凭证……就是要拿东西作抵押!

胡长发　　我家当没啥当,卖没啥卖,拿啥东西来抵押?

刘　钦　　你家靠员外地界那三分水地,倒还可以作抵!

胡长发　　三分水地?

刘　钦　　对了,正是那三分水地。

〔聂郎背空米袋上、见胡家大门洞开在一边偷听。

胡长发　　啊呀刘三爷,想那三分水地,本是我一家养命之源。你家员外,田有万顷,富甲一乡、要它何用?若还占去,可怜我一家四口,有命也难保全了!刘三爷,刘三爷,望你高抬贵手,饶我这次,你看小老儿给你跪下了!

刘　钦　　好!田地你要留下吃饭,也还有理!那么,你拿来!

胡长发　　什么拿来?

刘　钦　　借我员外的米,连同利息一斗主升,折合纹银二两七钱五分！拿银子来！

胡长发　这个……

刘　钦　这个什么？哼！你一不还钱，二不押地，来呀！将他带回去，听候员外发落。

胡长发　刘三爷，刘三……

〔庄丁正拉扯胡，聂推门入。

聂　郎　（厉声）住手！

刘　钦　你来干啥？

聂　郎　你来得，我就来不得？（向胡）老伯，我这里有钱，你欠他多少，待小侄替你归还。

胡长发　你、你、你……

聂　郎　老伯只管讲，有侄儿替你归还！

刘　钦　哦！你是来还账的。好，胡长发欠我员外二两七钱五分纹银，敢么你有钱？

聂　郎　老伯，（取银）这是纹银三两，还清账债。下余的留在家中，零星花用。不用推辞，我便去了！

刘　钦　不要忙，不要忙！聂郎，我问你，你这钱是哪里来的？

聂　郎　真乃怪事！这天下纹银，难道只有你家员外才有吗？你说是哪里来的？

刘　钦　该不是偷来的？

聂　郎　哪家被盗？

刘　钦　要么就是抢……

聂　郎　何人见证？真正岂有此理！（扬长而去）

刘　钦　（揣银子）回庄！（无趣溜走）

胡长发　刘三爷，刘三爷，你还要给我找银子，给我……（追下）

〔三娃上。

三　娃　（扑灯蛾）

借到白米真高兴，

喜洋洋背米转回程。

聂郎慷慨世少有，

我一家老小遇救星！

〔刘钦带庄丁上、发现三娃。

刘　钦　三娃、三娃。

三　娃　哎。

刘　钦　你背的什么？

三　娃　吃得的。

刘　钦　什么吃得的？

三　娃　田里头长出来的。

刘　钦　什么田里头长出来的？（摸口袋）白米？哪里来的？

三　娃　你问这米么？这米，借的。

刘　钦　哪里借的？

三　娃　有米的人家里借的？

三　娃　少跟我胡说乱扯，小心我的鞭子！（扬鞭）

三　娃　莫打！聂家借的。

刘　钦　啥？聂家。哦，就是聂郎家。

三　娃　这你算猜对了。回家煮白米饭去了！（下）

刘　钦　啊呀，想那聂郎一贫如洗，全靠打柴割草度日。前几天来员外家卖草，已很奇怪。天旱数月，禾苗枯槁，他竟能割得青草！近日不卖草了，又是银子，又有白米，这又是从哪里来的？（向庄丁）把三娃子拉回来！三爷有话问他！

庄　甲　是！（下）

刘　钦　莫非是偷来的？（沉思）不是！聂郎小小年纪哪有这种手艺？纵偷吧，也偷不了这么多，那么，该不是挖出金窖了吧！

〔庄甲拉三娃上。

庄　甲　刘管家，三娃子来了。

三　娃　拉我回来干回来？

刘　钦　三娃子，聂郎家的米，从哪里来的？

三　娃　给你不说，你也不得知道。聂郎是个孝子，老天爷赐给他宝珠一颗。宝珠放在米瓮，就会长出米来。舀了又长，长了就卖，卖了又舀，舀了又长！他家的米，

吃也吃不完,卖也卖不完,借也借不完! 刘三,你少得意,以后我们再也不遭你家员外的"驴打滚"了! 哈哈哈! (下)

刘　钦　啊哈! 竟有这等怪事,待我回家报与我家员外知晓。嗳! 想聂郎小小年纪,不免将他宝珠哄骗到手,那就有办法了!

　　　　(唱)　听罢言来心花放,

　　　　　　　其中果然有文章。

　　　　　　　将此事细对员外讲,

　　　　　　　共商良策骗聂郎。

　　　　　　　不消说我刘钦要得重赏,

　　　　　　　事不宜迟早回庄!

　　　　走! (同下)

# 第十场　骗　宝

〔周洪家客厅。

〔周洪带丫环上。

周　洪　刘钦去讨债,半月犹未归。

〔刘钦带庄丁上。

刘　钦　玩童获至宝,报与员外知。见过员外。

周　洪　命你四乡催讨账债,事儿办的如何?

刘　钦　天旱不雨,四乡叫穷,只收得白银三两在此。

周　洪　唉呀! 此次出乡,哪是叫你催租讨债,明明是把那些零零碎碎的田地,一齐催到老夫手中,任枉自跟我多年,连这些道理也不懂,真乃蠢才!

刘　钦　我刘钦虽不是你老人家肚里的蛔虫,可也懂得员外的心事。只是今日在胡长发家中闹了半天,眼看那三分水地就要改名换姓,谁料来了一人,替他还账。

狗咬猪尿胞,落了个空喜欢!

周　洪　什么人竟有钱代他还账?

刘　钦　不是别人,乃是聂郎。

周　洪　啊,是本村的聂郎。

刘　钦　着!就是前几天与咱家割草卖钱的那个聂郎!

周　洪　那聂郎娃娃家道,谁人不知,哪个不晓,他哪里有钱代人还账?

刘　钦　聂郎不光借钱给人,三娃子还在他家借米!

周　洪　这才真真是个怪事!

刘　钦　我也这样说!小人已经打听得清清楚楚,员外……(附耳)如此如此。

周　洪　竟有这等事!此事当真?

刘　钦　句句实言。

周　洪　如此也好!这是刘钦,命你即刻去到聂家,叫聂郎过庄,就说有要事相商。见机行事,将宝珠哄骗到手,老夫不难富盖天下,事成重重有赏,即速前去!

刘　钦　是。

〔庄丁上。

庄　丁　禀员外,聂郎求见。

周　洪　哈哈!他自己倒送上门来了。叫他进来。(向刘)一时你可看我眼色行事!庄丁们退下。(庄丁下)

〔聂郎上。

聂　郎　身藏纹银十八两,周家庄上赎水田。见过员外。

周　洪　罢了。为何许久未到我庄卖草?

聂　郎　天干无草,未曾割下。

周　洪　刘钦,叫丫环娃给他端个座位。

〔丫环搬座位。

聂　郎　员外面前,哪有我的座位?

周　洪　坐了好叙话。

刘　钦　员外叫你坐,坐了就坐了么。

聂　郎　如此,谢座了。

| 周　洪 | 月前你母亲来庄借米，只因同来之人甚多，不便当面照借。想你父在日，常常出入我庄，非外人可比，老夫自当另眼看待！今日你来至我庄，非外人可比，无论借钱借米，只管讲出口来，老夫无不答应。 |
|---|---|
| 聂　郎 | 哼！多谢员外。今日来此，一不借钱，二不借米，听我母亲言讲，我家曾有水地六亩，押与员外。 |
| 周　洪 | （向刘）有这等事吗？我倒忘怀了。 |
| 刘　钦 | 启禀员外，十年之前，他父欠我们谷子两石，故将田地押在我家。只是已经"失当"了。 |
| 聂　郎 | 字据上并未证明何年"失当"！ |
| 刘　钦 | 嘿嘿嘿！十年天气了，还不"失当"吗!？ |
| 周　洪 | 聂郎，事隔十年了，你却问它作甚？ |
| 聂　郎 | 我母子商量了一番，要赎回自种！ |
| 周　洪 | 饥荒之年，你哪来银钱取赎？ |
| 聂　郎 | 这倒不劳员外操心！ |
| 周　洪 | 哈哈哈！贤侄，闻听人讲，你拾到宝珠一颗，可借老伯我一观。 |
| 聂　郎 | （一惊）那有此事！员外休听他人胡说！ |
| 周　洪 | 嘿嘿嘿嘿！贤侄，老夫又非外人，贤侄何必瞒我！ |
| 刘　钦 | 嘿嘿嘿嘿！好聂相公，我家员外还能要你的不成，不要太小气了。 |
| 聂　郎 | 当真没有此事，叫我拿什么给你看？ |
| 周　洪 | 好！好！好！他既不肯实说，刘钦，你也不必追问。（眉眼向刘）他既前来赎地，你与他算算本利共银多少。（向聂）若是别人，老夫断不肯将"失当"之地，让其赎回，如今是贤姪你，自然又当别论。 |
| 刘　钦 | （用算盘）两石谷子折合纹银九两九钱九，一九得九，二九给你算二十九，九九得九九，一共本利九十九两九钱九，还有一点零头一笔勾。 |
| 周　洪 | 贤侄不是外人，尾数给他抹掉吧！ |
| 聂　郎 | 怎么这么多？ |

刘　钦　十年来,利滚利,利重利,利叠利,利上加利,当然就
　　　　要这么多利!

聂　郎　田地抵押,年年收成归你,怎么还要利?

刘　钦　朝廷无空地,世上无闲人。我家员外谷子晒得干干
　　　　的,弄得净净的,装到仓里不会烂。借给你,不要利,
　　　　那倒是为了个啥些?

聂　郎　纵然算利,也不该这么大!

刘　钦　大三分的利还把你给整急了! 这都是你,跟员外又
　　　　都不是外人,要是旁人,还要算他个铁板利,翻山利,
　　　　觔斗利,臭虿利,外加阎王利……

周　洪　不必啰嗦! 贤侄付还银两,即刻便交红契与你。

聂　郎　我,我,我以后再来赎吧。

刘　钦　依我之见,我倒有个两全其美的办法。聂相公,想你
　　　　那颗明珠,天冷不能当衣穿,肚饿不能当饭吃,屋漏
　　　　也不能遮雨,死故了也当不得棺材! 不如卖给我家
　　　　员外! 要么,来个干脆痛快,你把珠子给员外,员外
　　　　把红契马上给你,来个珠地两清,岂不是两全其美!

周　洪　嗳! 刘钦,你是什么东西,我的田地,岂可由你当家
　　　　作主? 哎! 也好,既然你已经讲出口来,老夫也不便
　　　　改口,就这么办吧,贤侄,想必你也是情愿的。

聂　郎　不错! 你们这办法就是好!

周　洪　那你就快快将宝珠交出!

聂　郎　可是我就是没有什么"宝珠"!

周　洪　哼! 你竟敢与老夫胡闹,聂郎,你要三思,老夫可真
　　　　是一片为你的好心啊。

刘　钦　好聂郎,你千万别成了"狗咬吕洞宾,不识好人心"
　　　　了啊!

周　洪　贤姪啊!

　　　　(唱)　小聂郎真真见识浅!
　　　　　　　你把好话当恶言!
　　　　　　　老夫当有千千万,

金银财宝堆成山。

珍珠玛瑙一大片，

玉石翡翠数不完！

一颗珠能有啥希罕，

我想买它有何难？

刘钦念你家贫寒，

方才定计两周全。

既然你痴迷不情愿，

我只好权且留下六亩田。

刘　钦　唉！聂郎呵！

（唱）　员外心慈面又软，

乐善好施美名传。

他耽心你家藏宝珠不方便，

招匪引盗引惹祸端！

倘有不测遭灾患，

你母子性命难保全！

珠换地有啥不合算，

有水地不愁吃和穿！

人常说地是剐金板，

打粮食十年八载你一家两口吃也吃不完！

我劝你掐指算一算，

长远之计非等闲。

聂　郎　（唱）　多谢你们心肠好，

聂郎感激在心间。

可惜我无珠把地换，

你们的好心也枉然！

周　洪　（唱）　见聂郎不愿把珠献，

再用大话吓一番。

你母寡居少新眷，

那有白银来赎田？

聂　郎　嗨！

（唱）　　我舅父经商到彭县，
　　　　　　运回粮食几帆船。
　　　　　　借给我家米五石，
　　　　　　日每市镇卖银钱。
　　　　　　四邻见我家道变，
　　　　　　从此谣言四处传。
　　　　　　有的说聂郎遇显官，
　　　　　　有的说聂郎遇神仙！
　　　　　　一人传千千传万，
　　　　　　胡猜乱道造谣言！
　　　　　　你们要谈随便谈，

告辞了！

（唱）　懒得和你们再周旋！（下）

周　洪　刘钦，你说他得了宝珠可是真情实事？

刘　钦　小人怎敢向员外道谎？想聂郎舅父出外多年，杳无
　　　　音信，怎么忽然又给他送粮食，员外，你被聂郎哄了！

周　洪　这小子真正可恶，小小年纪把老夫也捣糊涂了！刘
　　　　钦，现在该咋个办呀？

刘　钦　依小人之见，再无别法，只有一抢！

周　洪　嗯！正合吾意。刘钦，命你带领庄丁，去奔聂家，就
　　　　说老夫失落传家贵宝夜明珠一颗，已查明为聂郎所
　　　　盗，你等上前就抢，事成之后，赏你黄金百两！

刘　钦　倘若抗宝不交？

周　洪　乱棒拷打！

刘　钦　倘若有人阻挡？

周　洪　看老夫大红柬帖一张，送交官府，哪个还敢前来太岁
　　　　头上动土！

刘　钦　遵命！庄丁们走来！（庄丁上）随带棍棒跟我走！
　　　　（下）

周　洪　正是:沿江撒下拦河纲，
　　　　　　　看你鱼儿哪里藏！

丫环娃,搀爷来哟! 嘿嘿嘿嘿。(下)

# 第十一场 抢 珠

〔聂郎家。

〔聂母上。

聂　母　（唱）　日西坠,近黄昏,

　　　　　　　　等候吾儿回家门。

　　　　　　　　多感神仙把珠赠,

　　　　　　　　母子再不嚼菜根。

　　　　　　　　从早命儿周府去,

　　　　　　　　要赎回田地自耕耘。

　　　　　　　　倘若亡夫知此讯,

　　　　　　　　九泉下也会把目瞑。

〔聂郎上。

聂　郎　（唱）　怒气不息回家转,

　　　　　　　　可恨周洪太奸心!

　　　　　　　　幸我聂郎人不蠢,

　　　　　　　　未与贼子露真情!

　　　　　　　　甜言蜜语我不信,

　　　　　　　　管教他诡计成空枉费心!（进门）

聂　母　我儿回家来了。

聂　郎　孩儿回来了。

聂　母　命你前去赎地,事情办得怎样?

聂　郎　母亲休要提起,把儿气坏了!

聂　母　却是为何?

聂　郎　一早孩儿奉了母亲言命,去到周家赎取田地。可恨
　　　　周洪老贼,命刘钦利上加利,你儿无有许多银两,故
　　　　而不曾赎回。这还不算……

聂　母　难道我儿在他家受了什么委屈不成？

聂　郎　不是孩儿在他家受了什么委屈，周洪老贼不知从何处得知儿我得到宝珠一颗，要儿将宝珠卖与他家。你儿未曾说出真情，假说我家银米，乃我舅父经商归来，赠我母子的。看那情景，恐后还要托人来买，因而生气！

聂　母　你说银米是你舅父所赠，想你舅父离家多年，人人尽知，如此讲说！岂能瞒过他们？

聂　郎　只因他们追问太急，一时想不出其他言语回答。

聂　母　既已说出，也就算了。今后可要多加小心才是。
〔长生匆匆上，扑入聂家。

长　生　不，不，不好了！

聂　郎　何事惊慌？

长　生　哎呀聂郎，我家员外命刘钦带领庄丁，抢你的宝珠来了！你，你，你……

聂　郎　你怎么知道此事？

长　生　是，是，是我在屏风后面听、听、听到的！你、你、赶快逃走吧！我，我，我走，走了。（急下）

聂　郎　哎呀不好！

（唱）　闻听此信气上冲！
切齿痛恨骂周洪。
大骂老贼心太狠，
贼子白昼敢横行！
宁可宝珠作玉碎，
也不让周洪抢手中！（取珠、欲碎）

聂　母　我儿且慢！此珠乃是咱母子的命根子，怎么能打碎？

聂　郎　这个……

聂　母　为今之计，走为上策！我儿速快携珠逃走为是！

聂　郎　孩儿岂肯一人逃走，使母亲受累？依儿之见，不如随儿一同逃走吧！

聂　母　事在燃眉，我儿可先走一步！此去二十里外，有一龙王庙,儿可暂在庙中躲避,待为娘收拾衣物,少时赶来庙中想见,好逃奔天涯去吧!

聂　郎　刘钦前来,母亲又如何对付?

聂　母　为娘自有办法。休得多言,快快走吧!

聂　郎　如此母亲受儿一拜!

　　　　(唱)　母亲转上受儿拜!

　　　　　　　我要逃出……

聂　母　(推)快走吧!

聂　郎　(唱)　我要逃……

　　　　〔刘钦带庄丁上,闯入聂家。

刘　钦　(大喝)哇!我家员外失落传家宝珠,查系被你盗去,速快将宝珠交出还则罢了,如若不然,你们性命难保!

聂　母　啊呀!此话从何说起!我母子一向动劳为生,谨守本分,谁人不知,哪个不晓,你诬良为盗,真是屈枉!

刘　钦　谁来跟你啰嗦!来呀!给我搜!

　　　　〔庄丁四处搜查,入内,复出。

庄　甲　搜出白银甚多!

刘　钦　哼!想你家贫如洗,若非偷盗我家,这银子是哪里来的?

聂　郎　难道这银子只有你家才有!

刘　钦　这……谁与你多说,给我搜他身上!(众扑聂,聂抗拒)

聂　郎　(唱)　大骂刘钦奴才种,

　　　　　　　狗仗人势逞威风!

　　　　　　　你三番两次把计用,

　　　　　　　白昼抢人敢行凶!

　　　　　　　取出了宝珠光闪动!(刘钦抢、聂闪避)

　　　　　　　急忙将它吞口中……

刘　钦　吐出来!吐出来!(扼聂脖子)

聂　母　(唱)　拉住走狗用头碰!

〔母碰刘,刘松手,聂郎咽珠。

庄　丁　把珠子吃下肚子去了!

刘　钦　这还了得,与我打!

聂　母　你们还讲不讲天理? 天老爷啊!

刘　钦　(踢母倒地)去你娘的!〔聂郎扑打刘钦,众庄丁又围抓聂郎,均被打倒,刘钦突抱聂郎,聂倒地,庄丁拳棒交加。

聂　母　救命啊!(扑刘、又被踢打,乱滚)
　　　　〔李大叔及邻居多人闻讯赶来。

李大叔　你、你、你……(气得讲不出话来)

庄　丁　聂郎动不得了!

李大叔　这小小孩童,身犯何罪,你们把他打成这个样子!

刘　钦　李老头,各人自扫门前雪,休管他人瓦上霜! 你放明白些!

李大叔　我有啥不明白,光天化日之下,诬良为盗,把人打得半死不活,却还不肯干休,你们还要怎么?

刘　钦　你也是活的"颇烦"了,敢来多管闲事,与我拿了!

李大叔　我又身犯何罪?

刘　钦　伙同聂郎行窃!

李大叔　有何凭证?

邻　甲　姓刘的,你不要这么凶!

邻　乙　那有这样横行霸道的!

邻　丙　你怕是要造反了吧!

众　　　(乱嘈)要拿把我们全拿了! 全拿吧! 不拿不得走!

刘　钦　(惊慌)哈! 把你们这一干刁民,胆敢聚众要挟,包庇盗匪,待我禀明员外,管叫你们一个也跑不脱!

众　　　(乱嘈)不跑! 不跑! 禀谁也不怕!

李大叔　叫你员外来跟我说理! 他敢下手! 咱也敢下手! 让他……

刘　钦　好! 好! 好! 算了,算了,算了!(和庄丁溜走)

众　　　聂郎母子醒得!

秦腔
望娘滩
WANGNIANGTAN

聂　母　（苏醒）我儿在哪儿？我儿在……（扑近聂郎）聂郎、
　　　　儿呀！

　　　　（唱）　见我儿皮肉都打烂，
　　　　　　　　遍体麟伤血斑斑。
　　　　　　　　倘有三长和两短，
　　　　　　　　为娘真是难心甘！

　　　　儿啊！醒得。

聂　郎　（唱）　天在旋来地在转，
　　　　　　　　骨断筋伤疼难言。
　　　　　　　　见母亲附在身旁把儿唤，
　　　　　　　　老泪滂沱湿衣衫！
　　　　　　　　撑起身来仔细看，
　　　　　　　　只见鲜血流平川。

　　　　（喝场）老天哪！
　　　　　　　　究竟我把啥罪犯？
　　　　　　　　为什么遭这不白冤！
　　　　　　　　眼前一黑心慌乱，
　　　　　　　　胸中恶血涌喉间……（吐血）

聂　母　聂郎、儿呀，你还要扎挣些，待为娘扶儿上床歇息！
　　　　〔邻亦帮同扶聂。

邻　甲　你母子要好好将息！

邻　乙　待我去前村为你们请请医生。

邻　丙　心放宽些。（二三人下）

聂　母　儿呀！事到而今，你还更要好好将息才是。

聂　郎　母亲。

　　　　（唱）　满腔怒火难消散，
　　　　　　　　这血海深仇不共天！
　　　　　　　　儿要公堂把冤喊！

　　　　（挣扎欲起）母亲，儿平地遭此不白冤枉，儿我要去
　　　　公堂喊冤！

李大叔　啊呀聂郎，这可是去不得的。想当今官府与他们还

不是狼狈为奸,一个鼻孔出气! 上得公堂,只有他
言,那有你语? 纵然前去,唉! 也是枉然!

（接唱）尘世何处可伸冤?

越思越想神魂乱,

好似烈火胸中燃!

五脏六腑像烧烂,

舌又燥来口又干!

李大叔　你们替他烧些开水洗伤,我去寻医医治! 咱们走吧。

聂　母　多谢众位叔父。（众下）

聂　郎　母亲,儿口渴得很,儿我要喝水。

聂　母　待我去舀。（递水）

聂　郎　（唱）　用手接过水一碗,

两口将它就喝干!

母亲,儿还要喝水!

聂　母　好,待娘再去舀一碗来。（舀水递聂）

聂　郎　（唱）　喝了一碗又一碗,

扑不灭心头烈火燃。

翻身下床腿抖颤!（跌倒,挣扎起,母扶）

聂　母　儿啊,你要什么?

聂　郎　儿要喝水!（至水缸边喝水）

（接唱）一缸水一霎时喝了个完!

聂　母　儿呀,你怎么将一缸水全喝干了?! 天哪,该不是
……天哪! 要保佑我那孩儿啊!

聂　郎　母亲,儿此刻心中犹如火烧一般,儿要去了!

聂　母　儿你要到哪里去?

聂　郎　儿,我要下河喝水!

聂　母　儿呀,去不得!（聂夺门,母阻拦）去不得! 去,去……

聂　郎　母亲休要阻拦,儿我要喝水!

聂　母　儿你喝不得了!

聂　郎　你儿心中实实难过! 母亲,你,你,你撒手。

聂　母　儿你去不得了!

聂　郎　（摔开母手）撒手！（狂奔下）

聂　母　聂郎，聂郎，娘也来了！……（追下）

# 第十二场　追　聂

〔周洪客厅。

〔周洪上。

周　洪　刘钦去夺宝，等待好音回！

〔刘钦与庄丁上。

刘　钦　宝珠吞腹内，只好空手归。参见员外。

周　洪　刘钦你回来了。

刘　钦　回来了。

周　洪　宝珠可曾追出？

刘　钦　恼恨聂郎抗宝不交，一口将宝吞入腹中去了！

周　洪　啊哈！奴才真是无用，怎么不将聂郎带回来！

刘　钦　这……

周　洪　也罢！一不做二不休，刘钦。

刘　钦　侍候员外。

周　洪　即刻吩咐众庄丁，手执钢刀，随同老夫到聂家，我要破腹取珠！

刘　钦　天色已晚！

周　洪　掌起灯笼火把！（下）

刘　钦　好啊！众庄丁听着：（众应）一人一把火，十人十把刀，刀要磨得快，火要举得高！眼明手要快，心狠胆要豪！员外亲出马，大家莫辞劳！随同员外破腹取珠，走！

〔众蜂拥下。

# 第十三场　化　龙

〔童子堰。

聂　郎　（内唱）烈火填胸实难忍！

聂　母　（内喊）聂郎，儿啊，等着，为娘来了！

〔聂上。

聂　郎　（唱）　热血沸腾在心中！

新愁旧恨一齐涌！

不由人怒气喷长空！

啊呀！来至已是童子堰，待我下河喝水！（扑河、喝水）

〔聂母上。

聂　母　（唱）　娘追儿来至荒郊外！

见孩儿爬河岸喝水不停！

哎呀儿呀，怎么你又在喝水？

〔聂郎不答，仍然喝水。

聂　母　（大惊）啊呀！我儿在河下吃水，竟将河水喝落几寸！天呀！这、这……聂郎儿，快快同娘回家！

聂　郎　（神智大乱）啊呀母亲，儿心中发烧，实在难过！母亲再三不让孩儿喝水，难道眼睁睁叫儿渴死不成！

聂　母　唉！……

聂　郎　叫儿渴死不成？

聂　母　哦！（失脚坐了）

（唱　听儿言来泪滚滚，

话如利剑扎娘心！

聂郎儿！

你本是娘心一块肉，

我聂氏门中只你这小命根！
娘劝儿莫饮生水为儿好，
谁知儿反说娘无有疼儿心！
你看你脸色惨白有了病，
快随娘回家医伤痕！

聂　郎　哎，母亲，你儿心中难过，出言冒犯，还望母亲多多教
　　　　诲，儿改过就是！

聂　母　儿啊！闲话少说，快随娘回家！
　　　　〔聂郎起，挣扎，痛苦。

聂　母　儿呀，你怎么样了？

聂　郎　啊呀母亲，儿此刻怒火中烧，肝胆俱裂，只怕要去了。
　　　　（一势子）

聂　母　我儿到哪里去？

聂　郎　儿要下海！

聂　母　我儿千万不可去寻自尽啊！

聂　郎　儿要变成蛟龙，与风作浪，把周家庄化为汪洋大海！
　　　　也好报仇！

聂　母　哦！……
　　　　〔风、雷、雨、电交加、江涛呼啸。

聂　母　（唱）　闻听儿言魂不在！（聂郎脸色渐变成红色）
　　　　聂郎，儿呀，少说疯话！

聂　郎　（唱）　儿劝母亲免悲哀！

聂　母　聂郎、我儿，想开些！
　　　　〔聂郎脸色渐蓝。

聂　郎　（唱）　两代冤仇深似海！
　　　　（脸色变金色）
　　　　海枯石烂难解开！
　　　　刹时间天摇地又动，
　　　　电光闪闪雷轰鸣！
　　　　狂风卷起波涛涌，
　　　　聂郎我今日要化蛟龙！

〔风、雷、雨、电四起。

　　　　　洗尽周家不留种，
　　　　　报仇雪恨顷刻中！
　　　　　还望母亲你多保重！
　　　　　从此母子各西东！

聂　母　（拉聂）

　　　（唱）　手拉我儿泪泉涌，
　　　　　　　六神无主痛彻胸。
　　　　　　　雷震风狂天地动，
　　　　　　　难道儿真要变蛟龙？
　　　　　　　倘若儿一旦下东海，
　　　　　　　不知何日再相逢！
　　　　　　　难舍母子情深重，
　　　　　　　上天入地紧跟从！

聂　郎　（唱）　今朝惨别心悲痛，
　　　　　　　千言万语塞满胸。
　　　　　　　这只怪周洪老贼贪心重，
　　　　　　　逼得母子各西东。
　　　　　　　戴天之仇不与共，
　　　　　　　管叫他葬身鱼腹中！
　　　　　　　耳边忽听喊声起！

〔周洪率众呼啸过场。

聂　郎　（唱）　母亲快快把手松！
　　　哎呀母亲，你看上游灯笼火把，大呼小叫，想是周洪
　　　老贼派人前来捉拿与我。儿若被他捉去，恐怕性命
　　　难保！

聂　母　母子纵死也要一路，周洪派人前来，为娘与他拼了！

聂　郎　老贼人多势重！母亲还是撒手！

聂　母　儿啊！（母不放手、聂挣脱、母跌倒、聂郎扶母、母又
　　　拉聂）纵然我儿要走，也让为娘多看几眼！

聂　郎　啊呀母亲，少时老贼追赶前来，就说你儿投江一死，

以免连累母亲！

聂　母　儿呀，从今以后，人海两隔，音信难通，叫为娘一人怎样活下去！

聂　郎　今朝惨别，儿所恨者，就是你老人家无亲无靠，无人奉养！（聂母悲泣）呵！长生，三娃与儿情同手足，请母亲拜上他们，多关照你老人家一下，就说我在水国龙宫，也是感激不尽呵！

聂　母　儿啊！（泣不成声）

聂　郎　可怜母亲，不辞千辛万苦，把儿养大，只落得如此收场，你儿难报养育之恩，请上受儿一拜了！（拜介、母子抱头痛哭。）

〔内人们呼啸声。

聂　郎　母亲快快撒手，你看贼人越来越近了！

聂　母　事到如今，娘也留不住你了。但不知我儿走后，几时回来？

聂　郎　要儿回家，除非是铁树开花，马头生角，天崩地裂，大仇已报，那时母子自有相会之期！母亲保重，儿去了！（母追、拉聂、烟火、聂郎化龙，亮相惊母）母亲，儿去了！

〔风、雷、雨、电大作。

聂　母　聂郎、儿啊！

（唱）　波涛滚滚浪掀天，
　　　　我儿化龙下深潭！
　　　　登高望儿望不见，
　　　　高声叫儿儿不还！
　　　　从此母子两隔断，
　　　　相见不知在何年？
　　　　耳边又听人呐喊，
　　　　想是贼人到沙滩。
　　　　拼着老命往前赶，
　　　　要与我儿报仇冤！

〔周、刘率众上。

刘　钦　（唱）　追到聂家人不见，

随后跟踪到江边！

周　洪　（唱）　一心要把娃娃赶，

破腹取珠显手段！

刚才还看到聂郎娃娃！站在这里，怎么现在连影儿

也不见了！

刘　钦　老婆子，你把你儿藏到哪里去了？

聂　母　周洪，老贼，你把我儿子逼下河去，你们还不死心，老

娘今日和你们拼了。（欲扑周洪）

刘　钦　（对周）你看前面有一黑影……

周　洪　赶快沿江追赶！追！（众呼啸下）

聂　母　老贼哟！（亦追下）

聂　郎　（内唱）肝胆裂碎恨难消！

〔风、雷、雨、电四起，聂郎上。

（唱）　喝咤长江起波涛！

（夹白）嗳哒，周洪贼！

（唱）　咱和你冤仇比天大！

今日岂肯轻易饶！

〔水兵、水卒舞蹈介。

回首大江浪滔滔，

风卷狂涛万仞高！

仇不尽来恨不消，

要做个海沸与山摇！

誓将江河来翻倒，

老贼呀！

管叫你庄园人财葬波涛！

〔周刘等追上、聂郎怒、挥手、洪流卷走贼人！

聂　郎　（接唱）今日里我将大仇报，

害人贼子无处逃！

〔水兵水卒同舞。

115

〔聂母上、向聂招手。

**聂　郎**　娘啊！

　　（唱）　儿成龙再难转人世，

　　　　　　丢不下老母年迈人，

　　　　　　可怜你孤单冷清无依靠！

　　　　　　饥荒年恐难耐煎熬！

　　　　　　儿留得一脚未变化，

　　　　　　以报娘养育恩情高！

〔风、雷、雨、电四起。

**聂　母**　（遥呼）聂郎，我儿，聂郎，我儿……

**聂　郎**　（唱）　回首望娘江涛涌，

〔水兵、水卒同舞，聂回首成滩。

　　　　　　望娘保重会来生！

〔频频望娘，摆望娘滩队形。

〔聂母木然，举首眺望。

# 第十四场　尾　声

〔聚光灯下、见序幕中的乘客与艄翁。

**艄　翁**　（唱）　娘唤娇儿肠寸断，

　　　　　　儿望老娘白浪翻！

　　　　　　无边罪孽谁造就？

　　　　　　千古凭吊望娘滩！

　　相公，坐稳些！（同下）

—— **剧　终**

演出单位

西安市五一剧团

西安尚友社

西安三意社

西安易俗社

# 玉 虎 坠

根据秦腔传统剧　改编

项宗沛　　　　改编

# 剧情简介

　　传统本戏,其中有折戏《探监》、《慈云庵》较流行。演述马武揭竿起义,欲邀冯彦共举大事,冯不允,马武取王腾首级,悬于冯家门外,逼其造反。人头为冯子田郎发现,继母田氏及己子贺其卷早谋冯家家产,借机告之官府,冯彦收监。田氏又逐冯彦妻、子出门,冯妻与田郎夜宿慈云庵中,巧遇王腾之女娟娟,遂与田郎订婚,并赠玉虎坠变卖救父。田郎持坠换钱,遇大将军王元,被王看中,欲招为婿,便引往洛阳府中。冯妻与娟娟往洛阳点炮告状,恰告于王元堂下。时马武已归刘秀,说明前情冤情始白,田氏母子斩之。

# 场　　目

秦腔
玉虎坠
YUHUZHUI

# 人 物 表

| 王娟娟 | 小旦 | 十六岁,王腾之女 |
| --- | --- | --- |
| 王 腾 | 老丑 | 五十岁,卖卜算卦者 |
| 马 武 | 大净 | 三十五岁,太湖山寨主 |
| 冯 彦 | 正生 | 三十七岁,人称好汉公子 |
| 贺其卷 | 丑 | 三十岁,田氏前夫之子 |
| 田 郎 | 小生 | 十六岁,冯彦之子 |
| 田 氏 | 姚旦 | 五十岁,冯彦之继母 |
| 冯娘子 | 正旦 | 三十四岁,冯彦之妻 |
| 王 平 | 须生 | 四十六岁,州官 |
| 王 元 | 红生 | 四十八岁,都督 |

冯吉、禁子、乡约、地方、酒保、中军、
书吏、道姑、衙役、头领、兵卒

# 第一场　马武问卜

〔王腾家中。

〔王娟娟手玩玉虎扇坠,欢快地走上。

**王娟娟**　（唱）　泥土中得玉虎玲珑可爱,

不由得女孩儿喜爱颜开。

从今后我将它随身携带,

等爹爹回家转细说由来。（赏玩玉虎）

〔王腾上。

**王　腾**　（唱）　街头卖卜知休咎,

中馈无米日夜愁。

（叩门）女儿开门来。

**王娟娟**　（开门）爹爹回来了。

**王　腾**　回来了。

**王娟娟**　爹爹,你看!（示玉虎）

**王　腾**　这是什么东西? 看咬人着。

**王娟娟**　孩儿在墙根挖得这个玉虎。

**王　腾**　（看玉虎）咦,哈哈哈哈。这是一个扇坠,美玉琢成,
明光闪闪,真乃宝物,待为父拿去换些柴米吧。

**王娟娟**　爹爹不可,我要随身携带呢。

**王　腾**　也罢,我娃好好收藏,千万莫要丢失。

**王娟娟**　孩儿记下了。爹爹同去用饭吧。

**王　腾**　不消。为父清早起来,自占一课,今日主有酒饭。我
儿独用,为父去歇息片刻,单等财星到来。

〔王腾、王娟娟分下。

〔马武扮客商上。

**马　武**　（唱）　恨王莽开科场轻才重貌,

121

午门外留反诗怒气难消。

太湖山聚人马为王落草,

扮客商来南阳寻访英豪。

咱家,马武。只因王莽开科取士,嫌俺貌丑,赶出科场。俺一怒留下反诗,改名郑芳,占山为王。数日前下得山来,寻访英雄,同灭王莽。闻听人言,此地有一王君平,占卜如神,特地前来求教。唔,来此已是王君平门首。(叩门)君平可在?

〔王腾上。

王　腾　(念)　口呼君平急,定是问卜的。

想必是财星到了。(开门见马武,惊跪)好我的灶君爷爷哩,去年腊月刚把你老人家送上天去么,你这会儿可回来了。

马　武　(将错就错,开个玩笑)爷爷要吃灶糖呢。

王　腾　哎呀呀,爷爷恕罪,这灶糖还没做对哩。

马　武　哈哈……你仔细看来,咱家是人!

王　腾　(细看)面貌长得凶恶,小老儿森森害怕。请问大爷到此何事?

马　武　特来问卜。

王　腾　请到内边。

马　武　请。(同进)

王　腾　观见大爷进得门来,虎背熊腰,龙行虎步,必有移山倒海之勇,安邦定国之心。

马　武　哈哈,嘿嘿,这,哈哈……

王　腾　请问大爷高名贵姓?

马　武　我对你实说了吧。俺名马武,改名郑芳,在太湖山插旗招军,不久要成就大事。

王　腾　啊! 你是太湖山贼——

马　武　贼什么?

王　腾　寨、寨主。

马　武　俺正是太湖山寨主,要夺那苛政如虎的莽贼天下!

（唱）　提起了王莽贼令人恼恨，
　　　　逼得俺入绿林插旗招军。
　　　　闻听说王先生卜卦甚准，
　　　　你何不做一个同谋之人？

王　腾　不可，不可！
（唱）　劝大爷还须要言语谨慎，
　　　　我无能怎随你去入绿林？

马　武　（唱）　这件事俺容你再思再忖，
　　　　　　　奔酒馆饮几杯再论下文。
　　　　　　　来来来，随俺去到酒馆。

王　腾　这……小老儿家中有事，大爷请自便吧。

马　武　怎么讲？

王　腾　（害怕）好、好、好。大爷先行一步，小老儿随后
　　　　就来。

马　武　这还罢了，俺便去也。（下）

王　腾　哎呀呀，今日遇到这个财星，我心中有些害怕呀，女
　　　　儿，娟娟！

〔王娟娟上。

王娟娟　爹爹唤我何事？

王　腾　客人约为父上街饮酒，我便去了。

王娟娟　爹爹每晚回来甚迟，如有盗贼，该当怎处？

王　腾　傻孩子，我家并无财物，怕的什么？

王娟娟　适才孩儿偷觑那位客人，相貌凶恶，甚是害怕，爹爹
　　　　还是不去得好。

王　腾　不能不去，我儿放心。

王娟娟　爹爹既要前去，酒不可多饮，须要早些回来。

王　腾　为父知道，你太啰嗦了。（下）

王娟娟　（唱）　老爹爹随那人饮酒出外，
　　　　　　　倒教我王娟娟暗自疑猜。
　　　　　　　但愿得父在外无妨无碍，
　　　　　　　掩柴门伴孤灯候父归来。（下）

123

〔二幕闭。

# 第二场　酒馆斗殴

〔二幕外,冯吉引冯彦上。

冯　彦　（唱）　老爹爹虽已挂冠志豪壮,

为国事不辞辛劳赴洛阳。

冯彦我事继母谨慎为上,

愿父亲大事定早日还乡。

来至在大街上四下观望,

耳听得闹嚷嚷所为哪桩?

〔传来吵架之声。

冯吉,去看何人打架。

贺其卷　（内白）没钱。贺大叔吃了谁的酒给过钱么!

冯　吉　我贺二叔和人打架。

冯　彦　唤他前来。

冯　吉　有请贺二叔。

〔贺其卷上,又回身向酒馆方向冲去。

贺其卷　娃子着祸!

冯　彦　哼!

贺其卷　大哥!

冯　彦　为何又作无理之事?

贺其卷　为弟未带酒钱,他那野猫伙计把我的袍子脱去了。大哥闪开,待我打这娃子。

冯　彦　唔——冯吉,去将衣衫赎回。（冯吉下）兄弟,用过膳了无有?

贺其卷　为弟还是昨天吃了的。

〔冯吉取衣衫上。

冯　彦　穿上衣衫,随为兄另转一酒馆。

| 贺其卷 | 可吃呀,走。 |
|---|---|
| | 〔众圆场。 |
| 冯 吉 | 禀大官人,来至酒馆。 |
| 冯 彦 | 唤酒保。 |
| 贺其卷 | (拦住冯吉)我来。贺大叔到这里可满吃得开。(喊叫)酒房,有儿无儿,摆出一个来。 |
| | 〔酒保上。 |
| 酒 保 | (念) 酒房门上三尺布,<br> 是谁高声叫老父? |
| 贺其卷 | 老父的态度,在这儿摆着呢。 |
| 酒 保 | 做什么来了? |
| 贺其卷 | 我们吃酒照顾你娃来了。 |
| 酒 保 | 没酒了。 |
| 贺其卷 | 没酒?里边那些客人,喝的是洗脸水还是洗锅水? |
| 酒 保 | 人家喝了酒给钱哩,你不给钱,因此上没酒了。 |
| 贺其卷 | 笔膏饱,现上账。有现钱,不喝你娃子的酒。 |
| 酒 保 | 都把你上的没处上了,上在马勺子背背子上,小伙计不知道,舀水去,把你给飘洋过了海了。 |
| 贺其卷 | 怪道来,我这几年运气不好。娃子,今天不比往常,还有我大哥呢。 |
| 酒 保 | 你还引了几个,更没酒了。(转身欲下) |
| 冯 彦 | 酒保,有酒无有? |
| 酒 保 | (回身)大官人,刚开了两个合杯。 |
| 冯 彦 | 哪里僻静? |
| 酒 保 | 后楼僻静。 |
| 冯 彦 | 将酒抱上楼去。兄弟请。 |
| 贺其卷 | 大哥请。 |
| | 〔冯彦下,冯吉随下。 |
| 贺其卷 | 人向有钱的,狗咬穿烂的。你可认得他? |
| 酒 保 | 好汉公子冯大官人。 |
| 贺其卷 | 不才,家兄。 |

秦腔
玉虎坠
YUHUZHUI

| 酒　保 | 人家姓冯,你姓贺么,怎么是你大哥? |
|---|---|
| 贺其卷 | 马下的咋叫骡驹子呢。 |
| 酒　保 | 我把你看出来了,车后头的草包——捎连带头子。 |
| 贺其卷 | 去你的吧。(同下) |

〔开二幕,酒馆楼下。

〔马武、王腾上。

马　武　（唱）　俺来在南阳城风景地面,
　　　　　　　　耳听得大街上闹闹喧喧。
　　　　　　　　来往客无一人看中某眼,
　　　　　　　　这才是访英雄千难万难。

王　腾　（唱）　一路上把郑芳偷眼观看,
　　　　　　　　他好比出山的猛虎一般。
　　　　　　　　我有心抽身走却又不敢,
　　　　　　　　好一似老绵羊伴虎而眠。
　　　　　　　　大爷,来在酒馆门首了?

马　武　唤过酒保。

王　腾　酒保哪里?

〔酒保上。

马　武　咻嘿。

酒　保　(吃惊)王伯,那是个啥东西?

王　腾　那是个人。

酒　保　那人吃人不吃人?

王　腾　这娃,人都吃人哩吗?我们照顾你来了。

酒　保　这里客多席少,请另转一家。

马　武　酒保过来,这是银子一锭(抛银给酒保),吃毕再好算账。(入座)先生请!

王　腾　大爷请!(同饮)

马　武　好酒哇好酒!哈哈……先生,你我今日饮了此酒,好有一比。

王　腾　比作何来?

马　武　好比杀了王莽,饮了那贼的热血。

王　腾　大爷,你莫非酒醉了?

马　武　哎呔!

　　　　（念诗）　英雄心肺裂,仇恨何时雪?
　　　　　　　　　饥食莽贼肉,渴饮莽贼血。

　　　〔冯彦、冯吉、贺其卷上,站在一旁。

马　武　（唱）　杀国贼方了却心头之愿,
　　　　　　　　今日里我犹如龙困浅滩。
　　　　　　　　偌大个南阳城竟无好汉,
　　　　　　　　何一日才得能地覆天翻?

冯　彦　（唱）　忧国事就应当细心筹算,
　　　　　　　　劝客官且饮酒莫发狂言。
　　　　　　　　人常说墙内话墙外听见,
　　　　　　　　那时节前悔易后悔迟难。

马　武　我们饮酒说话,谁使尔等多口!

贺其卷　谁是儿(尔)等?说什么南阳城竟无好汉?（脱袍）
　　　　冯吉,把二爸这袍子拿住。我弟兄不敢说话吗?说
　　　　了话谁还拔舌头哩吗?

冯　彦　（劝阻）兄弟!

贺其卷　大哥闪开,等我先看看是什么猫儿眼光棍!（赶到马
　　　　武面前）

马　武　休走!（打贺一拳）

贺其卷　哎呀,我的我呀!（捂住眉眼）

冯　彦　（对马武）
　　　　（念)你莫要放刁撒野!

马　武　（念）　你莫要指地画天!

冯　彦　（念）　你无有三头六臂!

马　武　（念）　你无有七足八拳!

冯　彦　（念）　尔非蛟龙出水!

马　武　（念）　尔非猛虎下山!

冯　彦　口说无凭!

马　武　对手便见!

〔王腾吓得钻进桌下。

〔冯彦、马武对打。马败下,冯追下,冯吉跟下。

贺其卷　好崽娃子,哪里来的咻猫儿眼光棍,见了贺大叔,不问青红皂白,搬过来给了我个端顶儿,把窝子打得青青。唔呀,咋觉着凉凉的。(用手一摸)好崽娃子,把贺大叔的眉梢打断了,见了红了。观见娃这一席好青器家具,不免与他打碎,以报眉梢之仇。(欲揭桌子)

〔酒保上。

酒　保　啥事么?

贺其卷　你崽娃子,哪是开酒房,简直摆的是擂台。你往秤上瞅瞅,把贺大叔眉梢打断了。

酒　保　我还想平你那一窝子哩。

贺其卷　还想平我的窝子?好崽娃子,回去把你那老的、小的、飞的、跑的、啄的、咬的,一槽槽子都拉出来,连毛带肉,都撕不了一碟碟子。

酒　保　我还想撕一拼盘呢。

贺其卷　好崽娃子,我叫你犟嘴!(打酒保)娃子,你挨这三捶,可曾认得?

酒　保　不认得。

贺其卷　这就叫压鳖捶。

酒　保　压爷捶。

贺其卷　你敢再犟!(又施身段打酒保)娃子,这几下你可认得?

酒　保　认不得。

贺其卷　这就叫三齐王乱点兵,再给你娃个骚狗揭尾,再来一个黑驴滚骣。(边说边施拳脚)

酒　保　我今儿遭疯狗咬哩。(溜下)

贺其卷　嗳,王腾这个老幺子怎么不见了?(发现王钻在桌下)哈哈,你倒找了这安乐窝子。出来!

〔王腾从桌下爬出。

| 贺其卷 | 你这个老二幺子,把哪里咻猫儿眼光棍引着来了。他是谁? |
|---|---|
| 王　腾 | 都在一个酒馆吃酒哩,谁认得谁么! |
| 贺其卷 | 你不认得,我教你认得就是了!(打王) |
| 王　腾 | 哎呀,我的贺大叔,我是一斗麸子两桶水,稀不溜溜的松囊鬼。 |
| 贺其卷 | 既是松囊鬼,贺大叔不计较。去吧,去买四两热豆腐,给贺大叔托眼。 |
| 王　腾 | 唉,算我倒霉!(下) |

〔冯彦上,冯吉随上。

| 贺其卷 | 大哥,那个猫儿眼光棍呢? |
|---|---|
| 冯　彦 | 跑了。 |
| 贺其卷 | 咱再去追。 |
| 冯　彦 | 得撒手处且撒手。你我回家去吧。 |
| 贺其卷 | 大哥先回。那王腾老儿去买热豆腐了,兄弟等着托眼呢。 |
| 冯　彦 | 如此为兄先行一步,兄弟随后就来,休再惹事。 |

〔下,冯吉随下。

| 贺其卷 | 好个冯彦,帮我打打架,给我出出气,倒也差不离儿,只是他要承继老头子的大家产呢,还是我的冤家对头。我娘和我早已计议好了,得找个机会摆布摆布他,拔去这颗眼中钉,贺大爷我才能出头!(以拳击掌震痛伤处)哎呀,我的眼呀!(捂眼) |
|---|---|

〔二幕闭。

# 第三场　杀人挂头

〔二幕外,马武、王腾同上。

| 王　腾 | (念)　是非只为多开口,烦恼皆因强出头。 |
|---|---|

马　武　（念）　用手掬起千江水，难洗今朝满面羞。

　　　　　　王先生，方才那一汉子，打我一拳，我还不上一拳〔踢我一脚，我还不上一脚。他是何人？

王　腾　他名冯彦，乃是汉室中郎将冯韶之子，英武超群，人皆称他为好汉公子。

马　武　好英雄，好英雄！先生，我有心聘他上山，共图大事，你看如何？

王　腾　大爷莫忙，待小老儿先在八卦上查看。（摇卦）日月三光，上下四方，摆开八卦，查看阴阳。一卦是风，外占一卦是火，风从火起，火由风生，哎哟，亥时初分，要动杀伐。今晚去不得，明日再去。

马　武　我如何等得，如何等得！

　　　　（唱）　访英雄心急切怎能等望？

　　　　　　　　哪怕它今夜晚摆开战场。

王　腾　（旁唱）只怪我好吃喝把人欺诳，

　　　　　　　　今遇见这凶神该我遭殃。

马　武　（唱）　请先生入冯府对他言讲，

　　　　　　　　有大祸我在外一面承当。

王　腾　（旁唱）若不去又恐怕恼了郑芳，

　　　　　　　　此一去难免得挨骂一场。

马　武　先生，走吧。

王　腾　走、走、走！

　　　　〔二人圆场。

王　腾　大爷，来到冯家门首。

马　武　先生进院去说。

王　腾　夜已三更，还是明日再去。

马　武　已到门首，哪有不进之理！

王　腾　呀呀呀呔，我把你这暮囊鬼，你几时把我暮囊得死在你手里，你就不暮囊了。（叩门）门内有人否？

　　　　〔马武走下。

　　　　〔开二幕，冯彦书房。冯彦在桌前观看兵书。

〔冯吉上，出门。

冯　吉　　王先生到此何事？

王　腾　　禀知大官人，就说卖卦的王腾求见。

冯　吉　　你且少站。（入内）禀大官人，卖卦的王腾求见。

冯　彦　　命他进来。

王　腾　　还是不见的好。（转身欲走）

冯　吉　　王先生，大官人命你去见。

王　腾　　好、好。（进内）大官人在上，小老儿王腾与大官人
　　　　　叩头。

冯　彦　　王先生少礼，请坐。

王　腾　　谢座。

冯　彦　　先生黉夜到此何事？

王　腾　　一来赎罪，二来叩喜。

冯　彦　　赎的何罪？叩的何喜？

王　腾　　大官人，今日酒馆之中，那位汉子多有得罪，大官人
　　　　　千万莫要在心。

冯　彦　　他乃鲁莽之人，哪个在心。

王　腾　　大官人真是量宽。

冯　彦　　我再问你，叩的何喜？

王　腾　　这个……

冯　彦　　既来叩喜，为何吞吞吐吐？

王　腾　　是、是、是。大官人可知太湖山起义之人吗？

冯　彦　　那是郑芳，提他则甚？

王　腾　　他就是酒馆中那位汉子。

冯　彦　　啊！

王　腾　　他叫马武，改名郑芳。

冯　彦　　可是曾在长安应试，被赶出武科场的马子章？

王　腾　　正是。

冯　彦　　英雄好汉，落入绿林，真是可惜！

王　腾　　目今他情愿奉请一人上山为王。

冯　彦　　奉请何人？

王　腾　这、这人就是大官人你！

冯　彦　啊！那你是来做说客的？

王　腾　正、正是。

冯　彦　撤座！

（唱）　骂王腾勾引我绿林为盗，

不由人一霎时怒火中烧。

若不念你年老做事颠倒，

管教你今夜晚吃我一刀！

王　腾　大官人息怒，大官人息怒！

冯　彦　冯吉，与我赶出门去！（下）

〔冯吉赶王腾出门，关门，下。

王　腾　哎呀呀，好险呀好险！

〔马武上。

马　武　先生，冯彦可曾应允？

王　腾　将我大骂一场，赶出门来。如今你走你的径，我算我

的命，咱俩各奔前程。

马　武　唉，枉费了一番苦心。

王　腾　（旁白）我这里妙计倒有，就是不给他说。

马　武　先生有何妙计？

王　腾　我没有计。

马　武　俺听见了。先生快讲，俺以银两相谢。

王　腾　你听见了，我只好讲。你将那过路的行人，杀上一

个，将首级悬挂他家门首。冯彦怯惧官法，必然随大

爷上山。

马　武　唔，倒是好计。先生，你看那旁有人无有？

王　腾　（左右看）偏偏就无一人。大爷莫忙，卦上说得明

白，到了亥时初分，就有个该死的暮囊鬼，在你面前

出溜溜过来了，出溜溜过去了，那时你好动手。

马　武　先生，你看此刻什么时候了？

王　腾　（看天）大爷，转眼就到亥时初分。你在此等候，少

陪，少陪。（急下）

马　武　先生，先生！咳！这黑更半夜，哪里会有该死的暮囊
　　　　鬼！（寻找）
　　　　〔王腾复上。

王　腾　（旁白）我怎么忘了要些银两？

马　武　（听见脚步声，急步上前）看剑！（杀王腾，割下首
　　　　级）啊，原来是他！正是：误将王腾杀，并非结冤仇。
　　　　（将头挂在冯家门首）君平，先生，罢了君平！（下）
　　　　〔鸡叫。田郎上。

田　郎　（念）　明月照东屋，凉风动修竹。
　　　　　　　　少小须勤学，要读五车书。
　　　　天色已明，待我上学读书。（出门，见人头，大惊）爹
　　　　爹快来，爹爹快来！
　　　　〔冯彦上。

冯　彦　我儿喊叫为何？

田　郎　不好，门口有、有……

冯　彦　（顺手取刀）待为父看来。（出门见人头，一惊）母亲
　　　　快来！
　　　　〔田氏、贺其卷同上，冯娘子亦随上。

田　氏　大清早，你喊叫什么？

冯　彦　不知何人将人杀坏，首级挂在咱家门首。

田　氏　待娘去看。（见人头）哎呀，快快掩埋。

贺其卷　母亲，被杀的乃是王腾。这人头掩埋不得。事大事
　　　　小，见官便了。大哥看守尸首，为弟前去报官。

田　氏　儿呀，你要速去速回。

贺其卷　我晓得。（趁机与母交换眼色，下）

田　氏　（见地上刀）哟，这里有杀人的钢刀。（拾刀）

冯　彦　母亲，这是儿的刀。

田　氏　你的刀为何扔在门口？

冯　彦　田郎惊慌喊叫，儿顺手带来，尚未归鞘。

田　氏　好一个尚未归鞘！以娘看来，这人不是别人所杀。

冯　彦　何人所杀？

秦腔
玉虎坠
YUHUZHUI

田　氏　是你！

冯　彦　母亲,孩儿怎么会杀人？

冯娘子　婆母,绝无此事。

田　郎　婆婆你不能冤枉我爹。

田　氏　嗟,钢刀现在,人首两断,还想刁赖不成？随为娘去
　　　　见官！

冯　彦　罢了,母亲！

冯娘子　罢了,婆母！

田　郎　罢了,婆婆！

冯　彦　（唱）　你的儿读诗书礼义知晓,
　　　　　　　　我焉敢杀人命触犯律条？

冯娘子　（唱）　劝婆婆细思忖休要怒恼,
　　　　　　　　事未明须包藏莫要声高。

田　郎　（唱）　人命事岂能够胡乱禀报,
　　　　　　　　怎忍教我爹爹受法坐牢？

田　氏　（唱）　用一条粗麻绳将儿带了,
　　　　　　　　明晃晃现有你杀人钢刀。
　　　　　　　　来来来随为娘州衙去告,
　　　　　　　　也免得全家人王法难饶。

冯　彦　（唱）　娘告儿好一似地崩山倒,
　　　　　　　　你母子再不必絮絮叨叨。
　　　　　　　　我不遵母亲命就为不孝,
　　　　　　　　到州衙见老爷诉说根苗。

冯娘子　哎呀,官人哪,数月之前,官人曾因州衙王大老爷判
　　　　案不公,上堂仗义执言,触犯于他,倘若他怀恨在心,
　　　　借机加害于你,如何是好？

冯　彦　王大老爷为民父母,当有容人之量,岂能因区区小
　　　　事,耿耿于怀？娘子休要多心。母亲,走吧。

冯娘子　（念）　诚恐此去大祸有。

田　氏　（念）　事到临头不自由。

田　郎　（念）　婆婆不该来出首。

| | |
|---|---|
| 冯　彦 | （责子）唔—— |
| | （念）　母子何必结冤仇！ |
| 田　氏 | 冯彦，我儿是个好的，随着娘来。（用力拉冯彦颈上绳索） |
| 冯娘子 | （见状不忍）婆婆！ |
| 冯　彦 | （责妻）唔——（随继母下） |
| 冯娘子 | 儿呀，去到州衙，打探儿父消息，早禀娘知。 |
| 田　郎 | 孩儿晓得。（下） |
| 冯娘子 | 苦命的官人！（哭下） |
| | 〔二幕闭。 |

# 第四场　冯彦屈招

〔二幕外，乡约、地方同上。

| | |
|---|---|
| 乡　约 | 乡约地方， |
| 地　方 | 公事真忙。 |
| 乡　约 | 官府懵懂， |
| 地　方 | 百姓遭殃。 |
| 乡　约 | 我乃乡约， |
| 地　方 | 我乃地方。 |
| 乡　约 | 地方兄弟，冯老夫人告她儿子杀了卖卜的王腾，王大老爷叫咱去找王腾的女儿娟娟—— |
| 地　方 | 娟娟。 |
| 乡　约 | 对，找娟娟前来认尸回话，你我就此前往。 |
| 地　方 | 慢着。乡约大哥，兄弟有一事不明。 |
| 乡　约 | 何事不明？ |
| 地　方 | 想那冯大官人，人称好汉公子，仗义疏财，知书达理，怎会杀人？ |
| 乡　约 | 提起此事，你大哥心里也直嘀咕，只怕有啥名堂哩， |

就看王大老爷如何处断。

地　方　王大老爷道貌岸然,看来是个清官。

乡　约　只怕徒有其表,实乃糨糊一罐。

地　方　是清官还是糨糊罐,不用咱兄弟多管,皇上说了算。

乡　约　不对,百姓说了算。闲传少谝,还是去找娟娟。(同下)

　　　　〔二幕启,州衙大堂。

　　　　〔四衙役、书吏引王平上。

王　平　(念)　为官清廉公正,断案明察秋毫。(坐)
　　　　本州,王平。清早贺其卷前来禀报,卖卜王腾被人杀害,随后冯门田氏带子冯彦前来投案。想那冯彦,数月前曾责怪本州判案不公,咆哮公堂,想不到今日落在我手! 嘿嘿……

　　　　〔乡约上。

乡　约　禀老爷,王娟娟来到。

王　平　唤她上堂。

乡　约　王娟娟上堂。

　　　　〔王娟娟上。

王娟娟　叩见老爷。

王　平　下跪可是王娟娟?

王娟娟　是小女子。

王　平　王腾可是你父?

王娟娟　正是的。

王　平　几时出门?

王娟娟　昨日出门。

王　平　可曾带有财物?

王娟娟　无有。

王　平　那旁有一尸首,上前认过。

乡　约　娟娟,随我来。

　　　　〔娟娟见尸,悲痛昏厥。

乡　约　娟娟醒来。

| 王娟娟 | （唱） | 见尸首吓得我三魂不定， |
|---|---|---|
| | | 血淋淋老爹爹一副尸灵。 |
| | | 昨日里出门去无灾无病。 |
| | | 但不知是何人持刀行凶？ |
| | | 父女俩原本是相依为命， |
| | | 一霎时撇下我孤苦伶仃。 |
| | | 走上前施一礼双膝跪定， |
| | | 大老爷为小民查明冤情。 |

王　平　本州与你伸冤就是。

王娟娟　禀老爷，昨日我父与一客人先后出门，那人面貌十分凶恶，莫非我父是他所杀？

王　平　人不可以貌相。本案凶犯，已有线索，休要胡乱疑猜。我来问你，目今家中尚有何人？

王娟娟　只小女子一人。

王　平　乡约，此间可有官修女庵？

乡　约　有一慈云庵，内住道姑。

王　平　你对道姑去讲，将王腾棺木暂寄庵中，命娟娟守灵坐草。

乡　约　是。娟娟随我来。

王娟娟　（哭）爹爹！（随乡约下）

王　平　唤冯门田氏，带冯彦。

〔田氏带冯彦上。

田　氏　参见老爷。

王　平　你儿杀人，可曾是实？

田　氏　件件是实。

王　平　有何凭证？

田　氏　现有杀人钢刀为证。

王　平　呈上来。

〔书吏取刀呈上。

书　吏　老爷请看。

王　平　这是你儿的刀？

137

| | |
|---|---|
| 田　氏 | 正是他平日所用。 |
| 王　平 | 既有杀人钢刀，又有家属控告，物证人证俱全，这就实了。你且下去。 |
| 田　氏 | 谢老爷。（下） |
| 王　平 | （讽刺地）这是冯彦，本州与你久违数月，想不到你大有长进！（正色地）怎样把人杀坏，还不从实招来！ |
| 冯　彦 | 老爷！ |
| | （唱）　冯彦我读诗书礼义为重， |
| | 又焉能持钢刀半夜行凶？ |
| | 那王腾但不知何人害命， |
| | 若问我杀人事实不知情。 |
| 王　平 | 倒也推得干净，说得轻松，可现有你杀人钢刀为证。 |
| 冯　彦 | 清早我儿在门首见到人头，惊慌喊叫，是我顺手取刀查看，并非杀人凶器。 |
| 王　平 | 定是你取刀捉贼，胡乱将人杀坏。 |
| 冯　彦 | 刀上并无血迹。 |
| 王　平 | 难道你不会拭抹干净？ |
| 冯　彦 | 我与王腾无仇无怨，杀他何来？昨晚他来到家中，言说太湖山大王奉请我上山—— |
| 王　平 | 原来你与太湖山贼人尚有来往。 |
| 冯　彦 | 向无来往。是我将他怒骂一场，赶他出门。 |
| 王　平 | 本州这就明白了，定是你怕他泄露通贼之事，因而杀人灭口。 |
| 冯　彦 | 既然杀人，为何将尸首留在门口？ |
| 王　平 | 搬移不及，也是有的。我再问你，倘若你未曾杀人，你母亲因何告你？ |
| 冯　彦 | 这个—— |
| 王　平 | 理屈词穷，还不从实招来！ |
| 冯　彦 | 冤枉难招。 |
| 王　平 | 不动大刑，料你不肯招认。来呀，枷起来！ |

〔衙役施枷刑，冯彦昏倒。

衙　役　冯彦醒来！

冯　彦　（唱）　铜枷棍夹得我昏迷不醒，
　　　　　　　　　是金刚也难受这般酷刑。
　　　　　　　　　挣扎扎睁双眼神魂不定，
　　　　　　　　　两下里不住地勒逼口供。
　　　　　　　　　王平他咬定我杀伤人命，
　　　　　　　　　冯彦我纵有口难辩冤情。
　　　　　　　　　难道说他果然记仇怀恨？
　　　　　　　　　我纵死公堂上难以画供。

王　平　有招无招？

冯　彦　未曾行凶，难以招认。

王　平　（旁白）哎呀，且住。如此用刑，冯彦不肯招认，这便
　　　　怎处？（思考）有了，冯彦乃是大孝之人，我今拷问
　　　　其母，当堂用刑，定有成效。来，唤田氏。

书　吏　田氏上堂！

〔田氏上。

田　氏　与老爷叩头。

王　平　这是田氏，冯彦不肯招认，莫非另有别情？

田　氏　这……禀大老爷，定是冯彦所信媳妇之言，存心
　　　　违抗。

王　平　此话怎讲？

田　氏　他媳妇言说，数月前大老爷判案不公，冯彦仗义执
　　　　言，触犯了大老爷，大老爷定然怀恨在心，此番要加
　　　　害于他。

王　平　（触到痛处，强作镇定）嘿嘿……以小人之心，度君
　　　　子之腹！本州上食朝廷俸禄，下为黎民分忧，闻过
　　　　则喜，知过必改，岂能假公济私，挟嫌枉法？

田　氏　着哇，大老爷官高量大，断案如神，铁面无私，谁人不
　　　　知，哪个不晓？

王　平　本州深恶阿谀奉承之言，休要花言巧语。依本州看

来，此案是你诬告！

田　氏　啊！小妇人不敢。虽说我是他的晚娘，可待他胜过亲生，怎肯平白告他杀人？

王　平　正因是他的晚娘，故而搅家不贤，居心叵测，存心诬告。来，拶起来。

〔衙役拶田氏。

田　氏　（喊叫）冯彦，冯彦！

冯　彦　哎呀，老爷，宁可把我粉身碎骨，千万莫让我母受刑。

王　平　倘若你未杀人，定然是她诬告，岂能容得？与我重重加刑！

〔衙役加刑拶田氏。

田　氏　（悲号）儿呀，儿呀，救救为娘！

冯　彦　（唱）　大老爷貌堂堂居心难料，

　　　　　　　我怎忍见母亲受刑嚎啕？

　　　　　　　纵粉身万不可忘了大孝，

　　　　　　　看起来冯彦我劫运难逃。

　　　　　速快与我母松刑，冯彦愿——招！

王　平　松刑。哼，本州察言观色，据理推断，焉能冤枉于你！来，命冯彦画供，钉镣收监。

〔冯彦见状，欲画又止，反复数次，终于画供。衙役将他扶起，押他下去。

冯　彦　（回看继母）母亲！（随衙役下）

王　平　田氏大义灭亲，实属难得，待本州异日了结此案，与你挂一贤良牌匾，以资旌表！

田　氏　叩谢大老爷明镜高悬！

王　平　哈哈……

〔二幕闭。

# 第五场　定计捉奸

〔二幕外,田郎上。

田　郎　（唱）　这真是不测风云起天外,
　　　　　　　　母子们度日如年心悲哀。
　　　　　　　　王老爷断此案令人愤慨,
　　　　　　　　分明是他心中怀有鬼胎。

　　　　（听）哎呀,好像是贺其卷母子讲话声音,待我躲在
　　　　一旁,听他们讲些什么。

〔田郎藏身。田氏、贺其卷同上。

田　氏　呀,走呀!
　　　　（唱）　剜去了眼中钉真个畅快,
　　　　　　　　挑去了肉中刺遂我心怀。

贺其卷　（唱）　若不是暗地里设计陷害,
　　　　　　　　这一份大家产焉能得来?

田　郎　住、住、住了,事到如今,你还争什么家产?
　　　　（唱）　为家产设毒计将人陷害,
　　　　　　　　只恐怕天不容降下祸灾。

田　氏　奴才!
　　　　（唱）　你的父持钢刀将人杀坏,
　　　　　　　　有婆婆我出首理上应该。
　　　　　　　　小奴才不懂事恶语责怪,
　　　　　　　　再胡言打死你除却祸胎。

田　郎　还要打死我呢,我看你们将来的下场!（下）

贺其卷　哎呀,我的妈呀,我们刚才说话,被田郎听去,明日若
　　　　到监中,定对他父言讲。他父若遇清官开活,出得监
　　　　来,三拳两脚,就会要了你娃的碎命。你在,我上兰

141

州下四川去了。

田　氏　娃，你走不得。你走了，丢下妈，我该死呀吗该活呀！

贺其卷　我是泥菩萨过江——自身难保，谁还管你。

田　氏　要管，要管！你我速快想上一计。

贺其卷　可定计呀。你咻三天不害人，心里就发痒哩。（想）有了，孩儿今夜扮一刁头和尚，前去调戏我那嫂嫂，故意遗下僧帽。母亲就说她与和尚通奸。孩儿明日清早，到监中对那冯彦讲说一遍。想他乃是气大之人，听了此言，定能活活气死。这一份大家产，岂不是……嘿嘿……

田　氏　妙计，妙计。贺其卷！

贺其卷　妈呀，

田　氏　妈的蛋蛋娃呀！随妈去吃好的。（同下）

〔二幕启。冯娘子卧房。

〔冯娘子上。

冯娘子　（唱）　风飒飒雨凄凄三更三点，
　　　　　　　　冷清清孤寂寂悲痛难言。
　　　　　　　　奴的夫遭冤屈戴镣戴链，
　　　　　　　　只恐怕问斩罪命丧九泉。
　　　　　　　　这真是天苍苍风云变幻，
　　　　　　　　好端端飞来了大祸滔天。
　　　　　　　　恨婆婆与二叔为谋家产，
　　　　　　　　施毒计害得我一家倒悬。
　　　　　　　　田郎儿他要去击鼓告状，
　　　　　　　　可叹那王老爷不是清官。
　　　　　　　　他为何动大刑逼供妄断？
　　　　　　　　莫不是施报复昧了心肝？
　　　　　　　　有谁能为善良昭雪冤案？
　　　　　　　　何一日阴云散重见青天？

〔田郎上。

田　郎　母亲莫要过于悲痛，夜已深了，安歇了吧。

| 冯娘子 | 我儿上床去眠。 |
|---|---|

〔田郎进帐。冯娘子吹熄灯火,倚椅入睡。

〔田氏上。

| 田　氏 | （唱）　为家产把我的心肝操破, |
|---|---|
| | 　　　且等候贺其卷假扮头陀。 |

〔贺其卷扮和尚上。

| 贺其卷 | （唱）　戴僧帽穿僧衣轻轻走过, |
|---|---|
| | 　　　吓得我一阵阵步儿难挪。 |
| | 　　　怕的是惊醒了家僮拿我, |
| | 　　　这才是为家产不顾死活。 |

〔贺其卷与其母先后拍手几下,凑在一处。

| 贺其卷 | 妈,你先摸一摸,看娃装得像不像? |
|---|---|
| 田　氏 | （摸贺头）好个刁头和尚。 |
| 贺其卷 | 妈呀,我今夜怎么害怕得很! |
| 田　氏 | 甭怕,有妈给你仗胆哩。 |
| 贺其卷 | 若是她喊叫起来,我被家僮拿住呢? |
| 田　氏 | 也不怕。那贱人说王大爷的坏话,妈在州衙告了。即便出了事,官司咱也准赢。你速快下手,妈随后就来。（下） |

〔贺其卷左右窥看,叩环。

〔冯娘子被惊醒,谛听。

| 冯娘子 | （唱）　适才我熄银灯合衣而卧, |
|---|---|
| | 　　　一霎时惊醒了梦里南柯。 |
| | 　　　莫不是风吹动竹帘刮破? |
| | 　　　莫不是铜锁链绊住鹦哥? |
| | 　　　莫不是看家犬腹中饥饿? |
| | 　　　莫不是猫捕鼠来往搜索? |
| | 　　　仿佛有脚步声外边走过, |
| | 　　　我这里开房门看是何物?（开门） |

〔贺其卷欲搂抱冯娘子,冯娘子急忙闪开。

| 冯娘子 | （惊呼）田郎醒来,田郎醒来! |
|---|---|

〔贺其卷遗僧帽,急下。

田　郎　(过帐)母亲喊叫为何?

冯娘子　咱家有贼!

田　郎　啊!撵贼,撵贼!(追出)
　　　　〔田氏上,被田郎黑地里一把抓住。

田　郎　抓住贼了,抓住贼了!

田　氏　小奴才,是我!你喊叫什么?

田　郎　咱家有贼。

田　氏　怎么有贼?!快取个灯亮来。

冯娘子　(取灯)婆婆,灯亮到。

田　氏　你见到贼了?

冯娘子　儿媳开门,贼就跑了。

田　氏　看看遗下什么东西无有。

田　郎　无有。

田　氏　再往前看。

田　郎　婆婆,这里有个和尚帽。

田　氏　和尚帽?拿来我看。(看帽,对冯娘子)哎呀,你咋
　　　　给我做下这活嘛!
　　　　(唱)　我老爷在汉室曾把官做,
　　　　　　　论家财也不曾缺吃少喝。
　　　　　　　想不到妖魔妇风流惹祸,
　　　　　　　谁教你败门风私通头陀?

冯娘子　(唱)　贼到来我母子正在歇卧,
　　　　　　　劝婆婆你休要疑心太多。
　　　　　　　有田郎在一旁陪伴与我,
　　　　　　　这僧帽倒教人难以揣摩。

田　氏　哼,你丈夫杀了人,想要撇赖〔你偷和尚,也想撇赖。
　　　　我观这和尚来路甚熟,不知来了他娘几十回了!

冯娘子　好不屈煞人了。

田　氏　还把你给屈了?田郎,讨家法来。

田　郎　要家法做什么?

田　氏　快去取来!

　　　　　〔田郎取来家法。

田　氏　贱人,还不与我跪了!

　　（唱）　全不念你丈夫身遭大祸,

　　　　　　你竟然与和尚长夜作乐。

　　　　　　我这里打死你无耻贱货。(打)

田　郎　(撑住鞭子)　(唱)

　　　　　　你不该打我母一错再错。

　　　　　〔贺其卷上。

贺其卷　妈呀,你在这儿闹啥?(进门,假装拉妈)

　　　　莫打,莫打。我嫂嫂孤单单也怪可怜的。

田　氏　孤单单? 她与和尚成双哩,看!(指僧帽)

贺其卷　怪不得适才孩儿听见响动,出来一看,觑见一个头陀

　　　　出溜溜溜走了。看看还遗下什么东西无有?(向母

　　　　亲递个眼色)

田　氏　田郎,快去看来。贱人,你也看去。

田　郎　无有。

贺其卷　到门边看。

　　　　　〔冯娘子、田郎到门边看,贺其卷母子推二人出门,

　　　　关门。

冯娘子　婆婆开门来!

田　氏　关都来不及,还想给你开呢。我要烧香念佛去啰。

　　　　阿弥陀佛!

贺其卷　嘿嘿……(同下)

　　　　　〔闭二幕。

冯娘子　(唱)　实难料又降下无情大祸,

　　　　　　我婆婆做此事太得情薄。

　　　　　　劝我儿再不必珠泪滚滚,

　　　　　　到明天央邻居前来说和。

田　郎　(唱)　贺其卷他母子谋害你我,

　　　　　　娘何必央邻居前去说和。

145

倒不如去监牢对父禀过，
那时节我母子再定着落。

**冯娘子** 我儿言之有理，只是见了你父，家中闹贼之事休要提起，免得你父悲上加愁。

**田　郎** 孩儿记下了。母亲，走吧。（二人行走）

**冯娘子** （唱） 风雨夜苦奔波忍饥挨饿，
到狱中探夫君再作定夺。（同下）


# 第六场　母子探监


〔二幕外，马武仍扮客商上。

**马　武** 走哇！

（唱） 杀王腾原本想计逼冯彦，
万不料他受屈钉镣收监。
分明是俺鲁莽害了好汉，
扮客商到狱中探望一番。（下）

〔二幕启。监牢。

〔禁子上。

**禁　子** 天已大亮，冯大官人，往前监来。

〔冯彦戴镣铐上。

**冯　彦** （唱） 更鼓停天色明雨声早歇，
铁窗外尚留着半边残月。
抬望眼仰首问天地三界，

**禁　子** 问天何来？

**冯　彦** （唱） 我冯彦身犯的何等罪孽？

**禁　子** 杀死王腾。

**冯　彦** （唱） 杀王腾但不知何方妖邪，

**禁　子** 继母告你。

**冯　彦** （唱） 继母告叮得我两眼滴血。

禁　子　你不该当堂招认。

冯　彦　（唱）　王老爷逼口供不容辩解，
　　　　　　　　分明是数月前已把冤结。

禁　子　谁叫你得罪老爷！

冯　彦　（唱）　我本是罗郡庄堂堂豪杰，
　　　　　　　　纵落个无头鬼死不惧怯。

禁　子　倘若令尊大人现仍在朝为官,那就不一样了。唉,还
　　　　是自己将养将养吧。（扶冯彦坐）

　　　　〔贺其卷上。

贺其卷　凭我三寸舌,杀人不见血。（来到监狱门首）禁公
　　　　大哥。

禁　子　谁喊叫的? 坐监呀吗!

贺其卷　那是你先人给你置下的铁纱帽。

禁　子　我嫌重呢。做什么的?

贺其卷　监内可有姓冯之人?

禁　子　倒有个姓冯之人,你问他为何?

贺其卷　你对他说,他兄弟贺其卷望他来了。

禁　子　大官人姓冯,你咋可姓贺哩?

贺其卷　咻马下的——

禁　子　咋可叫骒驹子呢? 你不用说,我也明白了。（入内,
　　　　对冯彦）大官人,你兄弟贺其卷望你来了。

冯　彦　怎么,我兄弟望我来了。兄弟在哪里? 兄弟在——

贺其卷　大哥呀！（装哭）

冯　彦　兄弟不要啼哭。

贺其卷　不哭就不哭,眼泪请回。

禁　子　（旁白）先看娃的骚情。

贺其卷　禁公大哥,这是好酒,给我大哥做热教喝。

禁　子　酒中有毒无有?

贺其卷　你胡说啥哩。这是我的大哥,还能害他?

禁　子　做热了你先喝。（下）

冯　彦　兄弟,母亲在家可好?

贺其卷　哎，好啥哩，昨晚几乎把老人家气死了。

冯　彦　啊！出了什么事？

贺其卷　这……不说也罢。

冯　彦　兄弟，你快告诉为兄知晓。

贺其卷　唉，这事儿都肮脏得说不出口嘛。

冯　彦　兄弟，不论何事，不要隐瞒为兄。

贺其卷　既然大哥追问，兄弟不得不说。昨夜三更时分，田郎喊叫有贼，从我嫂嫂房中，跑出个刁头和尚。

冯　彦　怎么说？

贺其卷　跑出个刁头和尚，遗下僧帽一顶。

冯　彦　气煞我也！（贺急忙溜下）

　　　　（唱）　听一言气得我肝胆俱裂，
　　　　　　　　一霎时心胸闷要吐鲜血。
　　　　　　　　我冯门生女子冰清玉洁，
　　　　　　　　生男子一个个斩钢削铁。
　　　　　　　　狗贱人在我家淫荡歪邪，
　　　　　　　　与和尚暗来往不顾名节。
　　　　　　　　有一日天睁眼冯彦得赦，
　　　　　　　　出牢狱把贱人砍为两截。

　　　　〔禁子持酒壶上。

禁　子　（边上边说）贺其卷，你来尝酒。嗳，走了。大官人，酒到。

冯　彦　拿开！（把酒壶拨倒地上）

禁　子　啥事么？（拾酒壶）

　　　　〔冯娘子、田郎上。

田　郎　母亲，来到监门。

冯娘子　前去传禀。

田　郎　禁公大伯。

禁　子　小娃做什么来了？

田　郎　母亲和我来看望我爹冯彦。（取出一点银两）禁公大伯，买杯茶吃。

禁　子　不消,你们等着。(入内)大官人,令正和令郎看你来了。

冯　彦　怎么,他母子来了。贱人在哪里?

冯娘子　官人!

田　郎　爹爹!

冯　彦　贱人!(打妻一掌)

冯娘子　我叫、叫一声官人呀官人,见了为妻,一言不发,伸手便打,为妻所犯何罪何法了?

冯　彦　(唱)　狗贱人不知羞脸面丧尽,
　　　　　　　你怎忍做此事全无人心!
　　　　　　　既私通野和尚就该投奔,
　　　　　　　却为何假惺惺又把我寻?
　　　　　　　有一日天睁眼开了监禁,
　　　　　　　管教你狗贱人性命难存。

〔冯彦在唱中几次向妻冲去,被禁子拉住锁链。

冯娘子　(唱)　咱二人做夫妻多少年月,
　　　　　　　难道说你不知为妻品节?
　　　　　　　昨夜晚蹊跷事令人难解,
　　　　　　　是何人到监中先对你说?

冯　彦　何人来说,不用你管,你与我速速实说!

田　郎　哎呀,爹爹,昨晚母亲与孩儿一处而眠,半夜里听到母亲喊叫,孩儿就起来攥贼,门口遇到婆婆,拾到僧帽一顶,并未见什么和尚,爹爹休要冤枉我母亲!

冯　彦　住口!贱人还不滚开,定将你活活打死!(又举手铐欲打,被禁子挡住)

禁　子　娃呀,快扶你娘回去。

冯娘子　好不屈、屈煞人也。(与田郎同下)

禁　子　哎吁,哎吁。

冯　彦　禁公大哥,上气和谁来?

禁　子　我就和你来。

冯　彦　却是为何?

秦腔
玉虎坠
YUHUZHUI

| 禁　子 | 我说你，幸喜没做官，你但做了官，也是个糊涂官，糨子官。 |
|---|---|
| 冯　彦 | 此话怎讲？ |
| 禁　子 | 你先不容人回话么，不听人申诉么。王大老爷不容你申诉，将你屈打成招，你说你冤枉。你不容令正申诉，一口咬定她私通和尚，逼她招认，她就不冤枉？ |
| 冯　彦 | 这个…… |
| 禁　子 | 我来问你，清早来看你的那个贺其卷，是你的什么人？ |
| 冯　彦 | 是我兄弟，我继母带来的。 |
| 禁　子 | 昨晚家中之事，是他告诉你的？ |
| 冯　彦 | 正是的。 |
| 禁　子 | 要问岔岔，就在这这。我看那贺其卷挤眉弄眼，鬼鬼祟祟，当面有容人之量，背后有杀人之心，就不是他娘草驴肚子剥出来的。 |
| 冯　彦 | 这…… |
| 禁　子 | 我看令正夫人举止端正，决非苟且淫邪之人。即有此事，他母子隐瞒都来不及，咋等得天色刚明，就跑到监里来看你？故而昨晚府上闹贼之事，其中定有隐情。那贺其卷知你是气大之人，前来一说，把你气死，把令正母子赶出门去，这一份大家产，岂不是他母子的吗？我把此话说明，大官人你醒来吧！ |
| 冯　彦 | 啊！——我这才明白了。 |
| 禁　子 | 你才明白了，可已把人冤死了。 |
| 冯　彦 | （唱）　禁子哥一席话把我提醒，<br>　　　　贺其卷他不该如此无情。<br>　　　　还怪我太无才未详究竟，<br>　　　　他母子此一去何日重逢？ |

〔马武上。

| 马　武 | （唱）　贻祸他人心悔恨，<br>　　　　探望豪杰到监门。 |

来此已是监门,禁子走上!

禁　子　嗬,口气不小!（瞧马武一眼）这人长得英俊!（对马）你是做什么的?

马　武　监内可有姓冯之人?

禁　子　倒有个姓冯之人。

马　武　待俺进去探望。（欲进）

禁　子　慢着。你是什么人?

马　武　俺名郑——武,曾受过大官人的恩典,特来探望。

禁　子　你倒受恩知报。（进内）大官人,郑武前来看你。

冯　彦　哪个郑武?

马　武　大官人受屈了!

冯　彦　（大惊）啊,你、你、你来此则甚?

马　武　酒楼之上,多有冒犯,特来赔礼。（对禁子）这是银子一锭,烦你备些好酒,与大官人喝。（抛银给禁子）

冯　彦　禁子大哥,休要他的银两,他——

马　武　（抢接,对禁子）你快去备酒。（推禁子下）大官人休要惊怕,俺对你实说了吧。是俺杀了王腾,将头挂于府门,逼你上山,共图大事,不料反害你身陷囹圄,甚是悔恨。喏、喏、喏,如今凶犯站在当面,前来自首,大官人叫人把俺绑了,岂非冤屈可伸?

冯　彦　这……

　　　　（唱）　听一言不由人暗自盘算,
　　　　　　　　杀王腾这件事原是这般。
　　　　　　　　到监中来出首是个好汉,
　　　　　　　　为国事他倒也大义凛然。
　　　　　　　　我岂能眼见他身披锁链,
　　　　　　　　倒宁愿坐监中蒙受屈冤。
　　　　你休要在此停留,速速回去!

马　武　大官人!

　　　　（唱）　大官人武艺好世间罕见,

秦腔
玉虎坠
YUHUZHUI

151

我怎能见英豪受屈含冤?!
平日里扶困救危是吾愿,
大丈夫敢作敢当理当然。
遇时机俺还要砸断锁链,
似猛虎出牢笼回转山前。

冯　彦　我的主意已定,不必多言!

马　武　既然如此,大官人受屈一时,待俺回到山中,整顿人
马,来此搭救,迎接大官人上山,共图义举。

冯　彦　此事千万使不得!

马　武　你……嗨!王腾虽我所杀,若不是你为恶母尽孝,当
堂屈招,岂能落得这个下场?!王莽苛政暴敛,黎民
怨声载道,你却执意不肯上山起义。忠于虐民的莽
贼,该也不该?

冯　彦　这个……

（唱）　　一席话问得我无言以对,
　　　　好一似耳边厢响起惊雷。
　　　　悔不该自屈招收监定罪,
　　　　论情由也怨我不辨是非。
　　　　对王莽尽忠心虽非吾愿,
　　　　入绿林举义旗却也徘徊。
　　　　劝壮士且回转免遭连累,
　　　　待他日遇时机我定追随。

〔禁子内声:"酒来了。"上。

禁　子　（对马武）你把话还没说完吗?

冯　彦　他正要走,禁子大哥,你让他走吧。

禁　子　对了,查监的就要来了,你快走,让大官人喝口好酒。

马　武　也罢。大官人千万保重,后会有期,马武去也!
（下）

禁　子　马武,他不是叫郑武吗?

冯　彦　管他什么武,禁子大哥,拿酒来!

〔禁子递酒,冯彦仰头痛饮。

〔二幕闭。

# 第七场　庵堂巧遇

〔二幕外,冯娘子、田郎上。

冯娘子　（唱）　监狱中不容我母子讲话,
　　　　　　　　偏不幸又遇着风雨交加。（挡风,滑跌）
　　　　　　　　顷刻间淋湿了浑身上下,
　　　　　　　　实可怜今日里飘泊无家。

田　郎　（唱）　眼望见慈云庵牌匾高挂,
　　　　　　　　倒不如进庙去避雨歇乏。
　　　　　　　禀母亲,来在慈云庵了。

冯娘子　速快进庵避雨。（进门）

田　郎　母亲,东廊不净。

冯娘子　转奔西廊。

〔二幕启。慈云庵厢房。桌上供着王腾灵位。

冯娘子　儿呀,去看桌上供奉何人灵位?

田　郎　（念）王腾之灵位,王腾之灵位。母亲,这就是咱家
　　　　门首的那个冤孽。

冯娘子　（滚白）我叫、叫一声王君平、王君平,想你每日大街
　　　　上与人算命,难道你就算不出自己的凶多吉少了!
　　　　（唱）　你自命赛神仙卖卜算卦,
　　　　　　　却为何无灵验被人砍杀?
　　　　　　　害得我一家人不如牛马,
　　　　　　　我母子倒做了流水落花。（哭）

〔王娟娟持灯亮上,身穿素服。

王娟娟　（唱）　耳听得文灵前有人讲话,
　　　　　　　她因何直哭得两泪巴巴。
　　　　　　　莫非是有远亲来到庵下,

　　　　　　　但不知住哪府哪巷哪家。

　　　　　　　娘行，请来见礼了。

冯娘子　　还礼了，施礼为何？

王娟娟　　请问娘行，可是此方人氏？因何在此啼哭？

冯娘子　　正是此方人氏，迎风巷内有家。来庵避雨，只恐怕今
　　　　　　晚要在此暂住了。

王娟娟　　迎风巷内，有一人叫冯彦，你可知晓？

冯娘子　　他是我丈夫，焉有不知。

王娟娟　　走，冯彦与我有杀父之仇，庵中岂能容你居住？还不
　　　　　　与我出去！

冯娘子　　怎么，王腾就是你父？

王娟娟　　冤家路窄，还不与我快走！

田　郎　　（唱）　慈云庵它本是四方募化，
　　　　　　　　　　　岂容你一个人在此驻扎？
　　　　　　　　　　　我母子今夜晚暂且住下，
　　　　　　　　　　　到明天即走去也不犯法。

王娟娟　　我就不让你住！

田　郎　　我偏要住！

王娟娟　　你父杀了我父。

田　郎　　你父害了我父。

王娟娟　　你胡言！

田　郎　　你乱语！

　　　　　　〔田郎、娟娟厮打，冯娘子劝阻。田郎在娟娟脚上跺
　　　　　　了一脚。

王娟娟　　（滚白）我叫、叫一声爹爹呀爹爹，杀父仇人，现在此
　　　　　　间，漫说与你报仇雪恨，即就赶他出去，也万万的不
　　　　　　能了！
　　　　　　（唱）　我本是女孩儿未曾长大，
　　　　　　　　　　　报父仇倒教我干急没法。
　　　　　　　　　　　我怎能上前去和他厮打，
　　　　　　　　　　　只落得哭啼啼暗把泪擦。

冯娘子　（唱）　劝大姐且听我讲说一遍，
　　　　　　　　我丈夫与你父有何仇冤?
　　　　　　　　便不知是何人动了杀念，
　　　　　　　　半夜里将首级挂在门边。
王娟娟　（唱）　你丈夫既非是杀人凶犯，
　　　　　　　　却为何自招认钉镣收监?
冯娘子　（唱）　我婆婆去叮证有口难辩，
　　　　　　　　王老爷判此案心里藏奸。
　　　　　　　　昨夜晚我家中忽出盗案，
　　　　　　　　我婆婆将母子赶出外边。
　　　　　　　　莫奈何奔监中去把夫探，
　　　　　　　　信谗言他不容母子诉冤。
　　　　　　　　从清早到如今杯水未见，
　　　　　　　　望大姐体念我母子可怜。
田　郎　（唱）　倘若是我父亲动了杀念，
　　　　　　　　为什么将尸首留在门边?
王娟娟　（唱）　你婆婆又为何告到州县?
　　　　　　　　她怎忍亲骨肉受屈含冤?
田　郎　（唱）　我父亲并非她亲生亲养，
　　　　　　　　为家产她母子坏了心肝。
冯娘子　田郎!
　　　　〔田郎走开，闷坐一旁。
王娟娟　哎呀,且住!
　　　　（旁唱）　听罢了他母子一番言语，
　　　　　　　　说冯彦杀我父确也可疑。
　　　　　　　　被恶婆赶出门投奔无地，
　　　　　　　　我怎能在此刻又将她逼?
　　　　这是冯娘,我留你母子住下就是。
冯娘子　多谢大姐!
王娟娟　只是你们明日又去何处呢?
冯娘子　无处安身,只好听天由命了。

155

王娟娟　倒不如在此多住一些时日，你看如何？

冯娘子　好便好，只恐打扰大姐，庵中度用不足。

王娟娟　这却也无妨。我每月在州衙领有粟米，也够你我他三人度用。

冯娘子　如此王大姐请上受我一拜了。

　　　　（唱）　难得她虽年幼怜贫爱寡，
　　　　　　　　到后来必落在富贵人家。

王娟娟　（唱）　老树梅傲寒冷苍天造化，
　　　　　　　　冬到来严霜降一样开花。
　　　　　　　　只是那冤屈事难道作罢？

冯娘子　（唱）　无银钱去上诉又有何法！

王娟娟　这……

　　　　（旁唱）　猛想起玉虎坠倒也值价，
　　　　　　　　　且唤醒小哥哥告诉予他。

　　　　这是冯娘，令郎在那边盹睡了，待我将他唤醒，一同用膳吧。

冯娘子　有劳大姐了。

王娟娟　（旁白）哎呀，且慢。适才人家进得门来，我不该打他，不该骂他，如今怎么好意思唤他？看他长得十分俊俏，更叫我羞羞答答。（一想）唔，有了。（远远地对田郎）

　　　　嘘——嘘——（走近）嘘——

田　郎　（醒来）娃呀，招打！

王娟娟　可打呀！

冯娘子　儿呀，王大姐留我母子庵中居住，上前谢过。

田　郎　（对娟娟）怎么，你留我母子居住了？

王娟娟　就是的。

田　郎　不打了？

王娟娟　不打了。

田　郎　如此，小生这里有礼。

王娟娟　冯小官人万福。（取出玉虎坠，旁白）我可莫说玉虎呀玉虎,事到如今,我将你舍是舍了吧。冯小官人接来。

田　郎　接什么呢？

王娟娟　这是我家玉虎扇坠,拿在大街或当或卖,得来银两也好伸冤上诉,搭救你父出狱。

冯娘子　这可如何使得？

王娟娟　使得的,使得的。（交玉虎坠与田郎）

田　郎　观见玉虎扇坠,明光闪闪,珠露晶晶,果是宝物。日后我父出狱,照物补赔。王大姐请上受小生一拜了！

王娟娟　还礼,还礼。刚才对我瞪着豹子眼,这会儿看你斯文的。你我同住庵中,就好比一家人,何必如此多礼！

田　郎　（旁白）她又怪我多礼了！（对冯娘子）母亲,孩儿上街去了。

王娟娟　且慢,你等着。（急下）

冯娘子　儿呀,去奔大街卖虎,须要早些回来,免得为娘操心。

田　郎　儿记下了。

〔王娟娟拿着一包食物上。

王娟娟　这两个饼子,你拿在路上吃,免得饥饿。

田　郎　（接过）多谢大姐。卖、卖虎来。（跑下）

王娟娟　冯娘请到后边用膳。

冯娘子　请！（同下）

〔贺其卷上。

贺其卷　（念）贫穷变富贵,全凭费心机。我和母亲连定二计,把冯彦送进监牢,把田郎母子赶出门。闻听人言,他母子尚未远离,进入慈云庵了,我特地前来探询。里边有人吗？

〔冯娘子、王娟娟同上。

王娟娟　什么事？

贺其卷　借问一声,田郎可在庵中？

冯娘子　（低声对娟娟）这是我婆婆之子贺其卷,就说不在。

王娟娟　不在。

秦腔

玉虎坠

YUHUZHUI

| 贺其卷 | 向哪里去了？ |
|---|---|

〔冯娘子对娟娟耳语。

| 王娟娟 | 奔上洛阳，告什么贺其卷去了。 |
|---|---|
| 贺其卷 | 他妈呢？ |
| 王娟娟 | 也去了。 |
| 贺其卷 | 哎呀，不好。这才是羊肉没吃成，反惹一身腥。我要赶，我要赶。（下） |
| 冯娘子 | 贺其卷可曾走去？ |
| 王娟娟 | 倒也走去，只恐怕他还要前来打搅。 |
| 冯娘子 | 但等田郎卖虎归来，有了盘费，我就带他去洛阳告状。 |

〔道姑急上。

| 道　姑 | 冯娘，王大姐，不好了。 |
|---|---|
| 冯娘子<br>王娟娟 | 怎么样了？ |
| 道　姑 | 不知哪家大人，从此路过，说小官人撞了大人的马头，兵卒将他抢走，听说带往洛阳去了。 |
| 冯娘子 | （唱）　听一言吓得我魂飞魄散，<br>　　　好一似万把剑刺我心肝。<br>　　　我与你往日里无仇无怨，<br>　　　抢去了我的儿所为哪般？ |
| 王娟娟 | 罢了我的——我呀！<br>（唱）　实想说我和他鱼水和谐，<br>　　　谁能料中途路顿把我撇。<br>　　　恨月老何不把红线牵扯，<br>　　　满腹的屈冤事难对人说。 |
| 冯娘子 | 田郎被人抢去，我怎能在此停留？只是无有盘费前去洛阳告状，这便如何是好？ |
| 王娟娟 | 这真是难煞人了。 |
| 道　姑 | 冯娘休要为难，既要到洛阳告状，寻找田郎，我这里有些零碎银两，拿去使用就是。 |

冯娘子　这个……

王娟娟　既然如此,不妨收下,日后奉还,也就是了。(接过银两,交冯娘子)

冯娘子　多谢师父!

道　姑　不用谢了! 速快收拾启程吧。(下)

王娟娟　这是冯娘,此去洛阳,路途遥远,你孤身一人,怎好行走? 我愿与你同行。

冯娘子　怎好有劳王大姐?

王娟娟　我也要前去告状,查明杀父凶犯呀!

冯娘子　既然如此,王大姐,你我就此动身。
　　　　(唱)　我要告贺其卷害人谋业,
　　　　　　　此一去定要把冤报仇雪。

王娟娟　(唱)　父灵前叩一头暂且拜别,
　　　　　　　拿住了真凶犯再祭爹爹。

冯娘子　罢了,儿呀!

王娟娟　罢了,爹爹!
　　　　〔二幕闭。

# 第八场　写状赠银

〔二幕外,冯娘子、王娟娟上。

冯娘子　(唱)　自离开罗郡庄屈指日久,
　　　　　　　这件事何一日才能罢休?

王娟娟　(唱)　在途中把心事沉吟良久,
　　　　　　　我不免说出口借个缘由。
　　　　冯娘,不能走了。

冯娘子　王大姐,为何不走?

王娟娟　非我不走,中途路上,倘若有人盘问,你我怎样地称呼?

冯娘子　你我姐妹相称。

王娟娟　容貌不同。

冯娘子　姑嫂相称。

王娟娟　年龄太差。

冯娘子　依你之见？

王娟娟　婆媳相称。

冯娘子　那如何通得？

王娟娟　通得。

冯娘子　通不得。

王娟娟　通得，通得。你我先私下演一演。

冯娘子　不用演了。

王娟娟　要演，要演。你从那边厢来，我从这边厢来。

冯娘子　真是淘气！

冯娘子

王娟娟　你我来也。

王娟娟　那边厢来的你是冯家婆婆。

冯娘子　那边厢来的你是王家姐姐。

王娟娟　哎，错了。

冯娘子　该叫什么？

王娟娟　我叫你一声冯家婆婆，你要叫我一声王家媳妇。

冯娘子　那怕难叫。

王娟娟　不难，不难。

冯娘子　不难？你我另来。

王娟娟　那边厢来的是冯家婆婆。

冯娘子　那边厢来的是王家——

王娟娟　叫媳妇，叫媳妇。

冯娘子　王家媳妇。

王娟娟　嗳——

冯娘子　（唱）　和大姐称婆媳以便行走，

王娟娟　（唱）　王娟娟低下头喜中带羞。

冯娘子　（唱）　耳边厢忽听得人声乱吼，

| 王娟娟 | （唱） 莫非是有贼寇下了山头？ |
|---|---|

哎呀，婆婆，后边人声乱喊，想是贼寇下山，这便怎处？

| 冯娘子 | 你我速快躲避。 |
|---|---|

〔山寨一头领率兵卒冲上。

| 头　领 | 呔，你们是干什么的？ |
|---|---|
| 王娟娟 | 我、我们是过路的。 |
| 头　领 | 绑上山去，但凭大王处断。 |

〔兵卒绑二人下。

〔二幕启。马武山寨大厅。

〔兵卒引马武上。

秦腔
玉虎坠
YUHUZHUI

| 马　武 | （念） 一心杀奔长安， |
|---|---|

要把乾坤扭转。（坐）

俺，马武。自南阳回到山寨，整日操练人马。闻听人言，绿林军现在昆阳招兵，征讨莽贼，我不免前去投奔，成就大事。只是那冯彦，无有消息，生死未卜，好不急煞人也！

头领押冯娘子、王娟娟上。

| 头　领 | 禀大王，拿住二位妇人。 |
|---|---|
| 马　武 | （斥头领）拿住妇人则甚！（问二人）你们是做什么的？ |
| 冯娘子 | 我婆媳乃是过路之人，奔洛阳告状的。大王饶命！ |
| 马　武 | 不用害怕。我来问你，你们是哪里人氏？ |
| 冯娘子 | 南阳罗郡庄人氏。 |
| 马　武 | 怎么罗郡庄？庄上有一好汉冯彦，你可知晓？ |
| 冯娘子 | 他是我丈夫，焉有不知！ |
| 马　武 | 原来是冯娘子到了，速快松绑请起，看座。 |
| 冯娘子 | 谢大王。 |
| 王娟娟 | （看马武一眼，大惊）啊，是他！ |
| 马　武 | 冯娘子，你丈夫为王腾命案之事，如今怎么样了？ |
| 冯娘子 | 尚在监中。 |

| 马　武 | 英雄好汉,含冤受屈,实在可惜! |
|---|---|
| 冯娘子 | 怎么,大王也知他含冤受屈? |
| 马　武 | 王腾非他所杀。 |
| 王娟娟 | 何人所杀? |
| 马　武 | 我。 |
| 冯娘子<br>王娟娟 | 啊! |

马　武　　冯娘子,你认不得本大王。俺名马武,改名郑芳,那
　　　　　日下山,在酒馆中遇见冯大官人,我叫王腾请他上
　　　　　山,他执意不肯。是我杀了王腾,将首级悬挂你家门
　　　　　首,意在引他畏罪上山,共聚大义。

王娟娟　　住、住、住了,原来这杀人凶犯,果然是你!

　　（唱）　我的父他和你无仇无怨,
　　　　　你无故害他命所为哪般?
　　　　　争明是欺压良善恃强杀人不眨眼,
　　　　　说什么共聚大义太湖山!

　　　　　我与你贼子拼了罢!（冲向马武,被头领挡住)

马　武　　哇呀呀呀!

　　（唱）　毛丫头出恶言说长道短,
　　　　　直骂得本大王七窍生烟。

头　领　（唱）　拔宝剑管教你身首两断,(拔剑)

马　武　　慢!

冯娘子　（唱）　劝大王且息怒思忖再三。

王娟娟　　杀吧!

　　（唱）　杀无辜方显你英雄好汉,
　　　　　我情愿随爹爹含冤九泉。

马　武　　这、这……她骂得好、骂得好!

　　（唱）　细思忖只觉得羞愧满面,
　　　　　我岂能错上加错冤上加冤?!
　　　　　劝姑娘恕俺鲁莽休埋怨,
　　　　　听俺把情由表一番。

当日里杀你父非俺本愿，

黑夜间误杀他悔在心间。

俺定要将遗体从厚葬殓，

但愿得他英灵早升九天。

嗒、嗒、嗒，俺这里与你们赔礼！（施礼）

冯娘子　大王少礼。

王娟娟　（哭）爹爹！

冯娘子　媳妇休要啼哭，事已至此，你我奔上洛阳告状、寻找
　　　　田郎要紧。

马　武　状告何人？

冯娘子　告我婆婆之子贺其卷为谋家产，定计害人。

马　武　还该告咱家杀人，告瘟官错断命案。只是可有状子？

冯娘子　无有状子。

马　武　本大王善于双手执笔，与你婆媳各写一张，将俺牵扯
　　　　在内，一告必准。来呀，看过文房。

　　　　〔卒呈文房四宝。马武挥笔写状。

马　武　再看过银子五十两，大马二匹，送她婆媳下山。

头　领　是。

　　　　〔二幕闭。

# 第九场　点炮团聚

　　　　〔二幕外，田郎乘马披挂上。

田　郎　（唱）　头戴着凶子冠英风如画，

　　　　　　　　身穿着桃花铠上绣团花。

　　　　　　　　跨一骑白龙马威风潇洒，

　　　　　　　　王义父对待我果真不差。

　　　　那日我上街卖虎，被抢到都督衙门。王大人收我为
　　　　螟蛉义子，差人到南阳寻访我母，提取我父前来复

审,但愿一家早日团聚。适才探马报道,城外来了一哨人马,莫不是绿林军来取洛阳?待我出城打探。

(下)

〔冯娘子、王娟娟上。

冯娘子　(念)　中原繁华数洛阳。

王娟娟　(念)　跋山涉水到他乡。

冯娘子　媳妇,你看来在什么地方?

冯娘子　衙门上悬都督府三字。婆婆,我们已到王大人衙下了。

冯娘子　侯门似海,我婆媳怎样得见大人?

王娟娟　是呀,怎样得见大人?(看到衙外法炮)婆婆你看,那是什么东西?

冯娘子　那是大人的法炮。倘若有人点炮,大人就立刻升堂。

王娟娟　那你我上前点了,岂不就见了大人了?

冯娘子　哎呀,媳妇,大人法炮如何轻易点得?!

王娟娟　点得,点得。

冯娘子　点不得!

王娟娟　点得。你等着。(下去取香火,复上)

冯娘子　娃呀,点不得。

王娟娟　你不要管。

冯娘子　咦——

王娟娟　婆婆怎么样了?

冯娘子　我害怕呀!

王娟娟　你背过身去,就不怕了。

冯娘子　娃呀,你不要点。

王娟娟　只管对你说,你再不要喊了,把我也吓得心里突儿突儿的。

冯娘子　看把你炸着。

王娟娟　不要紧。你把耳朵捂住,眼睛闭住,听不见了,看不着了,就不害怕了。

冯娘子　这娃太胆大了。

〔王娟娟点炮,炮响。

〔四卒、中军、王元急上。王元坐堂。

王　元　何人大胆,点了本督法炮?

卒　　　两个妇人。

王　元　就该砍下头来。

王娟娟　慢着。请问大人,点了法炮就要砍头吗?

王　元　此乃本督的规章。

王娟娟　法炮是小女子点的,要砍砍我一人。

冯娘子　禀大人,小妇人是南阳罗郡庄人氏,有满腹冤枉,前
　　　　来告状,大人恩宽。

王　元　怎么,你是从罗郡庄来的? 可有状子?

冯娘子　倒有状子。

王　元　呈上来。(中军转上状子,王元看状)原是冯娘子到
　　　　了,速快请起,请到后边更衣。

冯娘子　(不知缘故,只好叩谢)谢大人! (偕王娟娟下)

中　军　禀大人,南阳王老爷将田氏、贺其卷带到。

王　元　唤田氏、贺其卷上堂。

中　军　田氏、贺其卷上堂。

〔田氏、贺其卷上。

田　氏　小妇人叩见大人。

王　元　这是田氏、贺其卷,诬告冯彦杀人,设计谋夺家产之
　　　　事,还不从实招来!

田　氏　回禀大人,冯彦杀人是实。王老爷还夸奖小妇人大
　　　　义灭亲,要给挂匾呢。

王　元　(冷笑)嘿……现有状子在此,是谁杀了王腾,本督
　　　　已经知晓。从实招来,免动大刑。

贺其卷　回大人的话,诬告我大哥杀人,定计陷害我嫂嫂,都
　　　　是我妈干的,与小人无干。

田　氏　畜生! 你倒推了个干净,还不都是你定的好计!

王　元　分明是同谋害人,死罪可免,活罪难饶,押了下去!

〔卒押二人下。

秦腔
玉虎坠
YUHUZHUI

165

| 王 | 元 | 传王平上堂。 |
|---|---|---|
| 中 | 军 | 王平上堂。 |

〔王平上。

| 王 | 平 | （唱） | 忽听中军一声唤， |
|---|---|---|---|
| | | | 心虚胆怯到堂前。 |
| | | | 假公济私断命案， |
| | | | 只恐今朝有祸端。 |

下官王平，叩见大人。

| 王 | 元 | 这是王老爷，王腾一案你断得甚好！ |
|---|---|---|
| 王 | 平 | （不知吉凶，含糊作答）不敢，大人指教。 |
| 王 | 元 | 你是怎样断定冯彦杀人的，本督倒要请教。 |
| 王 | 平 | 冯门田氏控告，有冯彦的钢刀为证。 |
| 王 | 元 | 就凭此定案？ |
| 王 | 平 | 冯彦画供招认。 |
| 王 | 元 | 可曾严刑逼供？ |
| 王 | 平 | 这…… |
| 王 | 元 | 是否别有居心？ |
| 王 | 平 | 这…… |
| 王 | 元 | 走，王腾乃马武所杀，田氏母子为谋家产，诬告害人，今已招认了。 |
| 王 | 平 | 哎呀，大人，下官才疏学浅，一时差错，大人恩宽。 |
| 王 | 元 | 说什么才疏学浅，一时差错，分明就是心怀宿怨，借机公报私仇！身为父母官，如此草菅人民，哪里容得！来呀，摘去乌纱，轰了出去！ |

〔王平摘帽，中军轰他出门。

| 王 | 平 | 枉把心机来用，害人反害自身。（下） |
|---|---|---|
| 王 | 元 | 有请冯家娘子，两厢退下。 |
| 中 | 军 | 有请冯家娘子， |

〔中军与卒退下，冯娘子、王娟娟同上。

| 冯娘子 | （念） | 不知内中底细， |
|---|---|---|
| 王娟娟 | （念） | 想必绝处逢生。 |

| | |
|---|---|
| 王　元 | 冯娘子请坐。 |
| 冯娘子 | 谢座。不知大人有何见教？ |
| 王　元 | 你家令郎，本督收为螟蛉，现在此处。 |
| 王娟娟 | 啊，原来田郎是大人你抢来的。 |
| 冯娘子 | 多嘴！（对王元）多谢大人栽培小儿。 |
| 王　元 | 她是何人？ |
| 冯娘子 | 我的儿媳。 |
| 王　元 | 你有几个儿子？ |
| 冯娘子 | 一个儿子，就是冯异，小名田郎。 |
| 王　元 | 这就奇了，冯异言说他并无聘妻。 |
| 冯娘子 | 这……过去无有，如今有了。 |
| 王　元 | 这个…… |
| 王娟娟 | （旁白）这真是奇了，人家有了媳妇，他却这个那个。 |
| | 〔中军上。 |
| 中　军 | 禀大人，公子回衙。 |
| 王　元 | 叫他前来，拜见母亲。（中军下）你们在此聚谈，本督告便。 |
| 冯娘子 | 大人请便。 |
| | 〔王元下，田郎上。 |
| 田　郎 | 母亲在哪里？母亲在哪里？ |
| 冯娘子 | 儿呀！ |
| 田　郎 | 母亲！ |
| 冯娘子 | （唱）　只说是母子们今生难见， |
| | 怎料想小娇儿又到面前。 |
| 田　郎 | （唱）　儿想娘只怨那关山遥远， |
| | 实可喜今日里重又团圆。 |
| 王娟娟 | （唱）　观见他俏模样威风凛凛， |
| | 母子们叙别情忘了娟娟。 |
| | 我这里有意地咳嗽一阵，（咳嗽） |
| 田　郎 | （唱）　却原来王大姐站在一边。 |
| 王娟娟 | （旁白）还是王大姐呢。 |

秦腔
玉虎坠
YUHUZHUI

| 田　郎 | （上前）王大姐也来了，一路上照料我母，多受风霜之苦—— |
|---|---|
| 王娟娟 | （学田郎）小生这里有礼了！（噗哧一笑）说什么风霜之苦，没把我忘了就好！ |
| 田　郎 | 取笑了。啊，母亲，我父就要来到了。眼见冤案昭雪，真是可喜。 |
| 冯娘子 | 为娘谢天谢地。 |
| 田　郎 | 适才孩儿出城打探，原是我爹爹会同马武领了人马，来取洛阳。王义父也要献城立功了。 |
| 冯娘子 | 原来如此。昔日祸不单行，今朝双喜临门。 |
| 田　郎 | 孩儿尚有一事禀告母亲。 |
| 冯娘子 | 我儿讲来。 |
| 田　郎 | 这……（目视娟娟，有些迟疑） |
| 冯娘子 | 她是自家人，但讲无妨。 |
| 田　郎 | 王义父有意将他女儿碧莲许配孩儿—— |
| 王娟娟 | （旁白）啊，这可糟了！ |
| 冯娘子 | 我儿答应了无有？ |
| 田　郎 | 孩儿言说，但等禀明母亲，再作商议。 |
| 王娟娟 | （旁白）这还差不多。 |
| 冯娘子 | 我儿未曾应允的好。为娘已为我儿定下了。 |
| 田　郎 | 定下何人？ |
| 冯娘子 | 远在天边，近在眼前。 |
| | 〔王娟娟含羞掩面，田郎惊呆。 |
| 冯娘子 | 儿呀，你的意下如何？ |
| 田　郎 | 原来如此，但凭母亲。 |
| 冯娘子 | 那个玉虎扇坠可曾卖去？ |
| 田　郎 | 不曾卖去，带在身边。（取出玉虎坠，走向娟娟）小生当面奉还。 |
| 冯娘子 | 傻孩子，那还还个什么！ |
| 田　郎 | 是、是，孩儿明白了。玉虎坠呀玉虎坠，幸喜不曾将你卖去，也不曾将你送人！ |

| 王娟娟 | (旁白)送了人,我还和你算账呢。 |
| | 〔中军上。 |
| 中　军 | 禀夫人,冯大官人到了。 |
| 冯娘子 | 速快有请。 |
| 中　军 | 有请冯大官人。 |
| | 〔冯彦上,中军下。 |
| 冯　彦 | 娘子在哪里? |
| 冯娘子 | 官人! |
| 冯　彦 | 娘子! |
| 田　郎 | 爹爹! |
| 冯娘子 | 媳妇,还不拜见公爹! |
| 王娟娟 | 拜见公爹! |
| 冯　彦 | 儿媳少礼。啊,娘子,当日为夫在监中误信贺其卷谗言,多有冒犯,还望见谅! |
| 冯娘子 | 如今还提它则甚! 正是:(念)　只说枯木无焰。 |
| 冯　彦 | (念)　哪料寒灰生烟。 |
| 田　郎 | (念)　难得一家团聚。 |
| 王娟娟 | (念)　冯门添了娟娟。 |
| 冯　彦 | 王大人后堂备酒接风,娘子请! |
| 冯娘子 | 官人请! |
| 田　郎 | 小娘子请! |
| 王娟娟 | 小官人请! |
| | 〔同下。 |

——剧　终

演出单位

西安市五一剧团

# 柳毅传书

根据秦腔传统剧制 改编

谢迈千　　　　改编

# 剧情简介

　　洞庭龙君之女舜华公主与凡间书生柳毅私订鸳盟,其父不允,将其强嫁于泾河龙君之子。成婚之日,舜华公主不愿入洞房,惹恼了泾河龙君,逐其到泾河岸边牧羊,备受艰辛。第二年中秋,柳毅如约到东海之滨去会舜华公主,不遇,惆怅而归。一日在泾河岸边遣怀行游,听到哭声,循声见到舜华公主,二人相望痛哭。后柳毅携公主亲笔书信,远赴洞庭,持公主宝簪入水,见到公主之父洞庭龙君及公主叔父钱塘龙君,使二龙君得知公主遭遇。刚直威武的钱塘龙君遂发兵征讨泾河龙君,胜之,救出公主,回洞庭龙宫,与柳毅成婚。

# 场　目

秦腔
柳毅传书
LIUYICHUANSHU

# 人 物 表

| | |
|---|---|
| 洞庭龙君 | 正生 |
| 钱 塘 君 | 大净 |
| 舜华公主 | 正旦 |
| 荷珠仙子 | 小旦 |
| 东海龙君 | 老生 |
| 龙 妃 | 青旦 |
| 柳 毅 | 小生 |
| 泾河水判 | 副净 |
| 洞庭水判 | 杂角 |
| 泾河龙君 | 副净 |
| 龙 妻 | 旦角 |
| 泾河世子 | 小丑 |

水族、侍女、船夫、书童等若干人

# 第一场  赴  筵

〔洞庭湖烟波浩渺,湖上青山,高耸入云、彩虹一道、
横于天际、绚丽灿烂。

　洞庭龙君、钱塘君、舜华公主、荷珠仙子、四水族。

〔四水族各执旌幡,引洞庭龙君、钱塘君、舜华公主、
荷珠仙子从水面而出)

〔合唱:水波溟濛,

　　　　浪滚滚水波溟濛,

　　　　喜今朝棠棣茂盛。

　　　　俺这裏驾祥云旌幡摇动,

　　　　赴桃筵联袂同行,

　　　　望龙宫正把寿庆。

　　　　要历尽山河,

　　　　向东海朝宗。

# 第二场  庆  寿

〔东海龙宫、富丽堂皇。

〔东海龙君、龙妃、洞庭龙君、钱塘龙君、舜华公主、荷
珠仙子、四侍女。

〔奏乐后启幕,东海龙君等分席钦宴,四侍女分别
行酒。

**东海龙君**　请酒!（排子)再饮几杯!

洞庭龙君　酒已过量，不能再饮了。

东海龙君　侍儿们撤去酒筵！（侍女撤筵）这是三弟。

钱　塘　君　兄长讲说什么？

东海龙君　近日做何事情？

钱　塘　君　兄长呀！

（唱二六）

那堪寂寞入沉沦，

埋没英雄志未伸。

每日里操兵又演阵，

用此消遣到如今。

这叫做借酒三杯浇块磊，

权当俺掀髯一怒定乾坤。

东海龙君　三弟呀！

（唱二六）

因为你私自把雨降，

撤封贬窜在海洋。

我劝你闭门思过莫狂妄，

也免得罪上加罪招祸殃。

洞庭龙君　三弟呀！

（唱二六）

只因你鲁莽把祸闯，

我等替你担惊慌。

兄长之言记心上，

休当做东风过耳旁。

钱　塘　君　二位兄长！

（唱带板）

甑破何劳再来问，

富贵荣华如浮云。

怎效那匹夫失位把眉颦，

但求无愧于我心。

只要功在人间永不泯，

何妨遭贬暂屈身。

**东海龙君**
**洞庭龙君** 来么来么,劝了半晌,还是这样倔强!

**钱塘君** 想俺昔年,私降甘霖,虽然犯罪遭贬,但那时兴云作雨,说来倒是一番豪举!

**东海龙君**
**洞庭龙君** 过往之事,提它做甚。

**舜华公主**
**荷珠仙子** 当年如何兴云作雨,请师父叔父说与我等一听。

**龙　　妃** 三弟,就将当年兴云作雨之事,说与姪女们一听。

**钱 塘 君** 你等且坐一旁,听俺道来:想当日俺在钱塘,因尘世久苦荒旱,五谷不收,说来真道可伤!满天无云烟,大地百草乾,禾苗不生长,饿莩有万千。那时触动了我一片慈悲之念,俺便腾身天际,大显神通,哗喇喇雷鸣山河震,黑漫漫雨落天地昏,深山谷,尽沾余润,苍生复苏,鼓舞欢庆。谁知因此犯罪,提起此事教俺怎得不恼,怎得不恨!

(唱带板)

　　　　兴云作雨是本分,
　　　　为救苍生降甘霖。
　　　　有功不赏反遭困,
　　　　看起来天宫皂白也不分。

**舜华公主** 真道可恨!
(接唱)听罢叔父讲一遍,
　　　　救苦救难非等闲。

**荷珠仙子** (接唱)这样功德果罕见,
　　　　撤封贬窜理不端。

**东海龙君**
**洞庭龙君** 如此放纵,怎生了得。

**舜华公主** 启禀伯父伯母,孩儿久处深宫,时感烦闷,听说海滨人烟稠密,十分繁华,意欲前往一游,不知二老意下如何?

**东海龙君** 海滨并非仙境,如何去得。

秦腔
柳毅传书
LIUYICHUANSHU

洞庭龙君　你伯父说得甚是，不去也罢。

钱　塘　君　姪女初来东海，就令她游玩一回，却有何妨。

荷珠仙子　我情愿陪伴公主前去游玩。

龙　　妃　荷珠既愿陪伴，料无妨碍，大王可该答应了她罢。

东海龙君　就依贤妃之见，准她们游玩一回，但以大海为界，
　　　　　不许登岸与凡人相混。宁要记下！

舜华公主　孩儿记下了。

龙　　妃　二弟，就让舜华姪女在这里多留几月，有荷珠陪
　　　　　伴，却也甚好。

洞庭龙君　为弟遵命！

龙　　妃　舜华荷珠随着我来！（同下）

钱　塘　君
　　　　　弟等告辞。
洞庭龙君

东海龙君　且慢，待我相送一程。正是：合家欢聚乐无边，

洞庭龙君　兄弟分掌水国权。

钱　塘　君　这才饮罢庆寿宴，

东海龙君
洞庭龙君　幸喜人月两团圆。
钱　塘　君

# 第三场　海　遇

〔远山近海，烟雾苍茫。

〔舜华公主、荷珠仙子、柳毅。

〔柳毅上。

柳　　毅　（唱二六）

　　　　　千里访友到海滨，

　　　　　独坐旅舍闷煞人！

　　　　　出外闲游且散闷，

一片秋色衬薄云。

穿过深林望大海，

要洗尽胸怀万斛尘。（下）

〔舜华、荷珠同上。

**舜华公主** （唱二六）

飘湘裙移莲步初游海上，

离龙宫踏波浪赏玩秋芳。

**荷珠仙子** （接唱）望远山！望远山如翠黛别有景象。

**舜华公主** （接唱）观近水！观近水似明镜浩渺无疆。

**荷珠仙子** （接唱）天边彩虹长万丈，

**舜华公主** （接唱）云气一团绕扶桑。

**荷珠仙子** （接唱）这才是海阔天空精神爽，

**舜华公主** （接唱）最可喜风清日朗好时光。

**荷珠仙子** （接唱）姐妹们携手向前往，

**舜华公主** （接唱）东海的风景胜潇湘。

**荷珠仙子** （接唱）又只见半空双飞燕，

飞来飞去语呢喃。

**舜华公主** （接唱）自由自在无人管，

双宿双飞任留连。

（如有所感）

**荷珠仙子** 妹妹，（舜华如未闻见）唉！我的妹妹！你想甚么？

**舜华公主** （感慨地）哎！

**荷珠仙子** （会意）妹妹，想咱这水国之中，人才却也不少，如有中意的人儿……

**舜华公主** 怎么样？

**荷珠仙子** 姐姐我情愿竭力周全，你说，你说……

**舜华公主** 我的姐姐呀！

（唱拉锤子二六）

久居龙宫多惆怅，

不羡神仙羡鸳鸯，

　　　　　　　一缕情丝空飘荡，
　　　　　　　心在人间梦不忘。
　　　　〔内喊："开船了！"舜华荷珠一惊。

**荷珠仙子**　妹妹你看那边有一只小舟飘向这里来了。
　　　　〔舜华回头遥望。

**舜华公主**　哎好呀！
　　　　（唱摇板）
　　　　　　　见一叶轻舟逐沧浪，
　　　　　　　舜华仔细观端详。
　　　　　　　见一位相公坐船上，
　　　　　　　临流舒啸喜洋洋，
　　　　　　　满面春风好容像，
　　　　　　　神情潇洒又端庄。
　　　　　　　可叹我痴心生妄想，
　　　　　　　水族中红颜女怎配才郎。

**荷珠仙子**　这有何难，待我施展法力，点化一座楼台，请妹妹
　　　　细观细看。你如…………

**舜华公主**　（兴奋地）姐姐，你可有这样法力？

**荷珠仙子**　我亲受钱塘师父指教，些许小术，何足为奇。

**舜华公主**　就请姐姐速快施展法力。
　　　　〔荷珠点化楼台与舜华同入其中。

**荷珠仙子**　妹妹你看，那只船越发靠近这里来了。
　　　　〔船夫摇橹引柳毅上。

**柳　　毅**　（唱二六）
　　　　　　　有柳毅驾轻舟遨游沧海，
　　　　　　　听潮声望云气舒畅襟怀，
　　　　　　　天连水水连天流霞散彩，
　　　　　　　若有酒临流饮何等快哉！
　　　　幸喜今日风平浪静，只见鸥鹭成群，芦苇遮岸，好
　　　　一片水景也！
　　　　（唱二六）

稳坐船头用目看，

大海之中别有天。

〔内喊："船漏了，快救人……"。

柳　　毅　（接唱）忽听有人乱呼喊，

遥见一舟似风旋。

〔一船夫摇橹引二客上、摇摆不稳、势将下沉、过场。

柳　　毅　啊！只见那船，摇荡旋转，想是触礁漏水，眼看就
要下沉，只有冒险接应，别无良方。船家！我们还
是赶上前，尽力救护才是。

船　　夫　是的，救人要紧，客人你要坐稳了。（摇橹急下）

舜华公主　姐姐你看那一相公，不避危险救护漏舟，倒是一个
善良君子。

荷珠仙子　妹妹赞不绝口，想是有爱慕之意，（沉思）我自有
安排。

〔船家摇橹引柳毅、二客、艄公上。

柳　　毅　（唱摇板）

救护漏舟遂心愿，

幸喜客人得安全。

客　　甲　（接唱）今日险些遭大难，

客　　乙　（接唱）先生义气重如山。

艄　　　　客人，船已沉没，我们如何得到登州？

客　　　　这个……

柳　　毅　就将此船转让二位。

客　　　　使不得！

柳　　毅　不必谦虚，到了那里，多给船资，也就是了。将船
撤岸。（下船登岸）

二　　客　多谢先生！

客　　甲　开船了！（二客艄公船夫同下）

〔柳毅伫望良久。

柳　　毅　船已去的远了，还是回上店房才是啊！

（唱二六）

　　　　船行如飞水茫茫，

　　　　游兴已尽回店房。（发现海中楼台）

　　　　谁家楼台筑海上，

　　　　曲庑雕栏白玉堂。

　　　　那里的能工和巧匠，

　　　　结构精妙世无双。

　　　　有心前去细玩赏，

　　　　无路可通隔海洋。

（荷珠暗施法力，点化长桥）

　　　　正行走来抬头望，

（发现长桥）好一道长桥呀！

（接唱）鼓勇过桥有何妨。

（绕，过桥介）幸喜来到楼阁一旁，还是仔细赏玩
一番，画栋、雕梁、珠廉、纱窗！（发现舜华荷
珠）呀！

（接唱）隔着纱窗朝里看，

　　　　只见二位女婵娟，

　　　　一个柳腰芙蓉面，

　　　　眉目含情动人怜，

　　　　一个娇媚如花艳，

　　　　身材窈窕影翩翩！

　　　　似这样绝世佳人真稀罕，

　　　　柳毅心中暗自参，

　　　　莫不是嫦娥离月殿？

　　　　莫不是神女下巫山？

　　　　尘世上怎能把神仙见？

　　　　谅必是谁家闺秀在此间。

　　　　我越看越爱越欣羡……

〔荷珠出见，柳毅正在发痴出神。

**荷珠仙子**　（接唱）哪里的狂生胆包天！

| | |
|---|---|
| 柳　　毅 | （惊慌）不知尊驾在此，多有冒犯，还望恕罪！（施礼介） |
| | 〔荷珠转身窃笑，舜华出楼阁。 |
| 舜华公主 | 原是贵客到此，（对荷珠）姐姐休得惊吓于他。 |
| 荷珠仙子 | 我是试试他的胆量。（微笑） |
| 舜华公主 | 先生请到里边。（同进阁内）请坐！（各就坐） |
| 荷珠仙子 | 适才言语冒犯，请先生原谅。 |
| 柳　　毅 | 岂敢岂敢！ |
| 舜华公主 | 先生高姓大名？贵乡何处？ |
| 柳　　毅 | 小姐请听 |
| | （唱摇板） |
| | 　　卑人柳毅字士肩， |
| | 　　潼津县里有家园。 |
| 舜华公主 | （夹白）缘何到此？ |
| 柳　　毅 | （接唱）访友不遇居旅店， |
| | 　　闲游散闷到海边。 |
| 舜华公主 | （夹白）平日做何生理？ |
| 柳　　毅 | （接唱）自幼读书破万卷， |
| | 　　刻苦立志学圣贤。 |
| 舜华公主 | （夹白）可曾登科？ |
| 柳　　毅 | （接唱）身入簧门曾游泮， |
| | 　　功名未遂守田园。 |
| 舜华公主 | （夹白）家中可有妻室儿女？ |
| 柳　　毅 | （接唱）小生今年才弱冠， |
| | 　　尚未与人结姻缘。 |
| 荷珠仙子 | （夹白）柳先生！不知你要娶个怎样的人儿？ |
| 柳　　毅 | （接唱）富贵豪门非所愿， |
| | 　　只盼个多情多义的人儿配凤鸾。 |
| | 今日得睹芳姿，真乃三生有幸！请问小姐，是谁家闺秀，因何到此游玩？ |
| 舜华公主 | 奴乃龙氏之女，她荷珠，是我的异姓妹妹，今日在 |

此不期而遇……

荷珠仙子　可算是缘分不浅！（微笑）

舜华公主　（离坐）好一个诚实的君子！

　　　　　　（唱二六）

　　　　　　　　　观见他仪容器度果非凡，

　　　　　　　　　见义勇为是奇男。

　　　　　　　　　水国里哪有这俊颜，

　　　　　　　　　不由舜华喜心间。

　　　　　　　　　如能与他结亲眷，

　　　　　　　　　才算是称心如意好姻缘。

　　　　　　　　　低语轻将姐姐唤……

　　　　　　（拉荷珠至台角）

　　　　　　　　　这事儿全仗你成全。

荷珠仙子　噢，我明白了！

　　　　　　（接唱）这段姻缘果美满，

　　　　　　　　　　再与柳生说一番。

　　　　　　柳先生这里来！

柳　　毅　（离坐）小姐有何见教？

荷珠仙子　你看我家妹妹可好？

柳　　毅　令妹德容兼备，世间罕有！

荷珠仙子　哎柳先生呀！

　　　　　　（唱摇板）

　　　　　　　　　她爱你少年英俊气轩昂，

　　　　　　　　　她爱你救护漏舟好心肠，

　　　　　　　　　她爱你满腹经纶才智广，

　　　　　　　　　她爱你器量宏深情义长。

　　　　　　　　　你可愿与她……

柳　　毅　（夹白）与她怎样？

荷珠仙子　（接唱）你可愿与她同鸳帐？

　　　　　　　　　做红叶由我来承当。

柳　　毅　哎好呀！

　　　　　（唱二六）

　　　　　　　　她那里忽把婚事讲，

　　　　　　　　不由柳毅喜欲狂。

　　　　　且慢呀！

　　　　　　　　看她们如花似玉天仙样，

　　　　　　　　为什么甘愿与我配鸾凰？

　　　　　　　　莫不是戏言将我谎？

　　　　　　　　还须上前问端详。

　　　　　敢问小姐，方才所说可是一句实言？

荷珠仙子　先生好没来由！婚姻大事怎敢道谎，嗯！我看你
　　　　　真是一个呆书生。（微笑）

柳　　毅　既蒙见爱，何敢推辞，只因家境清贫，实觉惭愧，待
　　　　　我回家准备准备，再好央媒行聘，但不知尊府住居
　　　　　何处？

荷珠仙子　（仓卒难答）这个……

　　　　　〔舜华离座。

舜华公主　家君杜门深居，不通宾客，即有媒妁前来，也是不
　　　　　能相见，待我姐妹回家，禀明堂上，自有回复，只是
　　　　　你我既订鸳盟，还望以信义为重，幸勿相负！

柳　　毅　小姐之言，柳毅自当牢记心头。但不知该在何处
　　　　　等候佳音？

舜华公主　明年八月中秋，你我仍在此处相会，这是明珠一
　　　　　颗，奉赠相公。我姊妹出游已久，恐二老悬念，暂
　　　　　时小别，后会有期，千万珍重！

柳　　毅　如此告别了！

　　　　　（唱二六）

　　　　　　　　深感小姐情义重，

　　　　　　　　不嫌贫寒结鸳盟，

　　　　　　　　明珠一颗承惠赠，

　　　　　　　　海枯石烂不忘情！

離別小姐離海境，
等待佳音把親迎。

（兩相依戀，不忍離別）

荷珠仙子　柳先生，長橋險仄，多加小心！

柳　　毅　卑人記下了！

〔柳毅欲行，舜華與荷珠再語。

荷珠仙子　柳先生留步！

柳　　毅　小姐有何話講？

荷珠仙子　八月中秋！

柳　　毅　（頷首會意）絕不失約！（分下）


# 第四場　怒　遣


〔洞庭湖龍宮。

〔洞庭龍君、龍妃、舜華公主，四侍女水族，涇河水判。

〔四侍女引洞庭龍君、龍妃上。

洞庭龍君　龍宮無事盡日閒，海宴河清樂安然。

龍　　妃　女兒至今未回轉，時常教人把心擔。

（同入坐）大王，女兒住在東海龍宮，將近一載，也該派遣龍兵前往迎接才是。

洞庭龍君　已派龍兵前往迎接，大料不久即可還宮，只是女兒年歲漸長，未曾擇配，倒叫孤家十分縈念。

龍　　妃　只有慢慢物色佳婿，以了你我之願。

〔水族急上。

水　　族　啟稟大王，涇河水判求見。

洞庭龍君　命他進宮。

水　　族　涇河水判進見。

〔涇河水判上。

涇河水判　奉了龍君命，前來做媒人。（入宮介）參見大王娘娘！

洞庭龙君　少礼坐了。

泾河水判　谢坐。

洞庭龙君　水判远来洞庭，有何公干？

泾河水判　我家龙君，久慕公主贤德，因世子尚未完婚，特命小判前来求亲。

洞庭龙君　但不知世子品貌如何？

泾河水判　大王请听：世子生来貌堂堂，貌堂堂，聪明天诞比人强，风流潇洒颇俊样，他年一定做龙王。（窃笑介）

洞庭龙君　如此说来，倒是一段美满姻缘。（转身）贤妃你的意下如何？

龙　　妃　这个……大王这里来。（与洞庭龙君同至台角）常言道眼见为实，耳听是虚。水判一面之词，未可轻信。

洞庭龙君　泾河龙君，与孤同为波臣，难道他还来欺骗不成。

龙　　妃　女儿终身大事、必须谨慎为是。

洞庭龙君　休得过虑，孤家自有主见。（坐）

龙　　妃　哎……（亦坐）

洞庭龙君　这是水判、回复你家大王，亲事允下就是。

泾河水判　谢过大王，告辞了。

　　　　　（唱二六）

　　　　　　　离别大王离洞庭，

　　　　　　　骗得淑女配痴龙。

　　　　　哈哈哈！（下）

　　　　　〔四水族引舜华公主、荷珠仙子上。

舜华公主　（唱二六）

　　　　　　　驾云车才离了东洋海岸，

　　　　　　　一霎时又回到洞庭湖间。

　　　　　　　与柳郎结鸳盟虽说美满，

　　　　　　　还须要将此事禀告堂前。

　　　　　姐姐你先回宫去吧，待我见过二老。（舜华进宫、

秦腔
柳毅传书
LIUYICHUANSHU

187

荷珠四水族退下)父王母后在上,女儿参拜。

洞庭龙君
龙　妃　女儿回来了,一旁坐下!

舜华公主　二老身体安康!

洞庭龙君
龙　妃　倒也安康。

洞庭龙君　(笑颜)女儿你的喜事来了。

舜华公主　父王,喜从何来?

洞庭龙君　为父已将我儿许配泾河世子,不久于归,快快学些
　　　　　妇道才是。

舜华公主　噢……女儿我尚有下情禀告。

洞庭龙君　我儿有何话讲?

舜华公主　如能恕儿之罪,方敢说明。

龙　妃　有为娘在此,只管讲来!

舜华公主　二老容禀:

　　　　　(唱二倒板)

　　　　　　　　未曾开言心自惊………

洞庭龙君
龙　妃　快快讲来!

舜华公主　(接唱塌板)

　　　　　　　　尊声二老听分明:

　　　　　　　　前与伯父(转二六)把寿庆,

　　　　　　　　出游东海散心情,

　　　　　　　　见一漏舟势欲倾,

　　　　　　　　冲不过滚滚浪千层,

　　　　　　　　眼看就要遭不幸,

　　　　　　　　恰巧来了一救星。

洞庭龙君
龙　妃　(夹白)何人前来营救?

舜华公主　(接唱)那人儿不顾危险来接应,

　　　　　　　　把乘客移到他船中。

　　　　　　　　点化楼台观究竟,

　　　　　　　　原是少年一书生。

| | |
|---|---|
| 洞庭龙君<br>龙　　妃 | 书生不书生，与你何干？ |
| 舜华公主 | （接唱）他名叫柳毅有智勇，<br>　　　　义薄云天气如虹，<br>　　　　似这样朴实善良真可敬，<br>　　　　水国内哪有如此好英雄？<br>　　　　荷珠姐姐做媒证，<br>　　　　儿与他…… |
| 洞庭龙君<br>龙　　妃 | 你与他怎样？快讲快讲！ |
| 舜华公主 | 父王母后呀！<br>（接唱）儿与他在海楼曾订鸳盟。<br>　　　　从古信义最为重，<br>　　　　儿怎能负约嫁小龙？ |
| 洞庭龙君 | 我儿身为龙女，怎能与凡夫婚配！还是嫁与泾河<br>小龙，贵为王妃，岂不甚好？ |
| 舜华公主 | 还请父王原谅！让女儿与柳毅早践鸳盟。 |
| 洞庭龙君 | 我儿不听为父之言、就是不孝！ |
| 舜华公主 | 怎好叫女儿失信与人？ |
| 龙　　妃 | 你父王劝你嫁与泾河小龙，原是为你打算，儿呀，<br>你要再思再想。 |
| 洞庭龙君 | 着呀！你要再思再想。 |
| 舜华公主 | 儿心已定，万无更改！ |
| 洞庭龙君 | 好气！<br>（唱带板）<br>　　　　蠢才做事欠检点，<br>　　　　仙凡怎能结姻缘！<br>　　　　我劝你休得生妄念，<br>　　　　须知晓万年龙规不容宽。 |
| 龙　　妃 | （唱摇板）<br>　　　　见大王怒气生满面，<br>　　　　倒叫本妃操心间。 |

秦腔
柳毅传书
LIUYICHUANSHU

　　　　　　　　　　背转身只把女儿怨，

　　　　　　　　　　你不该在外私自订姻缘。

舜华公主　（唱带板）

　　　　　　　　　　叫二老休将女儿怨，

　　　　　　　　　　婚姻大事非等闲。

　　　　　　　　　　做泾河龙妃我不愿，

洞庭龙君　（愤怒）哼！

舜华公主　（接唱）出龙宫甘心到人间。

洞庭龙君　大胆！

　　　　　　（唱带板）

　　　　　　　　　　去做龙妃你不愿，

　　　　　　　　　　违背父命罪难宽！

　　　　　　　　　　狂妄念头早打断，

　　　　　　　　　　惹恼为父后悔难！

舜华公主　（接唱）父王莫把儿来劝，

　　　　　　　　　　儿的心意如铁坚。

　　　　　　　　　　还望将儿来怜念，

　　　　　　　　　　成全儿的好姻缘。

洞庭龙君　好气！

　　　　　　（唱七锤）

　　　　　　　　　　好歹话儿都说遍，

　　　　　　　　　　奴才竟不听父言。

　　　　　　　　　　哗啦啦抽出龙泉剑，（掷剑）

　　　　　　　　　　你与我早死莫迟延！

龙　　妃　（慌恐地）大王不必动怒，看在妾妃面上，饶了
　　　　　　她吧。

洞庭龙君　呸！你养的好女儿！（重一句）

龙　　妃　你我只有一个女儿，念其骨肉之情，也该从轻处
　　　　　　置，饶她一条活命。

洞庭龙君　（似有感动）也罢！处死这个蠢才，知者说她不
　　　　　　孝，不知者谓我不义。（沉吟）有了，水判何在？

（洞庭龙宫水判急上）

洞庭水判　伺候大王。

洞庭龙君　命你前往泾河，转达龙君，就说八月中秋，乃是良辰吉日，嘱他迎娶公主过门。速去！

洞庭水判　领法旨！（急下）

龙　　妃　（背白）这教怎说……（发愣）

洞庭龙君　老乞婆！

（唱带板）

　　　　　　明日泾河把亲迎，

　　　　　　要叫她欢喜离洞庭。

　　　　　　倘敢大胆再抗命，

　　　　　　整肃家教不容情。

我要你劝她遵从父命，欢喜上轿。如再执拗，莫说那个蠢才、连你这老乞婆也要抬一口棺木、前来见我！噢嘘…………（拂袖下）

侍　　女　启禀娘娘，大王回后宫去了。

龙　　妃　来么来么，为了女儿，竟讨下这样的封赠，哎，我的女儿呀！

（唱二六）

　　　　　　劝女儿不必太烈性，

　　　　　　休再提过往的事儿自伤情。

　　　　　　非怪你父王来作梗，

　　　　　　龙规森严须遵行。

　　　　　　况泾河世子本是真龙种，

（夹白）儿呀！

（接唱）休想恋红尘弃尊蒙。

舜华公主　（唱二六）

　　　　　　非是女儿太烈性，

　　　　　　我与那泾河世子不关情。

　　　　　　富贵荣华有何用？

　　　　　　怎忍儿在水底断送一生。

秦腔
柳毅传书
LIUYICHUANSHU

龙　　妃　好不难煞人也！

（唱二六）

千言万语劝不醒，

倒叫本妃暗伤情！

若再固执不从命，

怕的是儿要受苦刑。

儿呀！你若不肯嫁与泾河世子，连累为娘事小，只可惜我儿娇生惯养，也要因此犯罪，叫为娘怎不痛心。（掩泣）

舜华公主　我好恨也！

（唱拉锤子二六）

见母后哭的泪汪汪，

舜华一旁自思量，

明知此去遭罗网，

事到临头一身当。

哪怕他泾河滚滚翻波浪，

隔不断海楼姻缘情义长。

龙　　妃　我儿不必伤心，这是宝簪一枝，我儿带在身旁，日后若有为难之处，用它与娘通个信息，娘好设法与我儿分忧解愁。说是你随着娘来！（拉舜华慢下）

# 第五场　抗　婚

〔泾河龙宫。

〔泾河龙君、龙妃、世子、四侍女、四水族、水判、舜华公主。

〔泾河世子上。

泾河世子　（唱对板）

我、我、我小龙，生水宫，

什么事情全不懂。

爱玩水,爱撞钟,

冬天还要吃冰菱。

宫院里乱哄哄,

都说今晚与我把亲成。

戴新帽,穿新衣,

学习跪拜像个瞌头虫。

提起叫人害头疼,

爹与娘还说我不行。

瞌睡的说不成,

强打精神把眼睁。

请出爹娘且通融,

告个假儿回后宫。

哪管他花天酒地到天明,

只要我一头搬倒睡不醒。

也免得许多麻烦落安宁。

(重一句)

(白)谁知道娶媳妇还是这样麻烦,(打呵欠)把人等的怪瞌睡的,不免请出爹娘告个假儿,好睡觉去。有请爹娘!

〔四侍女引龙君、龙妻上。

泾河龙君　儿女结良缘,

龙　　妻　笙歌闹喧天。(同入坐)儿呀,请我二老出宫有何话讲?

泾河世子　爹娘,听说花轿去了整一天,怎么还不见回来?我瞌睡了,要回后宫睡觉去呀。(龙妻阻拦介)

龙　　妻　再等一会,就有个美人和你拜堂成亲。你要拿得老老成成,小心人家瞧不起你!

泾河世子　那我晓得。

龙　　妻　你且坐下吧。(水判上)

泾河水判　启禀大王娘娘,花轿到。

| 泾河龙君<br>龙　妻 | 侍儿们掺新人下轿,准备拜堂。 |
|---|---|
| 侍　女 | (同白)是!(同下) |
| | 〔起牌子。四水族持珠灯前导、四侍女掺扶舜华公主艳装上。 |
| 泾河世子 | 这是谁家的女娘儿,(下坐,看上看下)<br>哎,不要她,不要她! |
| 泾河世子<br>龙　妻 | 哼!这样美貌的媳妇,还敢弹嫌! |
| 泾河世子 | 我看她不像个鱼、不像个虾、像个蚌壳里逬出来的女娃娃。 |
| | 〔众侍女笑。 |
| 泾河龙君 | (背白)生下这样的蠢子!咳…… |
| 龙　妻 | 侍儿们,扶世子站在下边,准备拜堂。 |
| 泾河世子 | 我不去!我不去! |
| 泾河世子<br>龙　妻 | 却是为何? |
| 泾河世子 | 她能陪我玩水、撞钟、吃冰菱,我才去。 |
| 侍　女 | (同笑白)新人都答应了,快快准备拜堂吧。 |
| | 〔世子整冠束带。 |
| 泾河世子 | 水判赞礼上来。 |
| 泾河水判 | 洞房花烛倍辉煌,奇珍异宝列两厢,箫鼓盈庭明月夜,龙王女嫁小龙王。<br>——扶男贵人就位,(侍女扶世子站右边)扶女贵人就位,(侍女扶舜华公主站左边)拜天地:(世子拜舜华仍不拜)夫妻交拜!(舜华仍不拜) |
| 泾河龙君 | (怒离坐)这是媳妇,常言道嫁鸡随鸡,嫁狗随狗。世子虽然生性愚蠢,但也是一位堂堂龙子。你今既奉父母之命,作嫔泾河,就应该欢喜拜堂,免得有失礼节,惹人耻笑。 |
| 龙　妻 | 哼!真没福,放着妃子不做,还扭捏的做什么!<br>(舜华不理)休再装腔作势,不给你个下马威,你 |

还不知本妃的历害!（举拳欲打）

泾河龙君　贤妃且慢动手,暂与她留些头面。还是用好言劝
　　　　　说才是!

龙　　妃　唉! 你劝说去……

泾河龙君　媳妇,你看世子尚在冲龄,再过三年五载,便会聪
　　　　　明过来,你二人已有夫妻名分,要你暂且忍耐,后
　　　　　福非浅。

舜华公主　奴家不敢嫌弃世子。因我别有苦衷,还请大王
　　　　　原谅!

泾河龙君　为何不肯拜堂? 有何苦衷,不妨明言。

舜华公主　大王容禀!

　　　　　（唱尖板）

　　　　　　　　未开言不由人泪流满面,

泾河世子　（烦躁地）我瞌睡的要紧,给他溜走了。（暗下）

舜华公主　（接唱塌板）

　　　　　　　　尊一声老大王细听端详:
　　　　　　　　自幼儿我曾在龙宫生长,
　　　　　　　　虽不肖也略知高低天壤。
　　　　　　　　却不敢嫌世子丑陋容像,
　　　　　　　　只因为罗敷女已有夫郎。
　　　　　　　　我岂肯贪富贵自把约爽,
　　　　　　　　万不能与世子结缡成双。
　　　　　　　　来泾河原出于父王所强,
　　　　　　　　纵海枯与石烂不改心肠。

　　　　　（转带板）

　　　　　　　　这是我真情语一一细讲,
　　　　　　　　请大王多怜念别作主张。

泾河龙君　好气也!

　　　　　（唱带板）

　　　　　　　　听罢言来怒气冲,
　　　　　　　　小贱妇与人有私情,

踰闲荡检欠端正，

你全然不怕坏门风。

舜华公主　（唱带板）

我二人沧海巧相逢，

（转对口二六）

情投意合结鸳盟。

海誓山盟情义重，

并无半点苟且行。

泾河龙君　（接唱）我看此人不正经，

败行丧德罪非轻。

舜华公主　（接唱）那人端方有义行，

本是塵世一书生。

泾河龙君　（接唱）神仙怎将凡夫配，

违犯天条罪难容。

舜华公主　（接唱）只要他心地善良有智男，

仙凡二字不关情。

泾河龙君　（接唱）到此就是我家妇，

舜华公主　（接唱）强逼成婚理不通！

泾河龙君　（接唱）雀鸟入笼怎展翅？

舜华公主　（接唱）刀山剑树你造成！

泾河龙君　（接唱）纵会巧辩有何用？

舜华公主　（接唱）任你随便逞威风。

泾河龙君　（接唱）蠢牛木马劝不醒，

舜华公主　（接唱）横行霸道是老龙。

泾河龙君　怎么说？

（唱七锤）

小贱妇出言不近情，

叮的为王两眼红！

侍儿们与我执鞭打，（侍女取皮鞭介）

管叫你霎时丧残生。

龙　　妻　侍儿们，快快动起手来！

〔侍女不忍,面面相觑。

**舜华公主** 且慢动手!

(唱带板)

我也是金枝玉叶龙宫女,

老龙今日把命逼。

钱塘君威名谁不惧,

害死我只恐他不依。

**泾河龙君** 你叔父乃是一个无权无势的困龙,难道叫孤家怕他也不成。

**龙　妻** 着呀! 谁还怕他不成。

**泾河龙君** 也罢! 我看你福分浅薄,做不得世子嫔妃。泾河岸上,有绵羊一群,命你前去放牧,倘若遗失一只,瘦损一个,便要大法处置。侍儿们押下去!

〔二侍女押舜华下。

**龙　妻** 大王,她叔父钱塘君性如烈火〔英勇无敌,万一因此事惹起干戈,如何是好?

**泾河龙君** 暂时叫那小贱妇受些折磨,如能回心转意也就算了。

正是:小船不堪负重载,

**龙　妻** 实服大王有高才? (同下)

197

# 第六场　赴　约

〔海岸曲折,树石相映。

〔书童引柳毅上。

柳　　毅　（唱摇板）

为践信约起床早,

加步前行不辞劳。

旭日初昇光万道,

但见大海浪滔滔。

哎呀,咖咖,才到海岸了!（揩额上汗介）

书　　童　相公!你说海中有楼台,现在哪里?

柳　　毅　等我看来,这才奇了!怎么并无踪影?

书　　童　相公想是你把方向记错了。

柳　　毅　（左顾右看）大树,奇石,来径,去路,不错,一毫都

不错!只可恨云雾迷漫,不能放开眼界,看不见海

中楼台,好不争煞人也!

书　　童　偏偏有云雾遮住海洋,真不凑巧。

柳　　毅　（唱二六）

此处本是旧游地,

来径去路记心里。

大海茫茫云雾蔽,

看不见楼台桥梁真踪迹。

想当日救护漏舟曾仗义,

海楼之上遇佳丽,

她有情来我有意,

愿结丝萝做夫妻。

约定中秋重相聚,

千里迢迢劳不辞。

眼前景物全非异，

意中的人儿无消息。

难道说一场春梦空欢喜？

（取明珠审视介）（夹白）分明是美人所赠，并非是梦。

（接唱）

睹物思人好惨凄。

（反复地细看明珠）

船　夫　（内白）刘艄工……

书　童　相公你听，那里有人唤柳相公！

柳　毅　（惊喜）在哪里？

船　夫　（内喊）刘艄工……

柳　毅　这便好了，想是龙家小姐来了，待我上前去迎。

（船夫上）

船　夫　地靠人工，船靠艄工，艄工不在，辜负顺风。刘艄工！

柳　毅　噢，龙小姐在哪里？龙小姐在……（与船夫相碰，互相凝视）

书　童　这不是柳相公吗？

船　夫　唉！我喊的是刘艄工，谁叫你们胡答应？

书　童　明明你喊柳相公，怎能说我们胡答应？

船　夫　哎！我是船上的水夫，艄工上岸去了，不见回来，客人催着开船，故而喊叫，还是你们听错了。

柳　毅　原来如此，船家莫怪。

船　夫　这才奇了。（下）

柳　毅　龙小姐！龙小姐！你在哪里？叫我柳毅等得好苦呀！

（唱二六）

你莫非天上神仙来游戏，

你莫非山中妖魔把人欺。

你莫非另有知心好情侣，

你莫非忘记岁月误佳期。

这才是望人不见、盼信不来、一块大石沉海底，

倒叫我前思后想、心慌意乱费猜疑。（对海凝视）

喜儿，你看海中一团黑压压的东西，好像是一座楼台。

| 书　　童 | 待我看来，（观望良久）唉！相公，把你的眼睛看花了，那原是一团黑云。 |
| 柳　　毅 | （失意）噢！黑云…… |

〔幕后做风云效果。

| 书　　童 | 相公，大雨来了。 |
| 柳　　毅 | 哎不好！ |

（唱带板）

风起云涌大雨降，

| 书　　童 | 相公快走，雨把你淋病了，耽误功名，如何是好？ |
| 柳　　毅 | （接唱）叫人何处把身藏？ |

不由我回头再观望，

（滑跌书童扶起）

拖泥带水苦难当。

〔书童拉柳毅下。

# 第七场　牧　羊

〔泾河草原,景况荒凉。

〔舜华公主、柳毅、书童。

**舜华公主** （内唱尖板）

恨老龙安排天罗地网,

〔舜华执长鞭驱羊群上。

（接唱摇板）

天荒地老太凄凉!

说甚么自幼儿龙宫生长,

到如今做奴婢真道惨伤。

每日间戴月披星、不避风霜把羊放,

我只好饮泣吞声、忍辱含垢度时光。

想从前与柳郎相逢海上,

我二人结同心意重情长。

实想说偕伉俪得偿愿望,

有谁知立逼我还离故乡。

我岂肯贪虚荣便把约爽,

我岂肯惧龙威另嫁夫郎。

见芳草离离萋萋绿遍天涯增惆怅,

望远人渺渺茫茫白云一片欲断肠。

我好比天边明月云遮挡,

我好比笼中鸟儿难飞翔。

还须设法出罗网,

寄书潼津作商量。

纵然狂澜高千丈,

愿学个精卫冤禽、啣石西山、填平恨海抗

强梁。

霎时只觉胆气壮，

要打破铁壁与铜墙。

驱羊群且向草原往，(圆场)

惊动了雀鸟儿四散飞场。

自从来在泾河，是我矢志不屈、触怒老龙，罚我在此牧羊，日间只与一餐薄粥，夜来不得半枕安眠，眼看就要折磨一死——久想修书一封，约柳郎到此相会，设法逃出虎口，我可莫说柳郎呀柳郎！我为你受尽千辛万苦，你如何得知？你如何得晓？满腹忧忿，只有诉于东风了！

(唱二六)

潼津泾川非遥远，

音问不通相见难。

欲修书信无笔砚，

荒野何处觅锦笺。(沉思)

扯罗裙权当纸一片，(扯裙介)

拔取羊毫做笔尖。(拔羊毛介)

(夹白)无有丝线，该用何物结扎？

有了！

(接唱)拔下青丝扎几遍，(扎羊毫介)

缺少翰墨也枉然。(绕)

也罢！

(接唱紧二六)

咬破手指鲜血溅，

字字行行写周全。

上写拜上多拜上，

拜上潼津柳士肩。

只说你我常相伴，

谁料爱河起波澜！

你那里望洋空兴叹，

我在此牧羊受熬煎。

早来三日不能见，

迟来三日见面难。

恨无有鸿雁传书柬，

望潼津望的我眼欲穿。

（转带板）

昏昏沉沉难立站，

（倒卧台角）

顾不得满地荆棘倒一边。

〔书童引柳毅持马鞭上。

柳　　毅　（唱摇板）

下第归来独自行，

泾河岸边草青青，

无心观赏路旁景，

可憎黄莺树上鸣。

实可叹海楼姻缘成梦境，

思想起令人好伤情！

云淡风清四野静，（舜华啼哭）

不知何人放悲声？

（夹白）草原之上，无有人踪，哪里来的哭声？（勒马四望，发现舜华）只见那一女娘不住啼哭，十分惨悽，看她这般情景，必有什么伤心之事，待我下马问个明白。（下马介欲前行）不妥，我与她陌路相逢，素无瓜葛，怎好启齿？还是拉马走是走了吧！（拉马欲行）且慢！见危不救，于心何忍？（沉思）喜儿，去问那一女娘，为何在此啼哭？速去！

书　　童　（有难色）咱们赶路要紧，何必多管闲事！

柳　　毅　将话问明，我还要与她分忧解愁。速去！

书　　童　是！（半圆场）这……位女娘儿，为何在此啼哭？

〔舜华不理、书童重问一句。

| | |
|---|---|
| **舜华公主** | （略望）你我素昧生平，不劳动问。 |
| **书　　童** | 这是我家相公叫我问你，有何委屈，只管说明，他定能与你分忧解愁。 |
| **舜华公主** | （如有所感动）但不知你们是往哪里去的？ |
| **书　　童** | 我们是回潼津去的。 |
| **舜华公主** | 噢……你们是回潼津去的？（背白）与柳郎寄书，有了指望了。待我上前见过，且慢！想我这样蓬首垢面，怎好与人交言？哎！事到如今，也顾不了许多，还是上前见过才是。（半圆场）（发现柳毅）你……是柳郎？ |
| **柳　　毅** | （惊疑细审）啊！你……是龙家小姐？ |
| **舜华公主****柳　　毅** | （喝场）我的柳郎呀！……<br>（喝场）我的小姐呀！…… |
| **柳　　毅** | （唱带板）<br>　　见小姐困风尘好不伤惨，<br>（喝场）我的龙小姐呀！…… |
| **舜华公主** | （喝场）我的柳郎呀！…… |
| **柳　　毅****舜华公主** | （哭介）我的难见的小姐呀！……<br>　　　　　　　柳郎 |
| **柳　　毅** | （接唱带板）<br>　　忍不住泪珠儿洒落胸前。<br>　　只说是好姻缘已成梦幻，<br>　　谁料想今相会泾河岸边。<br>　　只见她衣襤褛蓬首垢面，<br>　　可怜你苦奔劳变了容颜。<br>　　想从前在海楼曾订姻眷，<br>　　无一日不把你思念几番。<br>　　我为你中秋节东海望遍，<br>　　我为你遭风雨湿透衣衫，<br>　　我为你废寝食朝思暮盼，<br>　　我为你抛诗书无心去观。<br>　　问小姐缘何故在此受难？ |

QINQIANGJUBENJINGBIAN

西安秦腔剧本精编

　　　　　　　　一件件一椿椿细说根源。

**舜华公主**　我的柳郎呀！

　　　　　　　　未开言不由人泪流两行，

**柳　　毅**　（夹白）不必伤心，缓缓地讲来。

**舜华公主**　（接唱）望柳郎站一旁细听端详。

　　　　　　　　家住在洞庭湖烟波浩荡，

　　　　　　　　我的父列仙班位居龙王。

**柳　　毅**　（惊讶）原是龙宫贵主到了，柳毅多有失敬。往下
　　　　　　　讲来。

**舜华公主**　（唱）　婚姻事也曾禀堂上，

　　　　　　　　我父王闻言气满腔。

　　　　　　　　怒恼我私订终身把罪降，

　　　　　　　　立逼青锋剑下亡。

　　　　　　　　多亏母后把情讲，

　　　　　　　　才免得一命丧无常。

**柳　　毅**　（悲痛）后来怎样？

**舜华公主**　（唱）　泾河龙君有蠢子，

　　　　　　　　强迫远嫁离故乡。

　　　　　　　　矢志不从遭魔障，

　　　　　　　　罚在草原来牧羊。

　　　　　　　　海枯石烂信不爽，

　　　　　　　　岁寒松柏傲冰霜。

　　　　　　　　每日间常将你盼望，

　　　　　　　　要设法逃去虎口避祸殃。

　　　　　　　　这是血书字数行，

　　　　　　　　望柳郎快与我作主张。（递血书介）

**柳　　毅**　（接血书）怎么说……

　　　　　　　（唱七锤）

　　　　　　　　见血书痛的我肝肠裂断，

　　　　　　　（喝场）我的小姐呀！

　　　　　　　（接唱）为柳毅受尽了困苦颠连，

到今日幸喜得天随人愿，

叫小姐快随我同把家还。

**舜华公主** 这是柳郎，你看泾河老龙，残暴不仁，若随你还家，被他知晓，怎能善罢干休？降下祸来，如何是好？

**柳　毅** 难道你我依然分散不成。（掩泣）

**舜华公主** 倒有一万全之策，不知柳郎可愿前往？

**柳　毅** （坚决地）只要救得小姐脱离苦难，纵然赴汤蹈火，万死不辞！

**舜华公主** 欲修书一封，禀告爹娘，只说我与泾河小龙闺房失和，公婆恼怒，罚我在此牧羊，备受凌虐，如蒙二老怜念，或可救我回上洞庭，到了那时再设法成全你我婚姻，只是苦无纸笔，如何是好？

**柳　毅** 纸笔倒有，待我取来。（打开行囊取纸笔介）小姐，纸笔在此、快快动手。

**舜华公主** 待我修书。（吹牌子）烦将此书，送到洞庭龙宫莫要耽误。

**柳　毅** 自当如命前往，只是龙宫深处水底，无路可通，此书如何得达尊翁？

**舜华公主** 那却无妨，（拔簪介）洞庭湖口，古庙内有橙树一棵，可用此宝簪轻敲三下，自有水族前来接引。还有一事，我家叔父钱塘君性情豪爽，见义勇为，因得罪天宫，撤封贬窜。如与他相遇，还望随机应变，善为说词，要小心！（幕后群羊乱叫）我要赶羊回去，柳郎保重，我便去也！

（唱二六）

　　幸与柳郎得相见，

　　见面不易别亦难。

（驱羊急下）

**柳　毅** 小姐，小姐！（怅望）

〔书童暗上。

**书　童** 相公，（柳毅不动）我家相公怎么发起呆来了，（拉

柳毅衣袖)相公,那女娘已走的远了,咱们赶路
要紧。

柳　　毅　噢噢噢!带马伺候。

(唱二六)
　　　　见小姐驱羊抽身转,
　　　　凤泊鸾飘好惨然,
　　　　到洞庭去把龙王见,(上马介)
　　　　哪怕葬身在深渊。

(急下)


# 第八场　省　谒

〔幕外。
〔八水族,执旗幡,引钱塘君上。

(唱浪头)
　　　　适才间俺离了沧洲碧岛,
　　　　叱风云挟雷电地动山摇,
　　　　但只见洞庭湖烟波浩渺,
　　　　入龙宫探兄嫂不敢辞劳。

(绕场急下)


# 第九场　传　书

〔洞庭湖口古庙,殿前生有金橙树一棵庭阶久荒,罕
有人迹。
〔柳毅、水族、洞庭龙君、龙妃、钱塘君。

柳　　毅　（内唱带板）

　　　　　　离家乡走两湖日行百里，

　　　　　　为小姐哪顾得力竭筋疲。

　　　　　　戴星月冒风霜迟眠早起，

　　　　　　一路上苦奔波马不停蹄。

　　　　　　洞庭湖在眼前一望无际，

　　　　　　岳阳楼高巍巍雾遮云迷。

　　　　　　行来在古庙内观看仔细，

　（亮景）

　　　　　　见一颗金橙树高与檐齐。

殿前果有金橙树一棵，待我用簪敲来——哎呀不妥，洞庭龙君，深恨海楼联姻之事，见了他若说出真名实姓，只恐与事无益，反招祸殃。（沉思）是了！只有含糊其词，等待救回小姐，再作道理。还是敲起树来！（敲树三下）

〔一水族急上。

洞庭水判　呔！好一大胆狂生，擅敲神树，惊动龙宫。休走！吃吾一叉。

柳　　毅　且慢动手，我乃中原儒生，有机密大事要面见你家大王，这是宝簪一枝，拿去观看。

洞庭水判　（接簪审视）果然是龙宫宝物，必有来历。这一儒生，你要晋谒龙君，必须紧闭双目，随吾入水。你要小心，你要检点！

柳　　毅　是！

洞庭水判　随着我来！

〔柳毅随水族战栗慢下。

〔亮洞庭龙宫景、壮丽堂皇。

〔洞庭龙君龙妃上。

洞庭龙君　女儿已远嫁。

龙　　妃　数月未归宁。

〔水族急上。

洞庭水判　启禀大王，有一中原儒生，口称有机密大事，要面见大王。有宝簪为正，请龙目一观。

洞庭龙君　（接簪细观）哏吓呀！想这宝簪乃是舜华女儿随身所带，如何得到他手？（沉思）哼，必有来头，传出有请。

龙　　妃　快快命他进见。

洞庭水判　儒生进见。

〔柳毅上。

柳　　毅　闻声知在波涛里，合眼如行云雾中。

洞庭水判　儒生须要小心！

柳　　毅　（入宫）大王在上，晚生参拜。

洞庭龙君　少礼赐坐。

柳　　毅　谢坐。

洞庭龙君　先生涉险到此，有何见教？

柳　　毅　这是公主家书，请大王过目。（递书介）

洞庭龙君　（接书）有劳先生，先生先到便殿歇息，待孤阅过家书，再来奉陪。

洞庭水判　先生随我来！（引柳毅下）

洞庭龙君　这是贤妃，女儿有书到来，你我拆书一观。

龙　　妃　拆书一观！（吹牌子）

洞庭龙君　好恼也！

（唱带板）

见书信气的我七窍冒火，

龙　　妃　（接唱）这半晌好一似刀将心割！

洞庭龙君　（接唱）恨老龙做此事欺人太过，

龙　　妃　（接唱）实可怜舜华女遭受折磨。

龙　　妃<br>洞庭龙君　好不气、气、气煞人了！

〔洞庭龙君、龙妃、对坐纳闷，钱塘君上。

钱 塘 君　（唱浪头）

酒酣喝月使倒行，

浩气冲霄贯长虹，

随带水族三千众，

探望兄嫂到洞庭。

啊！不知兄嫂为了何事，面带愁烦，待俺上前见过。（进宫介）兄嫂在上，为弟有礼！

| 龙　　妃<br>洞庭龙君 | 三弟你……才来了！ |
|---|---|
| 钱塘君 | 特来探望兄嫂。 |
| 洞庭龙君 | 说是你来的巧！ |
| 龙　　妃 | 你来的妙！ |
| 龙　　妃<br>洞庭龙君 | 哎！气煞人了！（重一句） |
| 钱塘君 | 兄嫂为何这样烦恼？ |
| 洞庭龙君 | 这是舜华女儿的家书，三弟你一看便知。 |
| 钱塘君 | 待俺看来！（看介）好一泾河老龙，竟敢如此无礼，俺怎能与你善罢甘休。兄嫂，这封家书是何人送来？ |
| 洞庭龙君 | 是一个儒生送来的。 |
| 钱塘君 | 唤他见我！ |
| 洞庭龙君 | 水族们！请那一儒生，到此相见。 |
| 洞庭水判 | 领法旨！（下，旋引柳毅上） |
| 钱塘君 | 去了半晌，怎么还不见到来？（与柳毅相碰，柳毅吃惊略退） |
| 洞庭龙君 | 先生不必惮怕，这是我家三弟钱塘君。 |
| 柳　　毅 | 见过三大王。（施礼） |
| 钱塘君 | 这是先生！我家舜华姪女，深处泾河龙宫，你是怎样得见？ |
| 柳　　毅 | 大王容禀！ |

（唱摇板）

那日路过泾河畔，

遇公主牧羊在草原。

只见她风鬟雾鬓泪满面，

　　　　　　　　因琴瑟失调受屈冤！

　　　　　　　　激起我义愤心一片,

　　　　　　　　不避艰险把书传。

　　　　　　　　望大王援救莫迟慢。

钱 塘 君　老龙如此作为,分明连俺钱塘君都未放在心上。

柳　　毅　大王!

　　　　（唱摇板）

　　　　　　　　泾河龙君性暴横,

　　　　　　　　言说大王是困龙。

　　　　　　　　无权无势有何用?

　　　　　　　　把泰山看作羽毛轻。

钱 塘 君　你待怎讲?

柳　　毅　老龙说大王无权无势、有何作为。

钱 塘 君　（三笑）

　　　　（唱带板）

　　　　　　　　霎时怒气高千丈,

　　　　　　　　胆大的老龙敢逞强。

　　　　　　　　你把俺太得来小量,

　　　　　　　　萤火怎比明月光!

　　　　　　　　点动鱼兵和蟹将,

　　　　　　　　要在泾河排战场,

　　　　　　　　任凭你如何神通广,

　　　　（夹白）俺要剥尔的皮,抽尔的筋!

　　　　（接唱）碎尸万断除虎狼!

　　　　　　　　飞鱼将军何在?

　　　　〔飞鱼急上。

飞　　鱼　大王有何差遣?

钱 塘 君　命你速往莲花岛,命荷珠仙子,带领水族,同往泾
　　　　河,营救公主,不得有误。

飞　　鱼　领法旨!（急下）

钱 塘 君　这是兄嫂,好生款待先生,待俺救回姪女,再酬谢

211

于他,正是:鼓声一起风云变,管教明珠掌上圆。
(急下)

洞庭龙君　水族们摆宴伺侯,请先生同至后宫。


# 第十场　点　兵

〔幕外。
〔荷珠仙子、钱塘君、八水族。
〔荷珠仙子起霸上。

荷珠仙子　修真连花岛,姓字列仙曹,抛剑摘星斗,腾身步云霄。奉了钱塘君师父法旨,命我点动水族,前往泾河营救公主。一言未罢,钱塘师父来也!

〔四水族引钱塘君上。

荷珠仙子　参见师父。
钱　塘　君　水族可曾点齐?
荷珠仙子　齐备多时,请师父传旨!
钱　塘　君　水族们!兵发泾河。
水　众　啊!

(绕场吹牌子下)


# 第十一场　龙　战

〔泾河一道,洪流滚滚。
〔泾河龙君,水族钱塘君、荷珠仙子、舜华公主、八水族引泾河龙君上。

泾河龙君　据报钱塘君领兵前来。众水族!杀上前去。

〔八水族引荷珠仙子钱塘君急上,与泾河龙君相遇。

钱　塘　君　泾河老龙,虐待我家姪女,藐视孤家,休走着枪!

泾河龙君　你的好家教!

钱　塘　君　众水族、杀!

〔荷珠与泾河水族战,水族败下,荷珠追下,泾河龙君与钱塘君战,泾河龙君败下,荷珠上,截击泾河龙君,钱塘君到,水族把泾河龙君围困核心,左冲右突、不能脱逃,终被钱塘君一枪刺倒,下跪乞饶恕。

泾河龙君　老亲翁,看在同僚分上,饶我一条活命!(叩头)

钱　塘　君　也罢,暂将你这颗龙头寄在项上,命你立刻将我家姪女送还,稍有迟慢,说是你要小心! 你要检点!(虚晃一枪)

泾河龙君　小龙遵命就是。

钱　塘　君　(冷笑)放他过去。

〔泾河龙君踉跄急下。

荷珠仙子　待我前去迎接公主。

钱　塘　君　多加小心。

〔荷珠仙子下。

钱　塘　君　众水族、就在此等候公主。

〔荷珠舜华同上。

舜华公主　叔父呀!(吹牌子)

钱　塘　君　姪女不必啼哭,随我回上洞庭,与你父母相见。

舜华公主　谢过叔父。

荷珠仙子　妹妹这里来,那传书之人,可是柳毅相公?

舜华公主　姐姐既然明白,何必问我。

〔荷珠会意微笑。

钱　塘　君　众水族,齐唱凯歌,班师回上洞庭。

# 第十二场　完　婚

〔洞庭龙府。

〔洞庭龙君、龙妃、四侍女、钱塘君、荷珠仙子、舜华公主、柳毅。

〔四侍女引洞庭龙君、龙妃上。

**洞庭龙君**　三弟去出征？

**龙　妃**　坐卧不安宁。

〔钱塘君引舜华公主、荷珠仙子上。

**钱 塘 君**　威灵震泾上，

**舜华公主**　幸喜还洞庭。

**龙　妃**<br>**洞庭龙君**　三弟回来了！

**钱 塘 君**　回来了。姪女快快见过你的父母。

**舜华公主**　父王、母后呀！（哭）

**龙　妃**　我的受苦的女儿呀！

**洞庭龙君**　（惭愧地）儿呀，今幸得返龙宫，合家团聚，乃是一桩喜事，你母女不必过于伤悲。

**龙　妃**　女儿久苦风尘，婚姻未定，你是怎样安排？

**洞庭龙君**　只好慢慢另选佳婿，也就是了。

**舜华公主**　儿与柳毅，海誓山盟，名分已定，儿我决意不愿再嫁别人！

**洞庭龙君**<br>**龙　妃**　这就难了，哪里去找柳毅，柳相公？

**荷珠仙子**　（会意）问明传书之人，或可找到柳毅，柳相公。

**龙　妃**<br>**洞庭龙君**　噢！水族们，请那位儒生，后宫叙话。

| | |
|---|---|
| 洞庭水判 | 是！（下） |
| 舜华公主 | 女儿告退。 |
| 龙　妃 | 荷珠，伴你妹妹整妆去吧。 |
| 荷珠仙子 | 妹妹随我来！（拉舜华下） |
| | 〔水族引柳毅上。 |
| 柳　毅 | 闷坐龙宫里，忽有佳音来。 |
| 龙　妃 | 先生到了请坐。 |
| 洞庭龙君 | |
| 钱塘君 | 昨日仓卒行兵，与先生尚未深谈，先生高名上姓？贵乡何处？可曾与柳毅相识？ |
| 柳　毅 | 这个……（有所决定）哎！不瞒大王，在下正是潼津柳毅，前与公主在海楼订婚，多有冒昧，今幸托大王威德，公主安返龙宫，凤愿已赏，就此告辞。 |
| 钱塘君 | 哈……（对洞庭龙君、龙妃）俺看柳毅倒是一位有义气的男儿，不如就将舜华姪女婚配，倒是一段美满姻缘。 |
| 洞庭龙君 | 就依三弟之见，（对柳毅）不知贤婿到此，诸多简慢，还望原谅！ |
| 柳　毅 | 谢过岳父岳母。（龙妃与柳毅使眼色、柳毅会意）再谢过岳叔成全之德。 |
| 钱塘君 | 哈……不谢不谢。（对龙妃）嫂嫂何不先叫女儿与柳生见上一面，明日就在龙宫招赘，岂不甚好！ |
| 龙　妃 | 侍儿，唤你家公主与柳生相见。 |
| 侍　女 | 是！（下，旋引舜华荷珠上） |
| 龙　妃 | 上前与柳生见个礼儿。 |
| 荷珠仙子 | 柳相公，公主谢你来了。 |
| | 〔柳毅又惊又喜不知所措。 |
| 舜华公主 | 柳郎！ |
| 柳　毅 | 公主！（相视良久） |
| 舜华公主 | 多蒙冒险传书，费尽幸苦，我先致谢，（裣衽） |
| 柳　毅 | 卑人传书迟慢，有劳久待，还请原谅。 |

215

| | |
|---|---|
| 荷珠仙子 | （微笑）你二人只顾作谦，把红叶搁在九霄云外，那可不行。 |
| 柳　　毅<br>舜华公主 | 谢过姐姐！（施礼，三人相视微笑） |
| 洞庭龙君 | 侍女们，吩咐水族，明日张灯结彩，准备柳生与公主成亲。 |
| 侍　　女 | 领法旨！（下） |
| 洞庭龙君<br>龙　　妃 | 排宴伺侯，与三王爷贺功。 |

〔奏音乐。

——剧　终

演出单位

西安市五一剧团

# 白蛇传

根据秦腔传统剧 改编

施葆璋　王志学　改编

# 剧情简介

　　这是一出流传甚广的人妖爱情剧。

　　修炼千年的白蛇——白素贞，不甘修炼寂寞，与青儿（青蛇）云游四海，在杭州西湖偶遇许仙，遂生爱慕之心，并与其结为夫妻。

　　金山寺和尚法海，善降妖除魔，闻讯欲降蛇妖，并将许仙胁迫上金山，白素贞索夫未果，作法水漫金山。终因不敌法海法力，被降压在雷峰塔下，后被青儿救出。

# 场　目

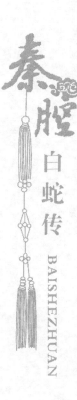

# 人　物　表

许　仙
白素贞
青　儿
法　海
船　翁
鹿　童
众禅将

# 第一场　游湖借伞

（合唱）白姐姐，去人间，

峨眉金顶也黯然。

遥望西湖谁不恋，

一把红伞过三潭。

多情仙子坠情海，

激活钱塘起春澜。

今朝仙界不平静，

深深祝福寄江南。

〔船翁划船，许仙、白素贞、青儿随上。

船　翁　（唱）　最爱西湖二月天，

斜风细雨送游船。

十世修来同船渡，

百世修来共枕眠。

许　仙　这雨了。

（唱）　一霎时湖上天青云淡，

柳叶飞珠上布衫。

青　儿　小姐，雨过天晴，西湖更美了。

白素贞　（唱）　这君子老成令人喜，

有答无问只把头低。

船　翁　客人，船到钱塘门了。

青　儿　咱们下去吧，这伞——又下雨了？

白素贞　是啊，又下雨了，如何是好。

青　儿　真是的，这伞——

许　仙　无妨，雨伞小姐拿去，我改日来取就是了。

白素贞　多谢了。

秦腔　白蛇传　BAISHEZHUAN

| 许　仙 | 岂敢。 |
|---|---|
| 白素贞 | （唱）　谢公子,恩义广。 |
| | 　　　　殷勤送我到钱塘。 |
| | 公子,你来看—— |
| | （唱）　我家就住红楼上, |
| | 　　　　还望君子早降光。 |
| | 　　　　青儿扶我把湖岸上, |
| | 君子,明儿一定要来的呀。 |
| 许　仙 | 一定、一定拜访,小姐慢走。 |
| 白素贞 | （唱）　莫叫我望穿秋水,想断柔肠。 |
| 许　仙 | 好一个娘子! |
| | （唱）　一见神仙归天上, |
| | 哎呀! |
| | 不问姓氏甚荒唐。 |
| | 小娘子转来,小娘子转来—— |
| 青　儿 | 君子什么事呀,是不是要伞? |
| 许　仙 | 不是的,请问你家小姐姓什么呀? |
| 青　儿 | 啊,我家小姐她姓白。 |
| 许　仙 | 原来是白小姐,你可知道我姓什么? |
| 青　儿 | 君子你嘛——姓许,对不对。 |
| 许　仙 | 你是怎么知道的? |
| 青　儿 | 你那把雨伞上不是有大大的一个许字吗? 明儿请君子早点来,免得我家小姐久等了。 |
| 许　仙 | 是是是——小娘子慢走。哈……哎呀,她姓什么? |
| 船　翁 | 她姓白? |
| 许　仙 | 她姓白。 |
| 船　翁 | 怎么? 你们不相识,我还以为你们是一家人呢。 |
| 许　仙 | 有道是,相逢何必曾相识, |
| 船　翁 | 风雨同舟是一家。 |
| 合 | 哈—— |
| 船　翁 | 客人,小心了。 |

# 第二场　结　亲

〔许仙、白素贞、青儿上。

许　仙　（唱）　黄祠竟有神仙境，

　　　　　　　　一角红楼傍水滨。

青　儿　君子来了，请进！

许　仙　请！

青　儿　你稍坐，有请小姐，君子来了。

白素贞　君子来了，君子在哪里？

许　仙　小生拜揖。

白素贞　君子请坐。昨日在湖中遇雨，若非君子借伞雇船，我
　　　　主仆二人真不知如何是好。

许　仙　是乃份内之事，何足挂齿。

白素贞　请问君子府上还有何人？

许　仙　小生自幼父母双亡，寄居姐姐家中，同伴推荐，在药
　　　　铺作伙计。

白素贞　既在药铺作伙计，昨日哪有工夫到西湖游玩？

许　仙　小生哪里是在湖中游玩，先母就葬在灵隐山后，昨日
　　　　乃是先母祭日，告假半天，到先母坟上拜扫，归途大
　　　　雨淋漓，才得与小姐、小娘子相遇。

白素贞　君子如此纯孝，真乃可敬。

许　仙　焉敢。

白素贞　（向青儿低语）烦劳妹妹问下，公子娶亲了没有。

青　儿　哎哟，这怎么好意思问了，你当面说说不好吗？你当
　　　　面说——嘿！（向许仙）啊君子，请坐，你坐——君
　　　　子，我家小姐问你娶亲了没有？

许　仙　小生伶仃孤苦，还提什么娶亲二字。

青　儿　噢！你还没有娶亲，太好了，我家小姐也没有出嫁，我们主仆二人也是伶仃孤苦，无依无靠，小姐意欲与君子结为百年佳偶，不知你意下如何？

许　仙　若得小姐为妻，实乃万望！只是方才说过小生药铺作伙计，寄人之下，怎么养活得你二人呢？

青　儿　哎！我主仆二人不会在柴米油盐上打扰的，仙老爷去世还留有一份家财，你在药铺作伙计，小姐也深明医理，结亲之后，学得夫妻卖药，还愁什么呢？

许　仙　哎！我当回去，禀知姐姐才是！

青　儿　忙什么呢，结了亲，带着新娘回去一块见姐姐、姐夫不是更有意思吗？

许　仙　只是仓促之间，不曾带得聘礼，如何是好？

青　儿　哎！还要什么聘礼，你那把雨伞就是你们订亲的上好礼物，今日正好是良辰吉日，待我点上花烛，你们就拜结了吧！哎！都收拾好了，我给你们行个赞礼吧！

　　　　（唱）　千里姻缘一线牵，
　　　　　　　　伞儿低护并头莲。
　　　　　　　　西湖今夜春如海，
　　　　　　　　愿做鸳鸯不羡仙。

　　　　奏乐，接亲人——
　　　　一拜天地，二拜高堂，夫妻对拜，送入洞房。

# 第三场　说　许

〔白素贞、许仙上。

白素贞　（唱）　许郎夫他待我百般恩爱，
　　　　　　　　喜相庆病相扶寂莫相陪。
　　　　　　　　才知道人世间有这般滋味，

也不枉到江南走这一回。

许　仙　（唱）　江边买得时鲜果，

　　　　　　　　回家来慰女华佗。

白素贞　官人回来了！

许　仙　娘子,娘子你辛苦了,歇息歇息吧！

白素贞　见了病人,怎么歇息得下！

许　仙　不要忘了,你是有孕在身。

白素贞　知道了,官人买些什么?

许　仙　适才在江边,见有卖洞庭山叶锦水果,买些回来,好
　　　　让娘子尝个新鲜。

白素贞　官人如此见爱,多谢了。

许　仙　娘子说哪里话,许仙自幼伶仃孤苦,喜得娘子才知人
　　　　生幸福,如今来到镇江,揽娘子之力,开个药铺,生意
　　　　如此兴旺,不知怎样感激娘子才好。

　　　　（唱）　贤妻待我恩情似海,

　　　　　　　　我与你到房中把绣被安排。

　　　　〔法海上。

法　海　许官人在家吗?

许　仙　施主请了！

法　海　你是许官人么?

许　仙　正是,请问师父——

法　海　老僧法海。

许　仙　原来法海大法师,失敬了！请到里边。

法　海　老僧今来不为募化,乃为看病而来。

许　仙　为妻劳累了,歇息去了。

法　海　休要惊动贵夫人。许官人,前边讲话。许官人,老僧
　　　　与你看病来了。

许　仙　我无有病呀。

法　海　看施主满面色气被妖孽所缠,怎能说无病。

许　仙　妖孽！在哪里呀?

法　海　就在你身边。

许　仙　师父，无有呀。

法　海　老僧查明你妻子，乃是千年妖精所化。

许　仙　哎！我妻乃仁义贤德之人，怎能说是妖精所化。师傅说出此话，真乃无理了。

法　海　许官人，老僧今天指点与你，若执迷不误，日后必被她所害！

许　仙　她若要害我，为何待我如此恩爱呢？

法　海　此乃她迷惑于你，待时刻一到，还要将你吞吃腹内。

许　仙　她每日废寝忘食，医治别人，也是迷惑于我吗？

法　海　许官人！

（唱）　许官人休得要执迷不醒，

　　　　她本是峨眉山千年精灵。

　　　　时候到必定要害你性命，

　　　　那时节想回头再世为人。

许　仙　师傅呀！

（唱）　那白氏她为人温婉贞静，

　　　　老师傅说此话有负人情。

法　海　看你执迷已深。说也无益，告辞。许官人，待到端阳佳节，劝她吃上几杯雄黄酒，你自然明白，若有动静，可往金山寻我。

# 第四场　酒　变

〔许仙、白素贞、青儿上。

许　仙　娘子，起来了么？

白素贞　起来了。

许　仙　娘子——

白素贞　官人——

许　仙　适才我在街坊之中，与朋友们共度佳节，喝得倒也畅

怀,他们定要我回来,带给娘子几杯雄黄酒,来来来,
我为你斟上。

白素贞　啊官人!为妻身体不爽,不能饮酒,代为妻谢谢他
　　　　们吧。

许　仙　喜逢佳节,你我夫妻怎能不同饮共醉?

青　儿　今日怎比往常呢,别劝小姐了嘛。

许　仙　怎么?

青　儿　小姐不爽,再说还有个小官人呢?

许　仙　哎,说得倒也是,只是孕期还早,哎青儿,也喝上一
　　　　杯,你也辛苦了。

青　儿　姑爷,你知道我是从来不喝酒的。

许　仙　如此你歇息去吧!

青　儿　我服待小姐。

许　仙　小姐有我服待,你歇息去吧。

白素贞　青儿,你就去吧。

许　仙　娘子,今逢佳节,你我夫妻畅饮几杯。

白素贞　为妻我身体不爽。

许　仙　哎娘子,平日海量,况这又是朋友们的心意,来,干
　　　　了吧。

白素贞　为妻不能饮酒。

许　仙　干了吧,干了吧。哎呀,娘子真乃痛快之人,来,再饮
　　　　一杯,愿你我夫妻偕老百年。

白素贞　偕老百年。

许　仙　偕老百年。

白、许　请——

许　仙　哎呀呀,娘子,再饮一杯,娘子,怎么样了。

白素贞　为妻不胜酒量。

许　仙　娘子,不要紧吧?

白素贞　青儿。

许　仙　娘子,不要紧吧?

白素贞　不要紧,我还不醉——

| 许　仙 | 待我搀扶娘子。哎，娘子已有几月身孕、况且身体不爽，被我灌得如此大醉，这便如何是好，噢，有了，我不免去到药房，与她熬些醒酒汤也就是了。 |
| --- | --- |

（唱）　许仙做事欠思想，

　　　　不该劝妻饮雄黄。

　　　　月来辛苦全不想，

　　　　她腹内还有小儿郎。

　　　　上前拨开红罗账——

　　　　猛然想起事一桩。

哎呀且住，想那法海对我言讲，我妻乃是千年的妖精所化，若见雄黄，必现原形。如今她吃得如此大醉——哎，想我妻，乃是贤德之人。怎说是妖孽所化，哎，定是那法海胡说，听娘子已经睡着，待她醒来，再与她赔罪也就是了。

（唱）　那法海他几次对我言道，

　　　　道我妻她本是千年的精妖。

　　　　本当不把香梦扰，

　　　　这一点疑心怎能消？

| 白素贞 | 官人—— |
| --- | --- |
| 许　仙 | （唱）　端起汤儿把贤妻叫， |
| | 　　　　娘子，醒酒汤来了——哎呀——（惊厥倒地） |
| 青　儿 | 姐姐，官人被你吓死了。 |
| 白素贞 | 哎呀，官人—— |
| | （唱）　一见官人魂魄消， |
| | 　　　　哭得人肝肠如泣。 |
| | 　　　　官人哪—— |
| 青　儿 | 姐姐，现在不是哭的时候，快想良策，搭救官人要紧。 |
| 白素贞 | 青妹说得有理，你在家中服侍官人，为姐前去仙山盗草。 |
| 青　儿 | 姐姐，倘若被守山神将看见，如何是好！ |
| 白素贞 | 青妹！ |

（唱）　含悲忍泪托故交，
　　　　为姐仙山把草盗，
　　　　你护住官人莫辞劳。
　　　　为姐若是回来早，
　　　　救得官人命一条，
　　　　倘若为姐回不了，
　　　　你把官人遗体葬荒郊。
　　　　坟头种上同心草，
　　　　坟边栽起相思树苗，
　　　　为姐化作杜鹃鸟，
　　　　飞到坟前也要哭几遭。

# 第五场　盗　草

〔白素贞上。

白素贞　（唱）　三尺宝剑一身胆，
　　　　　　　　舍命救郎奔仙山。
　　　　　　　　行疾之，执双剑，
　　　　　　　　赴汤蹈火情更坚。
　　　　　　　　乘风穿云心如箭，
　　　　　　　　凛凛罡风不知寒。
　　　　　　　　急忙云头来观看，
　　　　　　　　灵芝仙草在那边。

〔鹿童上。

鹿　童　大胆，何方妖魔，竟敢偷探灵山。

白素贞　仙官，休得如此，我乃白素贞，本在峨嵋山修炼，只为思凡下山，与许仙成亲，不想我夫身染重病，故到仙山，采借灵芝。

鹿　童　灵芝乃仙家之物，岂能借与别人。

白素贞　仙家以慈悲为本,望求仙官赐我一枝,不然我夫就无
　　　　回身之望了。

鹿　童　休得巧言舌辩,快些走——

白素贞　仙官,你,你慈悲慈悲吧——

鹿　童　妖魔,大胆——

　　　　（开打）

# 第六场　索　夫

〔金山寺,法海肃然打坐,众小和尚念经,数念珠。

〔许仙上,告诉法海经历,被法海示意和尚推下。

〔青儿、白素贞上。

青　儿　秃驴,还我家姑爷来呀!

白素贞　嗯!啊,老禅师,我丈夫三天前来到宝刹进香,还望
　　　　老禅师,唤他出来,我们一同回家。

法　海　你丈夫是谁?

白素贞　许仙。

法　海　许仙,不在这里,到别处去找吧。

白素贞　我丈夫临行之时,明明是说到宝刹进香还愿,还望老
　　　　禅师唤他出来,夫妻团聚。

法　海　我实言对你讲,你丈夫已在老僧门下为徒,他不能随
　　　　你回去了。

白素贞　怎么讲,我与他海誓山盟,各不相负,好端端夫妻怎
　　　　能拆散,怎能甘心——老禅师,我与他恩深爱重,不
　　　　能一日相离,望老禅师放他出来,我夫妻永感老禅师
　　　　大恩。

法　海　孽障。

　　　　（唱）　那许仙前生是高德和尚,

　　　　　　　　岂和你妖魔鬼怪配鸳鸯。

　　　　　　　我劝你早回头峨嵋山上，
　　　　　　　再若是混人间顷刻身亡。

**青　儿**　秃驴。

　　（唱）　俺小姐与姑爷妇随夫唱，
　　　　　　老匹夫活生生拆散鸳鸯。
　　　　　　速放出许官人万事不讲，
　　　　　　倘若是再迟疑水涌长江。

**白素贞**　青儿，莫要胡说，老禅师——

　　（唱）　小青儿性粗鲁出言无状，
　　　　　　怎比得老禅师量似海洋。
　　　　　　我如今对众生平等供养，
　　　　　　才感到有情者共礼空王。

**法　海**　（唱）　白素贞休得要痴心妄想，
　　　　　　　　见许仙除非是倒流长江。
　　　　　　　　人世间岂容得害人孽障，
　　　　　　　　我只有菩提心保卫善良。

**白素贞**　（唱）　白素贞救百病千百以上，
　　　　　　　　江南人都歌颂白氏娘娘。
　　　　　　　　也不知谁是那害人魔障，
　　　　　　　　害得我夫妻们两下分帐。

**法　海**　（唱）　岂不知老僧有青龙禅杖，
　　　　　　　　岂能让妖魔怪妄逞刁强。

**青　儿**　（唱）　哪有这闲言语对他来讲，
　　　　　　　　姐妹们今日里大闹经堂。

**法　海**　（唱）　望空中叫一声护法禅将，
　　　　　　　　快与我拿妖孽保卫经堂。

**众禅将**　遵法旨——

# 第七场　水　斗

〔白素贞上。

白素贞　（唱）　仗仗仗法力高，
　　　　　　　　怎怎怎怎将我夫妻拆散了。
　　　　　　　　急急急急得俺寻夫前来到，
　　　　　　　　这这这这冤仇似海怎能消。
　　　　　　　　恨恨恨恨妖僧妒我恩爱好，
　　　　　　　　苦苦苦苦得咱两眼泪珠抛——

# 第八场　断　桥

〔白素贞、青儿上。

白素贞　（内唱）与天兵打一仗气冲牛斗，
　　　　　　　　青妹！
青　儿　姐姐！
白素贞　（唱）　忍不住痛煞煞血泪交流，
　　　　　　　　恨法海逞蛮横下此毒手，
　　　　　　　　害得我好夫妻不能聚头。
　　　　　　　　梦儿里我和那法海交战，
　　　　　　　　口声声不住地呼唤许仙。
　　　　　　　　耳边厢又听得青儿呼唤，
　　　　　　　　与青儿手拉手珠泪不干。
　　　　　　　　淹金山报冤仇未能如愿，

但不知何一日夫妻团圆。

青　儿　（唱）　恨官人听谗言中途生变，
　　　　　　　　负义人他本是起祸根源。
　　　　　　　　劝姐姐再莫把许仙恋念，
　　　　　　　　他和那贼法海都是一般。

白素贞　（唱）　一阵阵只觉得腹疼不断，
　　　　　　　　咱二人到何处去把身安。

青　儿　前边不远就是断桥，你我且到那里歇缓歇缓。

白素贞　怎么说来到断桥了？

青　儿　是的。

白素贞　（滚白）　旧地重来到，
　　　　　　　　　往事难追溯。
　　　　　　　　　官人不见面，
　　　　　　　　　恩爱如刀割。
　　　　　　　　　冤家若分娩，
　　　　　　　　　何处是巢窝？
　　　　　　　　　仰面把天怨。

　　　　　　天哪……天哪！
　　　　　　　　你杀我白素贞也太得绝情了！

白素贞　（唱）　西湖山水还依旧，
　　　　　　　　憔悴难对满眼秋。
　　　　　　　　霜染丹枫寒林瘦，
　　　　　　　　不堪回首忆旧游。
　　　　　　　　想当初在峨嵋一意孤守，
　　　　　　　　伴青灯叩古罄千年苦修。
　　　　　　　　久向往人世间繁华锦绣，
　　　　　　　　弃高山携青妹佩剑云游。
　　　　　　　　按云头羡长堤烟桃雨柳，
　　　　　　　　清明天我二人来到杭州。
　　　　　　　　览不尽人间西湖景色秀，
　　　　　　　　春情荡漾在心头。

秦腔
白蛇传
BAISHEZHUAN

遇官人真乃是良缘巧凑，
谁料想贼法海苦作对头。
到如今夫妻们东离西走，
受奔波担惊慌长恨悠悠。
腹中疼痛难忍受，
举目四海无处投。
眼望断桥心酸楚，
手扶青妹向桥头。
〔许仙上。

许　仙　（唱）　行来在西湖上断桥亭近，
思想起白娘子凄然断魂。
恨法海做此事良心丧尽，
但不知她姐妹祸福凶吉。
娘子娘子多保重，
但愿夫妻重相逢。
怕只怕青妹太烈性，
她见我必然不肯容。

青　儿　许仙，你为何瞒哄我家姐姐私上金山？你说，你讲！

许　仙　青姐，这都是法……

青　儿　住口！你若不听信法海谗言，我姐姐何须受这番苦愁，你这忘恩负义之辈留在世上何用！

白素贞　妹妹……

许　仙　娘子救命！

白素贞　妹妹！

青　儿　姐姐，今日相遇就该将他一剑结束，谁料你如此缠绵，真真气煞我也！

许　仙　娘子！

白素贞　青儿！

（唱）　叫青妹收宝剑一旁站定，
回头来把官人埋怨几声。
撇为妻上金山居心何忍，

负义郎做此事太得绝情。

我叫叫一声官人啊官人！是你离家出走为妻每日倚门盼望。谁使你听信法海谗言，忍心撇我。我把你糊涂的官人……

（唱） 夫妻恩情山海重，
　　　 你不信你妻你信妖僧！
　　　 妻为你操心热和冷，
　　　 妻为你每日亲调羹。
　　　 妻为你仙山取药拼性命，
　　　 妻为你水漫金山斗妖僧。
　　　 你不念西湖风雨情意重，
　　　 你不念钱王寺畔新婚燕尔天地盟。
　　　 你不念殷勤侍病啊三月整，
　　　 难道说你不念妻腹中尚怀着你许门娇生。
　　　 并非是小青儿执剑凶猛，
　　　 许官人负义郎你，你太得绝情！

许　仙　娘子呀！
　　　 （唱） 娘子恩情天地动，
　　　　　　 纵是铁石人儿也伤情。
　　　　　　 只怪我负心太薄幸，
　　　　　　 悔不该哄骗娘子偷偷逃走找妖僧。
　　　　　　 端阳见蛇我心……

青　儿　讲！
许　仙　嗯——
青　儿　哼！
许　仙　（唱） 我心疑重，
　　　　　　 三月卧病心不宁。
　　　　　　 法海贼又来把我哄，
　　　　　　 强逼我随他到寺中。
　　　　　　 到金山逼我把经诵，
　　　　　　 要度我削发了此生。

235

娘子山门刀兵动，

奸僧毒计我已明。

冒死逃走脱险境，

要与娘子说分明。

山盟海誓恩情重，

娘子青妹多宽容！

青　儿　（唱）　你花言巧语再莫哄，

负义之人心不诚。

世上留你作何用，

青锋剑下丧残生！

许　仙　青姐呀！

（唱）　万事只恨法海恶，

也怪我许仙情义薄。

青儿姐姐你饶了我，

从今后恩情永不没。

白素贞　妹妹不必埋怨官人，这都是法海谗言。

许　仙　这都是法……

青　儿　你多口！

许　仙　是是是我多口，我多口。

白素贞　念起官人糊涂，受人愚弄，妹妹你就饶了他吧！

许　仙　青姐你就饶了我吧！

白素贞　青妹呀！

（唱）　不念官人应念我，

世上谁人无差错。

青妹你把他饶过，

可怜官人也受尽了折磨！

青　儿　（唱）　她那里把许仙只管恋念，

气得我小青儿咬紧牙关。

我不愿负心人常常见面，

咱二人两分手再不牵连。

白素贞　（唱）　下峨嵋咱二人同患共难，

你和我如同胞骨肉一般。
前途茫茫路遥远，
你忍心撇我到外边！

青　儿　（唱）　姐姐待我情义重，
　　　　　　　　怎忍撒手下绝情。
　　　　　　　　妖僧未灭祸未靖，
　　　　　　　　此仇不报心不宁。
　　　　　　　　许仙听我把话论，
　　　　　　　　再变心我青儿绝不容情！

许　仙　（唱）　从此再若疑心动，
　　　　　　　　青锋剑下丧残生。

白素贞　（唱）　一阵阵只觉得腹疼难忍，
　　　　　　　　但不知到何处去把身容。

许　仙　前边不远就是姐姐家中，你我且到那里歇缓歇缓。

白素贞　法海我把你——

青　儿　姐姐！

许　仙　娘子！

　　　〔青、白下、许下。

# 第九场　合　钵

　　　〔许仙上。

许　仙　（唱）　娇儿满月心欢喜，
　　　　　　　　今日亲朋诚壮啼。
　　　　　　　　采得鲜花香扑鼻，
　　　　　　　　且到兰房慰爱妻。
　　　　　　　　娘子，起来了没有？

白素贞　起来了。

许　仙　待我搀扶娘子。

白素贞　（唱）　许郎搀扶我罗帏外，

今日里整精神重对妆台。

叫官人你把那菱花镜摆，

许　仙　（唱）　许汉文对宝镜笑逐颜开。

我的妻拥云鬓花容无改——

真好似天仙女初下瑶台。

我这里将鲜花与妻插戴，

白素贞　（唱）　从今后夫妻们苦尽甘来。

官人，你到街上给孩儿买了个什么？

许　仙　哎呀，娘子不提，我倒忘怀了。是我走到大街市上，
见了一个担担子的货郎，手里拿着一个长命锁儿，花
纹精细，光彩夺目，真是巧夺天工。

白素贞　你买下了吗？

许　仙　我买下了。

白素贞　快拿我看。

许　仙　娘子，你一定会满意的。你看！

白素贞　哎呀！

许　仙　娘子！娘子！

白素贞　此……此物那里来的，你——你说，你讲！

许　仙　娘子，这锁真是从货郎手里买来的。

白素贞　当真？

许　仙　当真。

白素贞　我把你——

（唱）　只见那混元钵凶光万道，

压得我白素贞不能脱逃。

许郎夫你中了法海圈套，

咱夫妻活分离就在今朝！

许　仙　（唱）　听一言气得我心头冒火，

上前去摔金钵恶气不消。

白素贞　官人！官人！我的官人！我可莫说官人，官人，我不
明白的官人！糊涂的官人！此乃法海求来西天混元

　　　　　　 金钵,存心害我。此钵法力正强,你如何解救得了!

许　仙　这该怎处呀!

白素贞　事到如今,只有舍我,怎忍伤你,官人呀,说是你不敢
　　　　　　 妄动,你要小心了!

许　仙　唉呀,我的娘子呀!

白素贞　(唱)　实指望好夫妻白头到老,
　　　　　　　　　 谁料想团圆后又把祸遭。
　　　　　　　　　 离官人急得我心如刀搅。

许　仙　(唱)　我夫妻恩情永不消。

青　儿　姐姐!

白素贞　青妹快走!
　　　　　　(唱)　见青妹乘长风离我她往,
　　　　　　　　　 不由人一阵阵泪洒胸膛。

许　仙　(唱)　舍性命抱恩妻生死不放,

白素贞　(唱)　又听得娇儿哭挂肚牵肠。
　　　　　　　　　 叫官人你快把娇儿抱上,

许　仙　(唱)　叫娇儿睁双眼看你亲娘。

白素贞　儿啊——
　　　　　　(唱)　见娇儿把我心痛烂,
　　　　　　　　　 亲生亲养小儿男。
　　　　　　　　　 我儿用眼把娘望,
　　　　　　　　　 活生生骨肉分离痛断肝肠。
　　　　　　　　　 可怜儿才一月亲娘弃养,
　　　　　　　　　 可怜儿有父无亲娘,
　　　　　　　　　 可怜儿饥冷谁照望,
　　　　　　　　　 可怜儿缺食无衣裳。

许　仙　(唱)　从此后与父常依傍,
　　　　　　　　　 从此后与父度时光。

白素贞　(唱)　官人莫哭听我讲,
　　　　　　　　　 为妻把话说心上。
　　　　　　　　　 小娇儿还要你教养,

也免得为妻我挂肚牵肠。
你夜起就把娇儿望，
见娇儿如同妻在身旁。
只要你父子们安然无恙，
万般苦楚我承当。
将儿放在娘乳上，
我儿不吃看亲娘。
从此娘不能将儿抚养，
生离死别痛肝肠。
官人——

许　仙　娘子——

白素贞　罢了官人。

许　仙　娘子——

白素贞　娇儿——

# 第十场　毁　塔

〔一阵急促的战鼓声中，青儿率风火神兵及水旗而上。雷锋塔倒，白素贞飘然而出。与青儿相扶，二人以胜利者的姿态造型亮相。

——剧终

演出单位

西安市五一剧团

# 和平使者

陈㠉延　编剧

# 剧情简介

楚惠王五十年宋昭公三年,楚用巧匠公输般的献计,制造云梯钩拒准备攻宋,墨子自鲁国听到这个消息兼程入宋,力劝宋昭公设防固垒,自愿去楚国议和。竭十日十夜赶到楚京,说服了公输般和楚王,因此消弭战争数千年。以前墨子就有这种眼光,真是奇迹。

# 场 目

秦腔
和平使者
HEPINGSHIZHE

# 人　物　表

| 墨　翟 | 须 | 生 |
|---|---|---|
| 胡非子 | 童 | 生 |
| 乐　善 | 须 | 生 |
| 穆　贺 | 丑 | |
| 公输般 | 二 | 净 |
| 吴　起 | 红 | 净 |
| 楚　王 | 净 | 旦 |
| 楚　妃 | 小 | |
| 钟离密 | 丑 | 净 |
| 戴　驊 | 净 | |
| 婉　姬 | 小 | 旦 |
| 宋昭公 | 小 | 生 |
| 禽滑厘 | 小 | 武 |
| 什 | 武 | 杂 |
| 皇　喜 | 须 | 生 |
| 子　舆 | 须 | 生 |
| 娱　姬 | 小 | 旦 |

# 第一场　讲学采薪

墨　翟　〔须生扮墨翟上。

（引）　礼教害人,

诗书罪尤。

干戈扰攘几时休。

（诗）　列国纷纷屡用兵,

连年烽火何日平。

哀鸿遍野真凄惨,

我道不行志未称。

卑人姓墨名翟,鲁国人氏。平素景仰大禹为人,
生不逢时,偏遇到这天下大乱,邪欲横流兵,戎不息。
还添那些利禄小人,图功邀赏,游说各国君王,你争
我夺,以致祸患频承。是我极力反对,以"兼爱""非
攻""节用"等学说对症下药,挽救末世。因而历年
周游列国,讲学授徒。入门弟子倒也不少,只是人心
不古,王道难行,一时未能见效。思想起来,好不烦
愁人焉。

（唱）　孔丘害人真不浅,

颂扬武德罪滔天。

有日我道能普遍,

兼爱非攻福无边。

劳形苦志勤合俭,

布衣粝食我当先。

胡非子　〔童生扮胡非子上。

师傅,粮食只够今天吃用,柴薪也烧完了,怎么办呢?

墨　翟　如此今天不去讲学了,咱们一同上山,我砍柴,你采

野菜。

胡非子　待我收拾收拾。

墨　翟　快去。(胡下)唉！为了济世明道,应该多尝艰苦,
　　　　正己正人才是我的素愿。哎!

　　　　(唱)　我劝世人讲节用,
　　　　　　　节用才能全非攻。
　　　　　　　两事因果关系重,
　　　　　　　开章明义勤字中。

　　　　〔胡非子上。

胡非子　斧子、扁担、菜筐都预备好了。师傅我们走吧。

墨　翟　(取斧、扁担介)　观见时候不早,我们走。(起介)
　　　　　胡非回来!

胡非子　何事?

墨　翟　将门锁好,虽然破书败絮,还得小心才是。(出介,胡
　　　　锁门介)正是:衣食非等闲,须从苦处来。(同下)

# 第二场　议攻献技

乐　善　〔白胡须生相服扮乐善上。
　　　　(念)　群雄并起各称强,

穆　贺　〔丑候服扮穆贺上。
　　　　(念)　楚国威名四海扬。

公输般　〔二净扮公输般上。
　　　　(念)　胸藏绝技穷智巧。

吴　起　〔红净帅服扮吴起上。
　　　　(念)　丈夫壮志在疆场。

吴　起　(报名介)太宰乐喜。司军穆贺。中大夫公输般。
　　　　大将吴起。

乐　善　列位到得甚早?

众　　大王有旨,不敢不早。

乐　善　大王还未升殿,我们朝房伺候。

众　　昨晚大王传下旨意,有国家大事商议,不知为了何事? 老大人可曾知晓?

乐　善　老夫不知!

众　　如此,请。

乐　善　请!(同下)

〔四小监一内监上,净扮楚王上。

（引）　威服秦晋,败吴越,兼并随陈。

（诗）　北战南征数十秋,
　　　　诸侯屈服抗西周。
　　　　世仇深恨未收宋,
　　　　不取界邱誓不休。

　　孤楚惠王在位,秉政以来,屡与王师慑服列国,只是宋国不灭,世仇未报,统一天下之愿难遂,为了此事心中常常盘算,寝食不忘,因此诏宣文武上殿,议论此事。

〔内侍宣文武上殿。

监　　大王有旨:文武上殿。

〔众上拜介。

众　　参见大王。

楚　王　众卿平身。

众　　大王千岁千千岁。

楚　王　赐坐。(众坐介)

众　　大王宣召臣等,有何大事议论?

楚　王　孤五十年来屡次用兵,战必取、攻必克。倒也威服群伦,只是上次攻宋,围城十月,终未取胜,心中甚是惭愧。我想宋国虽小,地居冲要,如能早日消灭,然后东略齐鲁,西扼秦晋,南侵吴越,那郑卫小邦,可不攻而必自降。那时称霸称王,君临天下,不但仇可消,孤大志可达矣。不知众卿有何高见,可助大事成功?

247

穆　贺　大王威服四方，取天下易如反掌。怕宋国不听王命阻我宏图，理应兴师问罪。

乐　善　大王莫可，我国年年用兵莦莩满地，百姓怨声载道，敢怒而不敢言，极应与民生息，广施仁政才是。

穆　贺　你老人家年龄高了，胆子小了，说起用兵打仗浑身都要发抖，只好守成享福，那创基立业的宏图你向后一点吧！

乐　善　司军此言差矣，老夫是老了，管不得国家大事了，上阵打仗果然是你们武人，有勇气有胆量，可惜一样。

穆　贺　哪一样？

乐　善　你为的不是国家社稷。

穆　贺　难道为了我自己不成？

乐　善　正是为了你个人，贪功邀赏哎。

　　　（唱）　我乐喜虽年迈为官多年，
　　　　　　　替国家行仁政以民为先，
　　　　　　　自古道好用兵必遭凶险，
　　　　　　　于个人谋利禄决不多言。

穆　贺　太宰此话未免言之过甚，我穆贺尽忠报国屡保大王征讨，立下多少汗马功劳。这不是为国家社稷难道都是为私人不成？真乃是越老越糊涂。

乐　善　（撂须介）　我倒不是糊涂，恐怕你有点官迷心窍。

楚　王　二卿莫争。想楚宋世仇难道罢了不成。

穆　贺　大王休信乐太宰之言，征伐大权大王自作圣裁。

吴　起　宋地险要乃图霸必争之处，大王如能取宋居中，四出天下可定，王业可成。拼此一战也是值得。

乐　善　（乐掩耳介，楚王点头介）　好好好，你们武官都想战，我这文官光是怕死没用，这顶帽子也不要了，请大王收下。（怒起脱帽介）　让你们闹闹翻了天下我可是不官。

　　　（唱）　满朝中文武臣个个要战倒教我年迈人无法
　　　　　　　阻拦将犀冠和锦带置在御案，

　　　　　　　请大王准老臣回家安然。

楚　　王　（起介）老太宰不必动怒，此乃孤家早存决心，非关
　　　　　　　众卿之事。你年纪高迈生不得气，内侍搀扶
　　　　　　　太宰回府休息去吧。（内监扶介）

乐　　善　啊哟大王呀，臣虽年老，蒙大王福庇身体倒还康健，
　　　　　　　只是这个官不能做了。哎！
　　　　　　（唱）　二十年立朝勤王事，
　　　　　　　　　　从不贪功为了私，
　　　　　　　　　　大王要战售素志不尽谏，
　　　　　　　　　　诤亏所司臣言不当罪该死，
　　　　　　　　　　恳求大王要三思。

楚　　王　孤意已决，太宰不必一再多言。

乐　　善　（气介，唱）
　　　　　　　　　　罢罢罢来休休休，
　　　　　　　　　　忠言逆耳风马牛。
　　　　　　　　　　大王不听臣劝告，
　　　　　　　　　　此地不能再久留。
　　　　　　　　　　冠带禄位非我有，
　　　　　　　　　　祸福成败我无尤，
　　　　　　　　　　归隐田园终老朽，
　　　　　　　　　　急流勇退保白头。

楚　　王　老太宰伴孤多年，国家柱石何必轻易求去，公输大夫
　　　　　　　你为何坐在一旁一言不发呢？

公输般　大王既然决心用兵，各位大人也都附和，圣意国事已
　　　　　　　成定局。乐太宰又要固执己见，自然势成两立，臣我
　　　　　　　如从了太宰，大王和各位大人不依，倘若赞成用兵，
　　　　　　　乐太宰便不高兴，因此嘛，只好旁观不语。

乐　　善　公输大夫你是足智多谋之人，怎也说出这模棱两可
　　　　　　　的话来呢？

众　　　　大夫一定赞成用兵。

楚　　王　公输大夫你的意见如何？

公输般　臣有两全之计,既可取宋又不受战祸拖累。

楚　王　是何妙计速快讲来。

公输般　大王主请听哎,

　　（唱）　楚宋战端定要开,

　　　　　与民生息亦应该。

　　　　　速战速决两全计,

　　　　　既收大功又免灾。

楚　王　怎样便能速战速决?

公输般　两国交兵战端一起,遍地烽烟连年不息,耗财害命总
　　　　是难免,如能制造厉害兵器约会各国大兵出其不防
　　　　迅速出攻,一鼓灭了宋国。使我受累不重,收功甚
　　　　大,这便是速战速决。

楚　王　大夫神技何不就与孤家制造利器呢?

公输般　大王若用此计臣便制造了。

　　（唱）　攻坚破垒造云梯,

　　　　　木鹰能在半天飞。

　　　　　钩拒杀人称利器,

　　　　　取宋如同囊中鸡。

楚　王　如此有劳大夫,多少日期可以造成?

公输般　三月足矣。

楚　王　如此甚好,老太宰你听见了无有。

乐　善　一片杀人危言,臣我掩耳不闻。

吴　起　伐宋之策既定,大王应即选派能人前往宋国,利诱权
　　　　奸戴驩作为内应。

楚　王　但不知哪位卿家可替孤家前去?

穆　贺　臣家有一门客疑姓钟离名密,乃宋国旧臣,被宋主贬
　　　　职逃到我国,投在臣的门下,久想报仇雪恨只是未得
　　　　机会。待臣和他商议请他前去最为适宜。

楚　王　如此穆卿照计办事,但等公输大夫利器造成即便与
　　　　兵,众卿休得走漏消息,违者定斩不饶。散朝。

　　　　（楚王下）

（众起介）

穆 贺 （唱）　伶牙利齿说君王。
吴 起 （唱）　为国尽忠在疆场。
公输般（唱）　满腹经论穷造化。
乐 善 （气介）唉！
　　　　 （唱）　眼看天下又遭殃。（同下）


# 第三场　恋旧报警

彩　　　〔彩上，小旦扮楚妃上。
楚 妃 （唱）　身在楚，心在宋，
　　　　　　　两地情击对残红，
　　　　　　　怀往事谁是相知。
　　　　　　　云梦山遮断了梦里彼此北去雁，
　　　　　　　捎不了这个相思。
　　　　（坐）　我乃婉姬，自从那年楚王攻宋围城，十月宋
　　　　　　　主逼得无奈，用了戴骢那贼之计将我献与楚
　　　　　　　王，离别之时宋主赠我罗帕一方作为永诀纪
　　　　　　　念，到楚之后虽蒙昏王宠爱，他已年逾花甲，
　　　　　　　红颜薄命对物伤心。（看帕介）　思想起来
　　　　　　　好不愁烦人也。
　　　　（唱）　叹红颜怨薄命暗自痛恨，
　　　　　　　一点点珠泪儿偷洒衣襟，
　　　　　　　思想他不由我独步宫禁。（起介）
　　　　　　　身儿疲步儿懒这半卧在软裀。
　　　　　　　托香腮低粉颈闭目凝神，
　　　　　　　只觉得热刺刺足冷头温，不想吧，
　　　　　　　忘却他越加兴奋，没奈何，
　　　　　　　借好梦略作温存。（作欲睡介，反侧介，自语介）

秦腔
和平使者
HEPINGSHIZHE

251

你我分别不久,累得我昼夜相思。原来你是怎地薄情,见新忘旧真乃落花有意流水无情。好不气煞人也。(惊醒介)

彩　　　娘娘怎么样了?

楚　妃　没有什么,我作了一个怪梦!

　　　　〔四小监一内监上,楚王上。

　　　　(唱)　一场辩论散了朝,累得汗透九龙袍。

　　　　(下车介)　你们退下!〔众下,楚王进介,楚妃迎介,楚王坐介。

楚　妃　参见大王!

楚　王　爱姬免参!

楚　妃　(坐介)大王今日退朝甚迟,有何国家大事?

楚　王　因为商议攻宋之策故此耽时甚久。

楚　妃　噢,商议攻宋?

楚　王　正是!

楚　妃　大王作何决定?满朝文武意见如何?

楚　王　满朝文武全都同意。孤已决定行文各国会师出征。

楚　妃　楚国地大物博,宋乃弹丸之地。取之无益,攻之不仁,大王何必定要如此!

楚　王　爱姬不知宋国虽小关系甚大。哎!

　　　　(唱)　我楚国据荆襄偏僻一方,

　　　　　　　登九五移周鼎素愿难忘,

　　　　　　　宋虽小居中央四达八往,

　　　　　　　定天下必须要先取此邦。

楚　妃　夺城取地兵连祸结为害非浅,大王可曾计及?

楚　王　也曾商议甚久!

楚　妃　请问大王是否有必胜把握?

楚　王　公输大夫为孤制造云梯钩拒甚是厉害,取宋易如反掌!

楚　妃　难道满朝文武无一人反对?

楚　王　小官不敢开口,只有乐太宰不以为然,也是孤掌难鸣!

楚　妃　大王何时出兵?

楚　王　三月以后公输大夫利器造成。

楚　妃　如此预祝大王成功!

楚　王　孤家设朝甚久身体疲倦,需要休息。爱姬为孤布置。

楚　妃　大王今日朝议过久,妾妃深知龙体困倦,早已安置妥当,请到内边休息,待妾妃准备美酒,等大王睡起再来痛饮。

楚　王　　如此扶我来!(彩扶入介,楚妃起送介)

楚　妃　(坐介)　听大王之言宋国危在眉睫,这便怎处?(低头思介)玉娥。

彩　　　伺候娘娘。

楚　妃　娘娘平日待你如何?

彩　　　奴婢自从宋国跟随娘娘同来,娘娘爱如手足恩深似海,为何问起此话来呢?

楚　妃　非是我问起此话,只因满腹心事无人可诉。想来想去只有你是我最亲近的人,你可肯替娘娘分忧解愁?

彩　　　娘娘有何心事说出口来奴婢理应效劳。

楚　妃　你可曾听见方才的话?

彩　　　楚国将要攻宋。

楚　妃　是呀,你我该怎样安置办理?

彩　　　娘娘速快安置才是。

楚　妃　我有一计在此,只是不好出口。

彩　　　方才已经说过奴婢是娘娘最近之人,还有何不好出口?

楚　妃　只因事体重大,若要瞒得过他必须苦肉之计,便得你吃苦也。

彩　　　娘娘待我恩重又是国家大事,吃苦我也愿意。

楚　妃　如此请上受我一拜了。(拜介)

　　　　(唱)　五十两银子随身带,
　　　　　　　　再将珠宝怀内揣。

珠宝少时往出献，

银子与你作盘缠。（起介）

（唱）　用手儿拈定了一支芦管，

殷盘砚磨香墨浮起云烟。

心又慌意又乱将罗帕铺展，

千个头万个绪不尽欲言。

静悄悄咽住气声息屏断，

急忙忙写字儿只觉手颤。

顾不得字潦草语句零乱，

忽听得咳嗽声出自内边。

忙收拾交玉娥快藏密检，

急讨来三尺法一支皮鞭。

骂一声小玉娥太得下贱，（打介）

说实话免得你皮肉受残。（打介）

彩　　（跪介）娘娘息怒奴婢实在不敢。

楚　妃　不打死这贱人谅你不肯直说。宫娥们！

〔四宫女上，跪介。

娘娘何事？

楚　妃　这个贱人胆敢偷去我的珍宝隋珠，你们给我使劲
　　　　地打。

众　　娘娘免刑，叫她将宝珠交出就是。

楚　妃　贱人作出此事，情理难容，叫你们用刑，推诿些什么？
　　　　想是与她通同一气。

众　　不敢！

楚　妃　作速打来。（众起打介，彩哭介）

楚　妃　快将宝珠交出。

楚　王　你们为了何事？这等吵闹？（坐介，楚妃起迎介）

楚　妃　大王有所不知，这个贱人胆敢偷盗妾妃宝珠，因此责
　　　　打于她。

楚　王　命她将宝珠交出就是。

楚　妃　贱人竟敢不招。

楚　王　还不招来？

彩　　　（哭介）大王、娘娘容禀。哎！

　　　　（唱）有玉娥跪尘埃泪流满腮，

　　　　　　　尊大王和娘娘细听开怀。

　　　　　　　奴婢我年纪幼作此无赖，

　　　　　　　一时间起歹意把宝珠偷来。

　　　　　　　从今后我知错必能痛改，

　　　　　　　再不敢犯过错自招祸灾。

　　　　　　　念奴婢在深宫已有数载，

　　　　　　　求千岁和娘娘恕我不才。

楚　王　快将宝珠交与娘娘。（彩交珠介）爱姬你饶了她吧！

楚　妃　（收珠介）贱人这等可恶要她何用？宫娥们！快与

　　　　　　我将这贱人处死。

楚　王　那又何必，将她饶了吧！

楚　妃　看大王之面，留她一命。可是我宫中不能再留。内

　　　　侍！（内监上，见介）将这贱人与我赶出宫去。

内监　　随着我来。

彩　　　（起介，叫）苦呀！（下）

楚　妃　不是大王开恩，妾妃可饶不了她。

楚　王　她年幼无知，爱姬不必见较，我们饮酒去吧！

楚　妃　如此，请。

楚　王　正是！同饮一杯酒，能解万斛愁。

　　　　（同下）


# 第四场　受贿劝和

　　　　〔丑扮钟离密同一戴府门官上。

门　客　（唱）几杯黄酒下咽喉，

　　　　　　　天大事情好要求。

钟离先生,小弟酒也喝够了,菜也吃多了,还好再拿银子吗?

钟离密　不必客气,请收下。(推收银介)酒也要喝,银子也要拿,恕不远送,慢走。

门　客　讨扰,讨扰。

钟离密　老兄慢走一步。

门　客　又有何事?

钟离密　适才拜托之事,老兄千万须要在意。

门　客　我当又有啥事。不是我吹牛皮,天大的事,只要我肯答应,向大将军面前说话,包管莫错。

钟离密　事成之后,还得重重奉谢。

门　客　别的不稀罕,多备些好酒菜,我们再痛饮一次,也就是了。

钟离密　好好好,就这话,不送,慢走。

钟离密　只要你贪怀,肯替我办事。这酒嘛,准把你灌死。话又说回来,是我在楚国奉了穆大人之命,回到宋国,和戴大将军通好。这戴骊老匹夫,是昭公宠妃娱姬之父,官拜司城大将军。权倾朝野,贪得无厌,是我带来许多珍贵礼物,赠送他和娱姬,诱他父女二人,暗通楚国,作为内应。因此设法结交这(指介)戴府门官,请他从中帮忙,方才灌了他一顿黄酒,居然上了我的圈套,一口答应,看来此事有点希望,不但成了大功还报了宿仇。哎!

(唱)　可恨宋主太无由,险些把我一命休,害得我本国地面难出首,只好投楚报宿仇。
(下)

〔白脸楚王扮戴骊上。

戴　骊　(唱)　收人贿赠代人劳,
　　　　　　　受人之托解人忧。
　　　　　　　满朝文武我为首,
　　　　　　　宋主见我也低头。

老夫戴骧自从女儿进宫之后,甚蒙吾主宠爱,拜我司城大将军,统率三军,倒也称心得意。昨日楚国倩人,赠我许多珍宝,要我和女儿同劝宋主,撤去国防,松弛武备,想老夫虽然身居武职,实在未经战场,若能议和修好,倒是上策。待我进宫和女儿商量商量。

（唱）　我虽是做武官最怕打仗,

年迈人怎能够拼命沙场,

修和好依大国此策最上,

进宫去和女儿同作商量。（下）

〔小旦扮宋妃娱姬。

宋　妃　（内唱）我这里午睡醒意态彷徨,

（上唱）蜂蝶儿一对对飞过花墙。

移莲步摆罗裙凤屐轻响,

对宝镜惺松眼懒得梳妆。（坐）

〔一宫娥上。

妾妃娱姬,蒙宋君见爱,宠擅椒房。

内　　　司城进宫求见。

宋　妃　请他进宫。（宫娥传一句）

戴　骧　（念）　忽听娘娘一声宣,

急忙上前把礼参。

参见娘娘。

宋　妃　免参请坐,父亲进宫有得何事？

戴　骧　事嘛！（看左右介）

宋　妃　你且退下,呼唤再来。（宫娥下）父亲请讲。

戴　骧　楚国地大民富兵强马壮,诸侯臣服,与宋有仇,迟早要来攻取,为父身居司城武职,到了那时,难免拼命沙场,岂不白去送死,再说楚兵压境,玉石俱焚,倒不如早去修好,于国于家,公私两利,求娘娘在国君面前乘机进言,真是功德无量,哎！

（唱）　为臣年迈体又衰,

怎能沙场显雄威。

一旦两国开了战,

决难保得全尸回。

楚强宋弱差几倍,

岂能自来把命摧,

玉石俱焚徒后悔,

及早修好免遭危。

宋　妃　父亲所说虽是,这乃国家大事,怎好随便开口呢?

戴　骥　自然要等机会,这里还有楚国送来的(揣怀介)明珠十颗白璧一双,请娘娘收下。

楚　妃　(接物介)　楚国送我珍宝必有用意,父亲可曾明白?

戴　骥　横直他们愿意送来,有用意也罢,无用意也罢,谁管他的,你放心收下我便告辞。(起介)

宋　妃　送过父亲。

戴　骥　娘娘免送。(出,下)

宋　妃　(唱)　无缘无故把礼收,

非亲非故没来由。

为了楚宋要争斗,

想我进言把楚投。

此事重大怎出口,

如有机会再央求。

父亲嘱托难执扭,

反复思量徒增愁。

现在把人家礼物已收下,若不想个法儿怎样交代呢?真真难坏人也!

宋昭公　(念)　千里来鸿报信音,

使我君臣乱纷纷。(进介)

宋　妃　千岁驾到,妾妃跪迎。

宋昭公　爱姬请起。

宋　妃　千岁恩宽。(生叹气介)千岁为何叹气?

宋昭公　唉，爱姬，哎!

　　　　（唱）　玉娥持来书一封，
　　　　　　　　只为楚王发大兵。
　　　　　　　　制造利器甚凶猛，
　　　　　　　　不久就要予兵戎。
　　　　　　　　多亏婉姬旧情重，
　　　　　　　　暗里与孤将信通。
　　　　　　　　早作准备城池固，
　　　　　　　　免得临时成下风。

宋　妃　如此大王怎样对付?

宋昭公　就为此事召集群臣商议，主战主和，毫无决策，因此
　　　　令人可气。哎!

　　　　（唱）　满朝中文武臣议论不定，
　　　　　　　　有主战有主和都是无能。
　　　　　　　　气得孤满腔火咬牙痛恨，
　　　　　　　　骂了声楚惠王太得不仁。
　　　　　　　　欺孤家年纪幼威武不振，
　　　　　　　　欺孤家兵力弱国少能人，
　　　　　　　　欺孤家无外授孤立坐困，
　　　　　　　　欺孤家缺战备束手待擒。
　　　　　　　　恨不得灭楚国马踏楚境，
　　　　　　　　恨不得决死战夺回三城，
　　　　　　　　恨不得发人马和他拼命，
　　　　　　　　恨不得杀楚王把气来平。
　　　　　　　　因此上密冲冲忙把宫进，
　　　　　　　　将此事与爱姬细说衷情。
　　　　　　　　楚王欺我太甚，他若来攻，只好和他一拼。

宋　妃　啊哟千岁，此事关系国家存亡，非同小可，还要慎重
　　　　才是。

宋昭公　孤自不去侵人，楚若一意欺负，只好和他周旋。

宋　妃　噢千岁呀!

259

（唱）　听千岁一番话频锁双眉，

有几句衷肠话当面来提。

楚国强宋国弱怎能相比，

战端起兵祸结为害庶黎。

谋大事切莫要使用意气，

到那时玉石焚殃及城池。

为国家求万全必须仔细，

最好是修和睦暂作权宜。

千岁龙体要紧，或战或和慎重筹商莫要性急，气坏了圣身如何是好？

**宋昭公**　满朝不少食禄戴爵之人，平日争功邀赏，一旦国家有事，无人定策分忧，怎能不气，怎能不恨。哎！

（唱）　娱姬说话真正能劝孤讲和为怎情，

楚王无道太专横，

屡次侵伐动刀兵，

满朝文武都无用，

贪生怕死枉受封，

你父司城兵权重，

也怕上阵去冲锋，

他们心肠孤不懂，

到底为了哪一宗？

只有太宰乐善年高德功深谋远虚人持重，

劝孤设防备战理最通。

**宋　妃**　妾父素来忠心耿耿，为求国泰民安故劝修好讲和，千岁莫要见怪！

**宋昭公**　孤并不怪他一人，只恨满朝大臣议论终日不能决定，明晨还要商议，爱姬快与孤备酒以便消愁解闷。

**宋　妃**　如此千岁请呀！

（唱）　美酒佳肴自现成，

（同起唱）

多饮几杯可遣情。

宋昭公　（唱）　无可奈何借酒酩，

满腔余怒付绿醒。（同下）


# 第五场　奔宋劝众

〔武生扮禽滑厘背包囊上。

禽滑厘　（唱）　我夫子名言主非攻，

可恨末世乱哄哄。

何日兼爱互尊重，

大道之行天下公。

　　　　（坐）　小生禽滑厘，宋国人氏，早拜墨翟先生为师，只因楚王无道，信用公输般，制造云梯钩拒，要攻宋国，宋主无能，朝野汹汹，闹得满城风雨。倘若真要打起难免生灵涂炭，是我专至鲁国邀请我师同去设法救民，不分昼夜，幸已赶到沃城，前面便是师父家门，整顿整顿服装，方好叩门谒见了。（整衣掸土介）抬起头来往前走，转弯抹角过街楼，见一少年站门口，行动举止好面熟。

〔幼生扮胡非子上。

胡非子　啊！禽师兄几时到此？

禽滑厘　你是胡非子？

胡非子　是呀！你怎么不认得了？

禽滑厘　哎呀，你怎长得这么高了？师傅可在家中？

胡非子　师父上山砍柴，稍刻便可回来，请进！（进坐介）禽师兄，你有何事来寻师傅？

禽滑厘　说起话长，稍停再谈，我且问你，师傅近日可好？

胡非子　他老人家精神真好，每日上午讲学，下午砍柴，不怕穷不怕苦，始终坚持到底，多年如一日。

〔墨翟挑柴上。

墨　翟　（唱）　这一担柴儿可不轻，

　　　　　　　　肩挑行路速如风，

　　　　　　　　不气不喘不脸红，

　　　　　　　　清清爽爽到家中。（进介）

禽滑厘　师傅回来了，怎么挑下这重的担子？（扶卸介）

墨　翟　噢！你站开些，（放下介）禽贤契来此何事？

禽滑厘　师傅请坐，待学生慢慢地禀告。

墨　翟　（坐介）　贤契请来！

禽滑厘　（唱）　为的是楚王无道性好战，

　　　　　　　　重用那佞臣巧匠公输般，

　　　　　　　　他制造云梯钩拒甚凶残，

　　　　　　　　宋国人闻信心胆寒，

　　　　　　　　满朝文武纷纷辩，

　　　　　　　　宋王爷战和两为难，

　　　　　　　　我不愿宋国百姓又遭乱，

　　　　　　　　因此上到鲁国来把师搬。

墨　翟　搬我作甚？

禽滑厘　我师徒从来主张非攻，请师傅前去救宋。

墨　翟　情势这样紧急，如何赶他得及？

禽滑厘　恳求师傅即日前去。

墨　翟　如此说来，救兵如救火，不可一日迟延，我们即便
　　　　起程。

禽滑厘　师傅砍柴刚回，身体过劳，休息一晚明早动身不迟。

墨　翟　贤契说哪里话来，我想楚国攻宋在即，倘若去迟宋人
　　　　受害无穷，我还讲得什么非攻兼爱呀！

胡非子　如此待我收拾收拾。

禽滑厘　哎呀，师傅舍己救人真可算得旷代一人！

墨　翟　事不宜迟我们就走。（各背包袱介）

　　　　（唱）　恨楚王黩武干戈动，

　　　　　　　　扰害黎民罪无穷。（出介，胡锁门介）

| 禽滑厘 | （唱） | 老师辛劳为救众， |
| --- | --- | --- |
| | | 造福苍生不世功。（同下） |

〔四差官上。

| 甲 | 奉了大王命， |
| --- | --- |
| 乙 | 各国去调兵。 |
| 丙 | 战事如火急， |
| 丁 | 马上加鞭行。 |
| 甲 | 列位请了。 |
| 众 | 请了。 |
| 甲 | 奉了大王旨意，去到随陈唐蔡各国催兵，就此马上加鞭。 |
| 众 | 请！（同下） |

〔胡、禽、墨上。

| 墨 翟 | （唱） | 师徒们离鲁国日夜兼程， |
| --- | --- | --- |
| | | 渡黄河越泰山跋涉而行。（走介）渐觉得道平坦已入宋境，紧紧儿腰中带汗如雨淋。 |
| 胡非子 | （唱） | 日偏西未用膳饥肠辘动 |
| 禽滑厘 | （唱） | 只觉得口焦喝舌燥腹空。 |
| 墨 翟 | （唱） | 叫胡非禽厘奋力鼓勇， |
| | | 莫气馁随着我艰苦共同。 |
| 胡非子 | | 师傅你看那边有卖熟食的，买点吃的再走不是更有精神吗？ |
| 墨 翟 | | 好好好，我在这土台上面打坐，你去买来。 |
| 胡非子 | | 列位请了。 |
| 内 | | 请了，客官可是买吃食的？ |
| 胡非子 | | 正是买吃食的，你们卖的什么？ |
| 内 | | 稀饭热馍。 |
| 胡非子 | | 好。三碗稀饭两斤馍一共多少钱？ |
| 内 | | 五十文铜钱。（端饭上介） |
| 胡非子 | （接介） | 师傅此地没有面条，这是稀饭热馍。 |
| 墨 翟 | （接介） | 好极了，好极了，饥也充了渴也解了。（共 |

秦腔
和平使者
HEPINGSHIZHE

吃介）

什　　列位客官是往哪里去的？

禽滑厘　我们是往宋京界邱去的。

什　　你看天色不早,离站头还有三十多里怎能赶得到呢？

墨　翟　我们吃饱了连夜行走。

什　　列位有何紧要大事这般赶路？

胡非子　因为楚国要攻宋国,我们从鲁国赶来,是要帮助宋主
　　　　抗拒楚国,迟了恐其误事,因此连夜赶路。

什　　原来是救我们来的,我们百姓就为此事正在担愁,只
　　　　怕楚国兵到,大家都要遭殃。（收盘碗介）

墨　翟　怕有何用？ 你们宋国虽小,只要百姓一心一意救国,
　　　　多替官家出粮出饷,整顿武备,修缮防务,楚兵不来
　　　　便罢,他若前来,管教他片甲不回。

什　　客官说得有理,我们小百姓怎能想得到这种事。这
　　　　点粗饭菜,客官可不要给钱。（端盘作走介）

胡非子　这是什么意思？ 你不收钱我师傅是不答应的。（付
　　　　钱介）还是拿去吧。

什　　一点小敬意列位都这样客气,真是好人。难得难得
　　　　呀,哈哈哈。（下）

墨　翟　红日西沉,刁斗星稀,我们走吧。（走介）

　　（唱）　红日沉西玉兔升,
　　　　　　满天刁斗好明星。
　　　　　　村落人稀万籁静,
　　　　　　那边闪烁鬼大明。〔同下〕

〔副末六人上。

众　　（唱）　联络大家把愿请,
　　　　　　太宰衙门走一程。

甲　　列位不要莽撞,事情弄翻了不是要的。

乙　　我们拿好话去说,又不是聚众造反,怕他做啥？

丙　丁　大家都去去去去。

甲　　大家一定要去我也不便阻挡,如果出了岔子我可

不管。

戊　己　不要你管,芝麻大的胆子,啥事都吓怕,老百姓可不
　　　　要做人了,走,胆子放大走。(走介)

乙　　　(唱)　我们是有理话并非狂妄。

甲　　　(唱)　一个个太莽撞全不思量。

丙　丁　(唱)　你怕事那只有在家受上。

戊　己　老百姓也是人,怕他的娘。

　　　　〔末扮门官上。

门　官　喂,你们吵吵闹闹,是做什么的? 太宰官衙是你们随
　　　　便吵闹的所在吗?

乙　　　老爷。

门　官　谁是老爷?

丙　　　大人。

门　官　不要骚轻。

　　　　〔墨、禽、胡同上。

墨　翟　(唱)　急急忙忙赶路程,匆匆进了宋京城。

禽滑厘
胡非子　(同唱)来到乐府用目奉,

　　　　　　　纷纷吵闹为何情?

禽滑厘　列位何事争吵?

众　　　我们要见乐太宰,请转达民意。停止交兵,这位官长
　　　　不肯传报,这位先生是谁?

墨　翟　在下鲁人墨翟。列位不要争吵,待我见过乐太宰,筹
　　　　商应付楚国办法,再转奏国君,自有好音。

甲　　　这便好了,各位请回。

众　　　回回回。静候墨先生的好音吧!(众下,院下)

墨　翟　门官请了!

门　官　请了请了。

墨　翟　烦劳传报一声,就说鲁人墨翟求见。

门　官　稍站。(进介)

墨　翟　你们先回。

秦腔
和平使者
HEPINGSHIZHE

**禽滑厘**
**胡非子** 是。(下)

〔院上。

**门　官** 家爷有请,墨先生随我来。(墨随入,同下)

# 第六场　献策议防

〔四小监一内监上,小生上。

**宋昭公** (引)　国事费绸缪,

　　　　　　朝也烦愁,

　　　　　　夕也烦愁。(坐)

　　　　(诗)　分封列国同源流,

　　　　　　何必交哄结冤仇。

　　　　　　可恨强国行吞并,

　　　　　　你攻我伐永不休。

孤宋昭公在位,继业三载,可恨楚王无道,上次发兵来攻,围城十月,孤无法可想,只得将心爱之人婉姬献和,如今又要来攻,连日召集君臣商议此事,诸臣主战主和仍无定见。思想起来,好不烦闷人也。

　　　　(唱)　有孤家坐金殿心中愁烦,

　　　　　　国家事累得孤寝食不安,

　　　　　　孤本想发兵将决一死战,

　　　　　　又恐怕难取胜大局攸关。

〔戴骊、乐善、皇喜、子舆同上。

**戴　骊** 司城戴骊。

**乐　善** 太宰乐善。

**皇　喜** 左徒皇喜。

**子　舆** 中大夫子舆。

**众** 参见千岁。

| 宋昭公 | 众卿平身。 |
|---|---|
| 众 | 千千岁。 |
| 宋昭公 | 赐坐。 |
| 众 | （众坐介）谢坐。 |
| 宋昭公 | 众卿乃国家栋梁,理应替孤分忧,楚国来攻之事,连日无有定策,孤心好不烦闷。 |
| 戴骥 | 哎哟千岁!臣已多次上奏,我国和楚强弱相差甚远,万不能应战,还是早日议和免受兵灾之累,而遭亡国之痛。 |
| 皇喜 | 千岁!兵者凶事,我国这样弱小,怎能与楚为敌,大将军之见甚是。 |
| 子舆 | 战果不行,和亦不妥。想楚王贪得无厌,难道我们降顺,他就罢了不成。须要另想办法才是。 |
| 戴骥 | 大夫高材,谅有万全之策,保得国家无事。 |
| 子舆 | 这个? |
| 戴骥 | 这个什么,你既无救国良谋,可不要多嘴! |
| 宋昭公 | 唉!好气。 |

（唱） 众卿家一个个三心二意,
　　　 战不得和不妥怎样相宜,
　　　 难道说无一人替孤定计,
　　　 难道说任楚国把我来欺,
　　　 像这等无肝胆令人可气,
　　　 像这样无主见议论分歧,
　　　 这不行那不行束手待毙,
　　　 依孤意倒不如拼个高低。

| 乐善 | 千岁莫忧!臣举一人,既有经济之才,又有战守之策,千岁如能重用,定可保国家如磐石也。 |
|---|---|

（唱） 屈膝来求和把国亡,
　　　 奴隶滋味不堪当,
　　　 盲目发兵去打仗,
　　　 玉石俱焚实惨伤。

267

　　　　　千岁肯作万全想，

　　　　　臣举一人堪商量，

　　　　　随臣候旨朝门上，

　　　　　宣他上殿问端详。

子　舆　乐大人所荐之人，果是博学大贤，千岁不妨召上殿
　　　　来，一问便知。

宋昭公　老太宰所保何人？

乐　善　提起此人，鼎鼎大名，周游列国，著书千万言，门徒满
　　　　天下的鲁人墨翟。

宋昭公　就是那宣讲"非攻""兼爱"的墨先生吗？

乐　善　正是此人。

宋昭公　好好好。此人肯来助孤真乃国家社稷之幸。内侍！

监　　　在。

宋昭公　宣墨先生上殿！

监　　　千岁有旨，墨翟先生上殿！

墨　翟　（内）领旨了！

　　　　〔墨翟上。

　　　　（唱）　朝门忽听一声宣，

　　　　　　　急忙移步走向前。

　　　　　　　丹墀之上把宋主见，

　　　　　　　他问我一句答一言。

　　　　鲁人墨翟参见千岁。

宋昭公　快快请起，请起。

墨　翟　（起介）谢千岁！

宋昭公　方才乐太宰奏道，先生有拒楚全宋之策，孤愿闻
　　　　其详！

墨　翟　千岁请听：周室衰微，群雄并起，齐桓晋文秦穆之流，
　　　　相继兴盛，两百年来，兵连祸结，楚国熊通僭号传至
　　　　惠王，西抗秦晋，南侵吴越，宋国地居险要，不先取
　　　　宋，无法进攻齐鲁，对秦晋吴越，也有后顾之忧，因此
　　　　他先灭宋，而后平定天下，为宋之计，应该知己知彼，

千岁像这样情形,你能和他战吗?

宋昭公　不战难道要和吗?

墨　翟　非也。和议投降等于亡国,那时由人宰割供人驱使。

宋昭公　先生此话孤就不懂了,战又不战,和又不和,难道坐在那里等死不成?

墨　翟　想那楚国虽强,楚王不恤民力,不惜民财,连年用兵,弄得外强中干,如今又要攻宋,强迫徭役,百姓必然忿恨,我们趁此机会,派人前往楚国,鼓动百姓起来反对,扰乱楚国民心,千岁即刻诏告全国,说明楚国无故侵略,为了保卫国家,大家协力同心,一面坚甲利兵,一面通好陈蔡郑卫联合防楚,那时准备充足,城防坚固,这便是不战不和的上策。

宋昭公　哎呀,好极好极。

墨　翟　千岁还要注意几件大事。

宋昭公　哪几件大事?

墨　翟　千岁请听。哎!

（唱）　幽厉无道周室衰,
　　　　政令不能往下推。
　　　　列国纷争王命隳,
　　　　攻城夺地祸循回。
　　　　劝千岁爱民惜物勤政俭用把政令改,
　　　　先忧后乐民心归。
　　　　减赋省刑共感戴,
　　　　增防固垒更应该。

乐　善　哎呀千岁呀!怎么我们坐着墨先生倒一人站着,快快赐个坐儿吧!

宋昭公　不是老太宰提起倒忘记了,快快赐坐。（出介）

（唱）　孤与你慢慢来讲话,
　　　　移一把椅儿请坐下。

墨　翟　谢坐。（坐介）（改坐桌外）

宋昭公　（唱）　满朝的文武都没啥,

269

哪比得先生才学佳，

你若肯立朝为官燮理阴阳作朕股肱官爵大，

怕一个楚国做什么？

请把那治国经邦攻守之事好计划，

从今后社稷靠卿家。

墨　翟　楚王攻宋之期，最多不出一月，请千岁即刻加强防守，昭告人民，巩固边塞为要。

宋昭公　照先生说来，时间这样匆促，怎能准备得及呢？

墨　翟　无防，翟愿亲去楚国一行，试探公输般和楚王，假意和他立约议和，或可拖延时日，顺便游说楚国朝野，叫他们明白兵祸可怕，不替独夫效力。

宋昭公　如此钦封先生，为客卿上大夫之职，出使楚国讲和，先生可肯屈就？

墨　翟　不论官职大小，翟决不受，出使楚国理当效劳，此乃平生言行所在，对楚国朝廷往来，倒可用此官衔，以便办事。

宋昭公　请问先生，何日动身，要带多少人马？

墨　翟　明日即便起程，只带门生一人。

宋昭公　千里长途，这样行动，如何使得呢？

墨　翟　人马多了，传出一片风声反觉不便，轻装简从专走小路捷径，既可日夜兼程，缩短时间，又免人多嘴杂，各处张扬。

宋昭公　先生去楚，那固守边疆，睦交各国的事，该叫何人去办？

墨　翟　门生禽滑厘，智勇兼备，文武两全，又为宋国人氏，可命镇守边界。哎！

（唱）　我门生宋国人禽氏滑厘与同学三百人常聚不离，

怀韬略有勇气文武兼备，

派他去守边界最为相宜，

到各国作说客联合众议，

必须要舌辩士才学出奇，

门生中此等人可去筹议，

选几个派他去胜任无疑。

宋昭公　如此甚好，内侍，宣禽滑厘冠带上殿。

监　　　遵旨。（下）

戴　骥　禽滑门无名竖子，怎能驭下服众镇守边疆，责任重大，千岁还是另选大将才好！

墨　翟　禽滑厘才能，千岁面试便知。

〔禽随监衣带上。

监　　　禽先生快走。

禽滑厘　走。哎！

（唱）　千岁召我禽滑厘，

不知为了何事宜，

迈步上殿跪丹墀，

见了千岁把头低。

禽滑厘参见千岁。

宋昭公　免参。

禽滑厘　千千岁。

宋昭公　赐坐。

禽滑厘　（坐介）　谢坐，千岁宣臣上殿，有得何事？

宋昭公　墨先生保举爱卿，文武双全，智勇兼备，孤派卿镇守边关，卿要带多少人马？

禽滑厘　臣有同学三百余人，都是胸藏韬略，志趣相同，前去防守边疆，可敌千军万马，再有一万人马足矣。

宋昭公　你是怎样防法？

禽滑厘　设防准备必须深沟高垒，修城利器，使强敌无法入侵，再能纠合百姓，善用众力，捐献军粮马料，军民成为一家。敌人来了，百姓人人是细作探哨；敌人败了，个个是勇士追兵，这便是真正的防边之策也。

（唱）　千岁问臣怎守边，

军民同德息相关，

三百余人同防范，

稳保宋国锦河山。

宋昭公　听卿之言，果有上将之才，但不知何日赴任？

禽滑厘　时机逼促，明日便要前往。

宋昭公　如此真乃国家之幸也。

（唱）　墨先生使楚国不辞辛劳，

　　　　禽爱卿任边防盖世英豪，

　　　　为国家为百姓忠勤可表，

　　　　抗外敌安社稷厥功最高。

乐太宰连办诏告，晓谕百姓。众卿分头准备，就此退朝。（小生下）

〔众起出介。

戴骥　　正是：和议一旦翻了案，

众皇喜　提起战事心胆寒。

　　　　大家分头把事办，

禽滑厘　同心协力守边关。〔同下〕

# 第七场　重茧入楚

〔墨、胡同上。

墨翟　（唱）　恨楚王太无道屡兴兵戎，

　　　　　　只害得众黎民怨恨天公，

　　　　　　我为了行学说拯救大众，

　　　　　　免不得任劳苦沐雨栉风，

　　　　　　日兼夜奔路途两足肿痛，

　　　　　　撕一片衣裳角把伤裹封。（撕衣裹足介）

胡非子　师傅！这样日夜不停地走，你老人家不乏吗？

墨　翟　为了早日赶到楚国，也就顾不了许多了。

胡非子　像我年轻小伙子,都走得足痛腿酸,你老人家偌大年
　　　　纪怎能消受得了,况且我们从鲁国赶到宋国,一天不
　　　　曾停留,又要跑到楚国,好几千里路呢?
墨　翟　我们已走大半了,再走三四天,就到楚国京城,那时
　　　　就好休息了。
胡非子　那么我们走。(走介)
墨　翟　走。哎!
　　　　(唱)　为赶路哪顾得腰酸腿肿,
　　　　　　　为赶路那顾得足茧重重。
　　　　　　　下斜坡两眼花两腿抖动。
　　　　哎哟!(丢包裹两个翻跟斗介,胡上扶介)
胡非子　师傅怎么样了?
墨　翟　(唱)　不留神滚下坡跌个窟窿。(抚摸介)
胡非子　待我搀扶师傅,慢慢地走吧!(墨摇手介,起介)
墨　翟　不用你扶,我还能走。哎!
　　　　(唱)　抓一把虫蛀土堵住伤缝,抬起头两眼花难辨
　　　　　　　西东,见前面有镇店商贾接踵,到那里买熟
　　　　　　　食先把饥充,背包裹夹两盖一步一耸,只觉
　　　　　　　得满身上阵阵发疼。
　　　　你看前面不远就是镇店,我们到得那里买点面食,吃
　　　　饱了再走。
胡非子　如此走吧!
　　　　(唱)　见镇店馋涎水频往上涌,
墨　翟　(唱)　口中渴腹内饥腰带自松。(同下,重上)
墨　翟　(唱)　吃罢了面食点两腿有劲,
　　　　　　　师徒们离镇店重把路行。
　　　　　　　提精神稳脚步鼓起余勇,
　　　　　　　正行走抬头看一带山峰,
　　　　　　　叫胡非鼓勇气随后跟定,
　　　　　　　一足高一足低坑坎不平,
　　　　　　　回头看足底下壁立千仞,

秦腔和平使者
HEPINGSHIZHE

过小坡绕土岗几里路程，

牵藤萝攀树枝我上。

唉！上了山顶。

来来来来，你抓住这根藤子，爬上来吧！

**胡非子** （爬介） 哎哟！好险啊！差一点就滚下去了。（墨四望介）

**墨　翟** （唱） 又只见层峦叠云敛晴空，

走得我头晕眼花心不定，

拐个弯路更狭寸步难行。

**胡非子** 师傅！你的包裹两盖都交给我，爬山过岭也轻松些。

**墨　翟** 不碍事，咬牙使劲，翻过这云梦山就好了。

（唱） 我不怕受劳苦咬牙使劲，

翻过了云梦山一路坦平。

耳边厢忽听得波浪滚动，

仔细听原来是松涛之声。

到此境顿觉得神志清醒，

忘却了行路难足快身轻。

（看介） 好一派雄壮山峰，松涛洗耳，溪流濯心，真能增加人的勇气，旷达人的胸襟。

（唱） 松涛入耳气概雄，

壮人肝胆百丈峰。

烈日当头如火猛，

解人热燥浪里风。

我束紧腰带提起鞋袜，

整顿包裹超前走，

跳过小沟路不通，

这一条溪儿水流猛，

并无桥梁怎相通。

**胡非子** 啊哟师傅！这条小溪水势很大，又没有桥梁，如何过得去呢？

**墨　翟** 你不要忙，待我下去试探试探，如果水不很深，我们涉水过去就是。

**胡非子** 哎哟我的师傅,你老人家老了,笨手笨脚不要冒险,还是待我下去试试看,你老人家坐在这儿歇息一下,我还懂得水性,水若不深,背了老师过去。

**墨 翟** (坐介) 那你可要小心!

**胡非子** (扎衣脱鞋介)不妨事。你莫怕,黄河浅处,我都能涉水过去。(下水介)水不很深,师傅你来,我背你过去。

**墨 翟** 既然水不很深,用不着背,你牵定我的手走好了。

**胡非子** 那么你先将包裹两盖拿过来吧!

**墨 翟** 包裹两盖你拿好,我抓一条树枝,拿在手里,也可试探深浅。(找树枝介,下水介,胡引介)

**胡非子** 留神,这么一脚踏稳啊……这一步踏在这里,你看准,照我的步子踩下去,来来来,站好。足底下石头是滑的,一步不留神,便要跌倒,你倒了把我也拖下去了,水虽不深,流很湍急,冲下去就很危险呢!

**墨 翟** 不要只照顾了我,你也得留心。噢!嗳嗳嗳,你看险些倒了,不是我拉住,早被水冲去了。

**胡非子** 嗳,这一步跨过去可不怕了,快到岸边抓住草根,师傅你过来吧,(上岸介)我的天哎,这一下可又过了一关。(穿鞋整衣介)

**墨 翟** 时候不早,我们快走吧。(背包裹两盖介)
(唱) 翻过岭爬过岗涉过小溪抬头看树梢头,
红日偏西,
走一步跌一跤,
用劲爬起,
为什么不见了,
少小胡非。

胡非胡非!

**胡非子** 来了,来了,我足上扎了树刺儿!

**墨 翟** (接唱) 忍苦痛你快把精神提起,

怕的是不过山难寻枝栖。

适才间，红日烈晒退了皮，

一霎时大风起云黑天低。

又只见电光闪雷声震，

树叶飘沙石舞大雨淋漓。

**胡非子** 哎哟不得了！（二人挽臂走介）

**墨　翟** （唱）　眼看着风又大雨又暴寸步难移，

**胡非子** （唱）　鞋儿掉伞儿破湿透了衣。

**墨　翟** （唱）　山又高路又滑不断喘气，

**胡非子** （唱）　虎儿啸狼儿叫猿声乱啼。

（唱）　只吓得战兢兢魄散魂飞，

啊哟不好，（跌倒介）

师师师师傅你看。（指介）

（唱）　那边厢狼来了祸逼睫眉。

**墨　翟** 果然是狼，贤契莫怕，狼这东西，因雨窜避，未必来吃我们，我们如果惧怕逃跑，反多不便，倒不如与它一拼。

**胡非子** 好我的师傅呢！像你我二人的能耐还能拼得过狼吗？师傅赶快逃跑，让我一人在此，他真要吃我一人不要紧，师傅保得性命，仍好入楚办事，免得两人都被吃掉，那才冤呢！

**墨　翟** 休得多说，它不来便罢，如果来了，我有一计在此。你我赶快把衣服脱下，持在树上。狼若过来找人觅食，我们躲在大崖背后，待它上前扑食，乘机绕到它的背后，趁它不防两人使劲一击，就可收拾了它。

**胡非子** 我都吓软瘫子了。

**墨　翟** 云收雨止，狼过来了，快脱衣服！（拉胡脱衣介，挂衣介）我们折一条粗树枝，准备好了等它。（折枝介，狼上介，看介，摸衣介，嗅闻介，二人绕出介，打介，狼倒介，二人扑打几下介，喘气介）

**胡非子** 好了，好了，这一下子可真把它打死了，我们可要吃

狼肉睡狼皮了。（穿衣介）

墨　翟　狼这类东西它是到处害人,见了它切不要吓怕,更不要放松它,你如果怕它避它,就是它吃你的好机会,只有想办法和它拼,收拾了它,才能救自己也造福旁人。

胡非子　好险好险,这算又过了一关。

墨　翟　你看一阵暴雨过去,云也散了,太阳也出来了,我们快走。

　　　　（唱）　雨止云散红日现,（走介）

　　　　　　　　看看太阳挂山边。

　　　　　　　　替民除害冒大险,

　　　　　　　　从今往后当道无狼烟。


# 第八场　游说规友

〔副末六七人扮难民上。

甲　　　（唱）　我的儿当兵去音信无望,

乙　　　（唱）　小兄弟去征战死在疆场。

丙　　　（率一子唱）

　　　　　　　　先夫君去打仗他把命丧,

丁　　　（丁老旦唱）

　　　　　　　　三个子为国家死得精光。

戊　　　（唱）　为战争又降旨抽丁征粮,

己　　　（唱）　害得我没奈何奔走他乡。

丙　丁　啊哟我的天爷爷呀! 这样热天大白日,我们妇人家怎能跟得上你们呀!

甲　　　真是太热了,大家坐一下休息一会儿再走吧。

众　　　真撑不住就在这树荫底下坐一会儿,来来来歇一下足,喘一口气,慢慢地再走吧（众坐介）

〔胡、墨上。

**胡非子**　（唱）　过云梦险些儿把命断送，
**墨　翟**

**胡非子**　（唱）　死不了也吓得魂魄离开。

**墨　翟**　（唱）　从此去离郢城不多遥远，

**胡非子**　（唱）　回来时切莫走这座高山。

**墨　翟**　老乡们，你们成群结伴扶老携幼的，是做什么呀？

**众**　我们是逃难的。

**墨　翟**　敢是这里遭了荒年？

**甲**　那是天意，这比荒年还凶。

**墨　翟**　（坐介）　这倒很新鲜，我倒要听一听，请列位费神
讲说吧。

**甲**　唉！客官哪里知道，只因我国年年打仗，把青年汉子
都抽去当了壮兵，弄得庄稼没人做，田地都荒了，现
在国王又下旨意要征兵征粮攻打宋国，因此我们受
不了压迫，大家要抛弃故乡，出外逃难呢！

**墨　翟**　逃难！逃来逃去，何时得了呢？

**众**　不逃又有什么办法？

**墨　翟**　自然不能坐着等死。

**众**　那又怎样办呢？

**墨　翟**　总得想个好办法。

**甲**　客官能替我们出个主意，谁愿离乡别土，逃到外处受
罪呢？！

**墨　翟**　我想楚国地大物博富甲天下，列国哪能比得上呢？
只因楚王好战，年年用兵花了多少钱财，伤了多少
人命，虽称强国，实在是纸糊老虎，宋国虽小民心一
致。倘若真个开战，拖延日子，百姓受害很大，你们
的逃难是想避免此灾，哪知为政不仁到处一样，逃
也无益。只有兵祸不起，天下太平才能安居乐业，
若想太平，凡是楚国百姓都要反对攻宋，就是强迫
你们当兵，去就是了，等兵到边境，你们都不肯打
仗，那时楚王也是无可奈何。哎！

（唱）　楚王无道害百姓，
　　　　年年征粮又抽丁。
　　　　只怪你们不觉醒，
　　　　怎样吩咐怎样听。
　　　　官府横行把你整，
　　　　帖帖服服去当兵。
　　　　桀纣暴虐行酷政，
　　　　众叛亲离不善终。

众　　　客官一番指教真是黑夜明灯，把我们从梦中提醒，我
　　　　们不逃了不逃了。

墨　翟　这便甚好。

甲　　　客官这样慈善，救渡大家，还不知贵姓大名，贵乡哪
　　　　里，今往何处？

墨　翟　实不相瞒，在下鲁人墨翟，闻听楚要攻宋，不分昼夜
　　　　赶来，相劝楚王停兵。

众　　　原来是一位长官，失敬！

墨　翟　好说！列位请回，我也要进城去了。（起介）

众　　　送过长官。

墨　翟　两便，正是：百姓个个好，治乱只在人。（胡墨下）

甲　　　好先生，好先生，亏他说了这一片道理，老百姓哪知
　　　　这些，大家听明白莫有？

众　　　明白了，明白了，这一下可不再逃了。

甲　　　走回！回去把这些大道理，逢人便说，让大家都不要
　　　　逃了。

众　　　对对对，我们回，回去安心好好做庄稼吧！（众下）
　　　　〔二差人上拉四人同上。

差　　　你们想逃，看你今天还逃得了吗？

甲　乙　当兵就当兵，不要这样狠，把我们绳捆索绑，像个囚
　　　　犯，还能安心替国家出力吗？

差　　　不要啰嗦，嘴里说得好听，松了绑可又要逃了，走！

甲　丙　走就走，我们也不怕！〔同下，公输着书上。

279

| | | |
|---|---|---|
| 公输般 | （唱） | 公输绝技把名扬，<br>制造利器图霸强。 |
| | （坐） | 下官公输般，云梯钩拒已经造就，前日试验十分利害，谅他宋国无法破我利器，思想起来好不愉快人也。 |
| | （唱） | 为人生在世间名利为先，<br>居高官享厚禄快乐无边。<br>做几件得意事功成名显，<br>胜似那学长生大罗神仙。 |

〔墨翟上。

墨　翟　来此已是，门上哪位在？

院　　作什么的？

墨　翟　鲁人墨翟要见你家大人。

院　　往下站。（进介）禀大人。

公输般　讲！

院　　门外一人名叫什么鲁人黑……？

公输般　嗳！该是鲁人墨翟。

院　　对对对！正是他。

公输般　快快有请。

院　　（出）有请！

公输般　（起迎，墨入）大夫可好。

公输般　先生好，请坐。

墨　翟　有坐。（院献茶）

公输般　先生驾到未曾远迎，多得有罪。

墨　翟　岂敢岂敢，翟冒昧造访，大夫包涵。

公输般　先生离楚几年，可曾得意？

墨　翟　翟不善为官，几年来依然故我，哪比得大夫雄材，高官厚爵呢！

公输般　先生太客气了，般雕虫小技，怎比先生大贤。先生从何而来？

墨　翟　由鲁到宋，自宋来楚。

| 公输般 | 为了何事,这样仆仆风尘? |
|---|---|
| 墨 翟 | 去宋嘛,乃是探亲,来楚只是望旧,顺便有件疑难之事特来请教大夫。 |
| 公输般 | 好说,先生博学广见,纵有疑难大事,般更无排难解疑之能,先生休得取笑! |
| 墨 翟 | 你我深交,何言取笑,实有一事不明,故来拜访。 |
| 公输般 | 如此说来,请先生讲出口来,你我一同研究。 |
| 墨 翟 | 此方有一侮臣,想借重大夫利器,前去杀他,如能答应当以千金奉赠。 |
| 公输般 | 先生此话差矣,你我既称知交,为何叫我杀人。 |
| 墨 翟 | 既是知己,应该帮忙,何况还有千金相赠呢。 |
| 公输般 | 般义不杀人,万金不能从命。 |
| 墨 翟 | 你这人不够朋友,还讲什么"义"。 |
| 公输般 | 怎样又不够朋友了呢? |
| 墨 翟 | 你既和我深交,我今请你帮忙,你满口推辞,那还够的什么朋友? 讲的什么义气? |
| 公输般 | 不帮朋友杀人,算不得不义,无辜杀人才是真正不义。般已说过"义不杀人",请勿再提此事。 |
| 墨 翟 | (笑介) 好一个义不杀人,呀哈哈哼哼…… |
| 公输般 | 先生又为何发笑? |
| 墨 翟 | 大夫言话无信,因而好笑。 |
| 公输般 | 怎见得般又无信呢? |
| 墨 翟 | 大夫方才言道"义不杀人",可是一句实言? |
| 公输般 | 言行不变,半点无虚。 |
| 墨 翟 | 好一个言行不变,我看你是行不顾言,才使我好笑。 |
| 公输般 | 空口无凭,我可不服。 |
| 墨 翟 | 你要证据吗? 那自然有了。 |
| 公输般 | 请述其详! |
| 墨 翟 | 闻大夫制造云梯钩拒,可是有的吗? |
| 公输般 | 有的。 |
| 墨 翟 | 楚王将用以攻宋,这是真的吗? |

秦腔和平使者 HEPINGSHIZHE

公输般　真的。

墨　翟　照照照，这不是证据，是什么？

公输般　食君之禄，义不容辞。

墨　翟　大夫呀！你只知其一，不知其二；知其近，不知其远；知其利，不知其害；杀其多，不杀其少。真乃不义之至！

公输般　先生此话，般我越听越糊涂。

墨　翟　哼！你是湖涂，十分糊涂，真是糊涂透顶呀！

（唱）　你深思竭虑筹谋计划所为甚，

你制造云梯钩拒日夜加工何居心。

一旦运用于战阵，

不知要伤害多少人，

大夫呀！你大喊不肯杀一人，

偏要杀数千百万无辜身。

这不是言而无义又无信，

绝世糊涂利害全不分。

公输般　这我自有道理，我且问你，你还有何说？

墨　翟　话多着呢！

公输般　你说呀！

墨　翟　楚国地大民少，你今杀其少，去争其有余，不可谓智；宋国无罪，硬要去攻，不可谓仁；知其不可，而不谏净，不可谓忠；不杀少而杀多，不可谓义。（快说）像这样不智不仁不忠不义，徒怀绝技无益于国、无利于民，那还做的什么高官，为的什么名臣呀。

（唱）　大夫你作事真糊涂，

帮凶杀人没来由。

名利之心人人有，

不忠不义何所求。

像这样见小忘大趋利忘义世少有，

我和你多年知交，

因此很担忧。

　　　　　　　宋国虽小团结好，

　　　　　　　济世能人统与谋。

　　　　　　　利器虽凶难持久，

　　　　　　　侥幸之心不可求。

　　　　　　　你若能悬崖勒马急流勇退把两国人民救，

　　　　　　　我和你讲学论道天下游。

　　　　　　　知己忠言说出口，

　　　　　　　不听相劝从此休。

**公输般**　如此看来，你是替宋国作说客来了。

**墨　翟**　好聪明人，说客不错，我正是作说客的。不过我不是替宋国作说客，乃是为楚国作说客呢！

**公输般**　怎样又替楚国作说客呢？

**墨　翟**　翟路过宋国，力劝宋王不备战而谋和，免却楚国因求不可得之地，而死无辜之民。今劝大夫不要以必死之民，而求不可得之地，不是替楚国作说客吗？

**公输般**　说来说去，你总有理。

**墨　翟**　无理我就不和你说。

**公输般**　看来你怕是受了宋国的贿了。

**墨　翟**　不错，有的。

**公输般**　什么？

**墨　翟**　挨饥受饿，任劳吃苦。身上受伤，足上重茧。

**公输般**　何苦！

**墨　翟**　唉！大夫呀！

　　　　（唱）　大夫说话见识浅，

　　　　　　　墨翟言来听心间。

　　　　　　　绝技巧匠把兵器建，

　　　　　　　庶民遭难害无边。

　　　　　　　你肯把这聪明与才干制造农具多耕田，

　　　　　　　一样心力两般见。

　　　　　　　我今怜你进良言。

**公输般**　既然你说得头头是道，我也不再分辩了，只是现在阻

283

止怕来不及了。

墨　翟　无妨！你我同见楚王，翟自有话说。

公输般　说去便去。

墨　翟　走！（起介）

公输般　走呀！（走介）

　　　　（唱）　说去便去一同去，

　　　　　　　　看看大王是怎的。

墨　翟　我有反日回天力，为宋为楚两利齐。

　　　　大夫请前行。

公输般　先生请前行。

　　　　（二人同白）　请。（同下）


# 第九场　廷辩假和


〔内监上。

监　　　（唱）　奉了大王当面训，

　　　　　　　　去见吴起大将军。

　　　　咱家内总管便是，奉了大王旨意传谕吴大将军，加紧
操练，即日出兵，就此前往。（下）

〔公输般上。

公输般　（念）　辩论攻宋事，口从心不从。

〔墨翟上。

墨　翟　（念）　离了大夫第，又到楚王宫。

公输般　先生朝房稍等，待般奏过大王，便来相请。

墨　翟　大夫请便。

〔公输进跪介。

公输般　臣公输般有本面奏大王。

内　照　公输般有本面奏大王。

〔楚王楚妃同上，一监随上楚王。

| 楚　王 | （唱） | 孤正在内宫摆酒筵， |
|---|---|---|
| | | 公输般有何事来到宫前？ |

〔君妃俩步下了龙车凤辇。

| 楚　妃 | （唱） | 但不知公输般何事来言？ |
|---|---|---|
| 楚　王 | （唱） | 叫一声爱卿家请起相见， |
| | | 君臣们对面坐有事细谈。 |

大夫请起。

公输般　大王恩宽！（起介）参见娘娘！

楚　妃　免参！

楚　王　赐坐。

公输般　谢坐！（坐介）

楚　王　爱卿呀！有得何事进宫来奏？

公输般　鲁人墨翟由宋来楚，朝房候旨。

楚　王　宣他进宫。

监　　　大王有旨，墨翟进宫。

〔墨翟上。

墨　翟　来来来了。

| | （唱） | 忽听旨意一声宣， |
|---|---|---|
| | | 离了朝房整衣冠。 |
| | | 迈开步儿进宫院， |
| | | 压住热肠心放端。 |
| | （进） | 鲁人墨翟参见大王。 |

楚　王　平身。

墨　翟　千岁！

楚　王　请坐。

墨　翟　谢坐。（坐介）

楚　王　先生不远千里而来，亦将有以利我国乎？

墨　翟　翟在鲁讲学，闻听宋将抗拒楚兵，深恐糜烂苍生，乃
　　　　兼程去宋，替大王作了一次说客。

楚　王　公输大夫我们将座往前移，细听墨先生怎样替孤作
　　　　起说客来呢。（移座介）

| 墨　翟 | 大王请听：宋国君臣个个主张用兵拒楚，决一死战，是我赶到宋宫力陈兵祸可怕，劝他消灾弥患，与民生息，一顿言语说服他们，不再整兵备战，岂不是替大王作说客吗？ |
|---|---|
| 楚　王 | 如此说来，宋国不准备和孤兵戎相见？ |
| 墨　翟 | 正是。 |
| 楚　王 | 那先生此来又有何干？ |
| 墨　翟 | 翟有一事不明，特来请大王赐教。 |
| 楚　王 | 先生有话请讲。 |
| 墨　翟 | 今有一人，家有轿马不用，去偷人短裤；家有美味不吃，去偷人糟糠。此人何病？ |
| 楚　王 | 如此说来，此人窃疾甚深。 |
| 公输般 | 照照照，此人窃疾不可救药。 |
| 楚　王 | 先生此话有何用意？ |
| 墨　翟 | 翟在宋时遇见此人，已将其病治好，今到楚国哪知也有患此病之人。 |
| 楚　王 | 先生怎见得楚国也有患此病之人？ |
| 墨　翟 | 大王不信，听翟道来。 |
| 楚　王 | 你讲！ |
| 墨　翟 | 楚国地方五千里宋只五百里，是不是轿马与破车？楚有云梦、麋鹿、虎、豹，江汉鱼、鳖，宋无雉、兔、鲋鱼，这不是美味与糟糠吗？楚产松、梓、枏、杉，宋缺长木栋梁，岂不是锦绣与短裤，今大王乃精兵，攻宋就是弃己之长取人之短，废己所有取人所无。和宋人之窃疾相比，如何？ |
| 楚　王 | 噢！这你原来是替宋国作说客来了，当面侮辱寡人，真正可恶，内侍！撤坐。 |
| 墨　翟 | （起介）大王不必动怒，翟生死不顾，道之不行，生不如死，为了救楚全宋兼程赶来，大王你可不要生气。哎！<br>（唱）　请大王你不必怒气冲冲， |

听墨翟把言语细说从容。

治国家安天下爱民为重，

好征战屡用兵难以成功，

宋虽小你莫可轻举妄动，

战不胜到那时为害无害。

为社稷更不可意气是用，

为社稷必须要广行仁风。

翟不是存伦心有意为宋，

救苍生爱人群于楚尽忠。

这才是苦口药能除病痛，

古帝王好厮杀哪个善终？

楚　王　好利嘴，孤心中还是不服。

墨　翟　大王不服，难免兵败身危！

公输般　一派危言，诓得了谁？

墨　翟　我的好话你们不信，到那时吃了亏受了窘后悔也就
　　　　迟了。

公输般　有我公输般在，你休想施展诡计。

墨　翟　你的本领只能害人，我可不希罕。

公输般　谁希罕你那一套？

楚　王　（唱）　你二人言语互交攻，

公输般　（唱）　墨翟说话理欠通。

墨　翟　（唱）　可惜我良药苦口，

楚　妃　（唱）　利病重。

公输般　（唱）　我为楚国应尽忠，

墨　翟　（唱）　你们师出无名侵夺宋。

楚　王　（唱）　为国霸业动兵戎，

楚　妃　（唱）　劝大家捐除成见布曲衷。

墨　翟　（唱）　有理话便讲，何必意气从。

公输般　（唱）　怪你多事袒护宋。

楚　王　（唱）　一派谰言舌如锋，

楚　妃　（唱）　这才是忠言逆耳，

公输般　并不公。

楚　妃　（唱）　那何必固执己见胡行动，

墨　翟　（唱）　我劝你悬崖勒马，

楚　王　（唱）　至死也难从。

公输般　（唱）　大丈夫作事谋国，

墨　翟　（唱）　你帮凶。

楚　王　（唱）　你休想诡言把孤哄，

楚　妃　（唱）　要深谋远虑众意同。

楚　王　（唱）　纵然是拼掉老命要灭宋，

墨　翟　（唱）　墨翟不死你愿难从。

楚　妃　（唱）　这事体重大，

楚　王　（唱）　早在筹议中。

公输般　（唱）　你徒死无益，

楚　王　（唱）　白送终。

墨　翟　（唱）　我虽死犹生列国门徒众，

楚　王　（唱）　抵不得楚兵扫叶风。

楚　妃　（唱）　历年用兵消耗重，

楚　王　（唱）　南征北战屡成功。

墨　翟　（唱）　徒耗财力万民痛，

公输般　（唱）　国强哪管百姓穷。

楚　王　（唱）　你休强辩，

墨　翟　（唱）　我理由充。

楚　王　（唱）　杀了你，

墨　翟　（唱）　死亦荣。

公输般　（唱）　不杀你，

墨　翟　（唱）　主非攻。

楚　妃　（唱）　如此强项气概雄，

楚　王　（唱）　说得寡人哑口封。

　　　　　　　　依你之见？

墨　翟　（伸回指介）　四字足以平天下。

楚　王　（唱）　哪四字？

288

| | | |
|---|---|---|
| 墨　翟 | （唱） | 兼爱、非攻。 |
| 楚　王 | （唱） | 这四字怎讲？ |
| 墨　翟 | （唱） | 己之不欲莫施于人，<br>推己之爱，<br>而爱于人，<br>谓之兼爱。 |

楚　王　非攻呢？

墨　翟　伤人者罪，杀人者死。以兵加人，杀伤千万。自卫固防，互不征伐，这就是非攻。

楚　王　话虽有理，只是公输大夫已替孤制造云梯钩拒，多已妥当，便怎么处？

墨　翟　即便制造成也未必便能取胜。

公输般　这等看来，先生不相信我利器利害吗？

墨　翟　利器果然利害只能杀伤肢体，不能征服人心，杀害越多，你的仇人越众，到了那时嘛！大王，你可成了众矢之的了。

（唱）　利器果然能杀伤，
　　　　激起公忿罪难当。
　　　　众叛亲离骑虎上，
　　　　哪个独夫好下场？

公输般　墨先生休得危言耸听，般不才，自有取宋之法，决不至失败而回。

墨　翟　非翟危言耸听，大夫有取宋之法，翟也有全宋之策。

公输般　你不能！

墨　翟　你料不就唉！你料不就呀！

（唱）　公输般站一旁怒气满面，
　　　　我有意走向前把话来攀，
　　　　我二人本好友交情不浅，
　　　　有过错不规劝友道难全。
　　　　持骄傲必遭到失败而返，
　　　　并不是斗口舌徒托空言。

秦腔
和平使者
HEPINGSHIZHE

公输般　你这个朋友,有也不多,没有也不少。

墨　翟　大夫不要我这个朋友,我还舍不得大夫你。哎!

　　　　（唱）　天下知交能有几,

　　　　　　　　志同道合实在稀!

　　　　　　　　劝人为善非知已,

　　　　　　　　从今后朋友二字再莫提。

　　　　大王!我该算得大夫的好友呀!

楚　王　孤可不管你们好友不好友。

公输般　你在大王面前摇来摆去,谁又不买你的膏药。

墨　翟　你不买我的膏药是你不识药性,辜负我治病的好心呀!

公输般　大王不必和他多说,臣有一计定可取宋。

楚　王　有何计谋速快讲来!

公输般　现在不便言讲。

墨　翟　大夫不讲翟倒明白。

楚　王　你们都明白,孤呢?

楚　妃　大王可曾知晓?

楚　王　孤绝不知!

楚　妃　妾妃倒猜着一二。

楚　王　好好好,你们都比孤强,可说出口来参对参对!

公输般　既然娘娘同墨先生都知道,我们三人用笔写在手上,大王参看可好?

楚　王　好!你们写来。（二人写介,看介）（看公输,看墨,看楚妃）杀墨、杀墨,也是杀墨!

公输般　（看墨介）　什么什么杀墨。

墨　翟　（看且介）　嗯!杀墨!

楚　王　（笑介）　嗳!

公输般　（笑介）　唉!

墨　翟　（笑介）　嗯!

楚　王　哈哈哼哼……

公输般　哈哈哼哼……

| | |
|---|---|
| 墨　翟 | 嗯！哼…… |
| 楚　妃 | 依妾妃之见,他二人既是多年朋友,墨先生任劳任怨为的是行道救世,大王可容纳劝告与民生息才是。 |
| 楚　王 | 公输大夫意见如何? |
| | 〔公输扇上写假和二字示意。 |
| 公输般 | 臣与墨先生原是好朋友,言语冲撞各表其诚,况墨先生非宋国臣僚,不辞千里而来,谅与偏爱之意。 |
| 楚　王 | 如此孤就从了先生之言,和宋讲和。 |
| 墨　翟 | 大王肯听翟劝告真乃社稷之幸,万民之幸,翟敬与大王祝贺! |
| 楚　王 | 这是先生之功,内侍! |
| 监 | 在。 |
| 楚　王 | 作速摆宴,与墨先生洗尘。 |
| 墨　翟 | 翟不敢当。 |
| 楚　王 | 酒筵摆开(同入席介)　请! |
| 众 | 请!（饮介） |
| 楚　王 | 干酒无味,宣乐女上来! |
| 监 | 大王有旨,乐女进宫! |
| | 〔众乐女上。 |
| 众乐女 | 参见大王。 |
| 楚　王 | 免参。舞蹈上来。 |
| | 〔众起舞介,楚王笑介,舞毕介。 |
| 众 | 舞蹈已毕。 |
| 楚　王 | 给墨先生公输大夫斟酒!（斟酒介)请! |
| 众 | 请! |
| 墨　翟 | 翟蒙大夫厚待,在这酒席筵前还有几句不知进退的话儿,大王许讲不许讲? |
| 楚　王 | 酒可多喝,这话么,还是少讲。 |
| 墨　翟 | 翟由鲁去宋,力陈兵灾之害,自荐使楚之责,蒙宋主听信,封以客卿上大夫之职,命即使楚求和,是我当殿陈明,使楚必去,官爵不受,暂挂名义,乃是有权辩 |

事,已拟就这（取纸介）张修好盟约,请大王御览。
（呈上介）

楚　王　（接看介）闹了半天先生可真是宋国使臣,罢罢罢,
　　　　　君无戏言,孤又上了你的当了。哎!

　　　　（唱）　罢罢罢来休休休,
　　　　　　　攻宋之事一笔勾。
　　　　　　　总算先生口才有,
　　　　　　　说得孤王愿低头。

　　　　拿去!（监接转交墨）

墨　翟　（唱）　用手儿接盟约举目观看,
　　　　　　　见公输和楚王面带喜欢。
　　　　　　　他哪里分明是假意欺瞒,
　　　　　　　你诓我我诓你各显手段。（上二句低声）
　　　　　　　背转身心问心自相盘算,
　　　　　　　快离这龙潭穴免遭灾难。

　　　　大王!酒饮够了,翟要告辞!

楚　王　如此,公输大夫送墨先生宾馆安息。

〔楚王楚妃同下。

〔墨略装醉介,监扶下。

公输般　先生慢步!慢步!（看介）你去吧,正是:大家用心
　　　　计,看谁本领高。（下）

# 第十场　　通敌被执

〔宋昭公上。

宋昭公　（唱）　孤早朝相议去劳军,
　　　　　　　派定戴驩一同行。（进坐介）

〔小旦上。

宋　妃　参见千岁。

| 宋昭公 | 免参。请坐。 |
| 宋　妃 | （起坐介）　千岁今日早朝有何国家大事议论？ |
| 宋昭公 | 孤明日即去边关劳军,派定你父同去。 |
| 宋　妃 | 千岁与国宣劳,妾妃不能坐视,愿随千岁同往,也好照应一二。 |
| 宋昭公 | 不去也罢。 |
| 宋　妃 | 一定要去。 |
| 宋昭公 | 既然要去,你我作速准备,以便明早起程。（起介） |
| 宋　妃 | 如此请呀！ |
|  | （唱）　与国勤劳男女同。 |
| 宋昭公 | （唱）　显得爱姬一片忠。（同下） |
|  | 〔禽上。 |
| 禽滑厘 | （唱）　到边关修城垒坚甲利兵,三百人分各营统领大军,闻宋主和戴驩前来作怎,但不知何一日可到边庭。 |
|  | 〔卒上。 |
| 卒 | 报！ |
| 禽滑厘 | 军报何事？ |
| 卒 | 千岁驾到,离城不远。 |
| 禽滑厘 | 再探！（卒下）众将官！（众上）千岁驾到,摆队出城相迎。 |
| 副 | 摆队出城相迎！（摆队下） |
|  | 〔四监宋昭公,宋妃戴上,走场下,禽摆队下场门上,宋昭公等上,禽跪介。 |
| 禽滑厘 | 禽滑厘参见千岁。 |
| 宋昭公 | 爱卿平身。 |
| 禽滑厘 | 请千岁进城行宫歇驾！ |
| 宋昭公 | 摆驾行宫！（众同下） |
|  | 〔钟离密上。 |
| 钟离密 | （唱）　匆匆忙忙离宋京,暗随宋主赶路程。 |

秦腔

和平使者

HEPINGSHIZHE

在下钟离密。前与戴骥父女相议,劝诱宋国投降,大事快成,被墨翟献策宋主,将我此计破坏。是我又同他约定,兵到边关里应外合并讨得戴骥亲笔书信一封,急速投奔楚营,奏予大王得知。来此边关天色已晚,趁此机会过关。

（唱）　一封书信到楚营,
　　　　里应外合便成功。（下）

〔禽上。

**禽滑厘**　（念）　只为奸细事,奏予千岁知。
〔四卒一将同上。
方才巡哨官兵捕得楚国奸细一名,搜出书信一封,乃是戴骥父女私通楚国作为里应外合,此事关系重大,待我连夜进宫奏明千岁,请旨定夺,来此行宫,你们宫外伺候。
（众立候入介）参见千岁。
〔宋妃同上。

**宋昭公**　爱卿平身,何事深夜前来。

**禽滑厘**　这是书信一封,千岁请看。（呈信介,宋昭公,看信介,惊介气介）
有这等事,快将奸细和老贼一同绑上。

**禽滑厘**　（出介）速将奸细绑上,副将去请戴骥大将军,不得误事。（众分下禽进介）千岁息怒,老贼父女作出此事,国法难容。

**宋昭公**　娱姬上来。
〔宋昭公上。

**宋　妃**　忽听千岁叫,不由心内跳,参见千岁,千岁唤妾妃出来有何圣谕?

**宋昭公**　（掷信介）贱人你自看来。

**宋　妃**　（看介）此乃妾妃父亲所为,妾妃实在不知。

**宋昭公**　休得强辩,稍刻便知。
〔众绑钟离戴上入见介。

| | |
|---|---|
| 宋昭公 | 老匹夫作出此事人证俱在,还有何说? |
| 戴 骢 | 请千岁免臣一死。 |
| 宋昭公 | 私情易免,国法难容,速快推下砍了。 |
| 禽滑厘 | 千岁,慢着,等楚兵退了,审明再行处决不迟。 |
| 宋昭公 | 如此,交卿去办。 |
| 禽滑厘 | 臣遵旨!众将官!将奸贼三人绑回大营。(众绑<br>下)拜辞千岁(下) |
| 宋昭公 | 正是! |

　　　　　　(唱)　人心难测各如面,
　　　　　　　　　　翻云覆雨肘腋间。(下)

# 第十一场　设防编歌

〔四居民拿锄铲挑担等上。

| | |
|---|---|
| 甲 乙<br>丙 丁 | (唱)　挖深濠沟修城墙,<br>(唱)　大家出力保边疆。(送粮人上,相遇介) |
| 甲 | 请了!你们是作什么的? |
| 送粮众 | 我们是远道送军粮来的,老乡们干啥的? |
| 近民众 | 我们是修沟挖濠出力帮工的,离营不远,大家一同<br>走吧! |
| 送粮众 | 请老乡带路前行。(走介) |
| 近 民<br>甲 乙 | (唱)　我们出力你出粮,<br>　　　　大家一心保家乡。(同下) |

〔禽上,四卒四战衣上。

| | |
|---|---|
| 禽滑厘 | 奉命守边关军令重如山。 |

　　　　　(坐诗)　历年烽火苦兵灾,大道未行不胜哀。三百
　　　　　　　　　余人同协力,要弭战祸显将才。

　　　　遵我师得之命,和诸同学镇守边关。虽只一万人马,

幸喜志同道合,上下一心,所有百姓都来帮助。只是我师入楚尚未归来,日前派人前去各国联合,各国都愿背楚连宋,但等楚国兵到,管教他大败而回。

〔副上。

副　　　启闾长,师傅回来了。

禽滑厘　快快有请。(出迎介)老师回来了,请到帐内。

〔墨上同入介,坐介。

墨　翟　这是贤契!楚兵即到,防守之事,准备如何?

禽滑厘　一切都已备好老师但请放心。

墨　翟　派往各国联络之人,可有消息?

禽滑厘　都有急信回报,联宋拒楚。

墨　翟　如此甚好。

禽滑厘　但不知老师和楚王议盟之事如何?

墨　翟　贤契呀!

　　　　(唱)　楚惠王迷信武力甚骄傲,

　　　　　　　公输般目空一切气焰高,

　　　　　　　虽被我当面折报他认错,

　　　　　　　答应我订盟罢兵约几条,

　　　　　　　怕他那口是心非不可靠,

　　　　　　　又恐他迅速出兵在一朝。

禽滑厘　如此说来楚兵必到大家须要准备了,(唱)属兵林马固边防,小心哨探莫辞劳。但等一旦楚兵到,杀他片甲不回朝。

墨　翟　大事既已安排定妥,我这里有自编歌曲一篇,分给大家去唱。楚王兵到自有妙用。(出歌介)待我分给军民。

〔众人上。

甲　　　来此已是,哪个去报?

乙　　　我去我去,门上有人吗?

副　　　作什么的?

乙　　　我们是修烟挖濠沟叠城墙的,现已完工,特来交差。

还有那(指介)老乡们是远道送军粮、交弓箭的,烦传一声。

副　　(进介)启天长,有许多完工交差的,有许多是远道关粮送弓箭来的,百姓要见。

禽滑厘　都请进来。

副　　是。(出介)

各位老乡都请进来说话。

〔众人上。

众　　这里不像官府衙门,真客气,(众人分两班)

见过官长,

禽滑厘　各位辛苦。

众　　国家事应该大家担当,哪比得官长们日夜操劳呢?

禽滑厘　好说! 边防修整完备,多亏大家出力,真正难得你们远道捐输,更其难得。军粮弓箭收下,替各位准备茶饭。

众　　我们都吃过饭了,即刻告辞。

禽滑厘　列位乡亲慢走一步。(起介)这是墨老先生编的一只歌儿,大家拿去分头抄送,个个念熟。等楚兵来时,都去楚营四周念唱,便有许多好处。

众　　长官指教,一定不差,我们照办就是。(众出介送介)

禽滑厘　大家慢走。

众　　莫送莫送(众下)

禽滑厘　千岁驾临边关,现在城内,老师可去一见?

墨　翟　理应前往一见。

禽滑厘　待我陪同前往(同起介)

墨　翟　正是,百姓都是热心肠只恨官家太不良。

禽滑厘　何时四境干戈靖,自食其力远故乡。(同下)

# 第十二场　歼敌凯旋

〔楚兵将上。

楚　王　人马为何不行？

众　　　差官挡路。

楚　王　带上来。

〔四差下场门上。

差　　　参见大王。

楚　王　各国人马何日可到？

差　　　各国俱有回文，大王请看。（呈文介楚王看介）

楚　王　气煞人也，

（唱）　恨各国达旨意不肯出兵，

　　　　气得人无名火阵阵上升，

　　　　误大事又恐怕军心摇动，

　　　　这件事倒叫孤怎样调停。

哎哟吴将军，你看各国不来会师，这便怎处？

吴　起　大王莫忧，我兵已出不能中止，还是作速前进。

公输般　将军所言甚是，大王赶快进兵。

楚　王　众将官，作速进兵（回场）

众　　　兵到边界。

吴　起　启大王兵到边界。

楚　王　离宋营二十里，安营扎寨（坐介）

公输大夫，孤想墨翟诡计虽多，怎奈我国出兵甚快。

歇兵一日，明早便去攻城。

公输般　大王所见甚是。

〔小军上。

小　军　报！

| 吴　起 | 军报何事？ |
|---|---|
| 小　军 | 拿到奸细一名。 |
| 吴　起 | 绑上来。 |
| 小　军 | 啊！（绑上介） |
| 吴　起 | 见了本帅为何不跪！ |
| 末 | 我并未触犯军法，把我绑来做甚？ |
| 小　军 | 他们口里胡唱。 |
| 末 | 乡民百姓哼两句歌儿也算犯法吗？ |
| 公输般 | 好好好不要难为他，你唱的甚么歌儿？再唱几句我听如果唱得好便放你回去。 |
| 末 | 　这样捆绑，怎样唱法？ |
| 吴　起 | 给他松绑。（小军松绑介）唱来！ |
| 末 | 说唱便唱。（唱唢呐调） |

秦腔 和平使者

HEPINGSHIZHE

　　　　大风起兮白日寒，
　　　　两阵对兮肢体残。
　　　　马鸣兮旗拆，
　　　　鼓哀兮力竭。
　　　　遗尸遍野血成渠，
　　　　惨目伤心皆欲裂。
　　　　千里赴戎机，
　　　　新婚怨别离。
　　　　高堂悲白发，
　　　　终日望儿归。
　　　　沙场战死骨如山，
　　　　夜里啁啾魂魄还。
　　　　黄土邱前风木恨，
　　　　绿杨堤畔节孝坊。
　　　　泣血兮黄泉，
　　　　泣血兮黄泉，
　　　　死难瞑目悔当年。

| 楚　王 | 这分明是有意鼓动军心，快快推下砍了。 |
|---|---|

| 末 | 唱歌的人多着呢，只怕你砍不尽，杀不绝。 |
|---|---|
| 吴 起 | 啊！ |
| 末 | 老实和你们说吧，附近百姓都会唱这支歌，看你怎样杀法。 |
| 公输般 | 大王息怒，依臣之见，这定是墨翟使的诡计，与百姓无干。 |
| 楚 王 | 嗯！料得不错，将此人押下去。（押下介）吴将军还须留心提防才是。 |
| 吴 起 | 臣带的多年旧部谅来无妨。 |
| 公输般 | 总得小心为好。 |
| 楚 王 | 真可恨也。 |

　　　　（唱）常言道暗箭难防范，
　　　　　　　快整备大兵去攻关。（同下）

〔离墨同上。

　　　　（唱）　探马报楚王兵已到宋边。

| 禽滑厘 | （唱）　慎防守倾离情来到关前。（上城介） |
|---|---|
| 墨 翟 | （唱）　师生门上敵楼远远望见， |
| 禽滑厘 | （唱）　楚营中人马乱旌旗不鲜。 |
| 墨 翟 | （唱）　你看楚营附近， |
| | 　　　　百姓纷乱， |
| | 　　　　定是我计已成。 |
| 禽滑厘 | 观见楚营旗旌不整，灶垒零乱，其中必有变故，但等火光燃起，即可前去追杀。 |
| 墨 翟 | 你我回营准备了。（下介） |

　　　　（唱）　下城楼回营去速作准备，
　　　　　　　但等那火光起便见高低。

| 禽滑厘 | （唱）　今夜晚月光暗刁斗星稀， |
|---|---|
| | 　　　　管教他君臣们插翅难飞。（下） |

〔楚营四卒上。

| 甲 | 伙计，咱们快跑。 |
|---|---|
| 乙 | 莫忙，先把便衣丢掉，回家去还用他干啥。 |

| | |
|---|---|
| 丙 | 大家扔掉了这捞什子再跑。(众脱衣丢弓箭刀抢介) |
| 丁 | 打更的来了,快走快走! |
| | 〔下场门打更上。 |
| 更　夫 | 你们作甚么? 这样慌慌张张,要往哪里去? |
| 甲 | 你先莫问,这四面歌声可曾听见? (众听介内唱介) |
| 更　甲 | 喂! 这歌唱得很凄惨,我们当时便想起家来了,这样<br>天天打仗,送死为了啥? |
| 更　乙 | 你们的衣裳怎么不见了? |
| 众 | 我们不干了,回家呀,还在这里白等死不成。 |
| 更　甲 | 不敢吧! |
| 众 | 那你们等着,我们走了。 |
| 更　乙 | 慢着慢着,咱们一块走。 |
| 众 | 走! |
| 更 | 走走,(丢锣梆介)大家一路走。(同下) |
| | 〔楚王公输上。 |
| 楚　王 | (唱)　孤平生南北战东西征剿,<br>　　　　攻必克战必取何等英豪。<br>　　　　此一番伐宋国必不轻饶,<br>　　　　灭其国掳其君我恨方消。 |
| 公输般 | 帐外人声嘈杂,大王可曾听见? (楚王听介)果然不<br>错。吴急上三军多计变,奏与大王知。(入介)启奏<br>大王,大事不好。 |
| 楚　王 | 何事惊慌? |
| 吴　起 | 四面歌声越来越多,三军纷纷离散,这便如何是好? |
| 楚　王 | 你我一同看来(出看介) |
| | 〔内监急上。 |
| 监 | 启奏大王三军纷纷逃散满地遗弃兵器,四周歌声<br>群起。 |
| 楚　王 | 这这这这便怎处? |
| | 〔众卒齐上。 |
| | 快走快走! |

| 吴　起 | 本帅同大王在此,你们往哪里走? |
|---|---|
| 众 | 噢!大王、元帅不要杀我们走了,你们照样还当你的大王、做你的元帅,我们老百姓是要活命的。走,不理他,看他把咱怎样。(众下,众人同摇手介,听介) |
| 楚　王 | 哎哟不好。 |
| 吴　起 | 大王哎大王,三军叛离,决难一战不如连夜退兵免生意外。 |
| 楚　王 | 只好收兵(同下起介,官兵上与楚战介,吴上同战介) |

〔离上。

| 禽滑厘 | 哪里走? |
|---|---|
| 吴　起 | (回身介) 来将通名。 |
| 禽滑厘 | 墨夫子门徒宋人离滑厘,你可是楚将吴起? |
| 吴　起 | 既知本帅威名,何不下马投降?免得一死。 |
| 禽滑厘 | 休得夸口,吃我一枪。(战介,楚兵弃械逃介,吴败下,宋兵追上) |

〔楚王上。

| 楚　王 | 哎哟,公输大夫,宋兵追杀甚紧,我军毫无斗志,吴将军虽勇,寡不敌众,看将起来,君臣们此番休兵! |
|---|---|
| 公输般 | 大王莫忧,宋兵不多,一时被他占了便宜,谅来不敢穷追,我们从小路逃走大事无妨。 |
| 楚　王 | 如此快寻小路。 |

〔宋兵追上吴与战介,楚王公输逃下,吴败下,宋兵追下,婉姬上。

| 婉　姬 | 楚兵大败四散奔逃我便趁此机会逃走,那边人马必是宋国追兵,待我上去问话。(下) |
|---|---|

〔众百姓上,墨上,卒上,绑婉旦上。

| 众 | 捉到女奸细一名。 |
|---|---|
| | 不管男奸细女奸细杀了完事。 |
| 墨　翟 | 且慢!待我问过明白,再杀不迟,将女奸细绑上来。 |
| 众 | (卒押婉入)。女奸细在此。 |

302

| | |
|---|---|
| 墨　翟 | 啊！原来是婉姬，你怎能到此？ |
| 婉　姬 | 原来墨先生在此，是我早想逃回宋国，无机可乘，此番昏王出兵，随同前来，今见楚兵大败，昏王落荒逃命，我趁此机会逃回宋营，夜间路途不熟，被小军捉来。 |
| 墨　翟 | 如此甚好，我派人马先护送你回营，好与宋王见面，弟兄们派人送她回营。 |
| 婉　姬 | 多谢先生。（二人送下） |
| | 〔众居民提火把、锄棒上。 |
| 甲 | 伙计们，来到金鸡山，前面不远人喊马叫，定是楚王败兵到了，我们赶快堵住山口，分占山头，杀他片甲不回。 |
| | 〔分立桌上介，楚残兵上。 |
| | 〔楚王上。 |
| 楚　王 | 前面火光明亮，想是哪位将军接应人马到了，吴将军快去问话。 |
| 吴　起 | 你们是哪里人马？大王在此，快来救驾！ |
| 众 | 你是何人？ |
| 吴　起 | 楚王驾前大将军吴起便是。 |
| 众 | 冤家路狭，正在这里等候你们。墨先生的算计不错，伙计们，快放滚石。（掷石介，吴逃下介） |
| 吴　起 | 哎呀！原是宋国伏兵。 |
| 楚　王 | 哎呀不好！ |
| | 〔宋兵上战介，楚王公输割须弃袍逃介，吴战败介，山上堵杀介，楚王须下马受伤介，吴夹楚王逃下介，宋兵会合介，墨在上展开"自卫反战"旗介。 |
| 禽滑厘 | 师傅在此，快请下山。 |
| | （墨翟）楚兵已被杀尽，列位功劳不少。 |
| 众 | 全亏先生计划，我等何能，先生大功，永垂不朽。 |
| 墨　翟 | 亦非在下之功，此乃好战之人，应得恶果。在下不过平生反对战争，爱好和平，著书立说，行道而已。大 |

家能同心协力,保卫国家,才有今日。故此要想太平,除非加强自卫,我不侵占他人,轻启战端,同时我也不怕人,才保得和平。

众　　　先生高论实在佩服,大功告成,我们荣耀还乡。(全下)
　　　〔小生婉姬同上,一内监、娥旦上。
宋昭公　楚兵已杀尽,即日便回朝,此次大功除墨先生之外,爱妃功劳不少。
婉　旦　千岁休得夸奖,娱姬父女之事,该如何处理?
宋昭公　待墨先生离爱卿到来,便可定夺。
内　　　墨先生离将军到。
宋昭公　宣他二人进宫。
　　　〔墨、禽上。
墨　翟　(唱)　大家协力定干戈,
禽滑厘　(唱)　从此永见太平秋。(进介白)参见千岁。
宋昭公　墨先生禽将军坐下说话。(二人坐介)楚兵已败大功告成,二位功劳不少。
墨　翟　此乃大家力量,今后千岁要永作用兵之诫。
宋昭公　禽爱卿审问戴贼父女之事,可有口供?
禽滑厘　都已招认,口供千岁请看。
　　　〔小生接看介。
宋昭公　老贼该死,证据确实,三人一同绑出斩了。速将三人带上。(卒押三人上跪介)该死奸当,还有何说,推下砍了。
戴　骥　宋奸作不成,
娱　姬　反被要了命。
钟离密　害我去陪趁,
全　　　同到枉死城。(下)
宋昭公　休兵三日,即便班师回朝。
　　　〔众全下。

——剧　终

演出单位

西安市五一剧团

# 戚继光斩子

根据端木蕻良同名京剧 移植

李静慈　移植

# 剧情简介

明时，倭寇进犯东南沿海，元帅戚继光镇守浙东，整饬军纪，训练精兵，依靠百姓，屡挫倭寇。继光之子戚印，少年气盛，在取得一次胜利之后，志得意满，再三请缨要做先锋。戚继光以其尚乏战斗经验，只派其伏兵草桥。戚印到了前敌，一心要争头功，违背帅命，仅留少量兵作埋伏，假传帅令，私率精骑冒进东山，不听将士规劝，误中敌计，招致兵败，彻底破坏了戚元帅的战略部署。戚帅得老中军报讯之后，只得改变战术，智出奇兵才得扭转战局。戚印回营，已知自己铸成大错，求父帅从宽执法；戚夫人及众官亦为讲情，然戚继光为维护军纪，忍痛执法，坚持斩了儿子戚印。此剧是以武生、须生、文武小生为主的唱念做打并重戏。为刘化鹏、李爱琴演出代表作。

# 场　目

秦腔

戚继光斩子

QIJIGUANGZHANZI

# 人　物　表

戚继光

戚夫人

戚印成　　戚子将

陈大成　　戚将

李超先　　戚将

朱任环　　戚将

老军夫

渔夫

倭酋甲

倭酋乙

倭酋首

黑族副军　戚将

黑族将军　戚将

红族将军　戚将

白族将军　戚将

青族将军　戚将

黄族将军　戚将

中军　　　军牌

旗报子　　将环兵

报副丫环　兵兵

戚女倭　　兵

# 第一场  镇  浙

〔升帐,四将陈大成、李超、朱先、任环、戚印等上。

〔八兵上,戚继光上。

戚继光　(念引子)

　　　　报国志酬,除民害,阵摆鸳鸯,誓扫倭奴!

众　将　参见元帅。

戚继光　站立两厢!

众　将　啊!

戚继光　(诗)　南北驰驱志气雄,

　　　　　　　江边海上挫敌锋。

　　　　　　　一年三百六十日,

众　将　(合)　多是横枪马上行。

　　　　〔中军暗上。

戚继光　本帅奉俞都督(注:俞大猷不是都督,这是为了便于
　　　　称谓)之命,镇守浙江,只因倭寇猖狂,连年内侵,致
　　　　使沿海各地,生灵涂炭,民不聊生。本帅训练精兵,
　　　　严整军纪,多打火器,讲习兵法,遂使倭奴丧胆,所向
　　　　无敌。中军!

中　军　在!

戚继光　浙东新军,近日演习阵法,可曾熟练?

中　军　俱已熟练。

戚继光　好!

旗　牌　(内白)呵!

　　　　〔旗牌上。

旗　牌　参见元帅。

戚继光　何事?

| | |
|---|---|
| 旗　牌 | 今有俞都督书信到来,元帅请看。 |
| 戚继光 | 呈上来。(中军转递) |
| 旗　牌 | 是! |
| | 〔戚拆信看信。 |
| 戚继光 | (持信介唱慢板) |

俞都督来信把兵调,
提防台州扼贼巢。
倭奴猖狂势不小,
出没在浙东似火燎。
州官昏聩难依靠,
官兵见贼望风逃。
生灵涂炭何时了,
专调我军杀敌立功劳。
观罢信就来把众将叫,
要整军出师和贼把锋交。

| | |
|---|---|
| 众　将 | 元帅! |
| 戚继光 | 今有俞都督书信到此,要我合起兵力,扫平倭寇。想我自镇守浙江以来,樵夫渔子,敌忾同仇,水边山旁,杀敌无数。如今有等州官效法我军,严整军纪,有等州官依然昏聩,扰民有余,杀敌无力,此番出兵,必须军纪严明,不可轻敌,违令者斩! |
| 众　将 | 啊! |
| 戚继光 | 传令三军,今将鸳鸯阵法,操演一回,待我检阅之后,明日五鼓随定本帅出征! |
| 戚　印 | 且慢哪! |
| 戚继光 | 为何阻令? |
| 戚　印 | 小小倭寇,乃乌合之众,何劳父帅亲自出征,愿父帅赐儿一支人马,直捣贼营,生擒那倭酋进账。 |
| 戚继光 | 倭贼狡诈异常,非同小可,轻视自傲,乃军家大忌。 |
| 戚　印 | 如此说来,岂不是灭我军之威风,长敌人之锐气耳! |
| 戚继光 | 嘟!小小年纪屡教不改,竟敢目空一切,此番又在帐 |

前胡言乱语,还不与我退下!(印作惭愤状)

戚继光　中军!

中　军　在!

戚继光　传令下去,吩咐青黄赤白黑五营军马齐集教场!

中　军　得令!——下面听着!(内应介)元帅有令,命青黄赤白黑五营军马,齐集教场!(内应介)

戚继光　众将官!

众　将　有!

戚继光　教场去者!

众　将　啊!〔吹牌子,同下。

# 第二场　训　子

〔四丫环引戚夫人上。

戚夫人　(唱)　恨倭奴通海盗时常内侵,
　　　　　　　　犯浙东窥台州苦害良民。
　　　　　　　　蝴蝶军呈凶狂出没无尽,
　　　　　　　　贼自称"八幡公"到处寻衅。
　　　　　　　　我夫君奋忠勇整军布阵,
　　　　　　　　灭倭寇靖海防拯救万民。

戚　印　(内白)走哇!

〔戚印上。

戚　印　(唱摇板)
　　　　　　　　讨令杀敌偏不准,
　　　　　　　　似火不住烧我心。
　　　　参见母亲。

戚夫人　罢了。我儿不在营中,来此作甚?

戚　印　母亲哪!适才俞都督有书信前来,要我父帅出兵合力攻打倭寇。是孩儿帐前讨令要攻打头阵。

戚夫人　我儿志气可嘉，你父帅可曾应允？

戚　印　母亲哪！父帅他不但不允，反将孩儿痛斥一番，因此特来禀告，望母亲对父帅好言相劝，允许孩儿领兵前往，当立头功！

戚夫人　少刻你父帅回来再作道理。

戚　印　倘父帅再不允许，孩儿就要……

戚夫人　要怎样？

戚　印　单枪匹马直捣贼巢！

戚夫人　我儿万万不可，那一日我儿私自出营射猎，被你父帅痛责一番，若是私自出兵那还了得！

戚　印　这个！

戚夫人　儿呵！孙武有言："譬如骄子，不可用也。"吾儿必要戒骄戒躁，才能被你父重用。

戚　印　这……

〔内喊：元帅回府！

戚夫人　有请。（迎出）

〔四兵引戚继光上，见夫人一望，戚下马，四兵下。

戚夫人　元帅！

戚继光　夫人。（进门介）

戚夫人　请坐。

戚继光　有座。（望印）戚印不在营中，来此何事？

戚　印　看望母亲。

戚继光　哽！

戚夫人　元帅，闻说倭寇又来犯境，不知元帅几时出兵，扫平贼寇？

戚继光　今有俞都督书信到来，约我合攻倭寇，明朝五鼓发兵。

戚夫人　如此甚好。

戚继光　夫人。此间大户多半交结敌寇，勾通海盗。真正的倭寇，不过十之二三，其余都是汉奸海盗。我去之后，贼人必来偷营，夫人须要多加小心。

戚夫人　小小贼寇，不足为惧。

戚继光　夫人哪!

（唱慢二六板）

倭奴狡诈非寻常,

西没东出扰四方。

若是兵去贼来犯,

难免夫人费主张。

戚夫人　元帅啊!

（接唱）元帅请把宽心放,

戚家军威名震四方。

为妻韬略虽不广,

列阵杀敌本寻常。

倘若倭奴不自量,

定叫他前来送死把命亡。

请分一部兵和将,

坚守此地料无妨。

戚继光　好哇!

（唱带板）

夫人从来智谋广,

领兵留守也应当。

转面再对戚印讲,

戚　印　在!

戚继光　（唱）　坚守此地把贼防。

戚　印　爹爹呀! 想孩儿每日操练弓马,已经学得全身武艺,孩儿愿带一支人马,去打先锋,就请爹爹允许了吧!

戚继光　打先锋岂同儿戏,你可知兵法?

戚夫人　他晓得的。

戚继光　夫人不要过分宠爱于他,（向印）戚印与我讲来。

戚　印　不敢言知,略识一二。

戚继光　如此甚好,我且问你:孙武调度宫妃布阵,号令宫妃记好自己的左右手,前心,后背,是何道理?

戚　印　（作势介）此乃以身表出四方,使士卒进、退、左、右有所依据也。

戚继光　（惊喜）呃，你居然知道！

戚夫人　他晓得的。

戚继光　夫人不要纵容了他！

戚　印　爹爹！孩儿秉承家教，慢说这一条，便是十条百条，也能倒背如流。

戚继光　噢！小小年纪，便夸大口！我且问你，军中号令，如何对待，才是正理？

戚　印　（作势介）父亲教谕，孩儿早已记得清楚：若擂鼓前进，就是前面有水有火，便往水火以内，也要前进。如鸣金后退，就是前面有金山银山，也要依命后退。是这等才能使大家共作一个眼，共作一个耳，共作一个心，有何贼不可杀，有何功不可立！

戚继光　哦！所答尚还不错！

戚夫人　他是不会答错了的。

戚继光　夫人不要助长他的傲气。

戚　印　孩儿秉承家教，慢说这两条，就是全部孙吴兵法，也都背得烂熟。

戚继光　哦！兵法岂同儿戏，必须依法施行。便是你字字背下，也无济于事。

戚　印　孩儿不敢玩忽，正是要依法施行。请求爹爹答应孩儿攻打先锋，当立头功。

戚继光　你留在家中，保护你母亲，便是一功。

戚夫人　何用他来保护，元帅还是答应他挂先行印吧！

戚　印　母亲武艺高强，何须孩儿留守，还是让孩儿来领先锋。

戚继光　你身为战将，可懂军规？

戚夫人　他懂得的。

戚　印　孩儿懂得。

戚继光　好，戚印听令！

戚　印　（高兴地）在！

戚继光　命你留守大营，不得违误！

戚　印　　得令。（失望介）

戚夫人　　元帅此番出征,待我温酒以待。

戚继光　　多谢夫人,我去之后,敌人必然分出一支人马,攻打
　　　　　　此处,可照我往日夜伏弩机,硝石引火之法攻之,定
　　　　　　可打退倭寇,夫人你要记下为是。

戚夫人　　定然依计而行。

戚继光　　夫人歇息去罢。

戚夫人　　是。

　　　　　〔夫人与戚印对视,夫人下。

戚继光　　戚印!

戚　印　　在。

戚继光　　此番留守大营,要谨记三件大事。

戚　印　　哪三件?

戚继光　　儿呀!

　　　　　（唱）　留守大营是重任,

　　　　　　　　　　三件大事记在心:

　　　　　　　　　　第一用人须谨慎,

　　　　　　　　　　因才使能重群伦。

　　　　　　　　　　第二法令行公允,

　　　　　　　　　　徇私害公难存身。

　　　　　　　　　　第三赏罚须认真,

　　　　　　　　　　是非不明枉为人。

　　　　　　　　　　我儿年幼少学问,

　　　　　　　　　　休自高自大气凌人。

戚　印　　（不悦地）孩儿全都晓得。

戚继光　　如此甚好。

戚　印　　孩儿去也!（欲下）

戚继光　　转来!

戚　印　　父帅还有何吩咐?

戚继光　　尚有留守之道我儿听了!

　　　　　（唱二六板）

秦腔　戚继光斩子　QIJIGUANGZHANZI

315

要知而能行把兵法妙用方为上，

万不可自恃聪明作主张！

留守要防贼来闯，

倭奴的疑阵紧提防。

夜晚多燃灯火亮，

白昼多把旌旗扬。

夜伏弩机不可忘，

硝石引火把敌伤。

吾儿年幼见不广，

牢记此话在胸腔。

戚　印　父帅！

　　　　（接唱）父帅不必叮咛讲，

　　　　　　　孩儿自有好主张。

　　　　　　　倭寇纵有千员将，

　　　　　　　难逃戚印掌中枪。

戚继光　（接唱）我儿不可太狂妄，

　　　　　　　留守大营岂寻常，

　　　　　　　此番助我打胜仗，

　　　　　　　言听计从是好儿郎。

戚　印　记下了！

戚继光　（唱浪头）

　　　　　　　谨记心头归营帐。

戚　印　（接唱）杀敌致果把名扬。（下）

戚继光　（接唱）千山红叶行色壮，

　　　　　　　一片丹心向朝阳。（下）

# 第三场　警　报

〔八兵引倭酋甲乙上。

酋　甲　（念“点绛唇”）

　　　　　　　　海上波涛，

酋　乙　连天风暴，

酋　甲　艨艟列，

酋　乙　十万倭刀。

酋　甲
酋　乙　要把台州扫！（分坐）

酋　甲　（诗）　杀气腾腾八幡公，

　　　　　　　　扬帆过海逞威风。

酋　乙　十万大兵齐发动，

酋　甲
酋　乙　要把台州血染红！

酋　乙　大哥！今日出兵，有何妙策？

酋　甲　台州守将，庸碌无能，城中之兵，不会打仗，你我兄弟
　　　　今日就给他来个鱼篓里捉甲鱼——

酋　乙　此话怎讲？

酋　甲　手到擒拿。就任凭你我大大的抢掠烧杀他一场，好
　　　　不快活呀！哈哈哈哈！

酋　乙　若是那戚继光领兵前来搭救台州百姓。如何是好！

酋　甲　某自有道理。不必多虑。

报　子　（内喊）报哇！

　　　　〔报子跑上。

报　子　戚继光发兵台州！

酋　甲
酋　乙　再探！

报　子　得令！（下）

酋　甲　啊哈，啊哈，啊哈哈哈！

酋　乙　大哥为何发笑？

酋　甲　我笑那中国只有一个戚继光，顾了东顾不了西。而
　　　　今他兵发台州，自己营中，必定空虚，待某先袭台州。
　　　　我弟带领一支人马连夜兼程，直捣他的老窝。杀他
　　　　个措手不及，岂不是一网打尽。

酋　乙　妙计呀，妙计！

酋　甲　这个计策还有名堂——

酋　乙　什么名堂？

酋　甲　这叫做"连锅端"。

酋　乙　好一个"连锅端"，若非大哥神机妙算,何能出此奇
　　　　策？但有一件——

酋　甲　哪一件？

酋　乙　那戚继光发兵前来,可厉害得很哪!

酋　甲　(不以为然地)咄!外有海盗甘为先导,内有豪富愿
　　　　为内应,又加州官无能,士兵涣散,就是那戚继光有
　　　　回天之力,安能扭转大局。此乃天助某成功也!
　　　　(唱浪头)

　　　　　　　　洪福齐天吉星照,

　　　　　　　　走马江南挂龙袍。

　　　　〔正唱中在上四个光头兵。

　　　　　　　　三军齐发台州道,

　　　　马来!

　　　　(酋甲上马介,四兵先下)

酋　乙　送大哥!

酋　甲　(接唱)连夜兼程去袭戚家的营巢!(下)

酋　乙　兵丁们!弓上弦,刀出鞘,马衔枚,连环套。夜袭戚
　　　　家兵营去者!

众　　　啊!(齐下)

　　　　〔戚印持兵书边看边走上。

戚　印　(唱慢七锤)

　　　　　　　　夜读阴符晓未休,

　　　　　　　　壮心欲系倭奴头。

　　　　　　　　腰间带血雌雄剑,

　　　　　　　　谈笑觅封万里侯。(提板)

　　　　只因爹爹发兵台州,留下母亲与我,驻守大营,依照
　　　　我父"夜伏弩机,硝石引火"之法,将弩箭埋伏敌人
　　　　必经之路,坐而杀敌,岂不妙哉!哈哈,果真妙也,果

然妙也。

（唱摇板）

我父英雄儿好汉，

报国精诚高比天。

可恨倭奴好大胆，

且待他，送上门来，中我机关！

〔报子上。

报　子　（念）　有贼来夜袭，

报与小将军。

报　子　启禀小将军，今有倭寇前来夜袭！

戚　印　有多少人马？

报　子　约有三千之众。

戚　印　再探！

报　子　得令！（下）

戚　印　有请母亲！

〔戚夫人上。

戚夫人　（念）　城上传更夜未阑，

炉香刀影透紫烟。

戚　印　母亲！

戚夫人　有何要事，快快讲来。

戚　印　三千倭寇前来夜袭！

戚夫人　哦，果未出元帅所料也！

（唱带板浪头）

夜深忽闻警报传，

不由怒火上眉尖。

倭奴竟敢来进犯，

待我斩将到阵前。

戚夫人　戚印随我前去杀敌。

戚　印　母亲呵，孩儿愿做先锋，诱敌深入，待敌走进，然后伏

兵四起，放火焚烧，烧他个片甲不留。

戚夫人　如此甚好，吾儿先行。

戚　印　遵命！带马！

〔家丁带马下。

戚　印　笑看北斗七星高！（下）

戚夫人　三千蝼蚁岂能逃！（下）


# 第四场　戚印立功


〔酋乙、倭兵悄然而上，探与酋作耳语，酋喜决意攻营。

〔戚印暗上。

戚　印　呔！倭奴，哪里走！

〔敌酋上会阵。

酋　乙　（背躬）阵前来了一个黄口孺子，看他果然兵不精，
　　　　将不广，被我算就了。（对印）呔！来将通名！

戚　印　我乃戚小将军是也！

酋　乙　叫你爹爹来！

戚　印　休要狂言，看枪！

酋　乙　看刀！

〔打数回合，戚印诈败下。倭酋追下。

〔四女兵引趟马上。

〔戚夫人上。

戚夫人　（唱"柘榴花"四女兵随唱）

　　　　离妆镜，腰悬宝剑束征袍，

　　　　鸳鸯阵，宝刀和长矛。

　　　　但只见，营火频烧，

　　　　宿鸟惊巢；

　　　　山崖前马嘶兵喧闹嘈。

　　　　且听得战鼓咚咚，

　　　　且听得战鼓咚咚，

　　　　倭奴喧哗连声噪；

　　　　　霎时节伏兵四起把敌消！
（登山瞭望介）
〔戚印拖枪上。

戚　印　可笑这贼子，果然入我计中，（回马）看那些畜生送
　　　　死来了。
　　　　〔四倭兵被戚印打下。

戚夫人　呀！
（唱"黄龙滚"）
　　　　　　眼望着杀气冲霄，
　　　　　　眼望着杀气冲霄！
　　　　　　见倭奴身入笼牢，
　　　　　　喜得俺，一团喜气上眉梢，
　　　　　　施巧计宝刀横扫！
　　　　〔夫人在山上唱，印在山下舞。
　　　　〔酋乙上，开打，印诈败下，酋欲进，戚兵放火，酋乙乘
　　　　隙逃走，箭发火起，倭兵死伤大半，余者被擒。印上。

戚　印　（向山上）启禀母亲，已将敌兵杀得大败！

戚夫人　可喜我儿旗开得胜，真所谓"将门出虎子"，你父回
　　　　来，必有重赏！

戚　印　孩儿不过小试其锋！算不得什么！

戚夫人　吾儿回营安歇了吧！（暗下）

戚　印　遵命！将倭奴押了回去！
　　　　〔戚兵押俘下。

戚　印　若再度兴师，父帅定然命我去作先锋是无疑了！哈
　　　　哈哈！
　　　　（唱）　这个仗儿打得好，
　　　　　　　父帅面前讨功劳。
　　　　　　　再度先锋跑不掉，
　　　　　　　杀倭奴如同拔毫毛。（下）

# 第五场　沉　舟

〔乱锤，酋乙狼狈而上。

酋　乙　杀败了啊，杀败了！是某一时大意，中了那黄口娃娃之计，将那三千人马，烧得片甲不存！看前面已是茫茫大海，叫我往哪里去逃，哪里去躲？这这这……（远望介）哦嗨有了！看海中有一小舟，我不免寻找我国战船，再作道理！（唤渔夫介）喂！

〔渔夫摇船上。

渔　夫　（唱"渔歌"）
　　　　乘风破浪大海中，
　　　　渔人家住五湖东。
　　　　捞罢鱼儿心血涌，
　　　　挂帆直去斩蛟龙！
　　　　开船还借东风送——

酋　乙　喂！

渔　夫　（接唱）又听岸上唤船声。

酋　乙　船家拢岸来！

渔　夫　岸上有人呼唤，莫非是买鱼的吗？（向岸一望）

酋　乙　拢岸来！

渔　夫　（摇桨近看介）观看这人不像此处来人的打扮——唔，待我仔细看来！（背躬）呜呼呀！这就是那杀人放火的狗头王，为何这般狼狈呀？（想介）哦喝，是了，想必是被戚元帅杀得大败，逃往至此，后面必有追兵。我不免拖延时光，待追兵至此，叫他束手被擒，岂不甚好！若无追兵……这回么？他也难逃我手！

酋　乙　（背躬）看这老船家沉吟不语，好像看破我的行径。

待我上得船去,将他一刀两断! (对渔)船家的拢岸来!

渔　夫　　慢来,慢来! 我且问你,你从哪道而来? 要往哪道而去?

酋　乙　　我从海上而来,往海上而去!

渔　夫　　嗯! 拿来!

酋　乙　　拿什么?

渔　夫　　船钱!

酋　乙　　下船之时多多与你就是。

渔　夫　　有道是"船家不打过河钱"!

酋　乙　　怎么讲?

渔　夫　　船家不打过河钱!

酋　乙　　哎呀! 这,这这! (欲杀渔夫夺船,离岸尚远,)有了! 不如将这刀鞘与他就是。——船家! 我这刀鞘乃是金镶玉嵌,权作船钱如何?

渔　夫　　若做船钱,除非是连刀带鞘。

酋　乙　　啊?

渔　夫　　你不与我,我便去也! (掉脸而往,下)

酋　乙　　也罢! (背躬)俺有全身武艺,只要上得船去,还怕他有刀儿不成? (向渔)船家——与你就是!
　　　　　〔渔夫上。

渔　夫　　抛了上来!
　　　　　〔酋抛刀渔夫接刀暗笑。

酋　乙　　搭了扶手。

渔　夫　　慢来,慢来!

酋　乙　　又做什么?

渔　夫　　待我看看风头如何! (望介,背躬)后面没有追兵,要他上船,再做道理,(搭扶手介)上船来! 酋上船介)

酋　乙　　快开船!

渔　夫　　就开始!

酋　乙　快快开船！

渔　夫　就要开船！

酋　乙　开船！

渔　夫　开船罗！

　　　　（唱"渔歌"）

　　　　　　　秋风海上正黄昏。

　　　　　　　落日残红碧血沉。

　　　　　　　渔夫心中如汤煮！

　　　　　　　国恨家仇一样深！

酋　乙　为何这样缓慢！

渔　夫　船小浪大不敢速行。

酋　乙　顺水行舟，有何不可？

渔　夫　这……哎呀！你看船头之上有一漏洞。

酋　乙　（向前去看）在哪里？

渔　夫　（持刀刺酋）在这里！

　　　　〔渔夫举刀刺酋，酋回手一挡刀飞落水。

酋　乙　你在这做什么？

渔　夫　我和你实说了罢！

酋　乙　讲！

渔　夫　你们这些狗强盗，连年内侵，民不安生，我那三岁孩
　　　　儿，命丧你等之手，沿海居民，恨不得食尔等之肉，寝
　　　　尔之皮，也难解心头之恨！今日你既上得船来，倭奴
　　　　啊！倭奴！你是难逃我手！

酋　乙　咋咋咋，哇呀呀！

渔　夫　贼子！（扑灯蛾）

　　　　　　　倭奴休要发凶狠，发凶狠，

　　　　　　　性命难逃此时分，此时分，

　　　　　　　挥桨杀敌如白刃——

　　　　（举桨击酋）着打！

　　　　〔酋夺桨，桨断。

渔　夫　（接念）正气堂堂万古春！

〔酋踢渔夫落水,渔夫翻舟扼毙酋于海里。

渔　夫　哈哈哈！正是！

　　　　　　海波万丈把贼沉，

　　　　　　一片金光荡碧痕。

　　　　　　今朝方解心头恨，

　　　　　　待我报与戚将军。

　　　　走！（下）

# 第六场　奏凯回师

〔女兵引戚印、夫人戎装上。

戚夫人　（唱浪头）

　　　　　　铁骑三千平贼去，

　　　　　　蟠花新绣紫征衣，

　　　　　　将军韬略世少有，

　　　　　　吾儿巧计破强敌！

　　　　戚印！你父得胜回师，父老夹道欢呼，我儿催马前去
　　　　迎接！

戚　印　遵命！（同下）

〔四龙套四兵引戚继光上。

戚继光　（唱浪头）

　　　　　　十载征袍海色寒，

　　　　　　立马举目望山川。

　　　　　　霜林如醉旌旗展，

　　　　　　不杀倭奴誓不还，

　　　　　　凯歌高唱天地撼——

〔夫人,戚印暗上。

戚夫人　（接唱）千里相迎草桥边。

　　　　（与夫人相遇）

戚夫人 元帅得胜而回,吾与孩儿十里相迎。

戚继光 有劳了!

戚夫人 元帅去后,倭寇果然乘虚而入,幸有孩儿巧计退敌,特来请赏!吾儿上前见过爹爹!（印下马上前拜介）

戚 印 孩儿参见父帅。

戚继光 吾儿居然这般英勇,可喜可贺,回府之后与三军同领赏赐!

戚 印 谢父帅!（印上马）

戚继光 趱行者!

（唱浪头）

三军个个是英豪,

戚夫人 （唱） 杀敌报国义气高。

戚 印 （唱） 智勇双全兵法妙,

戚继光 （唱） 倭寇丧胆望风逃!（圆场进府）

戚夫人 元帅一路风霜,后堂摆酒,与元帅贺捷!

戚继光 且慢!倭寇此番受挫,今后必然全力来攻,倾巢来犯,我等要严加提防,无须饮酒。

戚夫人 元帅得胜而回,岂有不贺之理。传令三军,多加小心也就是了。

戚继光 为我贺捷事小,犒赏三军事大,先着士兵痛饮庆功,但须严加戒备。

报 子 （内白）报!

〔报子跑上。

报 子 倭寇二次来犯,在东山口安营扎寨!

戚继光 再探。

报 子 得令!（下）

戚夫人 果不出元帅所料,敌寇已然来犯,元帅有何良谋?

戚继光 夫人请后堂歇息,某自有退兵之策!

〔印暗牵母衣示意,请讲情以作先锋。

戚夫人 啊元帅!孩儿已然立功,此番出兵,可令戚印领兵先行!

| 戚继光 | 夫人且回后堂,本帅自有道理。来!唤众将进帐!<br>〔夫人暗下。 |
|---|---|
| 戚 印 | 遵命!元帅有令,众将进帐! |
| 众 | (内白)来也, |
| | 〔众将上。 |
| 众 | 参见元帅! |
| 戚继光 | 站立两厢! |
| 众 | 啊。 |
| 戚继光 | 今有倭寇在我军大战之后,进军东山,我军必须兵分<br>两路,左右围剿! |
| 戚 印 | 父帅要由中路进兵,岂不是一举而得! |
| 戚继光 | 倭寇已取龙山地势以逸待劳,若从中路进军必中<br>其计。 |
| 戚 印 | 这……(有不以为然之意) |
| 戚继光 | 朱先听令! |
| 朱 先 | 在! |
| 戚继光 | 命你带领五千人马,抄至贼营左侧,探得虚实之后,<br>举火为号,奋勇围杀! |
| 朱 先 | 得令!(领令箭下) |
| 戚继光 | 陈大成听令! |
| 陈大成 | 在! |
| 戚继光 | 命你带领五千人马,抄至贼营右侧,探得虚实之后,<br>举火为号,奋勇围杀! |
| 陈大成 | 得令!(领令箭下) |
| 戚继光 | 李超、任环听令! |
| 李 超<br>任 环 | 在! |
| 戚继光 | 操练军马,以为接应! |
| 李 超<br>任 环 | 得令!(同下) |
| 戚继光 | 戚印听令! |
| 戚 印 | 在! |

戚继光　带领四千人马，在十里草桥一带，安营伏守，以防倭寇夜袭大营，不得违误！

戚　印　父帅呀！有父帅镇守大营，何用孩儿十里伏守，岂非多此一举，孩儿愿往阵前枪挑敌酋！

戚继光　草桥地势，切关重要，勿得擅离！本帅言出法随，不必多讲，出帐去吧，（掷令箭于印）掩门！（下）

戚　印　哎呀！

（唱尖板）

　　　　六韬七略满胸中，

　　　　要立人间第一功。

　　　　怀才偏偏不重用，

　　　　好似猛虎困牢笼！

且住，想俺二次请领先锋，不为父帅所重！只命俺十里伏守，分明是小视与我！（看令箭介）也罢！现有父帅令箭再此，我不免去到草桥之后，假传父命，分兵一半，直捣东山，（一锣）慢来！！想我父军令森严，倘若被他知道，怎生得了？这……这……有了！想那倭寇有勇无谋，不足为惧，那一日前来偷营被俺略施小计，烧得他片甲不存，此番直捣贼营，也不费吹灰之力，纵然有犯军令，到那时节斩将归营，父帅他传令嘉奖尚且不及，这小小的违犯么……哼，又有谁来计较。主意已定，就此点起军马去者！正是！

　　　　我今出奇能制胜，

　　　　雏凤清于老凤声！（下）

# 第七场　私自出兵

〔八倭卒、四倭将引敌酋上。

酋首　（念）　海上怒涛涌港口，

　　　　　　　扬帆鼓棹荡中州。

　　　　　　　漫道戚家兵士勇，

　　　　　　　杀他片甲不存留！

可恨戚继光斩我二将，我今兴兵前来报仇。趁他回师之际，兵进东山，四面设下埋伏，以有备乘其不备。管教戚继光束手被擒？众三军！

众　　　有！

酋　首　巡营去者！

众　　　啊！（同下）

戚　印　（内唱）披星戴月赶路程，

　　　　〔戚印领四将上。

　　　　（唱）　父帅不准我打先锋。

　　　　　　　私下率领人和马，

　　　　　　　直奔东山踏贼营！

看残月朦胧，烟雾弥漫，来此已是山路也！

　　　　（接唱）残月朦胧秋风冷，

　　　　　　　青松绿竹密层层。

　　　　　　　来此已是台州境——

山路越行越窄，马失前蹄，好艰难也！

　　　　〔月隐不见，雾气大起。

　　　　　　　山路崎岖道不平。

　　　　　　　马失前蹄霜华重，

　　　　　　　号令三军往前冲！

众　　　前面雾气弥漫，不辨路径，如何是好？

戚　印　这……

　　　　（唱）　山前山后白蒙蒙，

　　　　　　　　不辨南北与西东！

　　　　哎呀！看这大雾弥漫，咫尺莫辩，不如驻兵山下，明
　　　　早起程——慢来！倘若误了行程，被他人抢去头功，
　　　　如何是好！这……也罢！小小雾气！安能阻我，众
　　　　将官！

众　　　有！

戚　印　冲过山去，直捣贼营！

众　　　啊！

戚　印　正是：

　　　　　　　自古将门出虎子，

　　　　　　　不斩敌酋非丈夫！

老　军　（内白）小将军慢走！小将军慢走！

　　　〔老军骑马上。

戚　印　老军，你不在大营，赶来作甚？

老　军　小将军，大事不好！

戚　印　何事惊慌？

老　军　眼看你有性命之忧！

戚　印　嘟！在我行军之际，出此凶言，你莫非疯了不成？

老　军　不是我疯了，只怕是你疯了！

戚　印　怎么讲！（拔剑看老军）

老　军　小将军，且慢动手，待我说明，再杀不迟！

戚　印　讲来！（推剑入鞘）

老　军　老军奉了夫人之命，去往草桥与小将军送来锦袍一
　　　　袭，以为夜晚伏守之需。到了草桥之后，只见将寡兵
　　　　微，老弱参半，他们言道：小将军率领精兵，直往东山
　　　　而去！（一锣）老军一闻此言，汗如雨下，依我看来，
　　　　这分明是私自出兵！

戚　印　住口！现有父帅令箭在此，何言私自出兵！

老　军　小将军，满营将官，哪个不知小将军奉命伏守草桥，

若果是先行,夫人又命我去往草桥作甚哪?

戚　印　这……休来多口!

老　军　小将军,这私自出兵,岂同儿戏,若被元帅知道,那还了得!

戚　印　俺自有道理,与你何干!

老　军　小将军,有道是令出山岳动,号令鬼神惊,军令既下,神鬼也动它不得,小将军,你竟敢违抗军令吗?

戚　印　(满有信心的)此番出兵,已操必胜之券,我自有神机妙算,你懂得什么?

老　军　老军不懂什么叫"必胜之券",单凭元帅的将令,元帅是言出法随,我等是帅令必从!

戚　印　住口,我父百战百胜,我今直捣贼巢一鼓而胜,才显我的奇才!

老　军　小将军万万不可自行其是,趁元帅尚未得知,你赶快回去吧!

戚　印　休得在此絮絮叨叨,还不与我退下!

老　军　小将军你私自出营射猎,尚被元帅痛责,难道你还不知改悔!

戚　印　大胆!若不念你随军多年,这一剑将你一挥两段!

老　军　小将军!(三拉三推)

戚　印　闪开了!(踢老军倒地)哼!(即下)

老　军　咳呀!

　　　　(唱垫板浪头)

　　　　　　　忠心耿耿他不问,

　　　　　　　眼见大祸要临身。

　　　　　　　意气骄横无分寸,

　　　　　　　赶快回营报夫人!(下)

〔四兵、二偏将引陈大成上。

陈大成　前站为何不行?

众　　　来到东山。

陈大成　去至山右,暂安营寨。

| | |
|---|---|
| 偏　将 | 敌营离此不远,何不一鼓而歼! |
| 陈大成 | 此番出兵,非比寻常,不许轻举妄动,违令者斩。 |
| 众 | 啊! |
| 陈大成 | 山右去者。 |
| 众 | 啊!（同下） |

# 第八场　巡　营

〔幕外,探子趟马上。

| | | |
|---|---|---|
| 探　子 | （念） | 戎马仓惶日, |
| | | 千里羽书急。 |

俺戚元帅帐下探子是也。只因戚小将军假传帅令,私自出马,速速报与元帅知道,就此马上加鞭!（下）

〔三更介。

| | |
|---|---|
| 戚继光 | （内唱二倒板） |
| | 　　秋风起月如昼三更人定, |

〔提灯上。

（转唱慢板）

　　恨只恨贼倭寇,忽而西,忽而东,屡扰边廷!
　　此一番据东山军情极重,
　　我也曾分两路围困敌兵。
　　猛抬头只觉得霜寒露冷,
　　明月下好山河图画天成。
　　这边厢只听得柝声响应,
　　那边厢听战马阵阵嘶鸣。
　　料敌情我心中起伏不定,
　　我只得去帐外亲自巡营!

看这残月西沉,四下寂静,未知前方胜负如何? 倒教我不敢疏慢也!

〔雁鸣声。

（唱）　望长空雁影动月明人静，

　　　　怎忍见好山川又受刀兵，

　　　　那边厢有人影阵阵走动！

〔李超急上。

李　超　参见元帅！

戚继光　（一惊）啊！

（唱）　未拂晓进账中必有军情！

李　超　启禀元帅，戚小将军私自出营，直奔东山而去！

戚继光　（一惊）哎呀！

（唱七锤）

　　　　可恨这不肖子不遵将令，

　　　　这一来眼看得功败垂成！

　　　　李将军！

李　超　元帅！

戚继光　戚印此番出兵，必中敌伏，朱陈二将军围剿不及，岂非前功尽弃！

李　超　元帅所定战略，被戚小将军一人扰乱，望元帅速发大兵前往营救要紧。

戚继光　此刻发兵，必落敌后！

李　超　如此说来，元帅有何良策？

戚继光　倭寇此番得胜，必然乘胜直取大营，我不免率领全营兵将埋伏草桥，待敌寇兵到，那时伏兵四起，将贼兵马切为两断，使敌首尾不能相顾，岂非一举而灭倭寇也！（李超作心服状）戚印哪戚印！我把你这大胆的奴才，我那精兵勇将，断送尔手！李将军听令！

李　超　在！

戚继光　传谕大小三军，以在精忠庙前教场听点！

李　超　得令！（下）

戚继光　正是：

　　　　小儿竟敢违军纪，

# 第九场　智出奇兵

| | |
|---|---|
| 戚继光 | （内唱"醉花阴"） |
| | 电掣飚发雷霆扫， |
| | 〔四飞虎旗上。 |
| 飞　虎 | （接唱）贯长虹，秋风画角。 |
| | 〔四金鼓旗上。 |
| 金　鼓 | （接唱）列旌旗，虎罴山摇。 |
| | 〔四长枪手上。 |
| 长　枪 | （接唱）舞长枪，龙蛇海绕。 |
| | 〔四藤牌手上。 |
| 藤　牌 | （接唱）刀光闪，直射云霄。 |
| 众 | （合唱）万众一心。 |
| | 〔五方旗引戚继光上，大纛随上。 |
| 戚继光 | （接唱）驱丑虏如秋风过草。 |
| | 〔李超，任环分上。 |
| 李　超<br>任　环 | 参见元帅！（众随念） |
| 戚继光 | 站立两厢！ |
| 众 | 啊！ |
| 戚继光 | 此番出兵，非比寻常，一面削竹为枪，以破敌之倭刀，一面多造"光饼"，以备不时之需，储备囊中，直追贼寇，必使倭寇不能生还！ |
| 众 | 啊！ |
| 戚继光 | 任环听令！ |
| 任　环 | 在！ |
| 戚继光 | 命你带领弓箭手埋伏草桥以南，高山路口，贼人来 |

时,不准动手,待贼寇大军走过一半,立即冲杀,将
贼兵马切为两断,一半桥南,一半桥北,不得违误!

任　环　得令!(下)

戚继光　众将军!

众　　　有!

戚继光　兵发草桥!(同下)

# 第十场　戚印中计

〔倭兵引敌酋上。

酋　首　(唱浪头带板)

　　　　　　闻听戚兵来攻打,

　　　　　　不由本帅笑哈哈。

　　　　　　早将巧计安排下,

　　　　　　张开口袋把他拿!(战鼓声)

　　　　　兵丁们,迎敌者!

众　　　啊!

〔四兵四将引戚印上。

〔开打,酋引兵诈败下,戚印欲追敌又止。

戚　印　贼兵为何一战而退,其中一定有诈? ——哦喝,是
了。他想引我深入山中,中其埋伏,我不免将计就
计,将贼诱出山口,杀他个片甲不存,岂不妙哉(心
中得意)众将官!

众　　　有!

戚　印　撤出山口!

众　　　且慢!

戚　印　因何阻令?

众　　　小将军,观看贼人故意诈败,伏兵不在山内,必在山
口,若此刻退兵,反中其计。

戚　印　俺熟读孙吴兵法，焉能不知其拖刀之计，贼欲我进，我偏后退，诱贼出山，引虎离穴，方为上策，休得多言，违令者斩。

众　　　（失望地）啊！

戚　印　兵撤东山！

众　　　啊！

〔戚印先下，众随下。

〔酋首引兵上。

酋　首　退至此处，戚兵为何不见了？

倭　将　撤兵而去！

酋　首　正中我计。（对倭将）速将号箭射出，号令山口伏兵四起，不得违误！

倭　将　得令！（放号箭介）

酋　首　兵丁们，追杀去者！

众　　　啊！（同下）

〔战鼓声。

〔朱先引兵急上。

朱　先　（念）　且待山头火，

　　　　　　　　一举灭寇兵。

　　　　　未见火起，何金鼓之声？

〔偏将上。

偏　将　启将军，戚小将军私自出兵，中了倭寇埋伏，此刻身临重围！

朱　先　不好了！众将官，杀！

〔朱先引兵上马下。

〔戚印原人上。

〔战鼓声，喊杀声。

众　　　小将军，山口之内伏兵四起，我军两面受敌！有何良策？

戚　印　（不得已而装作决然地）回马杀敌！

众　　　啊！（面带忧戚之色）

〔倭将两面进攻，印力战之，酋上与印战，印渐不支，损兵折将,最后印丢盔败走。

酋　首　兵丁们,攻打草桥!（众下）哈哈,哈哈,啊哈哈哈!

〔朱先上。

朱　先　倭奴看枪!

〔起打,朱先败下,酋追下。

〔四兵引陈大成上,内喊杀声。

陈大成　登山一望!

众　　　啊!

〔朱先败上,酋追上,朱先不支,陈大成与酋战,朱先下,陈大成亦败下。

〔倭兵上。

酋　首　杀进庄去!

倭　兵　嘿!（同下）

〔众百姓扶老携幼,啼哭奔逃,倭兵追上幕后作杀声,放火焚房的火光大起,百姓奔逃惊散,倭兵追下。

〔四兵引任环上。

任　环　奉了元帅命,埋伏在山林。众将官在此伏兵。

众　　　啊!（埋伏介）

〔酋原人上,任环伏身不使酋见,酋领兵进山一半。

任　环　杀!

〔兵放箭,倭队后半倒退,任环与倭兵开打,倭从上场逃下,任环追下。


# 第十一场　草桥大战

〔竹枪手、藤牌手、长枪手引戚继光上。

戚继光　江干十里军头火,要照山头夜雨红!

报　子　（内白）报!

〔报子上。

337

| 报　子 | 戚小将军兵败东山！ |
|---|---|
| 戚继光 | 再探！（报子下）如何？戚印哪！戚印！我把你这<br>不学无术的小奴才！ |
| | 〔报子上。 |
| 报　子 | 报，倭兵出东山，往草桥而来！ |
| 戚继光 | 再探！（报子下）倭寇哇倭寇，料你意想不到大军在<br>此杀你个片甲不存！ |
| | 〔报子三上。 |
| 报　子 | 倭寇离此不远！ |
| 戚继光 | 再探！（报子下）众将官！ |
| 众 | 啊！ |
| 戚继光 | 迎敌者！ |
| | 〔酋上与戚继光开打，藤牌削倭兵，竹枪破倭兵，大开<br>打，最后酋欲逃，任从"上场"上，酋复往回逃，被戚<br>继光一枪刺死，陈大成、朱先上。 |
| 陈大成<br>朱　先 | 参见元帅。 |
| 戚继光 | 戚印何在？ |
| 陈大成 | 逃回大营而去！ |
| 戚继光 | 回营之后，决不容情！——众将官！ |
| 众 | 啊！ |
| 戚继光 | 收兵！ |
| | 〔合唱凯歌下。 |
| 戚　印 | （内唱）在东山打一仗未曾得胜， |
| | 〔戚印上。 |
| 戚　印 | （接唱）直杀得天地愁损将折兵。 |
| | 　　　　只悔我太骄傲不遵父令， |
| | 　　　　事到此只恐怕军法难容。 |
| | （想介）到此时顾不得英雄气勇，也罢！ |
| | 　　　　我只好求母亲前去讲情！（下） |

# 第十二场 斩 子

〔幕开时,将士仪仗排列两厢。

〔戚继光坐大帐。

戚继光　（引）　小儿私出兵,

　　　　　　　　军法决不容。

　　　　（坐念）山河万里不见春,

　　　　　　　　十载烟尘白昼昏。

　　　　　　　　若使私情乱国法,

　　　　　　　　辜负多少未招魂。

　　　　将戚印与我押进帐来!

众　　　　将戚印押进帐来。

〔中军带戚印上,刀斧手随上。

戚　印　（唱急浪头）

　　　　　　　　忽听得唤戚印发根倒竖!

　　　　　　　　不由我心胆战毛骨皆酥。

　　　　　　　　无奈何咬牙关强移虎步,

　　　　　　　　见父帅怒冲冲无计可图。

　　　　参见父帅!（跪）

戚继光　为何不抬起头来!

戚　印　有罪不敢抬头!

戚继光　你有何罪?

戚　印　父帅容禀!

戚继光　讲!

戚　印　孩儿奉命,前往伏守!

戚继光　伏守何处?

戚　印　十里草桥!

戚继光　草桥可曾伏守?

戚　印　　爹爹呀！是孩儿一时糊涂，假传帅令，私自号令人马，进兵东山欲致敌于死命！

戚继光　　可曾致敌于死命？

戚　印　　这个……

戚继光　　我把你这大胆的奴才！假传帅令！私自出兵，坏我法纪，损我兵马，若非本帅亲自出征，扭转大局，只恐十载之功，废于一旦。事到如今！

戚　印　　孩儿知罪！

戚继光　　（下位）　哎，奴才！

　　　　　（唱尖板）

　　　　　　　　父命儿领兵，

　　　　　　　　伏守草桥中。

　　　　　　　　大胆假传令，

　　　　　　　　私自往东行。

　　　　　　　　倭寇两面攻，

　　　　　　　　损将又折兵。

　　　　　　　　所有全军命，

　　　　　　　　险丧儿手中。

　　　　　　　　军机敢乱动，

　　　　　　　　军纪竟胡行。

　　　　　　　　今天饶儿命，

　　　　　　　　怎样统兵戎！

　　　　　　　　越说越心痛，

　　　　　　　　定斩不容情。（踢倒上坐）

陈大成　　元帅呀！

　　　　　（唱尖板接小浪头）

　　　　　　　　小将军虽然是把军令违犯，

　　　　　　　　私自里传帅令兵败东山。

　　　　　　　　姑念他年纪小从军日浅，

　　　　　　　　望元帅开大恩法令从宽。

戚继光　　将军啊！

陈大成　元帅！

戚继光　（唱带板）

戚家军号令严敌人难撼，

因此上才能够保住江关。

似这等将军纪任他紊乱，

必须要正典刑执法从严！

戚　印　爹爹！

（接唱紧带板）

望爹爹饶恕我下次不敢，

姑念儿年纪小执法从宽。

戚继光　唉！

（接唱）到如今休妄想法令赦免，

你竟敢忘训诲不听父言，

目无法太自傲骄成习惯，

有何理来求饶把儿从宽。

戚　印　（接唱）见父帅一定要将我问斩，

不由得迸热泪哭倒帐前。

望爹爹容孩儿见母一面，

爹爹呀！

（接唱）为国家守大法我死也心甘，

〔戚印跪着向前移至帐下。

（滚白）爹爹呀！孩儿不孝，有负爹娘养育之恩，望爹爹容许在儿临死之前，见母一面。（哭介）

陈大成　元帅！元帅大义灭亲，乃是为国尽忠，小将军所请，此乃人情之常。岂可不允！

戚继光　这个……

（唱紧拦头）

听罢言不由人肝肠裂断，

小戚印他本是我的儿男，

他不该私出兵闯下祸乱，

（上板）险些儿在一旦把前功尽完。

纵然间他年幼事理不谙,
难道说犯军令也可从宽?
我平日整军纪风气大变,
才能够打倭奴保卫东南。
戚家军号令严无人敢犯,
战必胜攻必克转危为安。
在今天若徇情把儿赦免,
此一后对三军怎把令传!
自古道"法不行由上所犯"
我岂能对亲生忘了誓言?
休再讲权在手法看谁犯,
这是他蚕作茧自己来拴。
为国法怎能把父子情念,
法如山虽君命也难挽还。

　　　　　　刀斧手!

内　　　　(应)啊!

戚继光　　(接唱)把戚印绑法场推出去斩!

内　　　　夫人到!

　　　　　〔夫人上。

戚继光　　夫人进帐何事?

戚夫人　　闻得元帅得胜而归,特来贺捷!

戚继光　　有劳夫人。

戚夫人　　呀!(故作惊异)今日乃元帅奏凯回师之日,戚印跪
　　　　　倒帐前,身犯何罪?

戚继光　　难道夫人还不知么?

戚夫人　　戚印将到后堂,就被李将军带至此处,故而不知。

戚继光　　夫人不必多问,少刻便知。

戚夫人　　好一个少刻便知! 戚印! 你为何这等模样?

戚　印　　爹爹要将孩儿问斩,望母亲作主……(哭)

戚夫人　　哎呀儿啊! 我来问你,莫非你背叛你父,投降倭寇
　　　　　不成?

戚　印　孩儿纵然不孝,岂能作此叛国之事。

戚夫人　莫非你杀人抢掠,骚扰百姓不成?

戚　印　孩儿自幼秉承家训,焉敢胡作非为!

戚夫人　却又来!你既无叛国之罪,又无害民之事,你爹爹即便
　　　　是铁石心肠,他他他为何忍心处以极刑!(机带双敲)

戚　印　母亲容禀!

戚继光　住口!(对夫人)夫人哪!
　　　　(唱带板)
　　　　　　　　夫人不必问长短,
　　　　　　　　休想发落要从宽。
　　　　　　　　勿忘军纪不可乱,
　　　　　　　　才能保东南好江山。

戚夫人　(接唱)并非我把将军劝,
　　　　　　　　你我只此一长男。
　　　　　　　　重重责打四十板,
　　　　　　　　立功赎罪在帐前!

戚继光　(唱)　夫人将他骄纵惯,
　　　　　　　　他违纪军规非一端。
　　　　　　　　屡教不改把令犯,
　　　　　　　　这一回私自出兵败东山。

戚夫人　(唱)　虽说他把军令犯,
　　　　　　　　戚家不可断香烟!

戚继光　(唱)　树立军纪非一旦,
　　　　　　　　岂能徇私自开端。

戚夫人　(唱)　凭他法纪怕紊乱,
　　　　　　　　不在一朝与一天。

戚继光　(唱)　法纪若由我来犯,
　　　　　　　　好比散沙乱一盘。

戚夫人　(转唱双锤)
　　　　　　　　说什么散沙乱一盘,
　　　　　　　　分明是你的法太严。

戚继光　（唱）　我与士兵共患难，
　　　　　　　　赏罚焉能有私偏！

戚夫人　（唱）　祖宗堂前香烟断，
　　　　　　　　不孝有三圣人言。

戚继光　（唱）　凭你此言说千遍，
　　　　　　　　须知军法重如天！

戚夫人　呀！
　　　　（接唱）闻听此言心抖战，
　　　　　　　　只觉头昏目又眩。
　　　　　　　　父子之情他不念，
　　　　　　　　难道说又绝夫妻缘！？

　　　　元帅！你竟然不念父子之情，又绝夫妻之义么？

戚继光　非也！我想来浙之日，官兵不能保障生民，徒劳民力，平日粮饷皆由百姓供应，每当事急，必以百姓守城，是养军者平民，杀贼者又是平民，保军者平民，保民者又是平民，本帅一返其道，就地建军，去私为公，才能保国保民，平此大患。闽浙父老皆以身家性命寄托于我，我又安敢姑息一人，废弛军纪！昔日魏绛戮杨干，穰苴斩庄贾，吕蒙诛亲人，诸葛亮斩马谡，皆是不得不斩！

戚夫人　不得不斩？

戚继光　不得不斩！

戚夫人　一定要斩？

戚继光　一定要斩！

戚夫人　也罢！你既如此绝情，待我禀明俞都督，请求特赦，都督必依所请，到那时节，你待如何？

戚继光　俞都督绝不能因私废公。

戚夫人　待我修书，笔墨伺候！

戚继光　且慢！戚印犯我军令，理当由我处斩，休得越级开脱！

戚夫人　呀——

戚继光　左右,推出去斩!(与夫人目遇)

戚继光　〔勾决。
　　　　〔夫人拉戚腕,不许其书决,戚脱开夫人,目示刀斧
　　　　手,夫人转拉刀斧手,其他刀斧手来曳戚印,夫人拉
　　　　戚印。

戚夫人　戚印!

戚　印　母亲!

戚夫人　娇儿!

戚　印　母亲!

戚夫人　儿啊!(抱戚印哭,转对戚继光)你,你,你呀!

戚　印　母亲哪!

　　　　(唱慢浪头)

　　　　　　　劝母亲快不要为儿气恼,

　　　　　　　我父亲他可算得盖世英豪。

　　　　　　　恨只恨孩儿我骄纵自傲,

　　　　　　　将军令如儿戏有罪难逃!

　　　　母亲哪!儿今一死,罪有应得,母亲万万不可为了孩
　　　　儿怒恼爹爹!

戚夫人　儿啊!

　　　　(唱浪头)

　　　　　　　我的儿从来是心高志傲,

　　　　　　　这一回竟落得法网难逃!

　　　　　　　急得我昏沉沉口干舌燥,

　　　　　　　一霎时只觉得地动山摇。

　　　　(昏倒介)

戚继光　搀扶夫人,后堂去吧!(摆手,夫人下)左右,推出
　　　　斩——(与陈大成目光相遇)斩了!

陈大成　且慢!元帅何不将此事禀报都督,如蒙恩准,岂不
　　　　甚好!

戚继光　将军差矣!

陈大成　元帅恩主!想当初元帅起末将于陇亩之中,授军职

于危难之际,末将感恩图报,敌忾同仇。元帅所作所为,皆为后世楷模,独于此事,尚望三思!

戚继光　列位将军!

众　　　元帅!

戚继光　今有一事要与列位当面讲来!

众　　　元帅请讲!

戚继光　列位将军!想当初浙东之军,军纪毫无,不攻自乱。是我起陈将军于陇亩之中,共练新兵,严明军纪,非但我军面目为之一新,就是那浙东客军也都改变了军纪军风,倘我各行其是,支离破碎,不待敌来,自讨灭亡!

陈大成　元帅!

戚继光　陈将军有何见教?

陈大成　依末将之见,自古有言,子为父讳,父为子隐,元帅今如宽恕己子,有人心者皆能曲谅元帅的苦衷,这军纪又何至废弛也!

戚继光　将军差矣!人之所难,在于去私为公,千古复灭之由,皆因爱其私立,而害其公益。我爱我子,更爱我兵;我爱我兵,更爱我国;我爱我国,更爱我民。倭寇绝非惧我一人,其所惧者,乃我使三军之众,如一人耳,而今若不同心共信,乱自内生,我军又何所用?敌又何所惧?这国又何所保!

朱　光
任　环　(为之动容)……
李　超

陈大成　这个……

戚继光　今日之事勿须多讲,左右与我斩!斩!斩!(戚印叩拜介,戚继光下位抱戚印,最后推出)斩!

〔刀斧手拉戚印下。

陈大成　(唱尖板)

　　　　　大义灭亲戚元帅,

　　　　　挥泪斩谡有孔明。

346

敌寇当前国为重,（内一鼓）

哎呀!

（接唱）又听号炮响一声!

戚继光　（唱尖板）

　　　　辕门外我的儿就要丧命,

〔刀斧手上。

刀斧手　启元帅,夫人率领女兵,去至法场,身抱小将军百般不放,无法行刑!

戚继光　啊!有这等事?（转向中军）速将夫人拖开,如再有乱刑者,一律问斩!

中　军　遵命!（下,刀随下）

〔鼓声三响。

戚继光　（唱紧七锤）

　　　　耳边厢又听得炮响三声。

　　　　年幼儿遭非命能不心痛,

　　　　怎怨得夫人她前去护刑。

刀斧手　（上）斩首已毕!

戚继光　啊!（刀斧手下）戚印!

　　　　（歌）　惨惨风云兮悲过客,

　　　　　　　　泪下群猿兮泣滂沱!

　　　　　　　　悠悠气烈兮照汉青,

　　　　　　　　丹心万古兮水扬波!

〔戚继光落泪,众将皆为之落泪。

戚夫人　（内白）儿啊!

〔戚夫人上。

戚夫人　（唱紧带板）

　　　　法场之上刀如练,

　　　　热泪横流似涌泉。

　　　　浮云为我阴成片,

　　　　悲风为我旋成团。

　　　　元帅他父子之情全不念,

秦腔
戚继光斩子
QIJIGUANGZHANZI

347

祖宗堂前断香烟。

不由我闯虎帐来把理辩，

戚继光！（怒气填胸）

戚继光　啊！

戚夫人　（唱）　你为何法场上把我阻拦？

戚继光　（唱慢尖板）

戚印儿犯军令不得不斩，

要知道戚家军法重如山。

戚夫人　戚继光！戚继光，你既无父子之情，又断夫妻之义，也罢！我不如自刎帐下，看你如何！

〔夫人拔剑欲自刎介，众将夺剑挡介。

戚继光　（下位）夫人岂可如此！

戚夫人　我与你已绝夫妻之义！

戚继光　夫人，你要知道：国法军令一点不能徇私，我身为三军统帅，岂能知法犯法，戚印此次违犯军令，即覆全军，我只好忍痛挥泪斩子示众，如今就将我儿尸首，用棺殓葬埋，你我同道墓前哭他一场罢了。

〔报子上。

报　子　禀元帅！福州告急！

戚继光　再探！（报子下）夫人！你听那福州又告急了！

陈大成　元帅大义灭亲，夫人舍子为国，我等同心协力，扫灭倭寇，为民雪恨！

朱　先　夫人！望夫人展放愁怀，顾全大局，此刻警报频传，福州百姓又遭涂炭，我等请求元帅速速发兵，前往解救，保全闽浙父老身家性命！

众　　　请求元帅速快发兵！

戚继光　唉呀好！只要大家同心协力，倭寇何难扫平。正是：
一片丹心照日月，

众　　　万家碧血保山河。

——剧　终

演出单位

西安市五一剧团

# 屈 原

郭沫若　　　　　　原著

袁光　姜炳泰　改编

# 剧情简介

　　战国时,秦国欲灭六国,先欲击破楚齐二国之盟,乃使张仪入楚,假割秦地六百里予之,诱其绝齐。屈原识破秦国阴谋,忠谏楚王,楚王拒听。张仪与靳尚谋,计骗南后,使之设局陷害屈原。屈原遭陷后,被囚太庙。南后又使伊父郑太卜送毒酒加害,婵娟误饮身亡,屈原遂被逐放。

# 场　目

# 人 物 表

| 屈　　原 | 须　生 | 三闾大夫年四十左右 |
| 宋　　玉 | 小　生 | 屈原之弟子,年二十左右 |
| 婵　　娟 | 旦 | 屈原之侍女,年可十六 |
| 靳　　尚 | 净 | 上官大夫楚怀王之佞臣,年三十以往 |
| 子　　兰 | 小　生 | 楚怀王之稚子,年十六七 |
| 南后郑袖 | 旦 | 子兰之母,怀王宠姬。年三十以往 |
| 楚 怀 王 | 净 | 年五十岁 |
| 张　　仪 | 丑 | 秦之丞相,连横家,年四十以往 |
| 令尹子椒 | 丑 | 昏庸老朽之佞臣,年六十左右 |
| 招魂老人 | 老　生 | 年六十左右 |
| 钓者河伯 | 小　生 | 年二十以往 |
| 卫士仆夫 | 武　生 | 年二十以往 |
| 郑 詹 尹 | 丑 | 太卜,郑袖之父。年七十以往 |
| 更　　夫 | 杂 | 人 |

**女官、群众、卫士、歌舞及奏乐者各若干人**

# 第一场

〔清晨的橘园,暮春,橘树上尚有若干残橘,园后有篱栅。园中除橘树外有石桌、石凳及其他竹木。

〔起曲一。

〔屈原在音乐中徐徐走上,时复看着园中的晨景和橘树。

屈　原　善不从外来,名不可虚作。楚三闾大夫屈原。只因列国称霸,明争暗斗,兵连祸结,民不聊生。更可恨那秦国野心勃勃,久想并吞六国。我定下联齐拒秦之策,幸被国王见用,大好河山才得安稳,中原百姓免于涂炭。(看橘树介)想这橘树,春天开花,一片清香,秋天结果,任人取食。(顺手摘了一个橘子)它生在南方,本性不移;又满身生着尖刺,不受人欺。真是大公无私,独立难犯。我想人生在这战乱的年代,若能照橘子树这样立身处世,方不愧顶天立地的丈夫。(稍停)我莫说橘树啊橘树,你真可以为人之师也!

(唱花音慢板)

见橘树不由我心生诗意,

你好比为人师面前站立。(坐园中石凳上,边唱边写诗)

开白花甚朴素大放香气,

结果实任人吃毫不拘泥。

它本性好阳光霜雪不避,

满身刺为的是防人来欺。

真好似大丈夫顶天立地,

又坚定又正直独立不移。（留）

〔宋玉上。

宋　玉　（唱二六）

我先生才学高人人钦敬，

在朝廷得信任誉满国中。

只要我跟随他苦把功用，

也不难我宋玉日后成名。（截）（看屈）

呵，先生清早就在亭子上作诗。（一揖）先生早安！

屈　原　好。（看自己写好的诗）宋玉！你来得正好。

〔婵娟暗上，捧杯盘置石桌上。

屈　原　婵娟，子兰公子还没有来吗？

婵　娟　子兰公子还没有来。我看他今天大概又靠不住来了！

屈　原　呃！（皱眉）

婵　娟　子兰公子常常就是这样，他虽说应个名儿在先生这
里上学，三天打鱼，两天晒网，根本就靠不住！

宋　玉　婵娟姑娘，你不知道，他们王侯公子，养尊处优，哪是
肯用功读书呢！再说，他们生在富贵之家，也用不着
用功读书。子兰公子在先生这里上学，也不过是为
挂个名儿。

屈　原　呃！子兰公子就是敏而不好学。虽然如此，国王和
南后既然将他托付于我，我也得尽力教导于他。婵
娟，子兰公子若来，你让他到园中来听讲。

婵　娟　是。（下）

屈　原　宋玉，我方才为你作了一首诗，你且读来，这就算今
早给你的功课。

宋　玉　我拜读先生的新作。

（读诗，起曲二）

辉煌的橘树呵，枝叶纷披。

生长南方，独立不移。

绿的叶，白的花，尖锐的刺。

多么可爱呵，圆满的果子！

　　　　　　由青而黄,色彩多么美丽!

　　　　　　内容洁白,芬芳无可比拟。

　　　　　　植根深固,不怕冰雪雾霏。

　　　　　　赋性贞坚,类似仁人志士。

　　先生,这首诗是赞美橘树的吗?

屈　原　(起立)不错,前面是赞美橘树,后面可就不同了,你
　　　　往下读来。

宋　玉　(接读)呵,年轻的人,你与众不同。

　　　　　　你志趣坚定,意与橘树同风。

　　　　　　你心胸开阔,气度那么从容!

　　　　　　你不随波逐流,也不固步自封。

　　　　　　你谨慎存心,决不胡思乱想。

　　　　　　你至诚一片,期与日月同光。

　　　　　　我愿和你永做个忘年的朋友。

　　　　　　不屈不饶,为真理斗到尽头!

　　　　　　你年纪虽小,可以为世楷模。

　　　　　　足比古代的伯夷,永垂万古!

　　　　　　(重复最后四字)永垂万古!

　　先生,你这首诗是为谁写的呢?

屈　原　是为你们年轻人写的,也是为你写的。

宋　玉　唉呀,学生怎能担当得起先生这样的夸奖!

屈　原　我希望你能担当得起,我希望你不要辜负我的愿望。
　　　　你看这橘子树是多么好的榜样。(在橘树旁走动)
　　　　〔宋玉随屈原后。

屈　原　你看它喜爱阳光,不怕霜雪。阳光愈强,它越开得灿
　　　　烂;霜雪越猛,它也丝毫不现愁容。到了时候就开
　　　　花,到了时候就结果;任人观赏,任人取食,真是一片
　　　　大公无私。但它可并不是万事都随人意,你看它满
　　　　身生着尖刺,不容人侵犯。它生长在这南方,就爱这
　　　　南方,不能任人往别处迁移。这真是做人的好榜
　　　　样呀!

秦腔

屈原

QUYUAN

（唱二六）

　　　　橘树真是好榜样，
　　　　枝叶茂盛发绿光。
　　　　春天开花任观赏，
　　　　秋来结果任人尝。
　　　　披霜戴雪不颓丧，
　　　　满身生刺防人伤。
　　　　大公无私真豪爽，
　　　　独立难犯意轩昂。

宋　玉　哎呀！

　　　（接唱）先生教诲记心上，
　　　　　　　深铭肺腑永不忘。
　　　　　　　要学橘树好榜样，
　　　　　　　不负先生教一场。

　　　先生今早的教训，学生真是受益不浅。我平日一心一意要学先生的道德文章，只是先生的风度太高，我总是学不像啊！

屈　原　你不要把我看得太高，也不要把自己看得太低，人生来都是一样的平凡。要想不平凡，就得自己发奋努力。人人都想争胜好强，但有些人却贪懒好闲，这就难了。常言道：雨水可以把石头滴穿，绳子能够把木头锯断。只要你有一份努力，便有一分的成就。

宋　玉　先生的话我深铭肺腑。不过我早已立志要学先生，只是不知从何下手？我天天在先生的身边，先生的声音笑貌，我天天都在接近，但我存心学先生，却总是学不像呀！

屈　原　咳！你学我的声音笑貌做什么？专学人的外表，岂不成了猴子；学习旁人，要学他的精神。像方才说的这个橘子树，最要紧的是要学它那不怕冰雪，丝毫不苟的气节。

宋　玉　呵！原来如此。

屈　原　在这战乱的年代,一个人的气节最要紧。太平年代
　　　　的人容易做,没有波澜,没有曲折。如今列国争霸,
　　　　征战不休,你看那一般无耻的说客,像那苏秦、张仪
　　　　之流,朝秦暮楚,随波逐流,贪图一时荣耀,不惜祸国
　　　　殃民。我们生在今日,千万要以这般无耻之徒为戒,
　　　　不可苟且偷生。要生得光荣,死得磊落,方能上不负
　　　　列祖列宗,下不负百姓厚望也!
　　　　(唱二六)
　　　　　　　　　列国争霸起战端,
　　　　　　　　　干戈不息数百年。
　　　　　　　　　天下百姓遭涂炭,
　　　　　　　　　救民大任我辈担。
　　　　　　　　　纵然一朝遇艰险,
　　　　　　　　　断不屈辱图苟安。
　　　　　　　　　自古士穷节乃见,
　　　　　　　　　舍生取义有何难。

宋　玉　唉呀!
　　　　(唱原板)
　　　　　　　　　这教训真使我受益不浅,
　　　　　　　　　句句话我一定牢记心间。
　　　　　　　　　从今后每日里诵读一遍,
　　　　　　　　　方不负先生的教训之言。(截)
　　　　先生方才一席教训,使我顿开茅塞。从今后我每天
　　　　清早起来,将先生这篇《橘颂》诵读一遍,一字一句
　　　　牢记心上。

屈　原　那倒不必这样的拘泥,我希望你将它躬行实践,不必
　　　　死记它的字句。

宋　玉　我一定照先生的话去做,我要永远追随先生。
　　　　〔婵娟早已上场,看见屈原谈兴正浓,不便打扰,此时
　　　　　才近前。

屈　原　婵娟,你是叫我们用早餐吗?

婵　娟　早餐齐备多时,我见先生正在讲书,不便打扰,现在请去用饭吧!

屈　原　如此我们一同去用。

宋　玉　先生请!这篇《橘颂》可该赐与弟子。

屈　原　好!就送与你。

〔婵娟羡慕地注视宋玉手中的诗稿,并以手抚之。同下。

# 第二场

〔张仪带役乘马上。

张　仪　凭我三寸舌,换来一身荣。为报君王命,来破齐楚盟。秦国宰相张仪,魏国人氏。早年东奔西走,未得一官半职。只因秦国久想并吞六国,我定下连横之策,献于秦王,要对关东诸侯,远交近攻,各个击破。秦王大喜,拜我为相。此一番我先到楚国,略费唇舌,拆散齐楚两国的盟约,便是这个主意了。

(唱二六)

我张仪全凭着口巧舌辩,

受奔波为的是厚禄高官。

到楚国去把那怀王朝见,

要拆散齐楚盟并吞中原。(下)

# 第三场

〔屈原、子椒朝服同上。

屈　原　秦使入郢都,

子　椒　君王登早朝。

屈　原　三闾大夫屈原。

子　椒　令尹子椒。

屈　原　大王上朝,早来侍候。请!

子　椒　请!

〔二幕开,楚王坐殿上,起"小开门"。

子　椒
屈　原　臣参见大王。

楚怀王　二卿平身,一旁坐了。

子　椒
屈　原　臣谢坐。

〔牌子落。

楚怀王　适才上官大夫靳尚奏道,秦王遣张仪前来,不知为了
　　　　何事?

屈　原　大王,秦国乃强暴之国,张仪是舌辩之徒,他今前来,
　　　　必无好意。

子　椒　三闾大夫之言差矣! 想秦国乃是大国,独霸关西;张
　　　　仪又是一位贤士,天下闻名。他今前来,必与楚有利。

屈　原　令尹何以知道张仪今日前来,与我国有利?

子　椒　嗯! 这……

楚怀王　二卿不必争论,等他到来便知。侍臣,传上官大夫,
　　　　领秦国使臣张仪上殿。

卫士仆夫　上官大夫领秦国使臣张仪上殿。

靳　尚　(在内)遵旨!

秦腔 屈原 QUYUAN

〔靳尚领张仪上。

靳　尚　佳宾来楚地，

张　仪　为通两国谊。

靳　尚　上官大夫靳尚。

张　仪　秦国使臣张仪。

靳　尚　张先生！

张　仪　大夫！

靳　尚　今天依我看来，你那连横之计，恐怕难以成功。

张　仪　怎见得？

靳　尚　怎见得？我们大王最信任三闾大夫屈原，那个孺子，
　　　　平日主张联齐抗秦，极力反对连横之策，因此我料你
　　　　此番前来，必不能成功。

张　仪　无妨。你我见机而行，还要仰仗仁兄一二。

靳　尚　那个自然，如此一同上殿。请！（张应）禀大王！秦
　　　　国使臣张仪到。

张　仪　（同上殿）大王在上，客臣拜揖。

楚怀王　少礼坐了。

张　仪　客臣谢坐。

楚怀王　张先生千里跋涉，一路多受风霜之苦。

张　仪　好说。客臣奉命，来通两国邦交，多蒙大王赐见，乃
　　　　客臣三生之幸。

楚怀王　嗯。张先生乃当代名士，今日前来，不知有何见教？

张　仪　大王，客臣奉命前来，专为修好秦楚睦邦之道。想齐
　　　　国与楚国相距千里，缓急不济；秦国与楚，乃亲邻之
　　　　邦。大王若能与齐国绝交，与秦国结为同盟，我主秦
　　　　王愿将商於之地六百里割与楚国。秦楚两国永远交
　　　　好，大王以为如何？

楚怀王　嗯……

子　椒　唉呀大王！听张先生此言，秦王真乃仁德之君，为了
　　　　两国交好，愿将商於之地六百里割与我国，这是千载
　　　　难得的好事，请大王见纳。

屈　原　大王莫可！这分明是秦国的离间之计，拆散齐楚两国盟约，他好坐收渔人之利。这六百里土地，咳咳！万万受不得呀！

（唱二六）

那秦国行强暴贪得无厌，

一心想灭六国独占中原。

假意儿让土地来将我骗，

为的是行反间虎咽狼餐。

张　仪　启禀大王，客臣此来，专为修好秦楚两国邦交，绝无他意。屈大夫未免太得多疑。哈哈哈！

靳　尚　大王，秦国要和我国交好，此事有百利而无一弊，大王不动一兵一卒，可得六百里土地，屈大夫反说秦国不怀好意，真叫人不解。

屈　原　请问，秦王既愿与我国交好，为何偏要我国与齐国绝交？

靳　尚　呃！这个……

屈　原　什么？讲来！

张　仪　屈大夫，那是因为齐国处处与秦国为敌，如今秦国既与贵国交好，当然要求贵国与齐国绝交了。

屈　原　巧辩了。

张　仪　屈大夫，你说是为着何来呢？

屈　原　秦王要我国与齐国绝交，分明是因为关东诸侯，只有齐楚两国最强，齐楚和好，秦国就不敢横行中原，任所欲为。因而才设下连横之策，要拆散齐楚盟约，再好各个击破。我国如果贪图目前小利，受了秦国的六百里土地，与齐国绝交，秦国就可横行无忌，为所欲为。不但天下从此多事，我中原百姓涂炭，恐怕秦国不久就要乘机来伐楚国，那时我国已与齐国绝交，外无援兵，恐怕这大好河山啊……

楚怀王　怎么样？

屈　原　哈哈！也难安稳了！

（唱紧拦头）

361

　　　　　　　　他那里送土地分明有诈，
　　　　　　　　为的是拆散我齐楚两家。
　　　　　　　　假若是贪小利将它收下，
　　　　　　　　与齐国绝邦交惹祸根芽。
　　　　　　　　那秦国久蓄谋横行称霸，
　　　　　　　　得机会定要把楚国来伐。
　　　　　　　　那时节无外援兵临城下，
　　　　　　　　难免得好河山任人践踏！

**楚怀王**　也罢！
　　　　（唱带板）
　　　　　　　　屈大夫为社稷直言不讳，
　　　　　　　　交强秦又岂能绝于齐国！
　　　　　　　　转面来叫靳尚听孤旨意，
　　　　　　　　你安置张先生宾馆歇息。
　　　　张先生，秦王的六百里土地，楚国不便接受。靳尚！
　　　　你陪张先生到宾馆安歇，孤王明日设宴与张先生
　　　　饯行。

**靳　尚**　（垂头）遵旨。

**楚怀王**　散朝。（与屈原、子椒等同下）

**靳　尚**　张先生，我说只要有屈原，你这连横之计难以成功，
　　　　你看如何？

**张　仪**　难道贵国满朝文武，楚王就只信任这屈原一人吗？

**靳　尚**　咳！我们大王就是外信屈原，内宠南后。

**张　仪**　什么南后？

**靳　尚**　就是那南后郑袖。

**张　仪**　这郑南后，我也闻名，是楚王的爱姬。咱们不好请她
　　　　帮帮忙吗？

**靳　尚**　你说是请她在国王面前离间屈原？

**张　仪**　哈哈！明人不可细说。不错，就是这个意思。

**靳　尚**　难！难！

**张　仪**　怎见得呢？

靳　尚　南后与屈原无仇无怨,她怎能在国王面前离间屈原
　　　　呢?况且南后平日还很爱屈原的文才。

张　仪　我问你,这南后平日最怕的是什么?

靳　尚　她是国王最宠爱的妃子,养尊处优,她还怕什么哩!

张　仪　她都不怕有人夺了国王对她的宠爱吗?

靳　尚　噢!哈哈!张先生真是足智多谋,那南后就是最爱
　　　　吃醋!

张　仪　如此说来,我这里略用计谋,管教那南后要在国王面
　　　　前离间屈原。

靳　尚　张先生有何计谋?

张　仪　靳大夫附耳来。(与靳耳语)

靳　尚　哈哈!真是绝妙之计。

张　仪　只是事不宜迟,楚王方才言道,明日就要设宴与我饯
　　　　行。请大夫即速依计而行,事成之后,定当重谢。

靳　尚　何待叮嘱,如此张先生请到宾馆安歇。

张　仪　请。(同下)

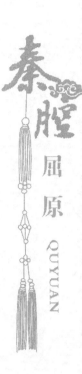

# 第四场

〔南后带宫女上。

南　后　(唱花音慢板)

　　　　　　每日里在深宫陪王作伴,
　　　　　　玩春花赏秋月年复一年。
　　　　　　怕只怕红颜老恩宠改变,
　　　　　　最可叹小娇儿四体不全。(坐)

〔子兰上。

子　兰　(唱二六)

　　　　　　春天不是读书天,
　　　　　　夏日炎炎正好眠,

秋风吹来冬又到，

收拾书卷过新年。（截）

母亲在上，孩儿有礼。

南　后　子兰，你今天怎么又没去上学呢？

子　兰　妈妈！你看这样好的天气，风和日暖，草长花开，一个人坐在那里，死板板地读书，岂不可惜了这大好春光。

南　后　子兰，你再不要淘气了，你要好好用功读书，你爸爸看你有出息，日后也要立你为太子呢。

子　兰　当太子也并不一定要用功读书，只要爸爸爱我，那还不是容易的事吗？你看我爸爸并没有读多少书，还不是一样当国王。

南　后　唉！你再不要胡说了。你今天就再玩一天，明天可一定要去上学。

子　兰　谢过母亲。（下）

〔靳尚上。

靳　尚　（唱二六）

适才间和张仪暗把计定，

要诓那郑南后来入网笼。

但愿她劝大王收回成命，

进宫去还需要见机而行。

靳尚告进。（进内）臣上官大夫靳尚，参拜南后。

南　后　上官大夫少礼。

靳　尚　南后恩宽。（坐）这几日朝事忙碌，少在南后上边问安，请南后恕罪。

南　后　好说。这几日朝中有何大事？

靳　尚　秦国派了使臣张仪，前来修好两国邦交，他说只要我国与齐国绝交，秦国情愿把商於之地六百里，送给我国。

南　后　这事我知道，三闾大夫屈原，说这是秦国想离间齐楚两国的奸计，所以大王没有接受秦国的六百里土地。

靳　尚　南后！大王没有接受秦国的六百里土地,这倒不要紧,只是这样一来,张仪无面目回到秦国,他要设法打动大王的心事。

南　后　他想怎样打动大王的心事?

靳　尚　(看左右)请南后摒去左右,臣才好讲说。

南　后　呃! 你们下去。(宫女退)

靳　尚　南后！那张仪要到魏国去选美女,献与大王,劝说大王接受秦国的六百里土地,与齐国绝交。

南　后　怎么? 张仪要到魏国去选美女,献与大王?

靳　尚　是的,他要到魏国选美女,来献与大王。

南　后　这个人怎么这样的下流!

靳　尚　南后！张仪这也是出于不得已,他的本意也不过要求我们大王接受了秦国的六百里土地,与齐国绝交,他好回上秦国。只要南后能在国王面前帮言一二,劝说大王接受了秦国的土地,与齐国绝交,他又何必再到魏国去选美女呢?

南　后　这怎么能行呢? 大王当殿已经拒绝了张仪的请求,刚才还命我准备明天给张仪饯行,送他回秦国去,怎么能叫他收回成命呢?

靳　尚　要叫大王收回成命不难,只要大王不信任一人就成了。

南　后　你是说只要大王不信任屈原就成了吗?

靳　尚　南后真是明人不用细说,只要大王再不信任屈原,我们再劝说大王接受秦国的土地,与齐国绝交,张仪也就再不到魏国去选美女了。

南　后　屈原是我国一位大臣,况他文才出众,我怎能在国王面前说他的坏话呢?

靳　尚　南后,如果南后不愿在大王面前帮言一二,那张仪就到魏国去选美女,来献于大王了!

南　后　哼! 这张仪哪里是为了秦楚两国的交好,分明是有意与我作对!(有愠意)

| 靳 尚 | 哈哈！张仪哪里敢和南后作对,他也是出于无奈。再说,只要大王不信任屈原,也于南后有莫大的好处。 |
|---|---|
| 南 后 | 对我有什么好处? |
| 靳 尚 | (凑近南后)为臣听说,那屈原是不赞成子兰公子立太子的。 |
| 南 后 | 呃!你说屈原他不赞成立子兰为太子吗? |
| 靳 尚 | 是呀!那屈原不赞成立子兰公子为太子,难道南后还不知道吗? |
| 南 后 | 他是怎么说的? |
| 靳 尚 | 南后不是叫子兰公子在屈原那里上学吗? |
| 南 后 | 呃,我叫子兰拜他为老师,也就是为的子兰能受他的教训,子兰果能立为太子,将来执掌国政,他也能当一辅佐之臣,他还不赞成立子兰为太子吗? |
| 靳 尚 | 哈!哈!南后,(乘机进谗)事情就坏在这里!南后虽然这样看重屈原,叫子兰公子拜他为老师。可是那屈原,却常常对人说,子兰公子生性荒唐,不好为学,将来绝不能担当国家社稷的重任。 |
| 南 后 | 这是他说的吗? |
| 靳 尚 | 为臣怎敢道谎。 |
| 南 后 | 哼!我真糊涂,还不知道屈原暗里和我作对!(起立) |
| 靳 尚 | 唉南后呵! |

（唱二六）

　　那屈原在朝中十分傲慢,
　　背地里说公子言语不堪。
　　假若还要公子身登贵显,
　　除非是叫大王不信屈原。

南　后　（唱原板）

　　听此言不由我恶气难咽,
　　才知晓那屈原与我为难。
　　转面来把靳尚一声呼唤,

　　　　你速去叫张仪再等几天。

　　　　靳大夫！

靳　尚　臣在。

南　后　你对那秦国使臣张仪去说，叫他也不必到魏国去选
　　　　美女。再过几日，我一定劝大王接受秦国的六百里
　　　　土地，与齐国绝交。

靳　尚　唉哟南后！大王明天就要与张仪饯行，张仪怎能再
　　　　等几日呢？

南　后　呃！这……明天就要与张仪饯行？

靳　尚　不错！大王明天就与张仪饯行，假若明天大王还不
　　　　答应接受秦国的土地，张仪就要到魏国去选美女，来
　　　　献与大王了……（故意逼她）

南　后　好！（毒狠地下了决心）明天替张仪饯行的宴会上，
　　　　我就要叫大王再不信任屈原！

靳　尚　事情这样迫促，但不知南后要用何计，顷刻之间，能
　　　　叫大王再不信任屈原？

南　后　哎！你不必细问，明天自然明白。

靳　尚　哈哈！南后真是聪明，为臣就去说与张仪，叫他单等
　　　　好音了！

　　　　（唱带板）

　　　　　　郑南后你真是英明果断，

　　　　　　大事情要成功就在明天。

　　　　　　施一礼出宫去莫可怠慢，（南后下）

　　　　　　先对那张先生细说根源。

　　　　哈哈！（下）


# 第五场


婵　娟　（内唱二倒板）

　　　　　　风和日暖艳阳天,(接曲三)

〔婵娟上,在园中打扫,一面兴致勃勃地操作,一面不经意地随心唱着。

(唱二六)

　　　　　　燕语莺啼春满园。

　　　　　　人生少壮须磨炼,

　　　　　　辜负韶光后悔难。

〔子兰上。

子　兰　(唱二六)

　　　　　　我的父做国王人人害怕,

　　　　　　咱小子享不尽富贵荣华。

　　　　　　我好似茶树儿到了初夏,

　　　　　　缺少个花姑娘前来采茶。

　　　　　　(见婵娟一人在这里,蹑手蹑脚到婵娟身后突然大喊)呵哈……

婵　娟　(惊介)唉呀! 你怎么这样不规矩呢?

子　兰　这是见面礼么。哈哈哈!

婵　娟　子兰公子,你这几天为什么不来读书呢?

子　兰　因为这几天我有一点病,妈妈不叫我来。

婵　娟　那么你今天做什么来了?

子　兰　妈妈叫我来请先生哩!

婵　娟　先生在上房写诗哩,待我去请。(欲走)

子　兰　(急拉)不要走,我还要问你的话哩!

婵　娟　问什么? 快说!

子　兰　(拉婵)坐下再说,坐下再说。

婵　娟　我晓得坐,你不要拉。(与子兰同坐石桌旁)子兰公子,这是先生摘下来的一个橘子,给你吃半个。

子　兰　咦! 你给我这半个橘子,我觉得很有意思。

婵　娟　有什么意思?

子　兰　你是半边,我是半边,再把你我拿的合起来,岂不成了……哈哈!

婵　娟　成了什么？

子　兰　（笑）成了一个橘子了么？

婵　娟　拿来！（夺过橘子）总爱说些没意思的话！（站立）

子　兰　哈哈，我才觉得有意思哩！（嬉皮笑脸地尾着婵娟）婵娟！你知道先生这几天说我的坏话来没有？

婵　娟　没有说你的什么坏话，不过也没有说你的什么好话。（有讽意）

子　兰　当然么，先生哪里会说我的好话呢？先生喜欢的是那个会在人前讨好，比你还要柔媚的宋玉，一定又要说他是怎样的纯真啦，劝勉啦，规矩啦。像那个女性十足的漂亮小子，我才讨厌呢！

婵　娟　好了，好了！你一转身，就要说朋友的坏话！

子　兰　哎呀，对不起，对不起！我可伤着你心上的人了，是不是？

婵　娟　谁是我心上的人？你胡说！

子　兰　我才不胡说哩！你当我不知道吗，那个女性十足的漂亮宋玉，就是你心上的人。

婵　娟　哼！我才不喜欢他哩！

子　兰　你不喜欢他，那你喜欢谁呢？

婵　娟　我喜欢我喜欢的人！

子　兰　（立起）呵！你不喜欢他，那你一定是喜欢我了。

（唱摇板）

　　　　　　　　我子兰福份大，
　　　　　　　　幸喜生在国王家。
　　　　　　　　绫罗绸缎身上挂，
　　　　　　　　一点瞎瞎不吃它。
　　　　　　　　除过父王就我大，
　　　　　　　　随心所欲莫挡挂。
　　　　　　　　你要情愿把我嫁，
　　　　　　　　管教你爱啥就有啥。

　　　　说了半天，你到底喜欢我不喜欢我？嗯？喜欢我不喜欢我？

婵　娟　我喜欢你……

子　兰　啊！你喜欢我？

婵　娟　我喜欢你受罪！

子　兰　你说谁呢？你说我就叫你受罪，我就叫你受罪！（向婵娟扑去，婵躲闪，兰扑了个空，跌倒。）哎哟！哎哟！

婵　娟　（笑）公子！我就爱你这样。

子　兰　你这黄毛丫头，你当我捉不住你着呢。（又过去扑捉婵，婵一闪，又跌倒）哎哟！哎哟！

婵　娟　（笑）跛脚公子，你再来吗？

子　兰　你欺侮我是跛子，等我把你捉住了再说。哎哟！

婵　娟　恭喜你，恭喜你，你要把那一只脚跌坏了，两边就扯平了。哈哈哈！

子　兰　你知道我腿不方便，你不可怜我，偏偏要幸灾乐祸，开我的玩笑。你要知道，你们女人爱笑，便是国家不祥之兆。从前周幽王宠爱褒姒，在烽火台上戏弄诸侯，褒姒一笑，便失了天下。唷！你笑我吗，我看你……呃，也是国家不祥之兆！

婵　娟　够了！够了！这明明是你自己跌倒了，还要说这一套鬼话，来替自己遮羞。

子　兰　对啦！对啦！就算怪我不好吧！反正你把我欺负了。（挣扎介）我现在连站都站不起来了，好婵娟姑娘哩，好姐姐哩！请你来扶我一下吧！

婵　娟　我来扶你！你可再不要胡闹了。

子　兰　我再不胡闹了。

婵　娟　好！我来扶你。

　　〔婵扶兰，兰猛抱婵。

子　兰　你这一下可跑不了了。

婵　娟　（挣扎）你这骗子！（用力将子兰推开！反身向林中逃避，突然站住，厉声斥子兰）你要干什么，你当我怕你！

　　〔屈原上。

| 屈　原 | 子兰公子来了！ |
|---|---|
| 子　兰 | 先生早安。 |
| 屈　原 | 子兰公子,这几天怎么没有来读书呢? |
| 子　兰 | 因为这几天我有一点病,妈妈不要我来。 |
| 屈　原 | 你今天来,想是病已好了? |
| 子　兰 | 不是的。是我妈妈叫我来请先生。 |
| 屈　原 | 南后叫我有什么事情? |
| 子　兰 | 我爸爸今天要给张仪饯行,我妈妈准备在宴会上用先生作的九歌,来歌舞助兴,请先生亲临指教。 |
| 屈　原 | 如此待我更衣,咱们一同进宫。(同下) |

# 第六场

〔南后盛装,指挥宫女布置宴会。她精神振奋,像布置着战场一样,脸上表情显得有些掩饰不住的紧张和预期的胜利的微笑,一面随口唱着,一面吩咐着宫女。

| 南　后 | (唱曲四)今日里设宴在宫中,(留弦) |
|---|---|
| | 你们听着！(宫女们应诺)今日这宴会可不比往常,这是大王亲自主持,满朝大臣都来赴宴,专为那秦国的使臣张仪饯行。(宫女应诺) |
| | (接唱)专为那张仪来饯行。(留弦) |
| | 你们听着！秦国是一个大国,张仪又是常在列国奔走,见过世面的大人物。今天的宴会要布置得富丽堂皇,可不要叫人家小看我们楚国。你们要小心侍候！奏乐的人和跳舞的人,都准备停当了吗? |
| 女　甲 | 启禀南后,奏乐的人早准备好了,单等南后吩咐,现在就叫他们进来吗? |
| 南　后 | 不！先叫他们在外面等着,我命子兰公子去请三闾 |

大夫,他若到来,请他到这里来见我。

女　甲　　是。(下)

南　后　　(接唱)我暗把机关安排定,(留弦)(看看周围,又看看自己的装束,觉得满意)
　　　　　　你们听着!(宫女应诺)三闾大夫来了的时候,我要传唤跳舞的人进来,先在这里演习一回,你们都不许在这里,那些跳舞的舞师,都带着面具吗?

宫　女　　是。舞师们都带着面具。

南　后　　好!除过那些带面具的舞师以外,任何人都不准入内;奏乐的乐师,也只准在这屏风后边。

宫　女　　是。

南　后　　还有这个帘幕,不等大王到来的时候,不准揭开,记下了没有?

宫　女　　记下了。

南　后　　哎!(看四周介)
　　　　　　(接唱)单等那飞鸟入网笼。
　　　　　　〔女甲上。

女　甲　　启禀南后,子兰公子领着三闾大夫来了。

南　后　　好,就叫他到这里来。(宫女甲下)这里不用你们侍候,你们下去,照我刚才的吩咐行事。那个帘幕如果不等大王到来,任何人随便揭开,小心你们的脑袋!

女　乙　　记下了。(宫女下)
　　　　　　〔子兰与屈原上。

子　兰　　妈妈!先生来了。

屈　原　　南后在上,为臣有礼。

南　后　　三闾大夫少礼,快快请坐。

屈　原　　南后召臣到来,有何吩咐?

南　后　　有件要紧的事,请你来帮忙。子兰你去叫那些奏乐的,跳舞的,都准备停当,等候我的吩咐。

子　兰　　是。(欲走)

南　后　　子兰。

| 子 兰 | 妈妈讲说什么？ |
|---|---|
| 南 后 | 等一会演习歌舞的时候，不许你进来。 |
| 子 兰 | 妈妈我要看歌舞！ |
| 南 后 | 你去吧！ |

〔子兰不悦，莫明其妙地下。

| 南 后 | 三闾大夫。 |
|---|---|
| 屈 原 | 南后。 |
| 南 后 | 我叫子兰到你那里读书，你看这孩子将来可能成大器吗？（试探屈原的口气） |
| 屈 原 | 子兰公子赋性聪敏，若能用心读书，定能成大器。 |
| 南 后 | 呃！——（知道屈原认为子兰荒唐，证实了靳尚的话）三闾大夫！子兰这孩子，能得你这样一位有道德有学问的老师来教导，真是他的福气，我这做母亲的一定要报答你。（这是透露强烈的报复心理的反话，意思是说今天要陷害你） |
| 屈 原 | （真诚地）大王和南后将公子托与为臣，为臣定当尽力教导，南后未免过奖。 |
| 南 后 | 不是我恭维你，子兰的父亲也时常说，我们楚国出了你这样一位顶天立地的人，真是国家社稷之幸。 |
| 屈 原 | 唉呀！南后如此讲话，为臣实在愧不敢当。（拱手） |
| 南 后 | 哼！三闾大夫，你也不用过谦。如今无论是南国北国，关东关西，普天之下，哪里还能找到第二个像你这样的人呢？文章又好，道德又高，又有才学，又有操守。我想无论哪一国的君长，怕都愿意你做他的臣子；无论哪一个少年，怕都愿意你做他的老师；就是无论哪一位美貌女子，怕都愿意你做她的丈夫哇。哈哈哈！（这些话的用意，大概有这些：要叫对方相信她是怎样看重他，一点也不会对他有坏意，好糊里糊涂地入她的陷阱。同时这也表现南后恶毒的强烈的报复心理。她觉得她要陷害的人，在被害以前越糊涂，越被迷惑，她就越称心快意，越显得她有本领。 |

秦腔 屈原 QUYUAN

因此在说这些话的时候,常夹着娇声娇气的笑,这笑含有卖弄风姿,取悦于对方,让对方相信她的真诚,嘲笑对方的傻,预感到自己的胜利)

屈　原　唉呀!南后如此讲话,为臣实在惶恐,请问唤臣到来,究竟为了何事?

南　后　唉!三闾大夫呀!

(唱二六)

照你这大贤人世间稀少,

文章好品行高当代英豪。

难得你把子兰每日教导,

倒教我做母亲少把心操。(截)

三闾大夫,只因我平日敬重你,你又是子兰的老师,我一时高兴,多说了几句。今天请你来,是因为大王听了你的话,不肯接受秦国的土地,张仪只得回去。大王与张仪饯行,命我准备歌舞,我平日最爱你作的《九歌》,今天这宴会上就歌舞《九歌》,所以特来请你亲自指教。

屈　原　既然如此,请南后传旨,速快演习歌舞。

南　后　好!舞师们!(内应)你们就舞起来。(起曲五)

〔幕后音乐与歌声齐作,舞师上场舞蹈,有间,宫女甲暗上,挂起帘幕。

南　后　(看见宫女甲进来挂帘幕,突然白)啊!我,我……我头晕,三闾大夫!三闾大夫,你快!你快!(倒向屈原怀中)三闾大夫,三闾大夫,你快!你快!

〔楚王、靳尚、子椒、张仪等上,南后瞥见,忽翻身摔脱屈原,奔向楚王。

你快,你快放手!你太出乎我的意外了!三闾大夫,你这是什么行为?你太可怕了!我不过是敬重你的文章、道德,谁知道你……你竟这样的轻薄!

楚怀王　(一惊)呵!这是怎么样了?

南　后　哎呀大王!幸亏你们早到,不然太得危险了。

| 楚怀王 | 噢，我明白了！ |
|---|---|
| 屈 原 | （此时才发觉受骗，略含怒意）噢！南后你！你！你疯了吗？ |
| 楚怀王 | 呔！明明是你疯了，你说哪个是疯子？ |
| 屈 原 | 哎呀大王！千万莫听一面之词，请容臣申诉。 |
| 楚怀王 | 你淫乱宫廷，不知羞耻，还有什么说的？ |
| 屈 原 | 大王，这分明是阴谋诡计。 |
| 楚怀王 | 这是孤王亲眼看到，你还敢巧辩，难道南后还诬赖你不成？ |

（唱带板）

适才孤王亲眼见，

淫乱宫庭罪滔天。

从此将你官职免，

速快出宫莫多言！

| 屈 原 | 呃嘿！ |
|---|---|

（唱带板）

见此情气得我裂碎肝胆，

郑南后竟设下阴毒手段。

楚怀王不容我以理分辩，

这冤枉死九泉也难心甘。

南后，我万想不到你会这样陷害我，你，你究是何居心？

| 楚怀王 | 住口！你做出这样丑事，还来责问旁人。我以前把你当做一位贤臣，误听了你许多话，今天才知你是一个淫乱宫廷的伪君子。来！ |
|---|---|
| 卫士仆夫 | 吓！ |
| 楚怀王 | 将屈原的官职免了，押出宫去，永不许他进宫！（背身） |

〔卫士向前押屈原。

| 屈 原 | 呃嘿！ |
|---|---|

（唱带板）

传口旨要将我押出宫院，

郑南后陷害我所为哪般？

我屈原身受耻不足为念，

怕的是从今后国事不堪。

大王，哎呀大王！为臣丢官是小，诚恐大王从此以后，远贤臣，亲小人，我楚国就要大祸临头。南后，到那时候，你就知道你害的不是我屈原一人，你！你害的是我们楚国！

楚怀王　来！押下去！

卫士仆夫　吓！

屈　原　哼！（顿足，被押下）

楚怀王　咳！真道岂有此理！（对南）爱姬方才受惊了？

南　后　我倒不要紧，只是对贵宾太失礼了！

楚怀王　呃！真是太失礼了，张先生多多见谅。

张　仪　岂敢，岂敢！请恕客臣冒昧，这位就是郑南后吗？

楚怀王　正是孤王的爱姬。

张　仪　失敬了，失敬了。大王，客臣来到贵国，未曾拜见过南后，今日拜见南后，客臣我才明白了。

楚怀王　张先生明白什么？

张　仪　客臣才知道屈原是怎样疯的。

楚怀王　哈哈！

子　椒
靳　尚　哈！哈！哈！

南　后　张先生真会说话。（满意张仪的恭维，又有些撒娇）

张　仪　请大王和南后，再恕客臣讲几句冒昧之言。

楚怀王　张先生请讲。

南　后　张先生不必客气，有什么话，尽管说吧！

张　仪　仪先告罪！（一揖）客臣我游遍列国，走尽天下，见过的美女，却还不少，像南后这样天姿国色，我还是第一次看见。

楚怀王　呵！照你这样一说，孤王的爱姬是天下独一无二的美人了？

| | |
|---|---|
| 子 椒<br>靳 尚 | 张先生说的是实实在在的,一点都不错。 |
| 张 仪 | 实在是独一无二,世间少有。 |
| 楚怀王 | 啊!张先生! |
| 张 仪 | 客臣在。 |
| 楚怀王 | 你方才言道,周郑之女,粉白黛绿,立于街衢,见之者以为神。如今又说孤王爱姬郑袖是天下第一,国色无双,这话又是怎样的说法呢? |
| 张 仪 | 嗯!这……哈!哈!那不过是客臣井底之蛙,所见不广。今天见了南后之面,才知道我是孤陋寡闻,见识太浅。南后你这样美貌,恐怕是巫山神女下凡吧? |
| 南 后 | 哎呀!张先生,你真是善于辞令。(掩口娇笑) |
| 楚怀王 | 这是张先生,既然如此,魏国选美女之事,就此作罢。屈原行为不端,言必不信,昨日之事,一概不提。孤王就依先生之言,愿受秦国商於之地六百里,即日与齐国绝交。 |
| 张 仪 | 哎呀!客臣先替我主秦王谢过大王。(拜揖)大王真是贤明,这真是秦楚之幸也。哈哈。 |
| 子 椒<br>靳 尚 | 秦楚两国从此和好,大王又得了六百里土地,臣等特向大王恭贺。 |
| 楚怀王 | 你们少礼了。哈!哈!哈!今天的歌舞可以作罢,凡是疯子屈原作的东西,宫中以后再不许唱。命这些东西下去! |
| 靳 尚 | 你们下去!(舞师下) |
| 楚怀王 | 张先生!咱们到龙门外去观赏楚国的风光,你看如何? |
| 张 仪 | 客臣情愿奉陪大王。 |
| 楚怀王 | 好,南后!今天你受了惊了,咱们一同前往了。 |

(唱带板)

恨屈原做此事真道狂妄,

他竟敢在宫中败坏纲常。

张先生莫耻笑多多见谅,

一同到龙门外观赏风光。

　　　　　　请！

张　仪　请！（同下）


# 第七场

　　　　〔宋玉上，一人在园中徘徊。

宋　玉　（唱花音慢板）

　　　　　　每日里守芸窗苦把书念，

　　　　　　但不知何一日折桂高攀。

　　　　　　随先生这几载琢磨诗卷，

　　　　　　到今日也可以吟诗作联。

　　　　　　郑南后请先生入宫赴宴，

　　　　　　我一人把《橘颂》默念几番。

　　　　　　这篇诗我已经胸中熟烂，

　　　　　　等先生回来后另教新编。（坐）

　　　　〔子兰上。

子　兰　（唱二六）

　　　　　　我妈妈今日里真道奇怪，

　　　　　　不叫我看跳舞所为何来？

　　　　　　想起了小婵娟把我急坏，

　　　　　　可恨她不爱我这个胎胎。

　　　　　　（见宋玉专心低朗读诗，学屈原吓宋）宋玉！你真是
　　　　　　我的好学生……

宋　玉　（抬头）先生……噢！原来是子兰公子。（坐）

子　兰　哈哈哈！你真是先生的得意门生，先生不在，你一人
　　　　　还在这里用功，不怪先生夸奖你。

宋　玉　子兰公子，我问你，你和先生一同进宫，怎么你一个
　　　　　人来了？先生呢？

子　兰　先生和我妈妈商量歌舞的事情哩！我爱看歌舞，平常宫中有歌舞，都让我看；今天我妈很奇怪，不准我看歌舞，所以我就到这里来了。先生不在，你一个人还在这里用功干什么，你看这样好的春光，为什么不出去玩玩，老闷在这里不嫌心慌吗？

宋　玉　哎，子兰公子你哪里知道，我不比你们王孙公子，我要务自己的功名前程。像你们王孙公子，就是不用功，还不是一样的富贵。（有些感慨，自叹出身寒微）

子　兰　（高兴宋的恭维）咳咳！宋玉小哥，人常说"兰为王者之香"，我叫个子兰，说不定咱将来还能当国王哩！

宋　玉　你哥哥为长，国王恐怕轮不到你的头上。

子　兰　哼！我哥哥不会早些死了！况且，我爸爸爱我妈妈，我妈妈爱我，只要我爸爸不叫他做国王，那就轮到我了。

宋　玉　（赶紧以书作笏，半玩笑半认真地参拜）如此大王在上，臣宋玉拜揖。

子　兰　爱卿少礼。哈哈哈！宋玉，要是我将来真正当了国王，我封你一个左徒之职，就和先生现在的官职一样，叫你专管文墨之事。你看如何？

宋　玉　要说起文章来，就是先生的诗，有些地方我也不佩服。不过因为他的名气大了，写的诗人家都说好，要是我写的那就不行了。

子　兰　唉！你竟然弹拨起先生来了。宋玉，我问你婵娟呢？

宋　玉　啊！你是专来寻她的吗？

子　兰　怎么？我要是专来寻她，你恐怕有点不高兴吧？

宋　玉　我有什么不高兴，你不要随便猜疑人呀！

子　兰　那么你是真的不喜欢婵娟吗？

宋　玉　也没有什么特别不喜欢，不过喜欢她又怎么样呢？她那古古板板的性子！丝毫也不能帮助我。况且她又是个丫头出身，我若娶她作妻，惹人耻笑，那岂不是于我的前程有碍吗！

（唱二六）

　　　　公子莫要那样看，

　　　　我心中并不爱婵娟。

　　　　她的性子太古板，

　　　　不能帮我做高官。

　　　　何况她出身太下贱，

　　　　娶她为妻失体面。

　　　　我每日埋头在书案，

　　　　哪有闲心把她贪。

子　兰　哈！

（唱二六）

　　　　宋玉对我讲一遍，

　　　　今日才把心放宽。

　　　　你既然不爱那婵娟，

　　　　给我帮忙有何难。

　　　　你若给我把事办，

　　　　管叫你将来做高官。

你这个宝贝，原来比我还势利，你一向装得那样清高。你既然对婵娟没有意思，那就请你给咱帮忙吧！咱们从今以后，就是好朋友，将来有福同享，有祸同当，你高兴吧？

宋　玉　那我宋玉就高攀了。（同坐石桌旁）

屈　原　（在内唱垫板）

　　　　郑南后她设下伤人陷阱，

〔屈原上。

屈　原　南后，你害的不是我，你害的是我们楚国哪！

　　　　（接唱）楚怀王不容我分诉真情。

　　　　　　　　莫非是奸臣们早把计定，

　　　　　　　　巧安排要害我爱国孤忠。

子　兰
宋　玉　先生怎么成了这般光景？

屈　原　你们不要问，我屈原问心无愧，是非曲直，谁忠谁奸，千秋自有公论了!

(唱紧拦头)

> 我屈原为国家问心无愧,
>
> 不是那图贵显奸佞之臣。
>
> 这奸计久日后自有公论,

(夹白)南后啊!咳咳大王!

(接唱)那时候你方知后悔难追。

宋　玉　先生!我扶你去休息。

屈　原　你不要管我,我满腔怒火,我不愿见任何人!(怒下)

宋　玉　这!这是出了什么事情?

子　兰　唉呀!先生恐怕是叫疯狗咬了吧?

宋　玉　你回宫里去看出了什么事情!

子　兰　刚来的时候,我见先生和我妈妈谈话,谈得很投机,一会儿怎么就成了这样子?

〔招魂老人与众上。

招魂老人　(惊慌上)怎么?三闾大夫出了什么事情?

乙　　　三闾大夫怎么了?

甲　　　咱们进去看看他。

宋　玉　众位且慢!先生神情恍惚,让他休息一会儿再说。

招魂老人　好,让他休息一会儿。三闾大夫千万可不要有个好歹,他是我们楚国的栋梁啊!

乙　　　是啊!三闾大夫!倘若有个好歹,那可不得了!

〔幕后人喊:"上官大夫到了。"

甲　　　啊!上官大夫来了,我们问问上官大夫,刚才宫中到底出了什么事情?

〔靳尚上。

宋　玉　参见上官大夫。

靳　尚　少礼。子兰公子也在这里,你们先生回来了吗?

宋　玉　回来了。大人要见我们先生吗?

靳　尚　特来探望。

宋　玉　先生正在休息,他说他不愿意见人。

秦腔
屈原
QUYUAN

381

| | |
|---|---|
| 靳　尚 | 那就不见也好。 |
| 子　兰 | 上官大夫！我们先生到底出了什么事情？ |
| 靳　尚 | 唉！难言！难言！此事不说也罢！ |
| 子　兰 | 怎么难言？ |
| 招魂老人 | 三闾大夫还能出甚么事情？ |
| 众 | 是呀！三闾大夫还能做出甚么难言的事情呀？ |
| 靳　尚 | 好！你们既然要问，我就对你们实说了吧！今天宫里的事，满城都知道了，反正你们迟早也会知道，我对你们实说了，免得你们以后听信谣言哪！ |

（唱二六）

众位父老听我讲，
屈大夫贤名传四方。
道德文章人敬仰，
也算楚国一栋梁。

| | |
|---|---|
| 甲 | 是呀！他是我们楚国的圣人啊！ |
| 招魂老人 | 这个我们知道，请问上官大夫，今天宫里到底出了什么事情？ |
| 众 | 是啊，今天宫里出了什么事情？ |
| 靳　尚 | 唉！你听！ |

（唱摇板）

秦国张仪到我邦，
论完国事回咸阳。
设宴饯行宫廷上，
青阳宫里摆酒浆。
准备跳舞和歌唱，
特请屈原到青阳。
三闾大夫真狂妄，
举动轻薄似疯狂。
他把南后抱怀上，
大王一见怒满腔。
今日他把品行丧，

　　　　　　　我们也觉脸无光。

招魂老人　怎么三闾大夫,会调戏南后?

甲　　　三闾大夫不是那样的人,此事不可信。

乙　　　三闾大夫绝不会做出那样的事,此事绝不可信。

靳　尚　要不是我亲眼看见,我也不信。谁肯相信我们楚国
　　　　的贤人,会做出这样丢丑的事!

子　椒　(在内)呃咳。

甲　　　令尹到了。

　　　　〔子椒上。

子　椒　三闾大夫回来了没有?

宋　玉　参见令尹,我们先生回来了。

靳　尚　你们不信我的话,请问令尹,他也是亲眼看见。

子　椒　怎么? 你们问刚才宫中的事吗?

宋　玉　请问令尹,先生对南后失礼的举动是真的吗?

子　椒　唉! 这事真出人意料之外,幸而大王和我到得早,没
　　　　出甚么乱子。要是迟来一步,三闾大夫不但要丢官,
　　　　恐怕连命也难保啊!

宋　玉　唉! 真没想到,先生会做出这样的事。(沉思)

子　椒　三闾大夫现在哪里?

宋　玉　先生正在里边休息,不愿见人。

子　椒　我看你们先生是中了魔了,你应该给他招魂。

招魂老人　好! 令尹说得对,要给三闾大夫招魂。

靳　尚　好! 他确实中了魔了,你们快给他招魂。令尹! 他
　　　　既不愿见人,咱们回去吧!

子　椒　咱们回吧! 你们都要好好给三闾大夫招魂。唉! 真
　　　　道的可惜! (与靳下)

招魂老人　好! 现在给三闾大夫招魂,谁去绑一个草人来?

甲　　　好! 我绑草人去。(下)

招魂老人　宋玉小哥! 你去拿先生的一件衣服来。

宋　玉　唉! 老伯,先生知道给他招魂,一定要生气的。

乙　　　你悄悄叫婵娟姑娘拿来,不要让先生知道么。

秦腔 屈原 QUYUAN

| 宋　玉 | 好！我去。 |
|---|---|
| 子　兰 | 哎！请你到里边把婵娟姑娘也叫出来。 |
| 宋　玉 | 哎！我看也快要给你招魂了！（脸上有掩不住的微笑） |
| 子　兰 | 对了,先生疯了,你才高兴了。这一下没有人盖得住你了,是不是? |
| 宋　玉 | 哼！你真聪明！（下） |
| 招魂老人 | 唉！你们这些年轻人,真没一点孝心,先生病了,你们还是这样。 |

〔宋玉、婵娟上,甲绑草人上。

| 招魂老人 | 好！快把衣服给草人穿上。 |
|---|---|
| 甲 | （从婵娟手中取衣给草人穿上）穿好了。 |
| 招魂老人 | 噢！这还要几滴亲人的血。三闾大夫没有亲人在这里,我看婵娟姑娘的血可以用,婵娟姑娘把你的手伸出来。 |

〔婵娟略思索后伸出手。

| 招魂老人 | 好啦！招魂开始。（起曲六）先请灌血,（刺婵娟手血滴向草人）东皇太乙,赫赫明明,大小司命,云中之君,请你们齐来鉴临。今有楚三闾大夫屈原,魂魄散离。邻里乡党,为之招魂。敬求各大明神鉴怜,将其魂魄,放还故乡。 |
|---|---|
| 众 | 将其魂魄,放还故乡。 |

（唱招魂歌）

四方神明多灵验,

将先生魂魄送回还。

这里有楼阁亭台和橘园,

宋玉和婵娟。

乡党邻里都在此间,

屈大夫何必远游天外天。

〔屈原暗上。

| 屈　原 | 噢！——这……这……这是为何？（众惊） |
|---|---|
| 招魂老人 | 三闾大夫,我们与你招魂。（亲切而担忧地望着屈 |

原)

屈　原　招魂?

甲　是啊!给你招魂。三闾大夫,听说你病了?

屈　原　(感到人民对他的关怀,由怒愤转入平静,感慨地)我病了?唉!(顿足)我没有病。多谢你们对我的关怀。我没有病!那是他们的造谣,那是他们的毒计!他们说麒麟是羊,说凤凰是鸡,说龙是蚯蚓。他们颠倒黑白,陷害贤良,可是他们哪里知道,陷害的不是我屈原一人,他们要断送我们楚国呀!乡亲们,你们不要听信谣言,你们莫要与我招魂。我问心无愧,我一定要弄清是非,我决不反悔,决不反悔!

(唱慢带板)

　　　　众邻里休与我把魂招,

　　　　分明是奸臣们诬蔑造谣。

　　　　我屈原声名败有何足道,

　　　　怕的是我楚国要把难遭。

(气极摇手表示叫众回去)

招魂老人甲　三闾大夫,你没有病?

屈　原　唉!(摇手)

众　那他们为什么说你……

屈　原　我也不知道他们为什么要陷害我……(摇手,表示一时说不清,不愿多说,叫他们回去。下)

甲　三闾大夫神志很清醒啊!

招魂老人　不像是有病的样子……

乙　他们说他疯了,你看!一点也不像是疯了。

甲　他说有人陷害他,莫非是那南后……(有人暗示,子兰在场,不要说下去)

宋　玉　乡亲们,先生休息了,你们还请回去吧!

〔众叹惜下。

〔宋玉,婵娟沉默无言,各有所思。

子　兰　(见大家不说话)哎!你们怎么不言语呢?你们怎

385

么都不说话呢？哎呀，我害怕得很，我不敢在这里停了，我走呀！我永远也不到这里来了！先生疯了，也给我教不成书了。（说这些话的用意都是吓婵娟，假装着要走，见婵不动，又来问她）婵娟姑娘，你走不走？

婵　娟　我为甚么要走？

子　兰　你都不怕疯子吗？

婵　娟　我看你才是疯子！我就不信你们的话！

子　兰　哎！好我的婵娟姑娘哩！

（唱摇板）

上官大夫对我讲，
先生做事太荒唐。
适才宫中把祸闯，
竟然调戏我的娘。
我父一见怒火上，
丢官事小臭名扬。

不信你问宋玉，信不信由你，我要去收拾我的东西。

（下）

婵　娟　哎！

（唱二六）

这件事不由我心生惆怅，
是何人害先生实在可伤。
他平日有德行人人敬仰，
绝不能做此事玷辱宫墙。
看起来是他们恶意毁谤，
我还须辨黑白自作主张。
见宋玉低下头一声不响，
莫非他为此事也费思量。
我和他把此事仔细分讲，
看一看他是个什么心肠。

宋玉！你觉得先生能做出这样的事吗？

| 宋 玉 | 不是上官大夫一人这样说,令尹大人刚才来也是这样说,他们都是朝廷大臣,岂能随便说话。 |
| 婵 娟 | 那你是相信先生会做出这样的事了? |
| 宋 玉 | 唉!相信也罢,不相信也罢,反正先生这一下不但丢了官职,名誉也扫地了。 |
| 婵 娟 | 噢!(滚白)我可没说宋玉呀,宋玉!先生教你一场,难道你不知先生的为人,你也侮辱先生,你,你真是全无心肝了! |
| 宋 玉 | 你也不要骂我,反正先生今后算是完了。 |
| 婵 娟 | (唱二六) |

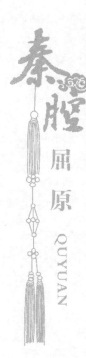

　　　　　见宋玉把是非全不分辨,
　　　　　竟听信旁人的毁谤之言。
　　　　　你平日受先生教诲非浅,
　　　　　难道你不知他品格不凡。
　　　　　这件事不是我亲眼瞧见,
　　　　　任谁说要我信难上加难。
　　　　　我婵娟跟先生日月非浅,
　　　　　并未见有半点轻薄事端。
　　　　　他时常教导我把书来念,
　　　　　他待我真好似亲生一般。
　　　　　这是我几年来亲身体验,
　　　　　因此上我不信那些谎言。
　　　　　我虽然为奴婢也有识见,
　　　　　也比你读书人高出万千。

| 宋 玉 | 哼哼,婵娟姑娘,你也不要把你看得太高了,先生,先生哪里会看得上你呀! |
| 婵 娟 | 怎么说! |

　　　　　(唱带板)
　　　　　宋玉讲话真妄诞,
　　　　　信口开河出恶言。
　　　　　这样人和他难分辩,

　　　　　　　　丧尽天良无心肝。

宋　玉　哎！婵娟姑娘！

　　　　（唱二六）

　　　　　　　　婵娟不必太生气，
　　　　　　　　宋玉有言听仔细。
　　　　　　　　我和先生是师徒，
　　　　　　　　教诲的恩情我感激。
　　　　　　　　今日宫中把祸起，
　　　　　　　　不是我无故来加疑。
　　　　　　　　南后面前竟失礼，
　　　　　　　　真是妖魔把心迷。
　　　　　　　　满朝之中都私议，
　　　　　　　　你纵然不信也无益。
　　　　　　　　先生名声已扫地，
　　　　　　　　今日我也要远离。
　　　　　　　　适才言语得罪你，
　　　　　　　　千万莫要记心里。

　　　　婵娟姑娘，适才言语冒犯，千万莫要计较。只是先生
　　　已经丢官削职，身败名裂，你纵然不信，也与事无益。
　　　多蒙先生数年教诲，先生的本领我也学了不少。如
　　　今我也不便在此久留，咱们临别之时，婵娟姑娘，请
　　　来，请来，我要送你一件东西。

婵　娟　谁要你的东西！

宋　玉　这是先生写的东西。

婵　娟　先生写的什么？

宋　玉　就是先生昨天早晨写的那首赞美橘子的新诗。（诗
　　　付婵后坐石凳上，沉思）

婵　娟　啊！就是先生昨天作的那首《橘颂》？（兴奋地接
　　　来，抚摸诗篇，一见《橘颂》忽然难过起来，唱二六）

　　　　　　　　见《橘颂》不由我伤心泪掉，
　　　　　　　　想起了昨日事满腹悲骚。

昨日里师生们共同研讨,

屈先生费心机把他来教。

一心想教成他为国报效,

到今日把师训抛在九霄。

转面来把宋玉一声高叫,

把先生好教训记了几条?（留）

宋玉!我且问你,先生昨天清早给你这首诗的时候
都说了些什么?

宋　玉　先生昨天给我这篇《橘颂》的时候,讲了一席很长的
教训之言。当时听了觉得很深刻,现在想起,可又另
是一番感觉了。（站起,学先生昨天的样子）他说要
我们拿橘子树来做老师,学那橘子树的精神,要至诚
一片,大公无私。

婵　娟　呃!先生还说甚么来?

宋　玉　先生还说在这战乱的年代,最要紧的是气节,生要生
得光明,死要死得磊落。

婵　娟　啊!这话多么好啊!（天真地,彷佛看见了先生）

宋　玉　话倒是好话。我昨天听的时候,确实刻骨铭心;不过
现在觉得说话倒容易,做人实在不容易啊!（假装地
惋惜）

婵　娟　呃!你的意思是说先生的言行不符吗?

宋　玉　哎!你不要又扯到先生的名下。先生昨天的教训,
确实使我受益不浅。他还说叫我不要把他看得太
高,也不要把自己看得太低。

婵　娟　哼!大约你觉得你现在比先生还要高吧?

宋　玉　哎!要骂你就骂吧!反正我现在是不能在此久留了。

〔子兰拿书上。

子　兰　婵娟姑娘!对不起,我要走了。

〔婵娟愤恨地看了看他,无言。

宋　玉　子兰公子,把我也带进宫去吧!

子　兰　好吧!你就和我一同进宫吧。我妈也很喜欢你,咱

们现在就走吧！

〔婵娟对宋玉轻蔑地背过身去。

宋　玉　放在先生这里的东西，我想也不用带了吧？

子　兰　还带那干什么！宫里还缺少你用的东西吗？

宋　玉　那么叫我替你把书抱上。

子　兰　好。（把书给宋，看了看婵娟）婵娟姑娘，哈哈，我知
　　　　道你不喜欢我，可是在这临别的时候，我还有几句知
　　　　心之言，你可愿意听吗？（婵娟不理）哈哈，咱们一
　　　　块儿相住了几年，你虽然不大喜欢我这个跛脚公子，
　　　　可是我对你可总是有些意思。先生现在人是疯了，
　　　　官也丢了，往后的日子也能想得来，你再跟他还不是
　　　　受罪。你看宋玉如今也要跟我一同进宫，你要是愿
　　　　意的话，哈哈……咱们还是老朋友在一块，婵娟姑
　　　　娘，你……（婵娟扭头不理）哎，婵娟姑娘呀！

　　　　（唱二六）

　　　　　　　婵娟姑娘莫任性，

　　　　　　　知心之言你细听。

　　　　　　　先生今日得疯病，

　　　　　　　从此不能在朝中。

　　　　　　　你何必把他来侍奉，

　　　　　　　不如随我去进宫。

　　　　怎么样？我的婵娟姑娘！（拍婵娟）

婵　娟　（挥掉兰的手）好气！

　　　　（唱带板）

　　　　　　　这半晌气得我恶火难咽，

　　　　　　　骂一声宋玉和子兰。

　　　　　　　幸灾乐祸真短见，

　　　　　　　还来无耻发狂言。

　　　　　　　纵然先生有大难，

　　　　　　　我情愿和他一同担。（转二六留板）

子　兰　怎么？你要守着先生，不愿意跟我进宫？

婵　娟　你们这些幸灾乐祸,下井投石的无耻小人,你们要滚快滚! 我婵娟死也不离开先生!

子　兰　哈哈! 你死也不离开先生,我告诉你,先生已经从后门走了!

婵　娟　噢?(急奔下去看,又急上)

宋　玉　你说先生失踪了?

子　兰　我刚才进去取书的时候,先生带了一把长剑,气哄哄地出去了。

婵　娟　你没有问他到哪里去了?

子　兰　谁还敢问他!

宋　玉　哎呀! 我看先生这一出去,不是杀人,便是自杀,一定要闯祸!

婵　娟　哎呀不好!

（唱带板）

　　　　听说先生失踪了,

　　　　急得我心中似火烧。

　　　　叫宋玉快把先生找,

　　　　免得他在外把祸招。

宋玉,你快去找先生,你、你快去呀! 先生平日多么爱你,你是先生的得意门生,先生费了多少苦心教训你,难道你没有一点人心,你忍心看着先生出去闯祸。宋玉,我求求你,你赶快去找先生,一定要把他找回来!

宋　玉　我去? 我去有什么用处。我就是去找,也不知找见找不见;就是找见,先生的脾气你晓得,还不知道他回来不回来。反正先生现在疯了,不死比死了还坏。

婵　娟　噢!(没有料着宋玉对先生会不关心到这样的地步)你们这样忍心,你们这些狼心狗肺,你们这些衣冠禽兽! 好! 你们不去! 先生! 先生! 婵娟一定要找你,婵娟一定要救你了!

（唱带板）

你们全把良心丧，

忍看先生遭祸殃。

我不顾生死往外闯，

赴汤蹈火也愿当！（奔下）

子　兰　哎呀！快走！快走！又出了一个疯子！（同下）

# 第八场

婵　娟　（内唱尖板）

在城里找先生到处不见，

〔婵娟急上。

婵　娟　（唱尖板）

急得人心中似火燃。

过往行人都问遍，

不知先生在哪边。

出得城来四下探，

找不到先生誓不还。

（向内白）那是张老伯？张老伯！你可看见我家

先生？

〔招魂老人与钓者同携钓具上。

招魂老人　三闾大夫不是在家里吗？

婵　娟　刚才你们走了以后，他一个人带着剑，不言语又跑出

来了，我正在寻找。

钓者河伯　这位姑娘是三闾大夫的什么人？

招魂老人　她就是服侍三闾大夫的婵娟姑娘。

钓者河伯　噢！婵娟姑娘，三闾大夫从宫中回去以后怎么样？

婵　娟　先生回来很生气，只说有人陷害他，我也不敢问到底

是怎么回事。一会儿上官大夫和令尹来了，说先生

淫乱宫廷，说先生疯了。

钓者河伯　咳！他们这样真能把三闾大夫气成疯子。三闾大夫
　　　　　今天在宫中的屈冤，我一概明白。

招魂老人　啊！三闾大夫的屈冤，你一概明白？

婵　娟　　这位先生是什么人？

钓者河伯　我是今天在宫中跳舞的舞师，我扮演的就是三闾大
　　　　　夫《九歌》中的河伯。今天宫中的事，我亲眼瞧见。

婵　娟　　那就请你快快讲来。

招魂老人　快讲！快讲！

钓者河伯　咳！

　　　　　（带唱板）
　　　　　　　　今日里宫中事气破人胆，
　　　　　（转唱二六）
　　　　　　　　把一个真忠臣无罪被冤。
　　　　　　　　实不料郑南后如此阴险，
　　　　　　　　恨君王太昏庸听信谗言。

招魂老人　南后到底是怎样在国王面前陷害三闾大夫？

钓者河伯　咳！你听！

　　　　　（唱二六）
　　　　　　　　今日午在宫中饯别张仪，
　　　　　　　　郑南后领宫女大摆筵席。
　　　　　　　　请来了屈大夫青阳宫里，
　　　　　　　　客未到先将那歌舞演习。
　　　　　　　　实不料她设下害贤之计，
　　　　　　　　忽然间装疾病歪东倒西。

招魂老人　南后这是怎么样了？

钓者河伯　这时候我正跳到南后的面前，我听得清清楚楚，南后
　　　　　对三闾大夫说：“啊！我头晕，三闾大夫，三闾大夫，
　　　　　你快！你快！”说着就倒在三闾大夫的怀中。

招魂老人　南后真的病了吗？

钓者河伯　哼！她哪里是病了。就在这时候，国王和张仪就进
　　　　　来了。吓！那南后真凶狠，真毒辣，一个鹞子翻身，

秦腔
屈原
QUYUAN

跑到国王跟前,她突然大声喊道:"三闾大夫,你快、你快、你快放手,你太使我出乎意外了,在这大庭广众之中,你竟对我这样无礼,你简直是个疯子!"

婵　娟　南后是这样陷害先生吗?

招魂老人　啊!南后竟这样诬赖三闾大夫,她疯了吗?

钓者河伯　咳!

（唱二六）

她诬赖屈大夫对她无礼,

假意儿对国王哭哭啼啼。

惹动了我国王满腔怒气,

不容许屈大夫分辩是非。

招魂老人　国王就是这样糊里糊涂,撤了三闾大夫的官职?

钓者河伯　咳!岂但撤了官职?我们国王真是昏庸,真是愚昧!他一句也不准三闾大夫分辩,又不问我们在场的人,一见南后的眼泪,就大发雷霆,就骂三闾大夫淫乱宫廷,骂他是疯子,就这样在大庭广众之前,命武士将三闾大夫押出宫去,永不许他进宫!

婵　娟　原来如此!这,这先生如何能受得了!……

招魂老人　是啊!三闾大夫如何能受得了?

婵　娟　难怪他那样生气,一句话不说,拿着剑跑了出来。啊!先生一定很危险,我要赶快去找先生。（焦急地看看他们,欲走）

招魂老人　三闾大夫一定很危险,好,我跟你一同去找。

婵　娟　如此咱们速快去找寻了!

（唱带板）

才知晓我先生遭人暗害,

招魂老人　（接唱）郑南后害忠良所为何来?

婵　娟　（接唱）怕的是我先生有何好歹,

招魂老人　（接唱）咱二人快将他找回家来。

快走!（与婵奔下）

〔钓者到龙门外河边垂钓,台上静默有间。

〔屈原上,从刚才突然的刺激中稍为恢复了过来,愤怒和激动稍为平复了。这时是比较冷静地想着刚才发生的事情,和自己的一切。

屈　原　（唱慢板）

我屈原身负着国家重任,

一心想抗强秦拯救万民。

在朝廊秉赤忠问心无愧,

因此上得罪了奸邪小人。

郑南后平日里贪图小利,

莫非她与奸人暗定机密。

也怪我少提防误中奸计,

楚怀王太昏庸不辨是非。

钓者河伯　啊!三闾大夫,你是三闾大夫吗?

屈　原　我不是三闾大夫,我已不是三闾大夫了。

钓者河伯　噢!屈原先生,刚才有一位婵娟来到这里找你。

屈　原　呃,你是什么人?

钓者河伯　我是今天在宫中跳舞的舞师。

屈　原　那么今天在宫中那一场奸计,你也亲眼瞧见?

钓者河伯　先生,我完全明白你的屈冤,我们跳舞的也都为你不平。

屈　原　啊!（长叹了一声）多谢你对我的安慰,那南后纵然阴险,也不能一手遮尽天下耳目。

钓者河伯　那时候,我正跳到你和南后的面前,南后的那些做作,我听得最清楚。

屈　原　唉!我真不明白她为什么要这样陷害我。

钓者河伯　屈原先生,这原因我倒明白。

屈　原　你怎么会明白?请速快讲来!

钓者河伯　我看南后是上了那秦国使臣张仪的圈套。

屈　原　噢?果然如此!你怎样晓得?

钓者河伯　你被赶出宫以后,那秦国张仪,在国王面前把南后恭维得无以复加。他说南后真是巫山神女下凡,天下

第一，国色无双。他又说，他见了南后，才知道你是怎样疯的。

屈　原　噢！那张仪真是下流。看起来他得了机会，一定又要请求国王接受秦国的土地，与齐国绝交？

钓者河伯　唉！（顿足）哪里还用他请求哩！国王已经被他们迷了，他说他再也不听信疯子屈原的话了，当下就接受了秦国的土地，答应与齐国绝交。

屈　原　怎么？国王已接受了秦国的土地，答应与齐国绝交？

钓者河伯　是的，国王已接受了秦国的土地，答应与齐国绝交。

屈　原　呃嘿！

（唱带板）

> 听罢言惊得我周身是汗，
> 果然是那张仪暗弄机关。
> 我这里闯进宫以死相谏，
> 如不然我楚国后患不堪！（欲走）

钓者河伯　三闾大夫莫可！我看国王正在昏迷之时，你就是进宫，也于事无益。

屈　原　哎！只要你敢和我一同进宫，将南后对我的陷害，对国王陈说明白，他岂能不信。

钓者河伯　唉！我们国王那样横暴，他绝不容人说话，你想刚才宫中之事，只要他把在场的人问一下，即刻就可以明白。他却不问青红皂白，也不容你分辩，把你一个堂堂国家大臣，任意诬为疯子，我不过是一个舞师，人微言轻，他岂肯相信，还不是于事无益，白送性命！

屈　原　唉！原来你是顾惜性命！（微讽）

钓者河伯　三闾大夫不要以为我是苟且偷生之辈，这样白白送死，未免于事无益。我劝你也要为国珍重。只要死得其时，我也绝不会贪生怕死！（屈原的话，伤了他的自尊心，有些激奋）

卫士仆夫　（在内喊）闲人避开！

屈　原　什么人来了？

| 钓者河伯 | 这是国王出城打猎来了。啊,三闾大夫,你看!那张仪竟耀武扬威地和国王并肩同行。 |
|---|---|

〔卫士仆夫上。

| 卫士仆夫 | 大王驾到,闲人避开!(钓者退后) |
|---|---|
| 屈　原 | 烦劳通禀,就说屈原求见大王。 |
| 卫士仆夫 | 三闾大夫少等,待我禀知大王。 |

〔楚王、南后、张仪带卫士上。

| 楚怀王 | (唱带板) |
|---|---|

伴嘉宾出城来郊外游玩,

众武士前开道旌旗遮天。

| 张　仪 | (接唱)出城来抬望眼四下观看, |
|---|---|

真道是江南景名不虚传。

| 卫士仆夫 | 三闾大夫求见大王。 |
|---|---|
| 楚怀王 | 哼!这个疯子他还要见我。好!就命前来! |
| 卫士仆夫 | 三闾大夫,大王命你去见。 |
| 屈　原 | 臣,屈原叩见大王。 |
| 楚怀王 | 屈原,你还有何面目前来见我? |
| 屈　原 | 大王,臣还有几句忠言,容臣分诉,臣死而无怨。 |
| 楚怀王 | 你速快讲来! |
| 屈　原 | 听说大王已接受了秦国的六百里土地,要与齐国绝交。此事万万不可,望大王以国家社稷为重,万勿中了奸人的诡计。 |
| 楚怀王 | 哼!你又是这一套。从前我听了你的话,险些误了大事,如今我岂能再信任你这淫乱宫廷的伪君子。 |
| 屈　原 | 大王,今日宫中之事,实在是奸人安排的毒计,大王不信,宫中耳目众多,大王一问便知。 |
| 南　后 | (急辩)大王亲眼看见,还要去问哪个?你身为大臣,在大庭广众之中,做出这样失礼的事,还有何面目在此分辩! |
| 屈　原 | 南后,今天宫中之事,你自然明白。你陷害的不是我屈原一人,你陷害了我们楚国!你不顾宗庙社稷,甘 |

心受秦国奸细的愚弄。

楚怀王　住口！你开口奸细，闭口奸细，张先生分明奉了秦国之命，献来六百里土地，我来问你，哪里有献土地的奸细？

张　仪　哈哈，真是一片疯话哟！哈哈哈！

屈　原　张仪！无耻的小人。

张　仪　哼！

屈　原　想你本是魏国的世家公子，为了求得高官厚禄，你竟然跑到秦国，怂恿秦王，去伐魏国；你又跑回魏国，劝魏王投降秦国。你连你的父母之邦都要出卖，你何所爱于我们楚国。你假意来献土地，诱惑我们和齐国绝交，好让秦国来各个击破。可惜大王不听忠言，中了你的离间之计。你真是朝秦暮楚，反复无常，丧尽廉耻，出卖祖国的小人！

（唱带板）

　　　　　见张仪不由我满腔气愤，
　　　　　你本是丧廉耻奸邪小人。
　　　　　为求官在列国到处投奔，
　　　　　为求官你不惜出卖祖国。
　　　　　恨南后中了你小人奸计，
　　　　　设陷阱要将我君臣分离。

楚怀王　呔！你竟然这样辱骂朝廷的贵宾。来！快把他的剑夺了，与我押下去！

卫士仆夫　吓！（夺屈原剑）

屈　原　大王，你仍然执迷不悟，楚国的江山、社稷，在你一人身上，你假如受了秦国的欺骗，楚国的前途就是一片悲惨，你的宫廷会变成秦国的兵营，你的王冠会戴在秦兵的马头上，楚国的男女百姓会大遭屠杀，血水会把长江染红，你和南后会受到最大的耻辱，大王，你……

楚怀王　咳！在贵宾面前，你竟敢这样辱骂孤王，快把他押到

　　　　　东皇太乙庙去！永不许他出来兴妖作怪！

屈　原　大王！你！你毫不悔悟！……

楚怀王　（厉声）快押下去！

卫士仆夫　吓！

　　　　〔押屈下,城河边渐渐集拢了些人观望。见屈原被押
　　　　　下,表示愤恨。

楚怀王　真是一个疯子！

南　后　张先生！今天实在使你受了委屈。

张　仪　哈哈！客臣是毫不介意。不过屈原是贵国有名的诗
　　　　　人,如今疯了,实在令人可惜！

楚怀王　屈原只会胡说八道,有什么可惜。

婵　娟　（内喊）先生哪！

南　后　什么人吵闹？

卫士仆夫　一个小姑娘找寻屈原。

南　后　带上来！

卫士仆夫　吓！

婵　娟　（内唱尖板）

　　　　　　　　四郊外找先生寻找不见,

　　　　〔卫领婵上。

婵　娟　（接唱）南后差人将我传。

　　　　　　　　放大胆挺身把她见,

　　　　　　　　看她唤我为哪般。

南　后　你是什么人？

婵　娟　我是三闾大夫的侍女婵娟,我寻我家先生。

南　后　你哪里还能找见你家先生,他疯了,早就投水自
　　　　　杀了！

婵　娟　你说先生投水自杀了？

南　后　是呀！他跳水自杀了！这不是他的那个宝剑。（指
　　　　　卫士手中屈原的宝剑）

婵　娟　哎呀不好！

　　　　（唱拦头）

听说先生死故了!

（喝场）我的先生! 屈死的先生!

（接唱带板）

满腔悲恸似水浇。

这冤枉日久自分晓,

你为何自杀把水跳。

从今后不能把国保,

满怀忠烈一旦抛。

转面我把南后叫,

你害死忠良为哪条?

南后! 你为什么忍心害死先生! 你忍心害死楚国的忠良,你,你忍心害了我们楚国!

楚怀王　呃!（要发作）

南　后　（对王）你叫她说。这个丫头你也疯了吗? 明明是你家先生在大庭广众之中,对我失礼,你怎么反说是我害了你家先生?

婵　娟　哼! 你任意说这个是疯子,那个是疯子,你想一手遮尽天下的耳目,那是你的妄想! 你血口喷人,陷害我们先生,你明明对先生说你头晕,故意倒在先生怀里,等国王一到,你假意哭哭啼啼,诬赖先生调戏你,你说是也不是?（因为听先生已死奋不顾身）

南　后　啊!（大惊）这是谁对你说的?

婵　娟　谁对我说的? 你在大庭广众之中,陷害先生,难道就无人看见!

南　后　你满口胡道! 哪个看见? 你与我说!

婵　娟　自然有人看见。

南　后　究竟是谁看见? 你说! 你说!（大急）

婵　娟　我偏不说,我说了你好再去陷害别人!

南　后　你不说,就是你这疯丫头造谣,武士们! 拿剑来! 我要割掉你的舌头!（将婵掀倒,从卫士手中夺来剑吓婵娟）

| | |
|---|---|
| 婵　娟 | （一面从地上慢慢站起，一面说）哼！你就是割了我的头，我也不说，你把那样好的先生都害死了，我再也不怕你了，你这残害忠良的奸妃！ |
| 南　后 | 好个强硬的丫头，你不说，我叫你知道我的利害！ |
| 楚怀王 | 还不推下砍了！（卫士抓住婵） |
| | 〔钓者河伯突然大喊奔上。 |
| 钓者河伯 | 慢慢慢着！南后莫要动手！是我说的，是我说的！ |
| 南　后 | 啊！ |
| 楚怀王 | （与南后等一惊）又是一个狂徒，速快把他抓起来！ |
| 南　后 | 抓起来！…… |
| 卫士仆夫 | 吓！ |
| 钓者河伯 | （唱带板） |

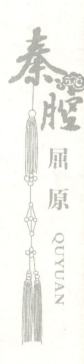

　　　　　　见南后要把婵娟斩，

　　　　　　急得我心中似油煎。

　　　　　　早知她为此把命断，

　　　　　　刚才不该对她言。

　　　　　　怒烘烘来把南后见，

　　　　　　愿替婵娟吃刀弦。

| | |
|---|---|
| | 南后莫要杀她，你陷害三闾大夫的话，是我对她说的。适才三闾大夫说的话，也是我对他说的，你不要杀小孩子，请来杀我！（卫士在抓钓者，因为他激愤地对南后讲话，一时卫士还抓不住他的手，这时才抓住） |
| 南　后 | 你是哪里来的狂徒？ |
| 钓者河伯 | 我是宫中跳舞的舞师，我明明听见你对三闾大夫说你头晕…… |
| 南　后 | 啊！（惊慌地丢了剑）你你！住口！快把他的嘴封住！ |
| | 〔卫士掩住钓者口。 |
| 婵　娟 | 你能封住一人的口，你封不住天下人的口！ |
| 南　后 | 也把这个疯丫头的口封住。 |

楚怀王　封了！封了！

南　后　把他们押进城去，我要亲自审问。

〔钧、婵被押下。

楚怀王　唉！楚国今天出了这么些疯子，张先生莫要见笑。

张　仪　岂敢！岂敢！客臣最敬佩南后的精明，将疯子的口封住，免得他胡说八道，扰乱人心。哈哈！

楚怀王
南　后　（同笑）哈！哈！

楚怀王　摆驾回宫。

〔楚王一行人等下，台上留下招魂的老者等群众，相视无言，顿足，有叹息，怨恨之声，幕蓦然下。——如果台子小，群众可以省略。

# 第九场

〔夜，月光皎洁，婵娟囚于后宫一个院落中，脸上有伤，衣帽已颇狼籍，月光从墙头照下，照在婵娟身上。

婵　娟　（带着枷，倒在地上，开幕时几次扎挣着站起来，幕未开先唱一句尖板）

　　　　　　适才间皮鞭打几乎命丧！

　　　　（转唱慢板）

　　　　　　无情的重铁板压在胸腔。

　　　　　　年幼女何曾经这样刑杖，

　　　　　　浑身上血淋淋疼痛难当。

　　　　　　进宫来不由我怒火涌上，

　　　　　　睁眼望尽都是蝎蛇豺狼。

　　　　　　郑南后和张仪奸邪一党，

　　　　（转二六）

　　　　　　设毒计弄阴谋残害忠良。

哭了声屈先生早把命丧！

可叹你忠烈志赴于汪洋。

你平日为楚国东奔西往，

到今日遭陷害举国悲伤。

难忘你朝夕间将我教养，

离先生好一似迷途羔羊。

（仰望，有间）

月儿呀，将我望，

您给我辨别上下与四方。

我先生更比明月亮，

到今日失去路茫茫。

星儿呀，暗又亮，

您也在扑闪闪眨着眼儿泪汪汪。

风凄凄，铁窗响，

都好似哀悼先生暗悲伤。

似这样月儿、星儿、风儿，

它们都在追念先生忠良将。

难道你大王、南后、子兰、宋玉，

一个一个全无一点人心肠。

纵然将我百般拷打、枷锁刑具、

要我变节休妄想，

思想起我先生泪湿衣裳！

卫士仆夫　（在内喊）谁呀？（上）

　　　　　〔卫士仆上。

子　兰　（在内）我，我是子兰公子。

　　　　　〔子兰、宋玉上。

子　兰　婵娟姑娘可是在这里囚着？

卫士仆夫　是的，在这里。

子　兰　我要同她说几句话，你可以方便一下。

卫士仆夫　公子请便。

子　兰　能不能把她的刑具去了？

| | |
|---|---|
| 卫士仆夫 | 只要公子担当,有何不可。 |
| | 〔子兰表示由他担当,卫士取婵娟刑具。 |
| 婵　娟 | 慢着! 不要取! |
| 子　兰 | 婵娟姑娘,这又何必呢? 听说你挨了皮鞭子,浑身都打伤了,将刑具取下来,也好舒展舒展。 |
| 婵　娟 | (冷冷地)我不愿意受任何人的恩惠! |
| 宋　玉 | 婵娟姑娘,公子乃是好意,你何必这样倔强呢? |
| 婵　娟 | 你们走开! 我不愿见你们! |
| 子　兰 | 好啦! 好啦,你不愿意取刑具也不勉强,我只想问你几句话,也并不多麻烦。 |
| 婵　娟 | 我不愿见你们,也不愿和你们讲话! |
| 子　兰 | 我们是好意来看你,你何必生这么大的气呢。婵娟姑娘,我是一心想救你……(稍停)只要您能对我说,你喜欢我。就是你心里不喜欢,也不要紧,只要你愿意留在宫里侍候我,我立刻可以向我母亲说,把你饶了。你愿意不愿意? (婵娟不理)你不愿多说话也不要紧,只要你简单地说一个"愿"字,或者说一个"不"字,都行。你说吧! 你请说吧! (稍停)你不愿说,就请点一下头,或者摇一下头,表示一下你的意思,我是绝对尊重你的意思的。(婵娟屹然不动,毫无表示) |
| 子　兰 | 哎呀,简直跟石头人一样。(示意叫宋玉去说) |
| 宋　玉 | 婵娟姑娘,我知道你现在顶不高兴我。不过我也想尽我一份友谊。你自己恐怕还不知道,你的命运就只有这一个晚上了,现在子兰公子的确是一片诚心,他放下了公子的身份,来请求你,你怎能辜负他的好意呢? (婵娟仍不动)婵娟姑娘,你即使把你自己的性命看得很轻,但我知这你把先生的性命看得很重,先生的性命和你一样,也延长不到明天。子兰公子前来救你,其实也是想救先生。只要你答应了公子的话,公子可以立即在南后面前讲情,不但你可以得 |

救,而且还能救出先生。婵娟姑娘,你觉得怎样?

婵　娟　宋玉。

宋　玉　婵娟姑娘,你答应了吗?

婵　娟　你这无耻的小人!

（唱带板）

一见宋玉心生厌,

你全无一点人心肝。

先生早已把命断!（哭）

宋　玉　先生死啦?

子　兰　谁说的?

婵　娟　（按唱）你还来无耻卖谎言。

我不愿再把你们见,

速快走去莫纠缠!

子　兰　谁给你说先生死了?

婵　娟　南后亲口对我说的。

子　兰　先生是怎么死的?

婵　娟　被你们这群小人逼……逼得他跳水自杀了!（哭）

子　兰　（向宋玉）这是怎么搞的?我听说先生押在东皇太乙庙里,怎么又说死了?

宋　玉　这恐怕靠不住。

子　兰　是呀!这怕是我妈哄你哩!你快答应我的要求,我即刻就去搭救先生。

婵　娟　哼!（不理）

子　兰　哎呀!我看你比先生还倔强。

宋　玉　婵娟姑娘,你何必固执呢?你答应了子兰公子,不但可以搭救先生,对你也不错呀!你从此可以在宫中……

婵　娟　哼,宋玉,你有什么脸面在这里说什么搭救先生,你是叛逆!你辜负了先生的教训!先生昨天还教训你,生要生得光明,死要死得磊落。先生不愿苟且偷生,我婵娟岂能做你这无耻的奴才!

| 宋 玉 | 要骂你就骂吧,各人有各人的路,谁也不能勉强。公子,咱们走吧! |
|---|---|
| 子 兰 | 哎!(不舍)我再问你一次,你究竟怎么呢? |
| 婵 娟 | 滚开!你们这些禽兽! |
| 子 兰 | 哎呀,简直不成话,受不了!受不了!咱们走!(兰、宋下) |
| 婵 娟 | (唱带板) |

　　　　骂得贼子无言对,

　　　　满腔怒气消几分。

　　　　头断血流我不悔,

　　　　岂肯屈膝从贼人。

| 卫士仆夫 | 唉! |

　　(唱带板)

　　　　见婵娟真叫我满怀钦敬,

　　　　临大节她不肯苟且偷生。

　　　　屈大夫平日里为国忠勇,

　　　　平白地遭陷害举国不平!

　　(沉思有顷,看四周无人,对婵白)婵娟姑娘,你刚才对他们讲的话,实在使我敬仰。我对你实说,三闾大夫并没有死,南后的话是诓骗你的。

| 婵 娟 | 什么?先生没有死?你怎么知道? |
|---|---|
| 卫士仆夫 | 是的。三闾大夫的确没有死,请你放心。 |
| 婵 娟 | 噢!先生现在哪里? |
| 卫士仆夫 | 先生现在押在东皇太乙庙,是国王命我押着他去的。今天上午宫里出了事以后,国王要到城外游玩,我们前去保驾。三闾大夫就和要救你的那个舞师,在一处谈话。他见国王来了,要求见国王。国王一见三闾大夫,就骂他是淫乱宫廷的伪君子。这当儿我实在钦佩三闾大夫报国的忠心,他仍然忍气吞声,苦口婆心劝国王不要中了张仪的奸计,不要误了楚国。 |
| 婵 娟 | 国王听了先生的话吗? |

卫士仆夫　哎！国王叫南后和张仪弄得正迷了心窍，哪里肯听三闾大夫的话。不等他把话说完，只管骂他是疯子，暴躁地命令我们把他押到东皇太乙庙中去。还说永远不许他再出来兴妖作怪。三闾大夫到这时候，激愤得毫不愿惜自己，他最后对国王说的那几句话，真是一字一泪，我们在旁边听了的人，个个都大为感动，可是我们的国王，不但丝毫不听，反说三闾大夫在贵宾面前辱骂他了！

婵　娟　这样看来，先生的性命很危险了？

卫士仆夫　是啊。刚才那个宋玉不是说三闾大夫的命运和你一样，恐怕明天就……

婵　娟　这、这、这如何得了！谁能搭救先生？谁能……

卫士仆夫　婵娟姑娘，不瞒你说，我平日就敬仰三闾大夫的忠义。今天又看见三闾大夫和你遭受的陷害，使我义愤填胸，我要……

婵　娟　你要怎么样？

〔幕后有打更声。

卫士仆夫　低声！那边有人来了。

〔更夫击梆上打三更。

更　夫　唉！天气变得好快，刚才还有月亮，一会就阴得黑洞洞的，对面都看不见人，怕要下大雨了吧！（打更）

卫士仆夫　现在已经三更了吗？

更　夫　是呀！快半夜了。（走过）

卫士仆夫　（望着更夫背影，欲呼而止，俟更夫下场后，终于决心呼之）更夫老兄！更夫老兄！

更　夫　什么事情呀？

卫士仆夫　请你转来，咱们有事相商。

更　夫　有什么话快说，我可忙得很，又要打更，又要管宫门，这宫里前后门的钥匙，都在我身上。一到晚上就是国王要出去，也非经过我的手不可。你有什么事快说！

秦腔
屈原
QUYUAN

卫士仆夫　我要去出恭,请你在这里替我看守一会儿。

更　夫　唉呀!那你就请快一点。

卫士仆夫　请借你的灯笼用一下。(猛然吹熄灯笼,双手握住更夫之颈,按倒在地)

更　夫　这……(倒)

婵　娟　这是怎么样了?

卫士仆夫　婵娟姑娘,我要搭救你和三闾大夫,我们已经得了宫门上的钥匙,你快穿上这更夫的衣帽,咱们速去东皇太乙庙,搭救三闾大夫!

婵　娟　啊!那你为何把他杀了,这未免太得残忍。

卫士仆夫　姑娘,你不知道,这是我们一种法术,他并没有死,不过昏迷一时,经人一撞,就会醒来。待我与你取了刑具。

婵　娟　深感义士舍命相救,咱们速到东皇太乙庙,去救先生了。

卫士仆夫　速快改装!

婵　娟　(一面改装,一面唱带板)

　　　　　　深感义士不能忘,

卫士仆夫　(收拾好了接唱)

　　　　　　太乙庙中救忠良。

〔卫士仆夫携婵奔下。

# 第十场

〔屈原上,带手铐,立于神殿中。

屈　原　(唱塌板)

　　　　　　一日间遭难间身做囚犯,

　　　　　　手带铐脚带镣举步艰难。

　　　　　　太乙庙囚大臣国事大变,

想起了今日事仰面问天。（接曲七代替原慢遊）

风啊,你吹吧! 你尽力地怒吼! 在这暗无天日的时候,一切都睡着了,一切都沉睡在梦中,一切都死了的时候,正是你怒吼的时候! 虽然你吹不走这满天的乌云,虽然你不能把他们从梦中吹醒,但你至少可以吹走一些灰尘,你可以吹起江湖的波澜。

（唱三锤慢板）

　　　　大风怒吼势如山,

　　　　天地沉睡一梦间。

　　　　纵将那黑暗吹不散,

　　　　也能使江海起狂澜!（接曲七代替原慢遊）

啊,电光! 你这宇宙中最犀利的剑! 你用力劈吧!（电闪）劈吧! 你把这比铁还坚固的黑暗劈开!（电闪）虽然你劈他如劈水一样,你一抽掉,黑暗又合拢了来,但至少也能得到暂时的光明。（电闪）啊! 这是多么灿烂的光明!（有顷,一道眩目的电光闪过,电声大作）

（唱栏头）

　　　　电光不住灼灼闪,

（转二六）

　　　　好似黑暗被剑穿。

（电闪介）

　　　　拔去长剑痕不见,

　　　　顽强的黑暗又重圆。（游弦）

（稍停白）南后,国王,你们为何这样的昏庸愚昧! 你们怎么这样的眼光短小! 你们,咳!（对他们失望地摇头）听信谗言,中了奸人的诡计,断送了我们楚国的大好河山,也断送了你们自己,你们是千古的罪人啊!

（唱二六）

　　　　恨君王昏庸愚昧真见浅,

秦腔
屈原
QUYUAN

贪图小利信谗言。

是非黑白不分辨，

断送我楚国好河山。

忠烈之臣遭暗算，

眼看社稷不安全。

国破民忧不忍见，

阵阵烈火烧胸前。（有顷，风渐息）

〔郑詹尹畏缩地走上，在这时候，又兼他这样的形体和神色，他的出现，好像一架骨骼或一个幽灵，阴森森地。

**郑詹尹**　啊！三闾大夫，你又在作诗了吗？你的声音比风还要宏大，比雷霆还要震动人的心魂。啊！像这样雷电交加的深夜，实在可怕，我连庙门都不敢去关。唉！今晚上这样大的狂风暴雨，响雷闪电，实在少有，这大概是老天爷为你不幸在发怒吧！

**屈　原**　呃！（摇头不语）

**郑詹尹**　噢！三闾大夫，你不要以为我是南后的父亲，我是很同情你不幸的。自从我那女儿郑袖入宫，虽然很得宠，但对我却十分冷淡，我仍然在这庙里与人打签卜卦。（稍停）唉！你刚才一个人在这里说的话，我都听见，你好像朗诵了很长的一首诗。你大概口渴了吧！我替你备来一杯甜酒，请你润润喉吧！

**屈　原**　多谢郑太卜，我手足不方便，请你放在神案上。

**郑詹尹**　唉，这真是不成体统！常言道："刑不上大夫，礼不下庶人。"怎么给我们的三闾大夫，也带上脚镣手铐了！唉！可惜我没有钥匙，不然我一定要替你打开。你也好松散松散。

**屈　原**　多谢你的好意，这倒不必。

**郑詹尹**　唉！（不知说什么好）三闾大夫，你看这一会风也息了，离天明还早哩！你把这一杯酒喝了，休息一会儿吧。你的手脚不方便，来来来，不必客气，我替你端。

| 屈　原 | 不用。(摇头)请你放在那里！你知道我是不饮酒的。 |
| 郑詹尹 | 是得是得,三闾大夫平素是戒酒的,其实酒也不是坏东西,只要少喝一点,有个节制,倒也于人有益。 |
| 屈　原 | 请你放下,我渴了一定喝它。 |
| 郑詹尹 | 你,你该不至于疑心这酒内有毒吧? |
| 屈　原 | 唉!果真有毒,我倒也不怕。我们楚国已经被人出卖,我真不忍活着见这山河破碎。 |
| 郑詹尹 | 唉!三闾大夫真是忠心耿耿。可恨我那个女儿郑袖,害了你这忠良…… |
| 屈　原 | 太卜,我此刻只恨那奸人张仪,对于南后和大王,我倒不多么怨恨,我只可惜他们太得昏庸愚昧…… |
| 郑詹尹 | 唉!三闾大夫真是大公无私,老夫实在敬佩。(又想敬酒,但觉得屈原这时不会喝)好,这杯酒就放在这神案上,你一会儿渴了再喝也好。天还早,我还要去睡一会儿。 |
| 屈　原 | 太卜,请去休息,这杯酒请你放下,我渴了一定领你的盛情。 |
| | 〔郑詹尹下。 |
| 婵　娟 | (有间,在内小声喊)先生哪! |
| 屈　原 | 是谁? |
| | 〔婵娟同卫士仆夫上。 |
| 婵　娟 | 噢!先生在这里? |
| 屈　原 | 噢!婵娟? |
| 婵　娟 | 哎呀!(扑至屈原膝下)(滚白)我的先生呀!先生,你忠心为国正直不屈,他们千方百计,要陷害你一死,只说今生不能见,幸得这位义士舍命相助,前来搭救先生逃出网罗了! |
| 屈　原 | (以手抚婵娟)婵娟你、你脸上哪里来的伤? |
| 婵　娟 | 我出门找寻先生?遇见南后,她骗我说先生已经跳水自杀,我信以为真,将她破口大骂,她将我押进宫中,酷刑拷打。幸而这位义士告诉我先生还在,又蒙 |

秦腔 屈原 QUYUAN

他舍命相救,逃出宫来。噢!先生,他们明天早晨就要杀害你,咱们赶快逃走吧!

屈　原　呃?你先莫急。我问你,宋玉现在哪里了?

婵　娟　哼!再不要提他,他早已跟子兰进宫去了!

屈　原　噢!(长叹一声)那也由他去吧!(低头抚摸婵娟)

婵　娟　我出城来走得急慌,口中渴燥得很。

屈　原　这里有一杯甜酒,你喝了吧!

婵　娟　好。(取酒一倾而尽)

屈　原　(抚摸婵娟)唉!孩子,你为我受了这么重的毒打,可怜的孩子!今天我实在不该独自一人出来……咳!好狠心的南后……

婵　娟　(忽然全身痉挛)这酒……

屈　原
卫士仆夫　啊!(起曲八)

屈　原　婵娟!你怎么了?

婵　娟　这这酒有……

屈　原　酒中有毒?

婵　娟　这酒……酒是哪里来的?(痉挛更烈)

屈　原　就是这庙里的郑太卜送来的……想不到这老人也竟这样毒狠……

婵　娟　噢!郑太卜?他是郑南后的父亲,那……一定是,他来毒害先生,(语言吃哑,断断续续,但神志尚清醒)唉!这样也好,我替先生……喝了这杯……毒酒,我婵娟替先生死了,保全了先生的性命……啊!……先生,你……

屈　原　婵娟……你……(紧抱婵娟)

卫士仆夫　婵娟姑娘!……

婵　娟　先生……你要……为国珍重……我真高兴……(挣扎着说出以下三字)真高兴……

　　〔自由节奏性的音乐停。

　　〔屈原紧抱婵娟头和肩,昂首无言,眼含怒火。

卫士仆夫　(见婵娟死,握拳怒目,沉默有顷,猛然问屈)先生,这酒是郑太卜送来的？

屈　原　　正是他。（含怒而平淡地，仍昂首紧拥着婵娟。）

卫士仆夫　　哼！他是郑南后的父亲，我认得他。（拔刀奔下）

屈　原　　（这时由于卫士的行动，才从死的沉默中惊醒过来，唱带扳）

　　　　　　　怀抱着小婵娟肝肠裂碎，

　　　　　　　满眶中热泪倾烈火烧心！

　　　　　　　实不料郑太卜如此毒狠，

　　　　　　　你父女同都是阴险小人。

〔卫士仆夫一手执刀，一手持密信奔上。

卫士仆夫　　三闾大夫，请你容恕，我未得你的命令，已经把那个恶人杀了。在他身上还搜出了南后给她父亲的一封密信，信上叫把先生毒死以后，放一把火烧了庙宇。因此我刚才杀了郑太卜以后，就遵照南后的命令，在她父亲的床上，放了一把火。霎时间这庙就要着了，咱们速快走吧。待我先解除了先生的刑具。（取刑具）

屈　原　　请问壮士何名？

卫士仆夫　　先生不要问我的姓名，我要永远做你的仆人，你就叫我"仆夫"。

屈　原　　你打算要我今后怎样？

卫士仆夫　　先生，你怎么这样问我呢？

屈　原　　我现在的生命，是你和婵娟给我的，婵娟已经死了，我也就只好问你了。

卫士仆夫　　哎呀先生！我们楚国需要你，天下也需要你，这里太得危险，不能久留，我是汉北人，假如先生允诺，我愿同先生去到汉北。我们汉北人都敬仰先生，一定能助先生拯救楚国，先生以为如何？

屈　原　　好！我就遵从你的意思。请你先帮我把婵娟安放在神案上，我们应该为她举行一个庄严的火葬。

〔二人将婵娟尸体安放神案上。

卫士仆夫　　（给婵娟脱去更夫的衣服，发现婵娟怀中《橘颂》）这

413

是什么东西?(给屈)

屈　原　噢!这是我昨天早晨的一首《橘颂》,我是写给宋玉的,大约宋玉又给了她。婵娟!你倒是受之无愧。唉!我真没有想到,这首《橘颂》,就像完全是给你作的哀辞。

卫士仆夫　先生!那么咱们速快向婵娟致祭。

屈　原　好!

〔屈原与卫士移至婵娟脚次,垂横而立,殿后已有火光及烟雾冒出,照得婵娟尸体,面部通红。

屈　原　(高举手中帛书)啊!婵娟,我的女儿!婵娟,我的弟子!婵娟,我的恩人!你已经发了火,你把黑暗征服了。你是光明的使者。(起曲九)

〔屈原执帛书之一端向婵娟抛去,帛书展于尸上。

卫士仆夫　(披上更夫的衣服)先生快走!

屈　原　好!(走,最后再回顾婵尸)

〔幕后唱《橘颂》,有间,幕徐下。

——剧　终

# 编　后　语

　　《西安秦腔剧本精编》是一项大型剧本编辑工程。它收录了新中国建立后西安市辖的易俗社、三意社、尚友社、五一剧团四大著名秦腔社团上自清末、下至二十一世纪初近百年来曾经上演于舞台的保存剧本，承载与呈现着古都西安百年的秦腔史。这样一个浩大的戏剧工程，在西安市近百年文化史上是前所未有的，受到各方面广泛关注。

　　编辑组建立之初，面对的是四个社团档案室中百年以来的千余本(包括本戏、小戏、折子戏)约三千万字的剧本手抄稿、油印稿、铅印稿。由于时间久远，其中不少已经含混不清，或章节凌乱、缺张少页、错误多出，有的甚至连作者、改编者姓名、演出单位、演出时间等都已寻找不见，工作量之大、难点之多可以想象。更由于此次编辑的范围，是以必须经过舞台演出的剧本为前提，因而正式进入工作后，许多需要认真解决的具体问题都凸现出来了：

　　一是不少剧目，虽然演出过，但真正的排练演出本却找不到了。在查访中，有些尚可落实，有些则因当事人已故，无觅踪迹，只好录用现存的文学本，以解决该剧目缺失的遗憾。

　　二是有些排练演出本虽然收集到了，却不完整。有的有头无尾，有的有尾无头;有的场次短缺，有的唱段缺失；有的页码残缺，前后无法衔接。这样，只能依靠编辑组人员及有关演职人员反复回忆，或造访老艺人和当事人回忆，不厌其烦，完成残本的拾遗补缺、充实完善工作。

三是一些秦腔名戏和看家戏，艺术魅力强，观众很喜爱，但在长期的演出中，为了适应当时的形势，往往同一个戏，在新中国建立前后、改革开放前后都有不同版本。这些剧目，由于受客观时势和执笔者思想认识的影响，不少改编本把原作中一些脍炙人口的名场段、名唱段给遗漏了，拿掉了。今天看来，这是历史、文化的失误。因为这些场段、唱段的不少地方既含有简明而丰富的历史知识，又有淳朴淳厚的人文教化，附丽以历代秦腔名家的倾情演唱，熏陶和感染过无数戏迷观众，不失为秦腔传统艺术的闪光点所在。因此，在对这类剧本的认定和选用中，编辑组抱着尊重、抢救、保护国家非物质文化遗产的态度和立场，通过鉴别，更多地向传统倾斜，把该恢复、该补救的名场、名段都做了尽可能完善的恢复与补救。

四是曾经有一些在西安舞台上演过的老秦腔传统本，被兄弟剧种看好，拿去改编、移植成他们的优秀剧目。之后，这些剧本又被秦腔的剧作家再度移植、改编过来，在西安舞台上演。对这类本子，在找不到秦腔演出本的情况下，经过审定，也都作了收录，成为"出口转内销"的好本子。

五是有些保存本，当年演出、出版风靡一时，并有作者、改编者的署名。由于岁月的磨洗，演出本还在，而作者的名字则记忆模糊甚至不见了。为了尊重他们的劳动,还其以神圣的著作权,编辑组翻查了大量档案资料,终于使一些剧本的作者署名得以落实。

六是由于秦腔是大西北最有代表性的地方剧种,剧本中普遍存在大量的方言俚语、民俗风情,鲜明地体现着秦腔的地方戏色彩。但同时也因为作者和所写的题材来自不同方域,用字、用词、用语存在很多错、别和不规范、不统一的现象。此次编校,通过讨论、争议、比对、考证,尽可能地做到了规范和统一。

除此之外,还涉及到很多剧本在主题思想、故事情节以及版本、人物、时间、场景、舞台指示、板腔设置、动作、细节、念白、唱段、字词句、标点等许多大大小小的问题,需要进行有效地疏、改、勘、正工作。编辑组通过连续数月的辛勤工作,终于以艰苦的劳动征服了这座巨山。

参加本次编辑的专家平均年龄已 68 岁,每天要审校、修订三四万文字。为了提高工作效率,针对剧本的体裁特点,编辑组分为几个小组,采用读听结合、交叉审校的方法,尽可能精准地还原出作品的原貌,包括每场戏、每段唱词、每句念白、原作者、改编者、移植整理者、剧情简介、上演剧团、上演时间等等。为了争取进度,经常夜间加班,并放弃每周末和节假日的休息。为了保证质量,不时地对一些重要问题进行学术研究、学术的争执和判定,往往到深夜。其中有关秦腔的历史问题,有关一些现代戏的剧本入围标准问题,有关早期的秦昆相杂剧本的入选问题,甚至有的传统剧目中某个主要人物姓名中

秦腔

编后语

BIANHOUYU

的用字问题等，时常反复探讨。对较重大的，必须查明出处；对较具体的，则进行细心考证，直到水落石出。由于整个编校工作沉浸在不间断的学术气氛中，使编辑的过程，争议的过程，同时也是很好的互相学习的过程。特别是在阅编早中期一批秦腔剧作家的作品时，大家不禁为老先生们深厚的学识、精美的辞章和高超的艺术而叹服，更加体会到手中工作的重要性，更加珍惜此次机遇，从而加深了编辑组同志之间的学术友谊，提升了整体工作的水准。他们高昂执着的工作热情、认真负责的工作态度、严谨科学的工作作风、主动忘我的工作干劲，令人十分感动。

为了支持这项工程，不少老艺术家捐赠、捐用了自己多年的秦腔珍藏本、稀缺本、手抄本。有的老艺术家、老剧作家的家属、后代闻讯后主动从家里搜寻出原创作、演出剧本，送到编辑组工作驻地。全体编务人员，为了及时、保质、保量地做好业务供应工作和全组人员的生活安排，积极配合跑资料、查档案、复印剧本，忙前忙后，不遗余力。当他们听到几年前三意社在改革并团时尚遗存有部分资料档案后，便及时赶到原五一剧团档案室，从蛛网尘埃中翻寻到了七八十部老三意社的手抄本和油印本。上世纪五六十年代西安四大社团演出过很多好戏，有些戏直到现在还在乡间和外地热演，但由于政治气候、人事变更、内外搬迁等原因，造成原剧本遗失。后经有关方面帮助支持，从西安市艺术研究所找到了一批久已告别西安城内秦腔舞台、面目似已陌生的优秀剧目铅印、油印本，使剧本的编辑工作更加充实和完善。

这里，有几个问题需要予以说明。一是这套大型剧本集以西安易俗社、三意社、尚友社、五一剧团四个社团演出剧目为基础收集本子；四个社团均演出的同一剧本，只收集演出较早的本子，其他演出单位仅在书中予以署名；有原创作本、传统本的，一般不收录改编本，但个别两者都有历史、文化与研究价值的，可同时收录；除个别名折戏和进京、出国演出剧目外，凡有本戏的，原则上不再收折戏。二是为了突出"西安秦腔"的主题特色，经反复研究，决定按易俗社、三意社、尚友社、五一剧团四大块进行编排；在四大块中，又按传统戏、新编历史戏、现代戏三大类的历史顺序编目。三是从历史上看，秦腔不少优秀剧目被兄弟剧种搬演，很受欢迎，并成为兄弟剧种的保留剧目；同时，西安的秦腔也改编移植了兄弟剧种的不少成功剧本，丰富了西安秦腔舞台的演出剧目，满足了观众的欣赏需求，有些也成为各社团的保留剧目，因此，经过选择也都收录进来了。四是诞生于"文革"中的剧本，是一个历史现实，根据相关规定，经专家仔细甄别，有选择地收录；对有严重政治问题的不予收录；对确有一定保留价值而有涉版权纠纷的作为内部资料收录。五是有些优秀剧目由于年代久远、社团分合等历史原因，已无法搜集到剧本，只能成为遗憾了，待以后有下落时再版增补。

对眼前这套凝聚着众多领导、专家、艺术家、工作人员、技术人员、服务人员心血和辛勤汗水的《西安秦腔剧本精编》，编委会满怀感激之情向大家表示深切致谢！向关心、支持此项工程的西北五省(区)、市文艺界相关单位、专家学者及戏迷朋友表示诚挚的

秦腔
编后语
BIANHOUYU

谢意！这套秦腔剧本集的出版是值得引以自豪的，它可以无愧地面对三秦大地，面对古都西安的故人、今人和后人！让我们不断总结经验，继续探索，与时俱进，努力为西安秦腔的发展繁荣做出新的贡献！

《西安秦腔剧本精编》编辑委员会

2011 年 9 月 14 日